한국 고전시가의 근대적 변전과정 연구

**지은이 박애경**(朴愛景, Park, Ae-Kyung)은 연세대학교 국어국문학과를 졸업하고, 같은 대학에서 「조선 후기 시조의 통속화 과정과 양상 연구」라는 제목의 논문으로 박사학위를 받았다. 이후 조선 후기와 근대 초기의 시가를 문화적 맥락과 관련하여 해명하는 연구를 해오고 있다. 저서로『가요, 어떻게 읽을 것인가』(책세상, 2000)가 있고, 공저로는『조선 후기 문학의 양상』(이회, 2001),『고전문학과 여성화자, 그 글쓰기의 전략』(월인, 2003),『현대사회와 구비문학』(박이정, 2005) 외 다수가 있다. 동국대학교 한국문학연구소 연구교수를 거쳐, 현재 연세대학교 국어국문학과 교수로 재직하고 있다.

# 한국 고전시가의 근대적 변전과정 연구

2008년 3월 05일 1판 1쇄 인쇄
2008년 3월 10일 1판 1쇄 발행

지은이 _ 박애경
펴낸이 _ 박성모
펴낸곳 _ 소명출판
등록 _ 제13-522호
주소 _ 137-878 서울시 서초구 서초동 1621-18 (란빌딩 1층)
대표전화 _ (02) 585-7840
팩시밀리 _ (02) 585-7848

somyong@korea.com | www.somyong.co.kr
ⓒ 2008, 박애경
값 18,000원
ISBN 978-89-5626-298-7 93810

# 한국 고전시가의 근대적 변전과정 연구

*A study on the modern transformation of Korean classical songs and poetry*

박애경

 소명출판

    이 책은 19세기 이후 시가의 흐름을 계통별로 정리해 본 것이다. 이를 통해 이 시기 형성되고 축적되었던 시가의 전통과 관습이 근대 초기라는 이질적인 시간을 거치며 어떤 양상으로 지속되고, 변모되는지를 살피고자 하였다.

    돌아보면 고전문학 연구자로 살겠다고 다짐한 풋내기 대학원생 시절부터 조선 후기 시가의 역동성과 다양함에 매료되었다. 주류와 주변이 교차하고, 숭고한 것과 비속한 것이 뒤섞이는 장(場)의 내부를 들여다보니, 갓 건져올린 듯 살아있는 욕망이 보였고, 생동하는 형상이 보였고, 무엇보다 인간이 보였다. 우리 앞을 거쳐 갔던 선학들도 아마 이 사람 냄새에 끌려 조선 후기 시가 연구에 발을 들여놓게 되었으리라 생각해 본다. 조선 후기 시가를 일구었던 이들의 속내와 삶의 궤적은 때로는 '서민의식'으로 명명되기도 하였고, 이는 곧 중세를 넘어 근대를 지향하는 도도한 흐름으로 해석되기도 하였다.

    조선 후기 시가에 대한 연구자들의 관심은 이렇듯 '근대'라는 대전제와 어떠한 방식으로든 얽혀있었다고 할 수 있다. 선학들의 연구에 크게 빚지고 있는 나 역시 이러한 지적 풍토로부터 완전히 자유롭다고는 할 수 없을 것이다. 그러나 조선 후기 시가에서 근대적 징후를 찾아내려는 열정이 때로는 자료를 넘어선 과잉해석으로 흐를 우려가 있다는 생각이 들기 시작하면서, 무수히 쌓인 자료와 그것이 놓여있던 자리, 그 자체에 집중하고 싶어졌다. 19세기 시가와 그 이후 진로에 대한 관심은 여기에서부터 시작되었다.

이 책은 박사학위 논문을 작성한 이후부터 학계에 발표했던 글들 중에서 이러한 문제의식에 맞는 글들을 가려 체계를 세운 것이다. 몇몇 표현은 고치고, 뒤늦게 발견한 오류는 바로잡았으며, 체재의 통일성을 고려하여 각 항목의 제목도 조금씩 바꾸었다. 여기에 책의 전체 주제에 해당하는 총론을 새로이 써서 덧붙였다.

총론에서는 고전시가와 근대성과 관련한 기존 논의들이 무엇을 밝히고, 무엇에 대해 침묵했는지를 밝혀보려 하였다. 선별된 자들의 경험과 주의·주장을 통해 근대성을 해명하려는 시도가 시가를 생활문화의 총체가 아닌 '정전'으로 고정시켰고, 결과적으로 시가의 영역을 협소하게 만들었다는 문제의식이 제대로 전달되기를 바랄 뿐이다.

총론을 제외한 책은 크게 세 부분으로 구성되어 있다. 1부에서는 19세기 시정문화의 흐름을 통해 새로운 문화적 주체가 성장하고, 이들이 취향을 드러내고, 고수하는 방식을 살펴보았다. 19세기 시정문화와 시정문화의 중심을 이루는 시가는 도시문화의 형성, 대중문화의 전사(前史)라는 차원에서 주목받아 왔다. 이 책에서는 특히 19세기 시가의 역동성과 개방성을 해명하는 데 가장 적합한 잡가를 대상으로, 시가 장르간의 교섭 현상과 이것을 매개할 수 있는 민간 가창양식의 저변을 해명해 보고자 하였다.

2부에서는 장편가사를 중심으로, 글쓰기 방식의 변화를 살펴보았다. 장르적 복합성을 지닌 가사의 정체성 해명은 국문학계의 오랜 과제였다. 여기에서는 18세기 이후 활발하게 창작된 장편가사를 통해 주정적 가창물로서의 가사와 기록물, 독서물로서의 가사로 분화되는 양상을 주목하고, 장편가사의 장르적 잠재력을 드러내고자 하였다. 가사는 조선 후기를 거치면서, 개별 시가 장르라는 차원을 넘어 인간사와 세대, 경물(景物)을 효과적으로 표현할 수 있는 대표적 글쓰기 방식으로 자리 잡게 되었다. 그 와중에 뚜렷한 경향성을 이루며 나타난 가사의 하위 범주는 낯선 공간에서의 체험을 그린 기행가사와 인간사에 대한 다양한 관점을 드러내는 규방문화권의 가사, 교훈가사로 정리해 볼 수 있다. 말할 것도 없이 이러한 가사 작품들은 경험의 편폭이 확장되고, 새로운 가치에 눈뜨면서 기존의 가치를 다시 성찰하는 전환기의 흔적이라 할 수 있다.

3부에서는 요사이 새롭게 관심을 가지고 살펴본 식민지 시기 시가에 대한 글을 모아 보았다. 식민지 시기는 전통 시가 장르가 후퇴하고, 신종의 외래 장르가 일방적으로 이입된 불연속성의 시대, 단절의 시대로 알려져 왔다. 그러나 이러한 통념과는 달리, 식민지 시대에도 전 시대부터 전승되어온 시가들은 대중들의 기억에 남아 동시대적으로 향유되었다. 물론 식민정책, 새로이 도입된 기술과 매체, 달라진 대중의 취향이 개입하면서 시가의 전통은 굴절되거나 왜곡되기도 하였다. 이러한 사정을 감안하고도, 이 시기 시가의 향유 양상을 살핀 것은 19세기까지 축적된 시가의 전통이 20세기 이후 어떤 방식으로 지속되거나 변용되었는지, 좀더 입체적으로 살필 수 있으리라는 기대감 때문이었다.

이렇게 정리해 보아도 마지막 순간까지 여전히 여물지 못한 생각과 섣부른 단호함이 보인다. 이것 역시 지금까지의 연구를 정리하는 한 과정이라 생각하고 그대로 두기로 하였다. 동학들의 비판과 질정을 통해 이후 논구가 더 촘촘해지길 기대한다.

책이 나오기까지 많은 분들의 도움을 받았다. 학부와 대학원에서 부족한 제자를 지도해 주신 은사님과 선·후배에 대한 고마움은 몇 마디 말로 표현하기 어려울 것이다. 또한 연구에 영감을 준 선학들, 언제나 토론과 의논의 상대가 되어준 동학들에게도 감사의 마음을 전하고 싶다. 이들과 다양한 경로를 통해 학연을 맺으면서, 늘 자극과 격려를 동시에 받았다. 산재한 문제의식을 하나의 책으로 모을 수 있도록 지원해 준 근대한국학연구소와 윤덕진 선생님, 임성래 선생님, 김영민 선생님 께도 감사드린다. 10년간 인문학 출판의 길을 걸으며, 연구자들의 든든 한 벗이 되어준 소명출판에도 축하와 감사의 맘을 전한다.

2008년 2월 박애경 씀

## 제2부   경험의 확장과 글쓰기의 변화

# 화이관의 동향과 일본 기행가사의 계보

# '서양'이라는 낯선 타자와의 대면

# 규방가사의 지역별 변주와 글쓰기 방식의 다양화 1
### 경화사족 여성의 규방가사 창작과 향유—〈이정양가록〉을 중심으로

# 규방가사의 지역별 변주와 글쓰기 방식의 다양화 2
### 기호·근기 지방의 규방가사—신출가사〈즌별가〉,〈효열가〉를 중심으로

# 총론
## 고전시가와 근대성 재론

### 1. 들어가는 말 – 시가, 고전시가, 시가와 근대성이라는 문제영역

시가와 근대성의 문제를 해명하기 위해서는 참으로 많은 난관을 통과해야 한다. 먼저 시가의 개념과 범주에 대한 논의가 개괄적으로라도 이루어져야 하고, 그 존속 시기에 대한 합의 역시 뒤따라야 한다. 여기에 '근대성'이라는 문제적 영역까지 보태지면 그 양상은 한결 복잡하고 까다로워질 수밖에 없다. 그럼에도 불구하고 '시가와 근대성'이라는 문제를 굳이 여기에서 다시 꺼내는 이유는, 20세기 이후에도 여전히 동시대적으로 향유되고 있던 시가 작품군의 의미를 정립해야 할 필요성이 제기되고 있기 때문이다.[1] 나아가 19세기까지 축적되어 온 시가의 전통

---

1) 필자는 고전시가 작품 중 가장 풍부한 총량을 지닌 가사 작품의 존재양상을 시기별, 계통별로 살피고 목록화를 시도한 바 있다. 그 결과 19세기 말에서 20세기 초에 걸쳐 산출된 가사작품이 양적으로 압도적이라는 것을 확인한 바 있다. 또한 1910년대 이

과 장르들이 20세기 이후 어떤 과정을 거치면서 새로운 시대를 대면하는 지를 살핌으로써, 시가의 존재양상과 기반을 역사적으로 성찰할 근거를 마련해볼 수 있다. 이러한 논의는 궁극적으로 '(고전)시가란 무엇인가?'라는 근원적이고 포괄적인 질문에 대한 답을 찾아가는 과정이라고도 할 수 있다.

대개 문화에서 근대성을 논할 때에는 주로 공공 영역의 형성과 합리성, 공공성, 주체(민족을 포함한)에 대한 자각, 현실성의 실현 여부를 거론하여왔다.[2] 시가의 근대성을 논할 때에도 이념적 좌표는 이러한 틀에서 크게 벗어나지 않는다고 할 수 있다. 시가와 근대성에 대한 논의는 초기에는 개화가사-창가-신(체)시-자유시로 이어지는 근대시로의 이행 과정에[3] 부수되어 논의되어 오거나, 주로 중세 시대에 존속했던 시가의 특수성을 감안하여 중세 극복의 의지와 방식을 곧 근대성의 징후로 판단하여 왔다.[4] 접근의 방향이나 방법은 다르지만 두 논의는 근대성의 징후를 '정형률로부터의 탈피'라든가 '정감의 자유로운 표출'로 보고 있다는 점에서는 공통적이라 할 수 있다. 따라서 이 경우 시 혹은 시가에서 근대성의 완성은 곧 자유시의 등장으로 귀결된다고 할 수 있다.

이러한 견해가 실증의 미비, 신구(新舊)가 혼재된 시기에 대한 이해가 거세된 단선적 시각이라는 비판에 직면하면서 전통적인 장르와 새로운

---

후 26종 출판된 활판 가집에서도 신작의 존재나 동일한 레퍼토리에 '신'자를 붙여 적극적 개작을 시도한 작품의 존재를 확인할 수 있었다.

2) 근대문학의 기점과 근대성에 대한 논의는 다음 글을 참조할 것. 김명호, 「근대문학론의 기본 쟁점」, 『근대문학의 형성과정』, 문학과지성사, 1983; 근대와 근대 이후에 대한 반성적 성찰은 민족문학사연구소 편, 『민족문학과 근대성』, 창작과비평사, 1995; 고미숙, 『한국의 근대성, 그 기원을 찾아서-민족·섹슈얼리티·병리학』, 책세상, 2001. 나아가 근대성이 지닌 양면적 성격에 대해서는 다음 논의를 참조할 것. 안토니오 네그리·마이클 하트, 윤수종 역, 『제국』, 이학사, 2001; 김경일, 『한국의 근대와 근대성』, 백산서당, 2003.

3) 정한모, 『한국현대시문학사』, 일지사, 1974; 김용직, 『한국근대시문학사』, 새문사, 1983.

4) 정병욱, 「이조 후기 시가의 변이과정고」, 『창작과비평』 31호, 1974. 이후 파격 시조인 사설시조의 서민의식과 산문정신을 부각시키면서 근대시의 기점을 끌어올리려는 시도가 지속되었다.

장르 간의 상호작용 속에서 통사적 맥락을 포착하려는 시도가 나타나기 시작했다.5) 그러나 이 경우에도 연구의 초점은 『대한매일신보』로 대표되는 신문·잡지 소재의 가사나 시조 혹은 의병가사에 집중되었다. 그 결과 근대 이후에도 동시대 문화로 향유되었던 통속적인 잡가나 민요는 '시(詩)'의 경로를 따르지 않았다는 점에서 근대성의 구도에서 배제되거나6) 중세 봉건적 향수에 젖은 반근대적, 친일적 '가(歌)'라는 혹독한 비판7)을 받게 되었다.

이 연구는 시 혹은 시가와 근대성에 대한 논의의 저변에는 근대적인 양식을 정점으로 모든 가치를 서열화하려는 논리8)가 작동하고 있다는 문제의식에서 출발하고 있다. 말하자면 '근대' 혹은 '근대성'을 '도달해야 할 이념적 정점'으로 생각하거나, 계몽지식인, 유학파, 모던보이와 같이 선별된 주체의 경험과 인식으로 재구하려는 경향이 드러난다는 것이다. 이는 실재하고 있던 시가 자료의 실상과 해석의 괴리라는 문제로 이어지게 되었다.

이 연구에서는 전근대와 근대에 걸친 시가의 존재방식의 변화를 살피고, 20세기 이후 시가가 거쳐 왔던 변화의 양상과 진로를 추적하고자 한다. 특히 시가가 새로운 시기, 새로운 매체와 대면하여 대응했던 궤적과 경로를 살핌으로써 시가와 근대성의 의미가 자료의 실상에 의거하여 해명될 수 있는 단초를 마련하고자 한다.

---

5) 서영채, 「최남선 시가의 근대성에 대한 연구」, 『민족문학사연구』 13호, 민족문학사연구소, 1998.
6) 고미숙, 「애국계몽기 시운동과 그 근대적 성격」, 『18세기에서 20세기 초 한국시가사의 구도』, 소명출판, 1998.
7) 정우택, 「근대 자유시 양식의 모색과 갈등−1910년대를 중심으로」, 『민족문학과 근대성』(민족문학사연구소 편), 문학과지성사, 1995.
8) 김춘식, 「장르의 소멸과 근대적 장르 인식」, 『한국문학과 근대성의 형성』, 아세아문화사, 2001.

## 2. 전근대 시가의 존재방식 – 시가일도와 시가의 효용성

전통적으로 국문 시가는 시(詩)와 가(歌)의 복합체로 존재해왔다. 따라서 시와 가의 복합체인 시가는 가창, 음영, 낭송 등 구연을 통해 그 의미가 최종적으로 실현되고, 전승방식도 다분히 구비적이라 할 수 있다. 18세기 전반에 편찬된 가집 『청구영언(靑丘永言)』의 서문에는 시와 가가 한 뿌리에서 왔음을 다음과 같이 밝히고 있다.

> 옛날의 노래는 반드시 시를 사용했다. 노래를 글로 기록하면 시가 되고, 시를 관현에 올리면 노래가 되니 노래와 시는 실로 한 길이었다.[9]

이 글에서는 본래 하나의 길로 통했던 시와 노래가 근체시 이후 점차 분리되면서 시에서 성률이 사라지는 과정을 진단하고, 소리의 회복을 위해 성률과 문예에 동시에 능통한 선가자(善歌者)의 필요성을 역설하고 있다. 이처럼 본래 노래와 시가 한 길이라는 '시가일도(詩歌一道)'의 정신은 근대 이전 시가의 일반적 양상일 뿐 아니라, 소리를 오롯이 살린 국문 시가가 존재해야했던 이유이기도 했다.[10] 이러한 시가일도의 정신은 동아시아 시와 음악의 전범이라 할 수 있는 『시경(詩經)』에 기원을 둔 시가의 보편적 존재방식이기도 했다. 바로 이 『시경』의 이념을 집대성한 모서(毛序)에는 시, 가, 무로 이어지는 시가의 구조적 질서를 잘 보여주고 있다.

---

9) 古之歌者必用詩 歌而文之者爲詩 詩爲被之管絃者爲歌 歌與詩固一道也 『靑丘永言』黑窩序.

10) 서문을 쓴 중인 출신의 시인 정래교의 지향이나, 가곡창의 대본으로 기능한 『청구영언』의 성격, 김천택이 新飜에 능했다고 하는 정래교의 진술 등을 종합해 볼 때 서문에서 말하는 노래, 즉 歌란 악절의 구분이 있고, 관현 반주가 따르는 歌曲을 염두에 둔 것으로 볼 수 있다. 따라서 악절에 따른 구분이 엄격하지 않고 누구나 반주 없이 부를 수 있는 민간의 노래, 즉 '謠'와는 구분된다고 할 수 있다. 그러나 땅바닥을 두드리며 불렀다는 〈擊壤歌〉가 '가'로 인식되었던 것을 보면 실제 개별 작품에서는 '가'와 '요'의 구분이 그다지 엄격하지 않고, 양자 사이에는 자리바꿈도 가능했던 것으로 보인다.

시라는 것은 뜻이 가는 바이니, 마음에 있을 때에는 뜻이라 하고 말로 드러
내면 시라 하는 것이다. 정이 마음 속에서 움직이게 되면 말로 나타나는데, 말
로는 부족하기 때문에 차탄을 하게 되고, 차탄해도 부족하기 때문에 길게 노
래하고 되고, 길게 노래해도 부족하기 때문에 자신도 모르는 사이에 손을 너
울거리고 발을 구르게 되는 것이다.[11]

『모시(毛詩)』 서문에 의하면, 시와 가는 모두 사람의 마음에 근원을
둔다. 그 마음이 외물에 감응하여 뜻을 언어로 표현하면 시, 정을 곡진
하게 표현하면 노래가 된다는 것이다. 말하자면 시 혹은 단순한 말이나
차탄보다 더 내밀한 정(情)의 울림이 노래로 표현되는 것이다. 시가일도
(詩歌一道)의 정신과 노래가 지닌 정서적 감응력은 『모시』와는 다른 각
도에서 시와 『시경』의 효용에 대해 설파하고자 했던 『시경집전(詩經集
傳)』의 서문에서도 나타나고 있다.[12]

강한 울림을 동반하는 가(歌), 즉 노래는 '분개하는 자는 이로써 이를
풀게 하고, 울적한 이는 이로써 이를 펴지게 하며, 즐거운 자는 이로써
흥을 일으키고, 한가한 자는 이로써 소요하게'[13] 하는 힘을 지니고 있
다. 다음 작품은 노래가 지닌 힘을 잘 보여주고 있다.

　　노래 삼긴 사롬 시름도 하도 할샤
　　닐러다 못 다 닐러 불러나 푸돗던가
　　眞實로 풀릴거시연은 나도 불러 보리라 (144)[14]

---

11) 詩者志之所之也 在心爲志 發言爲詩 情動於中 而形於言 言之不足 故嗟歎之 嗟
　　歎之不足 故永歌 永歌之不足 不知手之舞之 足之踏之也『毛詩』序.
12) 感於物而動 性之欲也 夫旣有欲矣 則不能思無 旣有思矣 則不能無言 旣有言矣
　　則言之所不能盡 而發於咨嗟詠歎之餘者 必有自然之音響節族而不能已焉 此詩之所
　　以作也『詩經集傳』序.
13) 憤惋者由是而洩之 幽鬱者由是而暢之 樂者由詩而興起 閒者由詩而消遣『東歌選』序.
14) 괄호 안의 번호는 『청구영언』 이본 중 가장 선행본으로 추정되는 진본 『청구영언』
　　의 작품 번호임.

조선 중기의 문인이자 시인인 신흠(申欽, 1566~1628)은 노래가 지닌 위무와 풀이의 힘을 한 편의 시조로 읊어내었다. 차마 말로는 해소하지 못한 시름을 풀기 위해 노래를 한다는 독백이 담긴 시조에는 말이나 시보다 더 감정을 정감적으로 토로하는 노래로서의 시가를 보여주는 동시에 시여(詩餘)[15]로서의 시가라는 관점도 나타나고 있다. 시와 노래의 본질에 대해 사색했던 사대부에게 가(歌)란, 시(詩)로 다하지 못하는 감정을 드러내는 통로이자 민풍(民風)에 더 가까워지는 방식이었던 것이다. 그렇기 때문에 고문의 순정함을 지켜서 문학과 도학(道學) 사이의 거리를 좁히고자 했던 문장가인 신흠의 면모와는 사뭇 다른 시조가 나올 수 있었던 것이다. 또한 신흠의 사례는 한시와 국문시가가 이원적으로 존재했던 시대에 한문을 구사할 수 있었던 사대부가 왜 국문으로 된 시가를 창작하는 지를 보여주고 있다.

이처럼 대부분의 시가는 가락에 얹혀 구연을 통해 노래로 전승되었기 때문에 대개 '기억과 재현'에 적합한 율격과 패턴을 지니게 된다.[16] 이처럼 패턴화한 시가의 구성방식은 이를 공유하는 집단 내부의 이념과 미의식, 취향의 공유를 공고히 하게 만들 뿐 아니라, 구연의 현장에서 통용될 수 있는 관습과 의미맥락을 조성하려는 지향성에 의해 이것이 더욱 강화되는 경향이 있다.

이처럼 근대 이전의 시가는 어느 부분 기록도 전제하고 있지만 기본적으로 구비적 유동성을 지녔으며, 이러한 속성은 사설 구성 뿐 아니라, 연행, 전승에 걸쳐 두루 실현되고 있다고 할 수 있다.[17] 이는 시가가 본

---

15) 신흠은 자신의 시조를 '詩餘'라고 표현했다. 사대부에게 주로 가로 존재했던 국문시가를 '詩餘'로 보는 관점 역시 근대 이전의 보편적 시가관이라 할 수 있다. 歌者詩之餘也『東歌選』序.
16) 물론 가락의 제약은 시가의 장르마다 다르게 실현된다. 장형을 유지하는 가사의 경우 음영이나 완독으로도 구연이 가능한 만큼 가락의 제약이 심하지 않으나, 단형의 시조나 가창가사는 가락의 제약이 상대적으로 심하다고 할 수 있다.
17) Ruth Finnegan, "Oral Poetry", Cambridge Universty Press, 1977.

원적으로 작가 개인의 창작의식과 미의식만을 배타적으로 담아내기보다는 이를 향유하는 동류 집단의 정체성을 드러내는 통로로 작용했던 저간의 사정을 보여주고 있다. 왜냐하면 시가가 향유되는 구연의 현장에서는 언어적 메시지의 속성뿐 아니라, 이를 공유하는 이들 간에 사회·문화적 실체 간의 유의미한 상호관계까지 형성하면서,[18] 동류 집단의 정체성을 형성하거나 반영하기 때문이다.

이처럼 시가가 개인이 아닌 복수의 정체성을 반영하는 현상은 19세기 시정문화의 발달과 함께 더욱 가속화되기에 이른다. 시정문화의 핵심을 이루었던 가악에 대한 수요가 늘어나고, 사대부 출신이 아닌 실무직 중인, 군교 등이 시가의 창작과 향유에 가담하면서 익명성, 적층성, 관습화된 패턴의 재현 등이 더욱 빈번하게 나타나게 되었던 것이다. 이는 구연을 본질로 하는 시가의 구비적 속성이 시정문화라는 새로운 전승환경과 만나며 이에 걸맞는 관습을 구축해가는 과정으로 볼 수 있을 것이다. 특히 이 시기 새롭게 부상한 시가 향유층이 기원이 다른 시가의 장르를 시정문화로 수용하는 과정에서, 타 장르나 타 텍스트의 인상적인 구절이나 에피소드, 작시 방식과 수사를 차용하는 텍스트 간, 장르 간 개방성이 증대되는 현상도 시가의 구비적 속성과 관련하여 주목할 만한 부분이라 할 수 있다.[19] 재미를 유발하기 위해 상·하위 장르 간을 넘나들면서 상호 모방하는 작시의 방식은 문화가 점차 대중화, 평준화되어가는 징후인 동시에 시가가 여가와 오락을 위해 수용되었던 사례를 보여주기 때문이다.

---

18) 류정아, 「연행이론의 인류학적 재해석」, 『한국 인류학의 성과와 전망』, 집문당, 1998.
19) 단형의 시조나 가창가사, 잡가는 익명의 작가군에 의해 시정의 가창공간에서 향유되면서 '익명의 집단에 의한 구비적 향유'라는 속성이 강화되지만, 이와 달리 가창, 음영, 완독 등 다양한 방식으로 향유되던 가사는 가창물로서의 가사, 교술적 성격이 강화된 기록물, 독서물로서의 가사로 분화된다. 이 중에서 독서물로 나아갔던 가사의 자질은 『대한매일신보』 소재 시사평론 가사로 이어진다.

## 3. 시와 가의 분리와 시 / 가의 근대적 구성 과정

시가의 구연과 전승 환경은 세기 전환기를 기점으로 급격하게 달라지기 시작하였다. 나라의 운명이 왕조에서 식민지로 전락하는 격변의 시기를 겪는 사이 서구와 일본을 통해 신문물과 제도가 본격적으로 유입되면서 전통적인 것과 이입된 것, 지역과 중앙의 대립, 민족적인 것과 제국적인 것 간의 착종이 나타나기 시작했고, 이는 19세기 이래 지속되었던 문화의 중층화, 다양화 현상을 심화하는 계기가 되었다. 또한 신문・잡지・극장・유성기・라디오 등 근대적 매체가 본격 도입되면서 시가는 새로운 매체 환경과 대면하게 되었다.

이 시기 시가 존재방식의 특징적 변화로는 시와 가의 분화를 들 수 있다.[20] 시와 가의 분화는 먼저 근대 이전까지의 시가 향유방식을 근본적으로 바뀌었다는 의미를 지닌다. 여기에 더해 시와 가의 분리는 매체의 분리, 이를 주도하는 향유층의 분리로 이어진다는 점에서 시가의 전승을 둘러싼 제반 환경의 변화까지도 수반하고 있다고 할 수 있다. 즉 시로의 지향성을 보인 시조와 가사가 신문이나 잡지 등 저널리즘 매체에 실리면서, 엘리트층의 계몽의 도구로 기능했다면, 가의 양식은 활판 가집, 극장, 유성기 등 매스미디어를 통해 전승되면서 비엘리트층의 여가를 위한 대중문화로 정착하게 되었다.[21] 이는 시와 가가 분리되면서 그 경로와 질서가 근본적으로 달라졌다는 의미로 해석해볼 수 있다. 이를 나눠 살펴보면 다음과 같다.

---

20) 고미숙, 앞의 책.
21) 『시쳘가』, 고대본 『악부』 등 신작을 다수 포함한 필사본 가집 역시 20세기 초 歌 양식의 동향과 관련하여 볼 수 있다. 이 글에서는 주로 '신매체에 담긴 전통 장르'에 주목하므로 논의의 대상에서는 제외한다.

## 1) 시의 근대성─읽는 시로의 지향과 계몽 담론의 수용

시로의 지향은 주로 신문, 잡지와 같은 저널리즘 매체를 중심으로 전개되었다. 이러한 매체에는 1910년 이전까지 시조가 580여 수, 가사가 830여 수나 창작, 기재되었는데 이는 전체 시가의 90% 이상을 차지하는 양이라고 한다.[22] 시조·가사 외에도 타령조의 잡가와 4·4조의 가사체를 활용한 시사단평까지 보태면 저널리즘과 전통 시가 장르가 공유하는 기반은 더욱 넓어진다고 할 수 있다. 이 시기 저널리즘 매체의 존재 이유가 주로 계몽과 개화의 독려에 있었던 만큼, 시조와 가사를 통로로 한 계몽의 수사는 신구(新舊)가 혼재하는 전환기의 단면을 보여준다고 할 수 있다. 특히『대한매일신보』는 계몽기 시가의 보고라 할 정도로 시조와 가사를 풍부하게 수록하고 있다. 따라서 이 글에서는 주로『대한매일신보』소재 시조와 가사를 통해 시로의 가능성을 타진해 보고자 한다.

저널리즘 매체에서 시조와 가사가 선택되었던 이유로는 먼저 시조와 가사가 독자에게 익숙하게 다가갈 수 있다는 점을 꼽을 수 있다. 시조의 경우를 보면, 전대에 이미 시조창과 같은 보다 대중적 창법이 만들어지고,『남훈태평가』와 같은 방각본 가집이 출판·보급되면서 시정의 가창공간에서 성창되었다. 또한 4·4조, 4음보의 율격적 제약만 지키면 분량의 제한 없이 연속체 줄글로 쓸 수 있는 가사는 19세기 들어 정보 전달과 기록에 효과적인 글쓰기 방식으로 정착하게 되었다. 애초에 장르 복합적인 성격을 지녔던 가사는 19세기 들어 장르적 지향에 따라 분화하게 되었는데, 그 중 한 경로가 장형화, 기록성과 정보성의 강화라

---

22) 김영철,『개화기시가연구』, 새문사, 2004. 사실 저널리즘 매체 소재 시조와 가사는 장르의 지표와 구분이 명확치 않은 작품이 다수 존재하는 만큼 정확한 총량을 가늠하기 어렵다고 할 수 있다. 제시한 인용 수치는 1910년대 초반까지 저널리즘과 결합한 시조와 가사의 전체적 판도를 파악하기 위한 증빙 자료라 할 수 있다.

할 수 있다.[23] 또한 가락의 제약이 심한 시조와 달리 가사는 완독으로
도 구연이 가능하기 때문에, 전대에도 이미 독서물로 기능하면서 소설
문화권, 규방 문화권 등 다 문화권에 걸쳐 존재하고 있었다. 시조·가사
의 일부는 이처럼 저널리즘 매체에 계몽의 통로로 정착하게 되었는데,
특별 기고를 제외하면 시조는 주로 〈사조〉란에, 가사는 〈시사평론〉란에
배치되었다. 이로보아 시조의 작가는 주로 독자, 가사의 작가는 주로 언
론 관련자인 것으로 보인다.

　이러한 저널리즘 매체 소재 시조와 가사에서 가장 두드러지게 나타
나는 특성으로는 가독성을 고려한 구의 배열을 들 수 있다.

　　㉮ 〈진보가〉 리용근
　　대한텬디삼쳔리에 긔국긔초ᄉ쳔여년
　　션리건곤오빅년인 화육즁에이쳔만인
　　적지안은인구로셔 신문볼이몃몃치며
　　적지안은나라로셔 긔명혼이몇몇치냐 (후략)


　　㉯ 〈문일지십가〉
　　▲일국을 혼동ᄒ니 너각대신의 권리로다
　　나라 권리 다 풀어셔 즈긔디위 미득ᄒ니 독젼기리 됴홀시고
　　▲이쳔만즁 우리 동포 싱명지산 엇지ᄒ나 불고싱령 뎌 관리들
　　탐학에만 죵ᄉᄒ니 쥰민고턱 됴홀시고
　　▲삼빅ᄉ십여 군 즁에 눕은 토디 얼마런고 류리쳥산 뎌긔 잇다
　　류국산쳔 굽어보니 쵸잠식지 됴ᄒ시고
　　▲ᄉ방산쳔 바라보니 풍진도 요란ᄒ다 가련홀손 무고싱령 도탄즁에 드단말다

---

23) 조선 후기 가사의 장르적 전환에 대해서는 다음 논의를 참조할 것. 박연호, 「조선
　　후기 가사의 장르적 특성」, 『가사문학장르론』, 도서출판 다운샘, 2003; 윤덕진, 「가사
　　의 서경방식과 양식적 본질」, 『동방고전문학연구』 3집, 동방고전문학회, 2001; 류준필,
　　「박학사 포쇄일기와 가사의 기록성」, 『민족문학사연구』 22호, 민족문학사학회, 2003;
　　이동찬, 『가사문학의 현실인식과 서사적 형상』, 세종출판사, 2002; 박애경, 「'록자류'
　　가사의 존재양상과 그 의미」, 『한국문학연구』 28집, 동국대 한국문화연구소, 2003.

비참흔 이 눈물을 어디다가 쑤리리오 보도즈항 됴흘시고

▲오대신쎡 시졀브터 신됴약이 셩립되야

국권타락 되던 날에 립졀스의 멋멋친고 민츙졍공 장흘시고

▲류대부쥬 렬강국에 대한독립 공포터니

일로강화 된 연후에 보호권이 웬말인가 약육강식 됴흘시고

▲칠됴약을 셩립ᄒ니 대한강산 흔번 쩌짜 노례셩질 뎌 대신아

당시에는 공명이오 쳔츄에는 죄악이라 유ᄉ만년 됴흘시고

▲팔도강산 도라드니 맑은 긔운 징영ᄒ다 영웅호걸 누가 잇나

긔북야 쳔리마는 빅락을 못 맛낫나 남양초당 와룡선ᄉ 츈몽을 느지ᄭ나 시

지시지 됴흘시고

▲구곡간쟝 다 썩는다 압졔밋헤 잇는 인ᄉ 우마만도 못ᄒ도다

이 슈치룔 엇지ᄒ니 하ᄂ님젼 등쟝가세 텬고쳥비24) 됴흘시고

▲십ᄉ구사 ᄒ더러도 일심으로 단톄ᄒ야 즈유종을 크게 치며 독립긔를 놉

히 들고

굴네밧게 버셔나셔 동양에 호령ᄒ면 당당데국 됴흘시고25)


⑦는 2구가 짝을 이루며 1행을 이루는 배열을 통해 가독성을 높이고 있다면, ⑭는 줄글 사이에 ▲을 규칙적으로 배치하여, 장의 구분을 시도하고 있을 뿐 아니라 띄어쓰기를 통해 의미의 전달을 용이하게 하고 있다.26) 뿐만 아니라 조선 후기 가사가 다양한 담론 양식을 포괄하면서, 율격이 이완되는 현상을 보이는 데 반해, 계몽이념을 설파하는 가사는 4·4조의 율격을 더 엄격히 지키고 있는 점도 가독성의 고려라는 측면에서 해석해 볼 수 있다. 이렇듯 가독성이란 시각을 중심으로 지적 소통과 축적 방식을 재배치하는 과정27)을 거쳐 획득된다. 이는 구비로 전

---

24) 천고청비(天高聽卑): 하늘은 높아도 능히 낮은 곳의 소리를 듣는다는 뜻.

25) 「시사평론」, 『대한매일신보』, 1907.12.18.

26) 띄어쓰기는 여성독자를 주 대상으로 한『제국신문』에서 선구적으로 시도한 바 있는데, 이를 근거로 띄어쓰기가 여성독자층의 부상과 관련이 있다는 견해가 제출되기도 하였다. 김영철, 앞의 책.

27) 천정환, 『근대의 책읽기』, 푸른역사, 2003.

승되고, 청각적 인상에 의해 기억·재현되던 시가가 시각을 중심으로 재편되어 가는 양상이라고 할 수 있다. 이를 통해 가사는 문명개화에 대한 열망, 을사조약과 정미7조약을 주도한 매국 관료에 대한 비판, 새로운 공동체에 대한 상상력을 표현할 수 있었다. 이는 가사가 지닌 장르적 잠재성, 즉 주제의 전달이나 재현에 용이한 가사의 장르적 속성과 시대정신이 결합한 결과라 할 수 있다.

이렇듯 가사가 매체의 성격에 맞게 축약하고, 시각적 배열을 시도하는 가운데 읽는 시에 접근했다면, 시조는 노래 양식이 시로 접근해가는 양상을 보여주고 있다.

> 대구여사, 〈혈죽가〉
> 협실의 소슨 디는 충정공의 혈적이라 우로를 불식ᄒ고 방중의 풀은 뜻슨 지금의 위국충심을 진각 세계[28]

저널리즘 매체에 실린 최초의 시조로 알려진 〈혈죽가〉는 장 구분이 없는 줄글 형식에, 종장 말구가 생략된 시조창 대본의 형태를 취하고 있다. 이는 전대에 만들어진 가창의 관습을 유지하면서, 매체를 달리 한 경우라 할 수 있다. 그런데 〈혈죽가〉는 전대의 시조 표기와는 달리 띄어쓰기를 시도하고 있어, 시정문화에서 통용되던 시조의 정감적 표현과는 달리 주제의 제시를 염두에 두었다는 것을 알 수 있다. 또한 시조가 가창의 현장과 결별하면서 여성의 목소리를 반영하는 계기가 되었다는 점[29]도 〈혈죽가〉에서 주목할 점으로 보인다.

단형의 가창양식이 시로 접근해 가는 과정은 민간의 통속적인 노래를 수용한 다음 작품에서도 찾아볼 수 있다.

---

28) 『대한매일신보』, 1906.7.21.
29) 가락의 제약이 심하고, 연행의 현장을 배경으로 구연되는 시조의 장르적 속성상, 기녀가 아닌 여염집 여성의 참여는 원천적으로 봉쇄되었다. 노래에서 시로 전환한 시조는 기녀가 아닌 일반 여성의 참여를 가능케 했다고 볼 수 있다.

琴兮,〈歌曲改良의 意見〉
第二章
노지 마오 노지 마오
늙어지면 恨되나니
花無十日紅이오
달도 차면 기우나니
人生이 一場春夢이라
늙기 전에30)

　서울을 중심으로 인기리에 불리던 〈노랫가락〉 중 1편의 가사31)를 패
로디한 2장은 작가 스스로가 밝혔듯이 〈수심가〉, 〈난봉가〉를 위시한 '病
風傷性之亂雜(병풍상성지난잡)'한 노래의 폐단을 시정하고자 지은 것이
다.32) 요컨대 당대 대중들에게 인기를 누리던 통속적 시가의 틀을 빌어,
통속적 시가의 병폐를 극복하고자 한 것이다.33) 이 작품은 3장의 시를

---

30) 『대한매일신보』, 1908.4.10.
31) 노자 젊어 노자 늙어지면 못노나니 / 花無十日紅이오 달도 차면 기우나니 / 人生이
　　一場春夢이니 아니놀고
32) 凡風俗之移入이 導之以善則善ᄒ고 導之以惡則惡ᄒ야 一或成俗이며 難可猝變이
　　나 然이나 現今我韓國內所習歌謠ᄂᆞ 無非病風傷性之亂雜 則不可不改革이 亦一急
　　務라 所謂妓女唱夫及 衢路兒童이 開口則所謂歌曲이 都是 수심가 난봉가 알으랑 흥
　　타령 等類뿐이니 此何窮凶巨惡 淫談悖說之成習이오 彼等愚賤之尋常行之를 不足
　　掛齒라 ᄒ면 豈可曰導之以善之有也리오 這間 尤有痛歎痛憎ᄒ니 所謂官名色이 與
　　此倂唱에 猶恨不淫悖之益甚ᄒ니 是爲爲國乎아 是爲爲家乎아 此時가 何時오 實非
　　諸君宴樂之日而況若有壹點人子之性이면 豈可擧面皮而坐聽此妖言狂說哉아 爲之
　　寒心處로다 蓋英雄闊達之詞와 壯士慷慨之歌는 古今이 何異리오만은 至若此等亡身
　　亡家亡國之荒音은 直有警吏之通禁而置諸度外ᄒ니 亦何故也오 以外相觀之면 此未
　　免蒼古之論이나 然이나 其實은 際此開明前進之時代ᄒ야 妨害之氣가 莫此甚深也
　　라 所以胃敢一通而且不可無○弊 故로 先以陣談數句로 製呈ᄒ니 幸須宜本此義ᄒ
　　야 更爲硏究出報하야 ○彼妖妄譆語之輩와 神脫坐尸之類焉이어다. 琴兮, 「歌曲改良
　　의 意見」, 『대한매일신보』, 1908.4.10.
33) 〈가곡개량의 의견〉에 나타난 시가관은 '이가항요(里歌巷謠)'로 대표되는 대중적·
　　통속적 시가에 대한 관심을 촉구하면서도, 실제로 당대에 불리던 통속적 시가에 대해
　　부정적 입장을 취했던 이 시기 대표적 시가론인 「천희당시화」의 지향과 상통한다고
　　할 수 있다.

6구로 나눠 배열하여, 의미 전달을 명료하게 하려는 의도가 보이고 있다.

이처럼 전대 혹은 동 시대 가(歌)의 관습을 수용하여, 주제 전달의 다양화를 꾀했던 단형의 시조는 노래로 불리던 시가가 저널리즘과 결부된 매체에 정착하면서 계몽을 위한 시로 전환하는 과정을 보여준다. 1910년대 이후 시조는 최남선이 주재한 『소년』지에 국풍(國風)으로 호명되면서, 우리의 고유한 시형으로 정립되기에 이른다. 이는 시로의 지향을 보여주는 동시에 주로 익명의 작가에 의해 창작·향유되어오던 시조가 작가주의의 영향에 편입되기 시작하였다는 것을 의미한다. 이렇듯 시조와 가사는 저널리즘, 계몽이념, 작가주의와 만나면서 '읽는 시'로 정착할 수 있었다.


### 2) 가의 근대성 — 대중문화로의 전환과 혼종성(hybridization)

19세기 시정문화의 중심을 이루었던 대중적 가창 양식 역시 20세기 전후 커다란 변화에 직면하게 되었다. 이 시기 가(歌) 양식을 둘러싼 환경의 변화는 전승방식의 변화, 예능인 집단의 지위 상승과 조직화, 외래음악의 유입으로 정리해볼 수 있다. 특히 근대적 자본에 의해 성립된 대중매체가 등장하면서, 가의 전승 범위는 한결 넓어졌다고 할 수 있다. 이는 20세기 이후 가의 전승이 대중문화를 구성하는 물적 기반에 의해 이루어지기 시작했다는 의미로 해석해볼 수 있다. 이렇게 본다면 가의 근대성은 '전 시대 시정문화권에서 성장했던 대중적 가창양식들이 지속과 변용을 거치며 초기 대중문화로 정착해가는 과정'이라고 정리해볼 수 있다.

歌 양식의 변화를 추동한 것은 두 말할 나위 없이 신매체의 도입과 이로 인한 전승방식과 환경의 변화라 할 수 있다. 20세기 초 가의 주요 전승 경로는 활판 가집, 극장, 유성기로 정리해볼 수 있다. 이 중 활판

가집이 보급용 가집의 출판을 통해 수용층을 확보하였던 19세기적 상황의 확장이라면, 극장과 유성기는 근대의 생활과 여가를 구성한 대표적인 신매체라고 할 수 있다.

활판가집의 현황은 1910년대부터 활발히 간행되기 시작하여 총 26종이 발행된 잡가집을 통해 가늠해볼 수 있다. 최초의 잡가집은 1914년 평양에서 간행된 『정정증보신구잡가전(訂正增補新舊雜歌全)』이고, 이후 10년 사이에 무려 15종 이상의 잡가집이 쏟아져 나왔다. 이러한 잡가집의 대량 출판은 20세기 전반기 잡가의 인기를 가늠하는 척도로 인식되곤 하였다. 잡가집은 1930년대에 들어오면 출간이 뜸해지다가 1946년 『조선고전가사집(朝鮮古典歌詞集)』을 끝으로 자취를 감추게 된다.[34]

이 중 당대 대중의 선호도와 관련하여 주목해볼 자료는 1915년에 편찬된 『신구유행잡가(新舊流行雜歌)』라 할 수 있다. 이 가집은 악곡에 따른 분류를 하여 외래 양식이 대중문화권에 본격 유입되기 전에 통용되던 잡가의 실상을 충실히 보여주고 있다. 이 가집에는 19세기부터 꾸준히 전해지던 구 레퍼토리와 당대에 새롭게 대중의 인기를 얻은 곡들을 두루 수용했는데, 수록곡은 좌창 잡가부, 유행잡가, 입창 단가부, 평양 날탕패 입창부, 좌창 시조 가사부 이렇게 다섯 부류로 나눠 수록하고 있다.[35] 여기에서 주목해 볼 수 있는 것은 19세기 시정문화의 인기를 주도했던 가창가사, 좌창 잡가는 대폭 축소된 반면, 전 시대에는 '잡요(雜徭)'로 취급되던 〈수심가〉, 〈난봉가〉, 〈육자백이〉 등 통속민요의 비중이 높아졌다는 것이다. 통속민요의 부상은 20세기 초부터 시작된 극장

---

34) 잡가집의 출간이 뜸해진 1930년대 이후에도 잡가집은 여전히 잘 팔리는 책 중 하나였다. 『삼천리』 기사에는 서울 도매상들로 조직된 도매상조합의 조사를 인용하여, 당시 베스트셀러 현황을 소개하고 있다. 여기에 의하면 베스트셀러 『춘향전』이 연간 7만 권, 『심청전』이 연간 6만 권, 『홍길동전』이 연간 4만 5천 권, 옥편이 2만 권, 잡가집이 만오천 권이 팔렸다고 기록하고 있다. 『삼천리』, 1935.6.

35) 다섯 부류 노래의 음악사회적 성격은 다음의 논의를 참조할 것. 권도희, 「20세기 초 서울음악계의 성격과 대중음악 형성에 관한 연구」, 『서울학연구』 22집, 2004.

공연의 인기를 반영한 것이라 할 수 있다.

1902년 최초로 설립된 극장 역시 근대적 여가문화를 가장 전형적으로 구현하는 장이라 할 수 있다.36) 최초의 극장인 협률사는 고종의 어극(御極) 40주년 칭경예식(稱慶禮式)을 위해 고종의 칙허를 받아 설립되었다. 왕의 칭경예식을 위해 설립됨 만큼 이곳에서는 정재무(呈才舞)를 주로 공연하였고, 그 외 활동사진을 상영하거나, 잡가와 판소리, 통속민요를 무대에 올렸다. 그런데 대중들의 인기를 장악한 것은 단연 판소리와 잡가, 통속민요였다. 특히 여럿이, 서서, 율동을 곁들여 불러 풍부한 볼거리를 제공하는 선소리계 통속민요가 급격히 인기를 끌었다.

> 我國의 所爲 演戱라 ᄒᆞᄂᆞᆫ 것은 毫髮도 自國의 精神的 事相이 無ᄒᆞ고 但 其淫舞醜態로 春香歌니 沈 淸歌니 朴僉知니 舞童牌니 잡가니 打令이니 ᄒᆞᄂᆞᆫ 奇奇怪怪ᄒᆞᆫ 浮湯荒誕ᄒᆞᆫ 技를 演ᄒᆞ며……37)

판소리와 잡가의 인기는 초기 협률사 무대에 섰던 면면들을 통해서도 확인해 볼 수 있다.38) 극장공연이 본격 도입되면서 나타난 변화는 듣는 문화였던 민간의 가창양식이 볼거리 위주로 전환하고, 무대에 오른 예능인의 지위가 상승되었다는 것이다. 이는 문화의 중심이 시각을 위주로 재편되기 시작하였다는 것을 의미하는 동시에 무대 위의 예능인을 청중보다 우월한 위치에 세우는 스타덤의 초보적 형태가 마련되었다는 의미로 볼 수 있다. 특히 1907년 단성사와 연흥사 등 민간 극장이 속속 설립되면서, 극장 간에 레퍼토리 경쟁과 인기 연예인을 전속으로 두려는 경쟁이 치열해지기 시작했다.

---

36) 박재환 외, 『근대사회의 여가문화』, 서울대 출판부, 1996.
37) 『황성신문』, 1907.11.29.
38) 김창환·송만갑을 위시하여 이동백·강용환·염덕준·유공렬·허금파·강소향 등의 판소리 명창과 박춘재·문영수·이정화·홍도·보패 등 경서도 명창이 초기 협률사 무대에 섰던 주요 인물들이다.

이 시기 전통 가창양식의 변용을 이끈 대표적 매체는 유성기라 할 수 있다. 유성기는 제작과 유통 과정에서 대규모 자본과 테크놀로지가 개입하는 만큼 근대를 표상하는 매체라 할 수 있다. 유성기의 시대는 20세기 초, 미국 콜롬비아사의 국내 진출과 함께 시작되었지만, 유성기 도입과 녹음 행위는 1896년 발매된 음반이 남아있는 것으로 보아 더 일찍 시작된 것으로 보인다. 1907년 미 콜롬비아사에서 발매한 음반은 19세기 시정문화의 취향이 20세기 들어서도 지속되고 있다는 것을 보여주고 있다. 관기 최홍매와 잡가패의 일원으로 보이는 한인오가 녹음한 음반에는 시조, 좌창 잡가, 휘몰이잡가, 가사, 서도소리 등이 고루 수록되어 있다. 전통적 가창양식에 대한 선호도는 일본축음기주식회사(닙보노홍), 일동축음기회사(제비표레코드)를 중심으로 유성기 시장이 열린 1920년대, 조선의 소위 육대 음반사[39]가 경쟁체제로 돌입한 1930년대에도 지속되었다.[40]

유성기의 도입은 구전에 의해 전승되던 시가가 가집에 이어 새로운 기록물로 전환하는 과정을 보여준다. 아울러 유성기는 시가의 향유 관습을 바꾸기도 하였다. 좌창 잡가나 가사를 완창하기 위해서는 대략 8분 정도가 소요된다. 그런데 유성기 음반은 3분 이내에 한곡을 수록해야 하므로 부득불 사설을 대폭 축소하거나 일부분만을 녹음할 수밖에 없다. 초기 음반의 실상을 보여주는 1907년 콜롬비아 판 음반을 보면, 〈황계사〉는 사설이 대폭 축소되고, 〈유산가〉, 〈적벽가〉 역시 사설이나 악곡이 축약된 형태로 실려 있는 것을 발견할 수 있다. 이렇게 본다면 가사나 좌창 잡가의 비중이 축소되고, 통속민요의 비중이 높아지는 것은 극장

---

39) 육대 레코드사는 콜롬비아, 빅타, 포리돌, 시에론, 태평, 오케이다. 「육대회사 레코드전」, 『삼천리』, 1933.5. 이중 콜롬비아와 빅타는 미국·일본 합작회사의 한국지부였고, 포리돌은 독일·일본 합작회사의 한국지부였다. 또한 시에론, 오케, 태평은 일본 현지 법인의 한국지부였다. 식민지 시대 음반사의 성격에 관한 논의는 다음 글을 참조할 것. 장유정, 「일제 강점기 한국 대중가요 연구」, 서울대 박사논문, 2004, 418~22면.
40) 1930년대 유성기 음반에 담긴 전통 시가의 동향에 대한 논의는 다음 글을 참조할 것. 고은지, 「20세기 유성기 음반에 나타난 대중가요의 장르 분화 양상과 문화적 의미」, 『한국시가연구』 21집, 한국시가학회, 2006.

공연의 도입 이후 바뀐 대중의 선호도에도 기인하지만, 보다 짧은 노래를 선호하는 당대의 매체 환경이 개입한 결과라는 분석도 가능하다.

1928년 전기녹음의 도입과 함께 유성기는 대량 생산체제로 돌입하게 되었다. 그런데 테크놀로지의 진보는 전통 가창양식 입장에서는 위기적 상황이었다. 전기녹음 방식의 도입과 함께 주요한 기기로 부상한 마이크로폰은 통성을 사용하는 전통적 음질과는 어울리지 않았다. 또한 대량 생산체제로 전환한 이후 급증하는 수요에 걸맞는 새로운 레퍼토리를 지속적으로 생산하기에는 한계가 있었다. 한마디로 전통 가창양식은 대량 생산체제의 상품으로 존재하기 위해 필수적으로 거쳐야 하는 산업화, 표준화에 한계가 있었다는 것이다.[41]

전통적 가창양식은 근대 초기 대중매체에 적응하면서, 초기 대중문화로 성공적으로 정착하였지만, 대량 복제가 가능한 매체와 기술이 확산되면서 유행가 등 신종 장르에 비해 불리한 조건에 놓이게 되었다. 그렇지만 테크놀로지가 조선 대중의 이왕에 형성된 선호도를 송두리째 바꿀 수는 없었다. 1930년대 이후 본격화된 개작과 신작,[42] 악기 편성과 편곡의 다양화, 서양음악, 일본음악 등 외래양식과의 혼성[43]은 조선 대중의 취향과 새로운 기술 환경 간의 접점을 찾기 위한 노력이었다고도 볼 수 있다. 혼성화는 전통적 양식의 퇴조와 왜곡으로 볼 수도 있지만,[44] 외래 양식이 우월한 지위를 점하고 있는 식민지 상황에서, 歌가 새로운 매체환경에 적응하기 위한 모색의 흔적이기도 하다.

---

41) 권도희, 앞의 책.

42) 인기있는 레퍼토리에 '신'을 붙인 〈신개성난봉가〉, 〈신방아타령〉, 〈신흥타령〉 등 신조의 개발이 여기에 해당된다.

43) 1930년대 중반부터 대중가요의 하위 장르로 자리잡은 신민요가 여기 해당된다. 신민요는 '전문 작사가·작곡가 조선민요에서 선율이나 형식을 취해 만든 창작민요'로 정의해볼 수 있다.

44) 초기 대중가요의 식민성·이식성을 주장했던 이영미·김창남이 이러한 입장을 취했다. 김창남, 「유행가 성립과정 및 그 성격에 관한 연구」, 서울대 석사논문, 1984; 이영미, 「일제시대의 대중가요」, 『노래』 1, 한울출판사, 1984.

## 4. 나오는 말

국문학이 제도적 학문으로 정립된 이래, 갑오개혁 이전의 시는 고전시가로, 창가는 계몽기의 과도적 양식으로, 1920년대 이후 자유시는 근대시로 나눠 바라보는 분석의 틀[45]은 하나의 법칙처럼 자리잡게 되었다. 그런데 이러한 구분이 초기 국문학자들에 의해 한 세대 전까지의 시가 중 정전으로서의 지위를 확보한 시가를 고전시가로 명명한 반면, 동 시대 비엘리트층에 의해 광범위하게 향유되고 있던 시와 가를 배제한 채 이루어졌다는 점은 도외시 되었다. 그 결과 19세기까지 축적된 전통을 계승하는 한편, 자체 변용을 겪으면서 20세기 이후에도 당대 문화로 존재하고 있던 시가는 수구적 퇴행으로 치부되거나, 조선 후기 시가의 변모양상에 부수되어 논의되어 온 것이 현실이라 할 수 있다. 이러한 시선은 전통을 소환하면서도, 전통을 계승하였을 뿐 아니라 실제로 향유되고 있던 잡가, 타령, 민요에 대해 적대적인 태도를 취했던 계몽 엘리트의 태도와 닮아있다고 할 수 있다.

시가의 범주 안에는 이처럼 정전적 지위를 확보한 '고전'으로서의 시가 외에도, 시정문화가 성숙하기 시작한 시점부터 비엘리트층의 생활과 여가를 구성하는 유력한 통로였던 대중적 가창양식으로서의 시가, 근대가 주는 혜택으로부터 소외된 변방에서 새로운 시대를 대면해야 하는 당혹감을 피력한 시가 역시 포진하고 있다. 시가와 근대성에 대한 논의는 20세기 이후 정선의 외곽, 근대의 외곽에 자리하였던 시가 작품들을 제 자리에 배치하고, 그 시가사적 의미를 묻기 위해서도 필요하다고 할수 있다. 나아가 이는 시가란 무엇인가? 고전시가란 무엇인가? 고전시가의 시기적 하한선은 어디까지인가? 라는 질문에 대한 답을 구하기 위

---

45) 고전시가를 학문적 대상으로 정립하는데 크게 기여한 조윤제의 『한국시가사강』(동광당서점, 1937)에서부터 이러한 분석의 틀을 찾아볼 수 있다.

해서도 거쳐야 하는 과정이라 할 수 있다. 이 책은 그 질문에 대한 답을
구하는 지난한 여정의 궤적이라 할 수 있다.

# 19세기 도시유흥과 문화적 주체의 성장

## 1. 들어가는 말 – 도시유흥을 주목하는 이유

　문학사에서 19세기는 중세가 마지막으로 끝을 맺으며, 다가오는 세기의 가능성을 배태하는 변화의 시기라 할 수 있다. 그런 만큼 문학·예술 각 영역에서 단일한 시각으로 포착되기 어려울 정도로 중층적 국면을 드러내고 있다. 유흥적 속성을 노골적으로 드러내는 작품이 나타나는가 하면, 향촌의 촌락 공농체와 가문을 중심으로 한결 교조적인 유교 이념을 설파하는 작품군이 그 한편에 만만찮게 포진하고 있다. 이러한 양상은 물론 19세기 문학 나아가 문화 전반의 중층성·다양성을 증명하는 사례로 해석할 수 있다.

　그러나 19세기 문학의 이러한 특수성이 오히려 그 실상에 접근하는 데 일종의 장애가 되기도 했다는 사실 역시 인정할 필요가 있다. 더구나 작품에서 다가올 근대를 예비하는 전망이나 공공적 이념이 더 이상

발견되지 않는 순간, 그에 대해 부정적 평가를 내리거나 판단을 보류하곤 했다. 이는 19세기보다 앞선 시기, 즉 18세기의 문학 유산에서 근대적 징후를 찾아내려는 열정과 노력은 넘쳤던 반면, 근대와 시기적으로 가까운 19세기 문학 전반에 대한 조망과 탐구는 오랜 기간 이루어지지 않았던 사정에서도 충분히 짐작할 수 있다.

그 결과 19세기 문학에 대한 연구는 이 시기 활발히 창작·보급되었던 개별 장르인 판소리나 영웅소설, 가문소설, 가집 소재 시조, 잡가의 추이를 살피는데 집중되어 있었다. 물론 개별 장르에 대한 연구 결과가 축적되면서 18세기의 특징적 양상에 편승하여 19세기를 이해한다거나 '조선 후기'라는 거대한 틀에 부수되어 19세기를 이해하던 관행은 많이 개선되었다고 할 수 있다.[1]

이 글에서는 도시유흥을 중심으로 19세기 문학사의 일단을 살펴보려 한다. 이를 위해 특히 도시유흥에 편입되었던 시조·가사·잡가를 중심으로 도시적 일상과 그 안에 내재한 도시인[2]들의 욕망을 주목하고자

---

1) 이 글에서 주로 살피고 있는 시가 제 장르를 중심으로 19세기의 특징을 살핀 대표적 업적으로는 향촌 기반의 시가와 도시을 중심으로 연행되던 시가의 미적 특성과 시대적 맥락을 꼼꼼히 짚어본 고려대 고전문학·한문학연구회 편, 『19세기 시가문학의 탐구』, 집문당, 1995를 들 수 있다. 도시유흥의 주류 레퍼토리였던 시조의 경우 고미숙, 「19세기 시조의 예술사적 의미」, 고려대 박사논문, 1994, 가집 『가곡원류』를 중심으로 가곡의 예술적 실현을 살핀 신경숙, 「19세기 가곡(시조문학사) 어떻게 볼 것인가?」, 『한국문학연구』 창간호, 고려대 민족문화연구원, 2000, 동일 가집 소재 신출작을 중심으로 19세기 시조의 서정시로서의 가능성을 살핀 고정희, 「『가곡원류』 시조의 서정시적 특징」, 서울대 석사논문, 1996, 가집 『남훈태평가』를 중심으로 시조 대중화의 내적 문법을 살핀 박이정, 「『남훈태평가』 시조의 내적 문법 연구」, 서울대 석사논문, 2001 등을 꼽을 수 있다.

2) 여기에서 굳이 도시인이라 호명한 이유는 시정 상인을 의미하는 전통적 의미의 시민, 근대화를 추동한 시민사회의 공익적 시민 등 그들의 직제나 이념적 지향성에서 비롯된 명명과 구분하기 위해서이다. '도시인'이라 하였을 때에는 도시라는 거주 공간에서 일어나는 '다른' 경험을 체득한 집단이라는 의미가 우선된다고 할 수 있다. 여기에는 상인 뿐 아니라, 중간관리·사대부·임노동자 등이 광범위하게 포함될 수 있다. 물론 19세기 도시발달을 이끈 주력 세력인 상인이 도시인들의 의식과 태도, 감성의 변화에 큰 영향을 미쳤지만 이러한 변화가 단지 상인층 내부에만 머물지 않고, 도시에 거주하는 집단이나 개인에게 광범위하게 확산되었다는 것을 본고는 주목하고 있다. 따

한다. 19세기는 흔히 도시유흥의 전성기라고 불린다. 도시유흥의 성장은 심미화, 다양화된 여가가 본격 자리잡으며, 생활과 여가가 분리되는 징후로 해석할 수 있다. 생활과 여가가 자연스럽게 분리되는 현상은 생활과 이념, 문학과 예술을 자연스레 합치하려 했던 전대의 예술 향유 방식과 근본적으로 구분되는 점이라 할 수 있다.

도시유흥의 질적·양적 성장을 이끌었던 주 동인 중 하나는 연행을 위한 가창물로 존재했던 시조·가창가사·잡가 등 시가 제 장르였다. 도시유흥의 장에 걸맞게 다듬어진 시가 제 장르가 도시유흥의 주요 영역으로 포섭되면서, 문학·예술의 향유관습에도 일대 변화를 불러일으켰다. 여기에서 도시유흥의 규모와 질을 결정하는 것은 단연 경제력이다. 따라서 고정된 신분 구조에 따라 체계화된 문학·예술의 창작과 향유 방식을 뛰어넘는 양상이 이 시기 예술 향유에서 두드러지게 나타나기 시작한 것이다. 아울러 유흥현장에서 상호 이질적인 장르 간의 공존과 넘나듦이 활발히 진행되며, 장르 간의 개방성이 극대화하기에 이른 것은 문학과 예술의 창작·향유 방식의 변화와 무관하다 할 수 없다. 신분 간의 경계를 허무는 개방성, 장르 간의 소통에 의한 상호텍스트성은 전통적인 것, 고정된 것이 끊임없이 혼류하는 시대의 역동성을 뚜렷이 보여준 것이라 할 수 있다.[3]

도시유흥은 이러한 전환기 특유의 역동성과 개방성을 대표적으로 보여주고 있다는 점에서 주목할 만하다. 그리고 이러한 개방성과 역동성이

라서 도시인은 직제와 신분, 시민사회 등 역사적 단계에 따른 명명이 아니라 거주 공간과 생활 체험에 의한 명명이라 할 수 있다. 이는 도시와 향촌이라는 거주 공간의 차이, 여기에서 비롯되는 체험과 감각의 차이가 19세기 문학의 중층성, 다양성에 기여했다는 이 글의 문제의식과 상통한다고 하겠다.

3) 도시유흥의 역동성과 개방성은 여항인을 중심으로 하며 사대부 일부를 포섭했던 18세기 여항인들의 유흥문화와 근본적으로 달라지는 지점이라 할 수 있다. 즉 18세기 여항문화가 새로운 문화주체의 등장과 변화를 예고하였지만, 여전히 문학·예술의 향유에 있어 여전히 신분적 귀속성을 탈피하지 못하였다. 그러나 19세기 도시유흥의 소비층은 위로는 벌열층에서 아래로는 도시 하층민까지 포괄할 뿐 아니라, 상호모방하는 양상까지 띠어 문화가 신분이라는 변수에서 현저히 탈피한 모습을 보여주고 있다.

도시라는 공간의 구성, 도시체험과 무관하지 않다는 점에서 도시체험과 도시유흥 간의 내적 연관성을 적극적으로 밝혀볼 필요가 있다. 본격적인 논의에 앞서 18세기 이후 문학·예술의 변화를 이끈 주역들은 공통적으로 서울 등 대도시를 배경으로 성장했다는 점에 주목할 필요가 있다. 이들은 대도시를 중심으로 활발히 전개된 상업과 유통에 적극적으로 개입하여 경제력을 획득하면서 기존의 사대부문화와는 다른 서민문화가 개화할 수 있는 물적 조건을 구축해나갔다. 다양한 가능성을 배태한 도시는 새로운 문화가 성장할 수 있는 최적의 조건을 제공하고 있던 셈이다.

19세기 도시유흥은 도시를 중심으로 진행되었던 변화와 가능성들이 최종적으로 합류하는 지점이라 할 있다. 하지만 도시유흥에 대한 기존의 논의는 경제적 부가 소모적인 놀이로만 흘러간 결과 부상한 것이니만큼, 이를 퇴영적 삶의 부산물 정도로 여겨왔다.[4] 즉 도시유흥을 주도했던 중간 제 계층과 왈자 부류의 현세적 향락주의와 예속성, 폭력성이 도시유흥에 반영되어 있다는 것이다.[5] 19세기 소설에 나타난 상류층의 유흥에 주목했던 논의 역시 이들의 유흥을 향락주의적 세계관의 반영으로 보았다는 점[6]에서 여항인이나 왈자 부류의 유흥을 대상으로 했던

---

4) 이러한 입장은 일찍이 도시유흥에 주목했던 강명관의 다음 논의에서 나타난다. 강명관, 「조선 후기 서울의 중간 계층과 유흥의 발달」, 『민족문학사연구』 2집, 민족문학사연구소, 1992; 강명관, 「사설시조와 여항한시의 대비적 고찰」, 『한국한문학연구』 22집, 한국한문학회, 1998. 이 논의에 의하면 도시유흥은 여항인을 중심으로 한 중간 제 계층의 속성인 현세적 향락이 노골적으로 반영된 것이라 할 수 있다. 또한 조선 후기라는 시기 설정에서 보이듯, 19세기 도시유흥은 18세기 여항인들이 주도한 유흥문화의 연장선상에서 파악하고 있다.

5) 도시유흥을 주도한 여항인 및 왈자 부류의 역사적 성격, 그들이 문화에 끼친 영향은 다음의 논의를 참조할 것. 고석규, 「18·19세기 서울의 왈짜와 상업문화－시민사회의 뿌리와 관련하여」, 『서울학연구』 13집, 서울시립대 서울학연구소, 1999. 이 논의에 따르면, 왈짜 부류는 폭력성·수탈성·유흥성을 지니고 있었고, 이러한 성향이 상업문화로 이어졌다고 본다. 주로 문학계의 연구 성과를 반영한 이 논의는 19세기 도시유흥을 18세기 여항문화의 연장 및 심화로 보았다는 점에서 강명관의 논의와 궤를 같이 한다. 그러나 이들이 노골적인 상업성 못지 않게 저항성을 드러내었다는 점에서 공공성의 단초를 보였다고 해석하고 있다.

6) 김경미, 「19세기 한문소설의 새로운 모색과 그 의미」, 『한국문학연구』 창간호, 고려

앞서 논의와 비슷한 결론을 도출하고 있다. 도시유흥에 두루 나타나는 향락성·상업성은 결과적으로 19세기 문학 전반에 대한 부정적 평가의 원인이 되었다.[7] 물론 이 안에서 근대 시민사회를 준비하는 공공이념, 민중적 전망에 기반한 개혁의지를 찾기는 어렵다. 그러나 도시유흥의 부상과 성장과정을 따라가고, 향락성과 상업성의 내적 의미를 추적하다 보면, 경제력과 결합한 문화적 주체의 성립, 대중심리의 추이 등 의미있는 변화를 읽어낼 수 있다.

## 2. 도시와 도시유흥의 성장

### 1) 도시의 성장

도시란 거대한 건축물의 집적 지역인 동시에 각종 물적 시설로 정비된 지역 공간을 말한다.[8] 또한 '도시란 그 주민의 압도적 대부분이 공

---

대 민족문화연구원, 2000; 조혜란, 「조선 후기 소설에 나타난 유흥서술 연구」, 『한국고전연구』 3집, 한국고전연구학회, 1997. 이 논의에서는 현세적 향락이 욕정을 긍정한다는 점에서 진보적인 면과 퇴영적인 양면을 지니고 있다고 보았다.

7) 19세기 문학·예술에 대한 부정적 평가는 다음의 논의에서 대표적으로 나타나고 있다. 임형택, 「18·19세기 예술사의 성격—'趣'의 미학적 인식」, 『한국문학사의 논리와 체계』, 창작과비평사, 2002; 임형택, 「문학사적 현상으로 본 19세기」, 『한국문학사의 논리와 체계』, 창작과비평사, 2002; 고석규, 앞의 책. 이들 논의에서는 19세기 유흥이 상업성·통속성을 노골적으로 드러내면서, 창조성이 극히 결핍된 상태라는 진단을 내리고 있다. 19세기 문학 전반은 아니지만 19세기 도시유흥의 중심을 이루었던 시조의 경우, 매너리즘화 경향, 독자적 창작의식의 부재를 들어 부정적 평가가 제출되기도 하였다(고미숙, 앞의 책). 『가곡원류』, 『남훈태평가』 등 19세기의 대표적 가집을 다시 읽어, 서정시의 가능성을 탐색한 논의, 대중시조의 유형성과 참신성을 고찰한 논의가 제출되기도 하였으나, 이것이 19세기 전반의 문학·문화적 경향과 결부되어 논의되지는 않았다는 점에서 기존의 평가를 바꾸는 단계까지는 이르지 않은 것으로 보인다.

업적 또는 상업적 영리로부터의 수입에 의하여 생활하는 정주(定住)형태'로 정의하기도 한다.9) 이것은 도시의 성장이 다분히 근대화, 자본주의화의 산물임을 암시하는 것으로 보인다. 도시라는 공간 구성이 다분히 사회적 산물이며, 시·공간의 맥락 속에서 구체적인 역사성을 획득해간다는 사실10)을 굳이 거론하지 않아도, 19세기 조선에서 도시라는 곳은 중세 해체의 기운이 가장 가시적으로 드러났던 곳이라 할 수 있다.

19세기를 전후한 도시의 성장은 조선의 수도였던 서울의 변모에서 단적으로 확인해 볼 수 있다. 조선 왕조의 수도였던 한성부(漢城府) 즉 서울은 15세기 초에 둘레 약 17만km의 성곽 도시로 만들어져 약 10만의 인구가 그 안에 거주하고 있었다.11) 『주례(周禮)』에 기초한 유가적 도시관에 따라 만들어진 서울은 애초에 왕실과 사대부의 주거 공간으로 설계되었다.12) 중앙집권적 국가 권력 체계 속에서 정치와 행정의 중심이 되었던 서울은 이렇듯 정치 도시, 계획 도시로 출발하여 애초에는 근대적 의미의 도시와는 다소 거리가 있었다.

그러나 17세기 말을 고비로 서울은 눈에 띄게 달라지기 시작하였다. 서울의 변모는 인구의 증가와 도시 공간의 지속적 확대, 주민 구성의 변화라는 말로 요약해 볼 수 있다. 변화의 시작은 농촌 인구의 도시 유입이었다. 농민층의 분화 과정에서 이탈한 농민들이 도시로 유입되면서 도시 인구가 급격히 증가하고 자연스레 도시 공간이 확대되었다. 농촌을 떠난 이들은 봉건적 토대인 토지를 잃은 농민들로 이들은 도시로 흘러들어 대부분 임노동자로 자리잡게 되었다.13)

---

8) 손정목, 『조선시대 도시 사회 연구』, 일지사, 1977, 23면.
9) 위의 책, 24면.
10) 김왕배, 『도시, 공간, 생활세계』, 한울, 2000, 33~35면.
11) 이태진, 「서울, 자생적 근대 도시화의 모습」, 『창작과비평』 1995년 여름호, 창작과비평사, 1995.
12) 강명관, 「조선 후기 한시와 서울의 변화」, 『민족문학사연구』 6집, 창작과비평사, 1994.
13) 강만길, 『한국근대사』, 창작과비평사, 1984, 139면.

도시의 양적 성장을 견인했던 것은 다름 아니라 상공업이었다. 서울에서는 이미 관의 보호를 받는 육의전으로부터 시정인의 소비 생활에 직결되는 '3대시'의 자유매매와 같은 분산적 소상업으로 폭이 넓어지면서 상공업의 발전과 상공인의 지위 상승을 예고한 바 있다. 도시 인구의 증가와 상공업의 발달은 도시의 주민 구성, 나아가 도시의 성격 자체에도 변화를 불러 왔다. 농촌 인구가 도시의 하층민으로 정착하고, 상공인이 새로운 부의 담당자로 부상하면서 전통적인 신분 구성에 변화를 일으키기 시작한 것이다. 그 결과 신분의 사회적 의미는 상실되고, 직업을 매개로 한 계급 구조의 중요성이 부각되기 시작하였다.[14] 또한 소수의 양반과 다수의 사노비로 양분되었던 신분 구조는 상공인, 수공업자를 중심으로 한 상민층이 두터워지는 구성으로 점차 바뀌게 되었다.[15] 뿐만 아니라 상공인 층 내부의 분화도 지속되어 서울의 신분 구성은 이전 시기와 비교할 수 없을 정도로 다양해졌다. 다음의 작품은 19세기 말 상업의 발달이 가져온 직종의 다양화, 이로 인해 변화된 풍속도를 보여주고 있다.

> 썼다보라 하는 것은 종로(鐘路) 市井앗치라 하는 것인데, 물건 主人의게 물건을 파라주고 餘利를 먹 는 것이라. 이것은 신전시정 욍기는 것이니 종각 모퉁이와 전 병문에서 나오는 사람을 치여보고 오 이기 다가 그 중에서 신을 사라 오는 사람이 잇스면 제가 욍기는 사람이라고 신을 팔아주고 여리를 먹나니라.

'썼다보가 욍기는 것'이라는 제목의 이 작품은 상업의 발달에 편승한 거간꾼의 등장을 해학적으로 보여주고 있다.[16] 손님을 가게로 끌어오고

---

14) 조성윤, 「조선 후기 서울 주민의 신분 구조와 그 변화—근대 시민 형성의 역사적 기원」, 연세대 박사논문, 1992.

15) 위의 논문.

16) 이 작품이 실린 고대본 『악부』는 19세기 말, 20세기 초 주로 기방에서 불리워졌던 가창물을 집대성한 것으로 19세기 말, 20세기 초 서울의 유흥문화의 실상을 반영한 자료이다.

이익의 일정 부분을 나누는 '쩟다보'의 등장으로 상업의 발달과 함께 다양한 직종이 존재했고, 상인들 사이에도 부상과 영세 상인, 원매자와 구매자 그리고 둘을 중개하는 거간꾼 등 다양한 직종으로 분화되었다는 것을 알 수 있다.

신분 구조의 변화는 자연스럽게 도시의 성격 변화로 이어지게 되었다. 중앙집권적 권력 체계 속에 고안되었던 '정치도시' 서울의 경제생활은 철저히 정치적인 논리에 따라 이루어졌다. 이는 18세기 이전 서울의 주 수입원이 조세와 지대라는 데에서 확인해 볼 수 있다.[17] 즉 서울의 경제활동은 농촌에 대한 도시의 지배를 설명해주는 동시에 도시의 경제력이 봉건적 수취 체계에 기반하고 있음을 보여주는 대표적 사례라 할 수 있다. 이것은 조선 초기 상권이 관을 지배를 받으며 주로 지배층의 소비를 위한 역할에 머물렀던 데에서도 거듭 확인된다. 상공업 종사자의 증가와 이들의 지위 상승은 봉건적 관료, 이들에게 노동력과 세금을 제공하던 평·천민으로 구성되었던 인구 구성의 변화에 그치지 않고, 도시 전체에 활력을 불어넣었다. 이러한 분위기에서 성장한 도시유흥은 도시의 활력이 문화적으로 표현된 형태로 볼 수 있다.

대표적 도시인 서울은 1896년 이후 진행되었던 '도시 개량 사업'으로 인해, 전기와 전신·전화·전차 등 근대적 체험을 할 수 있는 공간으로 또 한번 거듭나게 되었다.[18] '도시 개량 사업'은 개항 이후 불어닥친 외풍과 무관하지 않다. 따라서 19세기 말에서 20세기 초로 넘어가는 전환기의 서울은 낡은 것과 새로운 것이라는 대립축 외에 전통적인 것과 외래적인 것의 대립이라는 항목을 추가하게 되었다.

---

17) 조성윤, 앞의 논문.
18) 이태진, 앞의 책.

## 2) 도시 유흥의 성장과 다양화

19세기 서울 등 대도시의 변모를 알리는 또 다른 유력한 징후로 다양한 유흥 공간의 등장을 꼽을 수 있다. 여기에 해당되는 것이 주사와 음식점, 기방, 색주가 등 여가를 소비하는 공간인데, 이들이 서울에 속속 등장하면서 도시에 유흥적 분위기가 확산되었다.[19] 특히 수상교통의 중심지였던 경강(京江) 지역을 중심으로 술집 등 다양한 유흥가가 발달했던 것으로 보고 되고 있다.[20] 유흥 공간의 등장은 두 가지 의미로 살필 수 있다. 먼저 유흥가는 잉여 인력과 재화가 흘러들어가는 곳이라는 점에서 상공업 발전의 결과로 볼 수 있다. 또한 도시유흥을 실체를 구성했던 문학·예술의 각 영역이 상업적 시스템에 포획되면서 급격히 상업문화의 성격을 띠었다는 것이다. 상업문화는 당연히 그에 걸맞는 미감과 향유 방식을 수반하게 된다. 19세기 도시에 넘쳐난 유흥문화를 이야기할 때 빠지지 않고 등장하는 대목에서부터 논의를 시작해 보자.

華麗가 이러할제 놀인들 없을쏘냐
長安少年 遊俠客과 公子王孫 宰相子弟
富商大賣 塵市井과 다방골 諸葛同知
別監武監 捕盜軍官 政院使令 羅將이라
南北村 閑良들이 各色놀음 장흘시고
선비의 詩軸놀음 閑良의 成廳놀음
公物房 船遊놀음 捕校의 歲饌놀음
各司書吏 受由놀음 각집 傔從 花柳놀음
長安의 便射놀음 長安의 豪傑 놀음
宰相의 吩咐놀음 百姓의 中脯놀음

---

19) 강명관, 앞의 책.
20) 고동환, 「조선 후기 서울의 도시구조 변화와 도시문화」, 『역사와 도시』(동양사학회 편), 서울대 출판부, 2000.

19세기 중반 서울의 세태와 풍물을 그린 장편 가사 〈한양가〉에서는 위로는 공자 · 왕손으로부터 사대부, 하급 관리, 무관을 거쳐 일반 백성에 이르기까지 각계 각층의 사람들이 각색의 놀이를 하는 모습을 그려내고 있다. 이 구절만으로도 이 시기 도시의 유흥 문화가 특정한 계층에 국한되지 않고 광범위하게 확산되었다는 것을 짐작할 수 있다.

유흥의 저변화 · 다양화는 두 가지 조건을 필요로 한다. 여가를 소비할 수 있는 도시의 경제적 부가 하나라면, 다른 하나는 관의 구속에서 자유로운 민간 예능인이 다른 하나라 할 수 있다. 이 둘이 더해지면서 문학 · 예술의 향유에 있어 신분적 귀속성은 현저히 약화되었다. 자주 인용되는 〈한양가〉의 한 대목을 더 들어보자.

> 거상죠 느린 후의 쇼리ᄒᆞᄂᆞᆫ 어린 기ᄉᆡᆼ 한 손으로 머리 밧고 아미를 반즘 숙여
> 우죠라 계면이며 쇼용이 편락이며 춘면곡 쳐스가며 어부ᄉᆞ 상ᄉᆞ별곡
> 황계타령 미화타령 줍가 시죠 듯기 죠타.

이 대목은 관에 소속된 관기들이 사사로운 잔치판에서 노래를 하는 장면을 그린 것이다. 기생을 동반한 대규모의 놀음은 기생에 대한 관의 구속력이 약화되었다는 것을 의미한다. 따라서 누구든지 경제력만 있으면 신분에 관계 없이 기생을 동반한 화려한 놀이판을 열 수 있었다. 이러한 놀이판의 분위기는 기생들의 복식과 장신구 묘사에서 짐작할 수 있듯이 더 없이 화려했던 것으로 보인다. '별감의 노름인ᄃᆡ 범연이 치장ᄒᆞ랴'라는 표현에서 보이듯 이 당시 별감은 유흥문화의 중심에 위치했었다. 별감은 전 시대인 18세기에도 여항인(閭巷人)[21]의 일부를 이루

---

21) 여기에서 여항인은 대략 두 가지 정도로 정의해볼 수 있다. 협의 개념으로는 서울에 거주하는 기술직 중인을 비롯한 하급 관리 혹은 위항인으로 불리는 중인 계층 혹은 광의의 개념으로는 신분 · 계층을 초월하여 도시라는 사회 · 문화 공간 속에서 도시적 삶과 미적 취향을 갖고 살아가는 집단 전체를 들 수 있다. 김학성, 「18 · 19세기 예술사의 구도와 시가의 미학적 전환」, 『한국시가학회 2001 학술대회자료집』, 2001.

며 여항예술의 성장에 가담했지만, 이들의 놀이가 도시 문화의 중심을 이루는 데에까지 미치지는 못했다. 그러나 19세기는 가히 별감들의 전성시대라 할 정도로 이들이 유흥문화의 중심으로 떠올랐다. 이들이 유흥문화에 참여하는 방식은 대규모 놀이판을 주최하는 것, 기방의 운영에 참여하는 것, 기생의 후원자가 되거나 스스로 오입장이가 되는 것 등 다양하였다.

별감들은 도시유흥을 주도한 소위 왈자 부류 중에서도 핵심을 이루었던 듯하다. 도시유흥을 주도한 왈자 무리의 행각은 판소리 〈무숙이타령(왈자타령)〉에도 실감나게 묘사되어 있다. 주색과 놀음에 빠진 무숙이를 주인공으로 한 이 판소리는 서울의 시정. 세태 특히 유흥의 풍속을 실감나게 반영하고 있다.

> 청누도당 노문 집의 어식비식 올ㄴ간니 좌반의 안진 왈즈
> 숭좌의 당하천총 니금위중 소연 출신 션전관 비별낭의 도총경역 안즈 익고
> 그 자츠 바라본니 각 영문 교견관의 셰도ᄒᆞ는 중방니며, 각스 셔리 북경 역관
> 좌유포쳥 니희군관 더젼별감 불긋불긋 당당홍의 식식ᄂᆞ라
> 쏘 한편 바라본니 ᄂᆞ장니 중원ᄉᆞ령 무여별감 셕겨 잇고 각젼시졍 남촌활양
> 노릭명챵 황ᄉᆞ진니 가스명챵 빅운학니 니야기 일슈 중게랑니 통소 일슈 셔게슈
> 장고 일슈 김츙옥니 젓ᄃᆞ 일슈 박보안니 피ᄅᆡ일 오랑니 희금 일슈 홍일등니
> 션소리의 송홍녹니 모홍갑니[22]

이 작품에서 왈자로 지칭된 무리는 당시 도시유흥을 실질적으로 이끈 실세라 힐 수 있다. 왈자 무리에는 당하 천총 이하의 무장층과 역관, 별감 등 하급 기술직 중인과 하급 무반, 시정의 상인과 한량같은 평민 부호들까지 망라되어 있다. 이들의 공통점은 유협객이 소질이 다분하다는 것과 유흥에 소비할 정도의 경제력을 지니고 있다는 것이다. 왈자 부류의 유흥 문화는 『춘향전』에도 보이고 있다. 투옥된 춘향을 위로하

---

22) 김종철, 「무숙이 타령(왈자타령) 연구」, 『한국학보』 68집, 일지사, 1992.

기 위해 모여든 남원 한량들의 왁자한 놀이 묘사는 유독 경판본에만 실려 있다.[23] 이렇게 본다면 남원의 한량은 바로 서울 왈자 무리의 모습이라 할 수 있다. 이들의 놀이는 12가사와 시조 가창에서부터 소설 읽기에 이르기까지 다양하게 펼쳐지고 있다.

별감과 왈자들의 유흥은 사대부의 풍류를 그들의 취향과 욕구, 관심사에 맞게 변형한 것으로, 새롭게 부상한 경제적 실력자들의 문화적 욕구와 수준을 반영하는 것이라 할 만하다. 이들은 문화에 대한 욕구는 있었지만, 스스로 문화전통을 만들어나갈 만한 역량은 아직 갖추지 않았던 것으로 보인다. 따라서 유흥의 향유에 있어, 신작을 창작하기보다는 이왕에 존재하고 있던 작품의 수용과 개작에 골몰하는 모습을 보인다. 도시유흥이 상업문화와 굳건히 결합했던 현실은 참신함보다는 익숙한 것을 선호하는 경향을 더욱 조장하였다고 볼 수 있다.

흥미로운 것은 사족층 역시 도시유흥에 경도된 모습이 드러난다는 점이다. 19세기 서울 벌열 가문의 위기와 그 극복 과정을 섬세하게 묘사한 장편 규방가사 「이정양가록」에는 당시 각색 놀음에 빠진 남편의 모습을 아내의 시각으로 그리고 있다.

> 열양나기 장긔두시 닷양나기 방듀견과
> 바둑 두기 골픠하기 늦놀기며 가구하기
> 감죽골 눅먹두기 싱긴 노름 다할 적의
> 돈도 쏘한 물이로다
> 제기츠기 장치기며 샹원이 연날리기
> 단오가졀 편싸옴과 틱견하기
> 씨름하기 편쌈흐기 춤추기며 노릭하기
> 동풍삼월 빅화시와 낙목규츄 단풍졀의
> 인상손하 명승쳐와 목멱슌즁 뉴명한곳
> 남북한 여러 대찰 기악쥬촌 싯고 가서

---

23) 김동욱, 『춘향전 연구』, 연세대 출판부, 1965, 277면.

에서 놀며 졔서 놀며 굼속의 이 니 홍안
봄빗치 느겨시리 츳즈올 줄 니졋도다

   기악을 동반한 대규모의 유흥에는 의례 소문난 관기나 장안의 파락
호나 유협객들이 함께했다는 표현이 보이고 있다. 이 대목에서도 일정
정도 경제력이 갖추어지면 유흥을 즐기는데 신분은 문제 되지 않았다
는 것을 알 수 있다. 물론 기생과 악공을 동반한 뱃놀이로까지 크고 화
려해지는 왈자류와 벌열가의 놀이는 결코 저변화될 수 없었다. 이들에
게는 경제력 외에도 관의 보호라는 조건이 구비되어 있었기 때문이다.
그렇다면 보다 저변화된 형태, 즉 도시 하층민까지 즐길 수 있는 유흥
은 어디서, 어떠한 형태로 존재하고 있었을까?

| | |
|---|---|
| 짙은 눈썹 윤기있는 살결 그림인 양 | 濃黛凝脂似畫援 |
| 비단치마에 흰 부채는 빙그르르 | 羅裙紈扇舞螺旋 |
| 춘향가 일곡에 양산도 부르자 | 春歌一曲陽山道 |
| 소리꾼 붉은 생초에 돈이 비오듯 | 肖者紅綃雨萬錢 |

   19세기 말 지어진 〈사당패〉라는 시는 조선 후기 대표적 유랑 예인 겸
매춘 여성으로 알려진 사당패의 공연 현장을 실감나게 묘사하고 있다.
사당패는 남녀가 섞인 일종의 예인 집단인데, 시장 등 사람이 많이 모
이는 곳에서 놀이판을 열었던 것으로 보인다. 이들의 레퍼토리에는 줄
타기, 땅놀음 등 전통적인 민중연회 양식 외에도 위 작품에서 보이듯
어깨 너머로 배운 가악도 포함되어 있었다. 거리의 연예인이었던 이들
에게 물론 수준 높은 음악성을 기대할 수는 없었지만 새로운 레퍼토리
를 재빨리 흡수하여 도시 하층민의 문화적 욕구에 부응하는 순발력은
갖추고 있었던 것으로 볼 수 있다.
   사당패와 서울의 각 권역에서 활동하던 잡가패는 도시의 하층민을
위한 대표적 예인 집단이라 할 수 있다. 19세기에는 사당패와 같은 유

랑 연예인들이 눈에 띌 정도로 늘어나 정약용같은 지식인은 이들의 폐단을 심각하게 염려할 정도였다.[24] 반직업적 예인이었던 떠돌이 놀이패 중 일부가 과천, 애오개, 뚝섬 등 서울 각 권역에서 활약하면서 선소리(立唱) 한마당과 같은 서민적 레퍼토리를 개발하여 인기를 모은 것도 19세기 중엽의 일이다. 이들은 주로 친숙한 지역의 민요를 변형하여 이를 도시의 분위기에 걸맞는 통속적인 선율과 창법으로 변형시켜 놓았다.

이렇듯 도시유흥은 다양한 장르의 시가가 가창물로 평등하게 공존하는 일종의 개방적 장(場)인 동시에 상호 이질적인 장르와 텍스트가 자연스럽게 넘나드는 '섞임'의 장이었다. 섞임은 이를 주도하고 향유했던 수용층 내부에서도 동일하게 나타나고 있다. 신분에 따라 구획된 문학·예술의 향유 구조는 왈자가 중심이 되어, 도시에 거주하는 경제적 유력층을 포섭하면서 수용층의 외연을 확장하는 방식으로 개방성을 증대해왔다. 이는 문화·예술의 향유에서 신분이라는 것이 더 이상 변수가 될 수 없다는 것을 의미한다. 도시유흥의 규모는 다르지만 시조·가창가사·판소리·잡가 등 그 레퍼토리는 닮아가는 현상은 19세기 문화의 동향이 신분의 경계를 약화하는 평준화로 향하고 있다는 것을 보여주고 있다.[25] 대표적인 도시유흥의 레퍼토리였던 잡가에 두드러지게 나타나는 상호 텍스트성·개방성·다성성은 이렇듯 도시 유흥의 장과 절묘한 상동 관계를 이룬다고 할 수 있다. 이렇듯 물적 기반에 기초한 다양한 유흥문화는 신분에 따른 분화라는 문학·예술사의 구도에 균열을 일으키고, 장르 간의 폐쇄적인 장벽을 붕괴시켰다.

물론 경제적 여유와 활력을 향락적인 놀이에 소진한 나머지 변혁기 폭발적으로 분출했던 갈등을 외면했다는 비판론이 제기될 수도 있다.

---

24) 김흥규, 「조선 후기의 유랑 예능인들」, 『고대문화』 20집, 고려대, 1985.
25) 가두에서 가곡을 부르는 명창 손봉사의 존재에서도 유흥의 저변화, 평준화 양상을 찾아볼 수 있다. 가두의 청중은 별감이나 별열층과는 거리가 먼 도시 하층민이라 할 수 있다. 이우성·임형택 편역, 『이조한문단편선』, 일조각, 1978.

그러나 이러한 체험이 도시인들 스스로 여가를 문화적으로 표현하는 방식의 하나였다는 점, 그 결과 근대예술의 발전 방향인 대중화 경향을 초보적으로나마 보였다는 점은 결코 가볍게 보아 넘길 수 없을 듯하다. 여러 부류의 인간과 다양한 삶의 양식이 존재하는 도시는 속성상 다양한 하위문화(sub culture)가 성장하게 마련이라는 견해[26]는 이런 점에서 음미해볼 만하다. 도시유흥은 도시인의 일상, 그들의 문화적 관심과 표현 욕을 드러낼 수 있는 하위문화였기 때문이다.


## 3. 도시 체험의 문학적 반영과 재현


도시는 중세 해체기의 변화와 활력을 가장 먼저 체험하고 이를 내면화한 공간이라 할 수 있다. 도시의 역동성과 활력은 '토지와 같은 고정자산보다는 유동적인 재화와 용역이 움직이는 곳'이라는 공간적 특성에서 기인한다고 할 수 있다. 도시의 공간적 특성은 일차적으로 그곳에 거주하는 구성원의 체험의 변화를 이끌고 이는 대상을 이해하는 방식의 변화로 이어진다. 따라서 도시체험에서 비롯된 대상 이해 방식의 변화는 도시인 특유의 감성구조와 내적 연관성을 가지고 있다고 볼 수 있다.

도시인의 특유의 감성과 욕망은 재현의 방식에도 영향을 미칠 수밖에 없다. 이 장에서는 도시 체험이 문학에 어떻게 반영되고 재현되었는가를 집중적으로 살피게 될 것이다. 즉 19세기 들어 선명해진 도시인들의 집단의식이 대상 인식의 변화를 이끌고, 이것이 인정·세태의 재현으로 이어졌다는 것이다. 도시를 적극적으로 체험한 도시인들은 사대

---

26) 마이크 새비지·앨런 와드, 김왕배·박세훈 역, 『자본주의 도시와 근대성』, 한울, 1996.

부, 전통적 농촌공동체의 구성원과는 다른 방식으로 세계를 이해하고, 이것이 텍스트 구성의 내적 원인으로 작동했으리라는 것은 이후 논의의 중요한 전제가 된다.


## 1) 역동성과 가시성(可視性)

도시생활은 도시인의 의식구조와 감성까지 바꿀 정도로 압도적인 경험이라 할 수 있다. 농촌의 경험이 자연적 계기에 의해 움직이는 정태적 삶이라면 도시의 삶은 인위적 계기에 의해 움직이는 동태적 삶이라 할 수 있다. 이것은 도시 특유의 활력과 역동성으로 전이된다. 이러한 활력은 시가에서 정형률의 파괴, 장황과 다변의 문법으로 구체화된다.

> ㉮ 층암절벽상에 폭포슈은 쫠쫠 슈경렴 드리온 듯 이골물이 주루루룩 져골물이 쏼쏼
> 열의 열골물이 한디 합수ᄒ여 천방져 지방져 소쿠라지고 펑퍼져 넌츌지고 방울져

> ㉯ 아무도 몰래 장단 맞춰 지근지근 지질러 놓고 동자야 어디서 날 찾는 손 오거든 네 먼저 나가 통속보아 딸 손님이건 떡메로 후리고, 아니 딸 손님이면 그물막대, 피리, 밥풀, 지렁이, 쌈지, 종 다래끼, 깻묵 주머니, 앉을 방석, 대깨칼, 초친 고추장 가지고 뒷여울로

㉮는 19세기 중엽을 고비로 서울·경기 지역에서 성창된 12잡가 중 으뜸으로 꼽히는 〈유산가〉의 한 대목이고, ㉯는 휘모리잡가 〈생매잡아〉의 한 대목이다. 잡가 〈유산가〉에서 눈에 뜨이는 것은 의성어, 의태어의 구사이다. 의성어·의태어는 대상의 본질을 구체적으로 드러내기 위한 수사이다. 이 작품에서 의성어와 의태어는 이념이 투영된 도(道)의 구현

체로서의 자연이 아니라 살아 움직이는 자연, 꿈틀거리는 역동적 자연을 재현하는데 일조하고 있다. 의성어·의태어는 대상의 재현 뿐만 아니라 이를 구현하는 방식에도 개입하고 있다. 이 작품은 가사체를 계승한 대표적 잡가로 꼽히고 있다. 그런데 의성어와 의태어가 음보 사이에 개입하면서 4·4조 4음보라는 정형율에서 일탈한 모습을 보이고 있다. 즉 유산가가 자아내는 역동성은 상당부분 파격과 일탈에 힘입었다고 볼 수 있다. 파격과 일탈, 이것으로 인해 조성되는 역동성은 확실히 도시인의 감각, 생활체험과 조응하는 부분이라 할 수 있다.

〈생매잡아〉에서 보이는 장황과 다변 역시 19세기 시가를 거론할 때 빼놓을 수 없는 특징으로 꼽힌다. 위 대목은 명사와 명상 상당 어구의 나열로 중심어에 인접 관계에 놓인 단어와 수식어를 장황하게 늘어놓아 사설을 확장하는 방식을 취하고 있다. 사설이 확장되면서, 거론되는 사물 하나하나가 급격한 리듬 위에 실리며 웃음마저 자아낸다.[27) 장황과 다변은 시적 긴장성을 떨어뜨려 절제와 질서를 이상으로 하는 시의 작법을 근본적으로 바꾸었다는 평가를 받는다. 물론 이를 두고 문학성의 후퇴로 해석하기도 하지만, 이것이 도시인의 분방함과 다양함을 가시적으로 드러냈다는 점은 부인하기 힘들 것이다. 이러한 재현방식은 전환기 세태를 만화경처럼 포착한 〈맹꽁이타령〉에서 정점을 이룬다.

상업과 교역이 이루어지고, 재화와 용역이 모여드는 도시는 농촌과 비교할 수 없을 만큼 활발하고 다양한 삶의 양상을 드러내고 있다. 재화와 용역은 인간의 필요에 따라 만들어지고 움직인다는 점에서 인위적 부산물이라 할 수 있다. 따라서 이에 대한 관심과 추적은 자연의 질서에 순응하는 삶에서 인위적인 계기에 따라 움직이는 삶으로의 변화를 의미하기도 한다. 문학·예술 작품은 달라진 부분을 놓치지 않고 포

---

27) 휘모리잡가 특유의 장황과 다변, 이것이 자아내는 웃음에 대해서는 다음의 논의를 참조할 것. 이형대, 「휘모리잡가의 사설 짜임과 웃음 창출 방식」, 『한국시가연구』 13집, 한국시가학회, 2003.

착하여 결과적으로 재현방식의 변화를 초래하였다.

도시를 배경으로 한 작품에서 눈에 띠게 달라진 것은 묘사의 치밀함이다. 묘사는 오감각으로 경험한 것을 언어로 재현하는 기술하는 것으로, 관찰과 이의 언어적 재현에 치중하는 기술 방식이다. 근대 전환기의 충격까지 담아낸 〈한양풍물가〉의 한 대목을 살펴보자.

> 편월샹토 밀화동곳 디ᄌ동곳 셕거 꼿고,
> 곱게 쓴 평양망건 외점바기 디모관ᄌ
> 샹의원 ᄌ지팔ᄉ 표립 밋히 팔괘 노코
> 남융ᄉ 증두리의 오동입식 쎠서 달고
> 슌픡 갓튼 슈ᄉ 갓근 귀를 가려 숙어 쓰고,
> 다홍싱쵸 고은홍의(紅衣) 슉쵸창의 바쳐입고
> 보라누비 겨구리의 외올 쓰기 누비바지
> 양식단 누비빙ᄌ 견비자 바쳐 입고
> 금향슈쥬 누비토슈 전토슈 밧쳐 씨고,
> 중동치례 볼작시면 우단 디단 도리불슈
> 각식 쥼치 묘이 졉어 납의매돕 벌매돕의
> 파리매돕 도리매돕 싁싁이로 꾀여츠고
> 오식비단 괴불쥼치 약낭 향낭 셕거 츠고
> 이군견 디방젼과 금ᄉ향 ᄌ긔향을
> 고롬마다 거러 츠고 디모장도 셕장도며
> 밀화장도 빅옥장도 안팟그로 빗기 츠고
> 슴슝보션 슌혹 파셔 밉시 잇게 하여 신고
> 제제창창 안즌 모양 졀츠도 거륵ᄒ다.

이 작품은 시선의 이동에 따라, 대상에서 받은 인상을 언어로 재현하는 방식, 즉 묘사의 방식을 취하고 있다. 한양을 소재로 한 시가에서 두드러지게 보이는 묘사의 우세는 도시문화의 속성과 연관지워 생각할 수 있다. 먼저 묘사에서는 시간에 따른 배열이 아니라 공간에 따른 시선의 이동이 나타난다는 점을 지적할 수 있다. 시간에 따른 배열은 '전(傳)'으로 불리는 일대기적 구성, 춘·하·추·동의 흐름을 따르는 사시가(四時歌) 계열의 작품군에서 대표적으로 나타난다. 반면 공간에 대한 관심은 주로 자연에 대한 적극적 동화를 노래한 강호가도(江湖歌道) 계열의 작품으로 가시화되었다. 그렇지만 앞서 잠시 언급하였듯이 강호가도에서 그리는 자연은 시각적 재현 대상으로서의 공간에 대한 관심보다는 '자족적인 도의 구현체'로서의 자연 공간에 대한 관심, 즉 자연에 대한 도학적 관심의 결과라 할 수 있다.

묘사와 관련하여 또 하나 생각하여야 할 것은 이것이 기본적으로 '시각적 재현'의 성격이 강하다는 점이다. 도시 문화는 기본적으로 보는 문화(visual culture)이다. 다시 말하면 시각에 노출된 문화, 보는 대로 재현하는 문화라 할 수 있다. 도시의 세태를 파노라마처럼 그린 문학 작품, 주변에 놓인 사물 하나까지도 놓치지 않고 재현하여 구체성을 획득한 작품은 보고, 재현하는 방식의 변화에서 비롯된 것이라 할 수 있다.

변화를 이끈 요인은 물론 보이는 대상 즉 외적 세계에 있다. 새로이 도입된 문물, 눈 앞에 펼쳐진 즐비한 상품은 시야의 확대를 불러일으키고, 이것은 필연적으로 의식과 감성의 재편으로 이어질 수밖에 없기 때문이다. 즐비한 상품은 외부 세계에 대한 적극적 관심으로 이어지고, 이는 눈에 보이는 세계에 대한 재현과 개별적 존재에 대한 명시로 나타난다. 따라서 예로 든 작품에 두드러지게 나타나는 장황한 묘사와 나열은 지금 눈앞에 펼쳐지는 세계를 시각적으로 재현하려는 의지의 소산으로 해석할 수 있다. 즉 인위적 부산물이 인간의 내적 구조까지 바꾼 셈이다. 대상에 내재한 역동성을 구현하려는 일탈의 에너지, 시선에 이동에 따른 다양한 국면의 포착은 도시경험이 개별 작품의 구성과 변화에 관여하는 방식을 대표적으로 보여주고 있다고 할 수 있다.

외적 계기에 의해 마련된 재현 방식의 변화는 유흥문화의 속성과 자연스럽게 연결되고 있다. 즉 역동성과 가시성의 문법은 찰나 몰입을 극대화함으로써, 연행되는 지금, 이곳에서의 소통을 중시하는 유흥문화의 속성을 보여주고 있다. 이는 생활과 여가의 분리라는 도시유흥의 본질상 피할 수 없는 수순이기도 하다. 따라서 구체적·사실적 계기에 의해 포착한 사물, 공간 등이 일상적 감각의 재현에 머무르지 않고 종종 가상의 인물, 공간과 결합하는 모습이 나타나곤 한다.[28] 고사 속 인물인 소부와 허유가 노닐던 기산, 영수가 서울 인근 산천의 역동적 풍경과 자연스럽게 오버랩되는 〈유산가〉는 이 점을 대표적으로 보여주고 있다. 풍류를 위한 조건이 구비된 공간 속에서 이상적인 인물이 배치된 '유산가'의 세계는 그 자체로 완벽하게 '대리체험'의 기능을 수행하고 있다. 대치체험의 위안이 익숙한 일상의 감각을 일깨우고, 이것이 새로운 욕망을 자극하며 수요를 창출하는 순환은 도시유흥의 현장 속에 잠재된 욕망의 깊이를 가시적으로 드러낸 것이라 보아도 무방할 것이다.


2) 도시의 일상 그리고 욕망


가사 〈한양가〉에서 인상적인 것은 생선, 과일, 미곡, 방물, 옷감 등 각색의 상품이 즐비한 시내 시장의 풍경을 그린 대목이다. 시장은 재화와 용역이 모이는 곳으로 상업과 교역이 증가하는 도시의 풍경을 대표적으로 보여주는 곳이라 할 수 있다. '타국 물화'라는 표현까지 등장하는 것으로 보아 교역의 규모가 광범위했다는 것 역시 이 작품으로 짐작할 수 있다. 동시에 시장은 도시인들의 물적 세계에 대한 관심과 역동성을 보여주는 대표적 공간으로도 꼽을 수 있다. 교역과 거래가 그 표현임은

---

28) 사설시조를 대상으로 시·공간 인식을 분석한 이형대는 현세적·쾌락적 욕망이 투사되면서, 작품 내에서 환시적 시·공간을 표상한다고 보았다. 이형대, 「사설시조에 나타난 시·공간 표상의 양상」, 『한국시가연구』 12집, 한국시가학회, 2002. '가상'이라고 할 수 있는 시·공간의 구성이 단순히 낭만적 상상력의 결과가 아니라, '순간'에 대한 과도한 집착이 빚어낸 결과라는 것은 경청할 만한 해석이라 할 수 있다.

더 말할 나위가 없다 하겠다.

　장사치와 여인의 수작을 그린 소위 '덕드레' 류의 시조는 대부분 상
거래 현장의 단면을 인상적으로 재현하면서 그 안에 성적인 욕망을 은
근슬쩍 담아내고 있다. 따라서 이 작품이 상거래 현장을 사실적으로 재
현했다기보다는 성적인 말놀음을 생생하게 그려내기 위해 장사치와 여
인의 대화를 빈 것이라는 해석도 나오고 있다.[29] 그러나 이런 해석에
전제되어야 할 것은 상업과 그의 부산물인 상행위가 도심의 큰 시장뿐
아니라 여염집 깊숙히까지 파고들었다는 사실이다. 장사치들이 파는 물
건은 땔감 나무, 젓갈, 화장품 등으로 의·식·주를 구성하는 생필품들
이다. 따라서 이를 매개로 오가는 대화는 궁극적 의도에 상관없이 도시
생활의 한 단면을 그려낸 것으로 보아도 무방하다.

　교역이 이루어지는 도시의 분주한 모습은 경강 유역 풍경을 포착한
다음 작품에 잘 나타나 있다.

　　各道各船이 다 올나올제 商賈沙工이 다 올나왓니
　　助江석골 幕娼드리 빅마다 차즐세 시닉놈의 먼졍이와 龍山三浦 당도하며
　　平安道 獨大船에 康津海 南竹船들과 靈山三嘉ㅣ 地上船과 메울 실은 濟州
　　배와 소곰 실은 甕津 빈드리 스르룰 올나들 갈졔
　　어듸셔 각 津 놈의 ᄂ로빗야 뫼야나 볼 줄 이스랴.

　각 도의 상선이 모여드는 포구의 풍경을 묘사한 이 작품은 도시의 모
습과 관련하여 가장 주목해야 할 작품이다. 이 작품은 포구의 활발한 모
습, 포구를 중심으로 형성된 상권, 거대 상권에 밀려 사라져가는 나룻배
등으로 시선을 옮겨가며 그려내고 있다. 교역은 도시의 발달과 인구 증
가를 가져온 대표적 경제활동이라 할 수 있다. 포구를 중심으로 한 교역
에서 중심이 되었던 운송수단은 선박이었던 만큼 포구 간 상품 유통은

---

29) 조규익, 『만횡청류』, 박이정, 1996; 김홍규, 「'장사치─여인 문답형 사설시조'의 재검
　　토」, 『욕망과 형식의 시학』, 태학사, 1999.

원격지 유통권을 형성시켰다.[30] 유통의 발달은 자연스럽게 상권의 형성
으로 이어졌고, 이것은 고스란히 도시의 부로 축적된다. 서울의 거점 포
구를 중심으로 거상이 모여들고, 이들을 상대로 하는 유흥가와 색주가
가 들어서는 것은 교역의 발달에 따른 자연스러운 수순이라 할 수 있다.

거래·교역·풍부한 상품 등 도시의 일상적 경험은 물질적인 가치,
현실적인 삶을 중시하는 도시인 특유의 감성구조로 이어진다.

> 네 소원을 다 일러라 세간치례를 하여나 주랴 용장 봉장 궷도리 책상이며
> 자개 함롱 반다지 삼층 각계수리 이층 들미장에 원앙금침 잣베개 샛별같은
> 쌍요강 발치발치 던져나 주랴

세간 치례나 의상 치례는 이 시기 가장 각광받는 도시유흥이었던 판
소리나 잡가에 자주 등장하는 대목이다. 작품에 묘사된 삶의 모습은 평
균인의 그것과는 거리가 멀다. 작품에 등장하는 소품은 호사스럽기 그
지 없고, 이들이 누리고자 하는 행락도 대다수 사람들의 경험과는 동떨
어져있다. 그러나 얼마나 많은 사람들이 그러한 삶을 누렸는가는 문제
가 되지 않는다. '세속적 욕망'의 요체를 읽어냈다는 것, 그리고 대리체
험의 위안을 제공했다는 것, 여기에 의의가 있는 것이다. 더욱이 상대의
환심을 사기 위해 물량 공세를 펴는 장면에서는 달라진 인정·세태를
단적으로 보여주고 있다. 이는 애정마저 거래의 일부로 생각하는 도시
인의 속물성으로 이어진다.

> 都련任 날 보려 홀제 百番남아 달너기를
> 高臺廣室 奴婢田畓 世間什物 쥬마 판쳐 盟誓며 大丈夫 혈마 헷말 ᄒ랴
> 이리져리 조촛더니
> 지금에 三年이 다 盡토록 百無一고 밤마다 불너니야 단잠만 끼이오니
> 自今爲始야 가기난커니와 눈 거러 달희고 닙을 빗쥭ᄒ리라

---

30) 이세영, 「진경시대의 사회·경제적 변화」, 『진경시대』, 돌베개, 1998.

‘애정’이라는 정서적 영역까지 물질로 거래되는 세태를 풍자적으로 보여주는 이 작품에서 낭만적 사랑에 대한 기대감, 윤리적 가치에 대한 고민은 찾아볼래야 찾아볼 수 없다. ‘도련님’이라는 호칭에서 보이듯 작중 화자는 양인 이하의 여성으로 보인다. 여기에서 사랑이나 애정은 고대광실, 노비전답, 세간집물과 같은 물질과 간단하게 대치되는 등가물에 불과한 것으로 보인다. 물론 도련님의 위장된 구애의 허상을 깨달은 화자는 소극적으로나마 저항하지만 계산된 영악함과 속물스러움에 가려 쉽사리 드러나지 않는다.

애정과 물질의 문제가 전면에 등장했다는 것은 이념에 의해 은폐되었던 욕망의 노출을 의미한다. 따라서 이것은 공·사의 영역을 장악해왔던 중세적 이념과 가치의 균열을 증명하는 것이라 할 수 있다. 이것이 ‘거래’의 수준에까지 이르는 속물성을 보여준다는 것은 물질적·현실적 가치에 집착하는 도시인의 욕망이 발현된 결과로 해석할 수 있다.

도시생활에서 체득한 속물성은 명분을 중시하는 사족들에게도 여지없이 나타나고 있다.

> 물베타작(打作) 일천석(一千石)은 과동양식(過冬糧食) 유족(裕足)ᄒ고
> 당디일천(唐大一千) 팔빅근(八百斤)은 과동의복(過冬衣服) 넉넉ᄒ고
> 피오리쌀 칠빅셕(七百石)은 과하양식(過夏糧食) 푼푼ᄒ고
> 황저포(黃苧布) 일천필(一千疋)과 빅져(白苧)모시 일천필(一千疋)은
> 하졀의복(夏節衣服) 걱정업고 ᄂ복(奴僕)읗로 볼자시면
> ᅲ쳥(守廳)ᄒ님 열둘이요 빈빗ᄒ님 스물다섯
> 층층(層層)이 버러셧고 집치례로 볼죽시면 (…후략…)

예비 시가의 재산 정도를 꼼꼼히 따지는 위 대목은 경제적 부가 문벌에 버금가는 가치로까지 격상된 19세기 서울의 인정·세태를 흥미롭게 보여주고 있다. 이러한 태도는 이념적 명분에 관한 한 한결 경직된 태도를 고수했던 향촌의 사족과는 다른 가치 지향을 보여주는 것이라 할 수

있다. 요컨대 도시와 향촌이라는 거주 공간의 차이가 사족들의 분화로 이어지고, 이것이 다시 의식의 차이로 이어지고 있음을 보여주고 있다.

이 시기 풍류방을 중심으로 연행되었던 가곡과 시조 등 가창물에서 노골적으로 드러나는 감상성 역시 '좌절된 욕망의 표현'이라는 점에서 욕망의 일단을 보여준 것으로 볼 수 있다. 물론 감상성이 드러나는 방식은 동일하지 않다. "나는 죽네 나는 죽네 임자로 하여 나는 죽네 나 죽는 줄 알 양이면 불원천리 하련만은" 같은 대목이나 "참으로 님의 화용 그리워 나 못 살겠네"와 같이 슬픔을 격정적으로 노출하는 잡가의 방식이 있다면, 과장된 비애를 심미적으로 표현하는 여창가곡의 우아함이 또 한면에 포진해 있다.[31] 과장된 슬픔은 감정의 무절제한 노출이라는 감상성의 공식을 대표적으로 보여주고 있다. 감상성이라는 것이 개체적 정감과 관련된 의미 영역이고 보면 이것 역시 '개인'을 사유하는 도시인의 의식 지향이 낳은 미감에 포함시켜 생각해 볼 수 있다.


## 4. 나오는 말 – 19세기 문화사의 구도와 주체의 성장


지금까지 19세기 문화를 규정하던 말은 '전진과 퇴행'이라는 모순어법이었다. 즉 전대인 18세기에는 문학·예술 전반이 민중 집단과 공유하는 부분이 크고 그만큼 역동적인 호흡이 넘쳤던 반면, 19세기에는 전대의 모색이 단정한 호흡과 패턴에 갇히고, 내면으로 회귀하는 등 보수

---

31) 여창가곡의 감상적 정조가 유흥의 세련화, 유흥공간의 변화와 관련되었다는 논의는 도시유흥의 발달이 특정한 감성을 조장하고 심화할 수 있는 가능성을 보여주었다는 점에서 시사하는 바가 크 다고 할 수 있다. 신경숙, 「19세기 여창가곡의 작품세계」, 『19세기 시가문학의 탐구』(고한연 편), 집문당, 1995.

적인 모습을 보인다는 것이다. 그런가 하면 도시유흥에 지금껏 따라왔던 퇴영성, 상업성이란 평가 역시 진보적인 것과 거리가 먼 것으로 치부되었다. 물론 이러한 진단은 부분적으로 옳지만 19세기 문학 전반의 정체성을 해명하기에는 미흡하다고 할 수 있다. 앞에서 이야기했듯이 19세기 문학은 단일한 시각으로는 포섭되지 않는 다양성·중층성을 보여주고 있기 때문이다. 이렇듯 복잡한 양상을 보이는 19세기 문학의 현상을 살피고, 정체성을 해명하기 위해서는 18세기 이후 문학·예술의 변화를 견인하였던 도시화, 상업화의 성숙, 유흥 문화의 저변화와 분화, 도시와 향촌과의 거리, 문학·예술이 소통되는 방식의 변화라는 문제를 함께 고려해야 한다. 즉 19세기 문학에 나타나는 미적 특징은 이러한 변화의 편폭을 내면화한 결과라는 것이다.

이 글에서 이러한 가능성의 하나로 19세기의 도시유흥에 주목해 보았다. 앞서 지적하였듯이 도시유흥은 중세에서 벗어나 근대로 넘어가는 과정을 가장 역동적으로 보여주고 있다. 아울러 19세기에는 도시와 향촌이라는 거주 공간의 차이가 경험과 감각의 차이로 이어지면서, 지역적 차이가 신분적 차이 못지 않은 (혹은 넘어서는) 변수로 떠올랐다는 점도 지적하고 싶다. 이 점은 시가사의 영역으로 포섭된 도시유흥이 성장·발달한 과정을 통해서도 확인해 볼 수 있다. 18세기 이전 문학·예술사는 정치·문화 엘리트들이 주도했던 상층의 문학과 예술, 지역의 민중 공동체 사이에서 전승되던 민속예술이라는 두 층위로 이루어졌다. 도시유흥은 이러한 이분법의 틈새를 뚫고 상·하 양측의 성과를 누루 흡수하면서 자기 부상했다. 조선 후기 문화사는 이렇게 성장한 도시유흥이 중간 영역을 끊임없이 넓히며 영향력을 확대해가는 과정이라고 할 수 있다. 18세기에 문학·예술사의 전면에 부상한 여항문학과 가곡을 중심으로 한 여항예술이 중간 영역의 존립 가능성을 보였다면 19세기는 이러한 흐름이 도시의 유흥문화로 속속 자리잡으며, 다양한 집단을 포섭해 가는 과정이었다고 할 수 있다. 즉 19세기 도시유흥을 주도했던 이들은 이왕에 여항의 예술로 형성되었던 가창물을 대중적으로 보급하고, 지역 공동체에 기반한 민요·탈춤 등의 민속예술을 전문적 예인의 영역으로 속속 편입시켰다.[32] 이는 도시유흥의 개방성과 유연성을 보여준 것이라 할 만하다.

도시유흥의 개방성과 유연성은 이를 주도했던 도시인의 의식·지향과 조응한다고 할 수 있다. 생활과 여가 양면에서 도시를 경험한 주민들은 신분의 고하를 막론하고 향촌에 거주하는 사족이나 농민과는 다른 의식·지향을 지니고 있었다고 볼 수 있다. 양자의 근본적인 차이는 농촌이 자연적 물리적 계기에 의해 삶의 양태가 결정되는 반면, 도시는 인위적 계기에 의해 결정된다는 것에서 찾아볼 수 있다. 즉 도시라는 공간은 정태적이기보다는 동태적인 삶, 전통적이기보다는 새로운 가능성에 개방된 삶, 이념보다는 물질을 중시하는 삶으로 구성되고 이는 물질에 대한 관심, 분방하고 개방적인 태도, 개인에 대한 자각이라는 도시인 특유의 속성으로 이어지게 된다.[33] 도시인의 이러한 속성은 다가오는 시기의 변화에 능동적으로 대처할 수 있는 동인이 되기도 하였다.

도시유흥의 의미는 도시와 도시인, 그들의 의식과 감성, 체험 일체를 놓고 들여다볼 때, 보다 명료하게 드러날 것이다. 도시유흥을 주도하고, 이것이 표상하고 있는 도시의 주민은 새로운 가치가 끊임없이 유입되

---

32) 농촌 탈춤이 도시 탈춤으로 바뀌고, 지역 민요가 사당패·잡가패 등에 의해 통속적 가창물로 바뀌는 것이 이에 해당된다 할 수 있다.

33) 도시인의 속성에 대한 논의는 졸고, 「조선 후기 시조의 통속화 과정과 양상 연구」(연세대 박사논문, 1998)에서 다음과 같이 정리한 바 있다. 첫째 도시인들은 기본적으로 물적 세계에 관심이 많다는 것을 지적할 수 있다. 둘째 도시 주민들은 봉건적 규범과 명분에서 비교적 거리를 두고 있을 뿐 아니라 새로운 가치의 유입에도 적극적이라 할 수 있다. 마지막으로 도시 주민들은 집단의 일원이 아니라 개인으로 존재하려는 속성을 보이기 시작한다. 여항예술의 중심에서 19세기 도시유흥의 주요 레퍼토리로 정착한 시조에서 포착한 도시적 면모는 도시인의 사유방식과 태도를 이해하는 데 시사하는 바가 많으리라 생각한다. 물론 시가의 개별 갈래의 관습에 따라 도시인들의 의식 지향이 재현되는 방식에는 약간씩 차이가 나타날 수 있지만, 그것을 가능케 한 동인, 즉 도시 거주 경험과 그것이 만들어낸 의식, 태도, 감각은 동일하다고 할 수 있다.

는 전환기 특유의 체험과 감각을 이미 일상적으로 체험하고 있었다고 할 수 있다. 따라서 비록 이들이 거대한 국가 권력에 맞서 제도적 억압의 철폐를 요구하는 근대적 의미의 시민, 정치 주체로 성장하지는 못했지만, 그 가능성만은 충분히 배태하고 있었다고 할 수 있다. 그 가능성의 하나는 바로 스스로를 문화적 주체로 자리매김하고자 했던 도시유흥이라 할 수 있다. 도시유흥은 그들의 정체성을 드러내고 확인할 수 있는 자연스러운 통로였던 것이다. 전환기 도시인의 삶과 욕망을 담아내면서, 20세기 초에 근대적 대중문화로 여전히 생존할 수 있는 방식을 미리 터득했던 것도 도시유흥 논의에서 빼놓을 수 없는 부분이다. 19세기 문학사에서 근대성을 논의할 여지가 아직 남아있다면 바로 이 부분, 즉 전통예술에서 대중문화로의 순조로운 전환과 정착이라 할 수 있다. 이는 19세기의 문학 작품에서 개체적 정감이나 공공적 이념을 확인하려 하고, 시민의식을 잣대로 작품의 의미를 평가하려는 조급증에 대한 대안으로도 유효하다 할 수 있다.

# 문화의 대중화 경향과 잡가

## 1. 들어가는 말

대중문화에 대한 관심이 고조되면서 조선 조 말에 형성되어 일제 때까지 널리 성창된 잡가가 새롭게 조명받고 있다. 잡가에 대한 기존의 논의는 주로 그 갈래적 특질을 밝히는 데 집중되어 있었다.[34] 연구 결과물이 쌓이면서 가창가사의 변격 혹은 민요의 하위갈래로 취급되던 잡가의 독립성이 어느 정도 해명되기도 하였으나, 갈래적 성격에 대한 합의는 여전히 이루어지지 않고 있다. 잡가가 단일한 발전과정을 거쳐

---

34) 고정옥, 『조선민요연구』, 수선사, 1949; 조윤제, 『국문학개설』, 동국문화사, 1955; 이병기, 『국문학 전사』, 신구문화사, 1965; 정재호, 「잡가고」, 『민족문화연구』 6집, 1972; 최상수, 「잡가의 장르적 성향과 수용양상」, 성균관대 석사논문, 1986; 하희정, 「잡가의 장르적 성격-12잡가를 중심으로」, 이화여대 석사논문, 1986; 윤기홍, 「잡가의 성격과 민요 판소리와의 관계」, 『한국민요론』(최철 편저), 집문당, 1986; 이노형, 「잡가의 유형과 그 담당층에 대한 연구」, 서울대 석사논문, 1987; 최원오, 「잡가의 교섭갈래적 성격과 그 이론화의 가능성 검토 시론」, 『관악어문연구』 19집, 서울대 국문과, 1994.

형성된 것이 아니고 이종의 갈래가 섞여 형성된 것이니만큼 이의 성격을 둘러싼 논의는 계속될 듯하다.

한편에서는 잡가를 자생적 대중가요의 효시로 보려는 견해도 제기되었다.[35] 이 연구는 대중가요사를 찬송가, 유행창가, 트로트 등 외래 양식의 일방적 유입으로 해석한 기존 연구[36]를 극복하고 조선 후기 시가 갈래의 자생적 발전 과정에서 대중가요의 기원을 찾았다는 점에서 타당한 문제제기라 할 수 있다. 그러나 동일한 문제의식에도 불구하고 잡가의 실체에 대한 인식 차는 여전히 존재하고 있다. 잡가를 조선후기의 시가갈래 중 근대적이며 대중적인 갈래로 규정하는가 하면[37] 20세기 초반의 대중예술로 규정하기도 한다.[38] 이는 조선 후기에 발생하여 근대전환기를 거치며 전성기를 맞이한 잡가의 특수한 위상과도 관련되는 것이다.

필자는 조선 후기 시가갈래의 특징적 양상을 '통속화'로 보고, 사설시조에서 잡가의 형성에 이르는 일련의 통속화 과정을 유행가가 산출될 수 있었던 자생적 기반을 만들어가는 것으로 이해한 바 있다.[39] 또한 기존의 갈래들이 지속·변이되고 신종의 갈래들이 출현하는 시가 갈래의 개편과정에서 수면 위로 부상하는 19세기의 잡가와 가집 발간, 극장 공연과 음반화의 시대를 맞이한 20세기 초의 잡가를 동일한 시각으로 볼 수 없다는 견해도 제기해 보았다. 이 글은 이러한 문제의식의 연장선상에서 시작하는 것이라고 볼 수 있다. 즉 잡가의 형성과 부상은 철저히 19세기 시정문화의 부산물이며, 여기에는 갈래 간의 상호작용, 개별 갈

---

35) 이노형, 「한국 근대대중가요의 역사적 전개과정 연구」, 서울대 박사논문, 1992; 고미숙, 「대중가요의 선구, 20세기 초반 잡가연구」, 『역사비평』 1994년 봄호; 「20세기 초 잡가의 양식적 특질과 시대적 의미」, 『창작과비평』 1995년 여름호.
36) 김창남, 이영미의 연구를 들 수 있다.
37) 이노형, 앞의 논문.
38) 고미숙, 앞의 글.
39) 졸고, 「조선 후기 시가 통속화 양상에 대한 연구—잡가를 중심으로」, 『연세어문학』 27집, 1995.

래의 확대와 분화와 해체가 이어지는 시가 갈래의 동태적 변모 양상이 전제되어 있다는 것이다. 이를 드러내기 위하여 우선 잡가가 도시 유흥의 장에 본격적으로 등장하기 시작한 시기(19세기 중엽~한말) 당대인들은 잡가를 어떻게 인식하고 있었으며, 그 존재 양상은 어떠했는지 최대한 재구해 볼 필요가 있다. 당대 기록을 검토함으로써, 20세기 초에 발간된 잡가집을 토대로 조선 후기의 시가 현상을 해명하려 했던 오류를 시정하고, 이 시기 잡가의 위상을 가늠할 수 있을 것이다.

물론 잡가가 저층의 소리꾼을 중심으로 향유되었고, 전승 과정에서 다분히 구비문학적 속성을 지니고 있어, 기록화하는 데 한계가 있었으리라는 점을 충분히 고려해야 할 것이다. 또한 기록의 주체가 사대부, 중인가객이라는 점도 염두에 두어야 할 것이다. 이러한 자료의 제한성, 편향성을 감수하고라도 잡가가 처한 자리를 재구하려는 의도는 분명하다. 이 시기 잡가는 도시를 중심으로 한 공연 예술이었고, 어디까지나 음악으로 존재했었다. 이러한 점을 간과하고, 사설만을 대상으로 문학성을 논할 경우, 판소리·시조·가사·한시·민요를 있는 대로 끌어다 일관성 없이 엮은 '알 수 없는 존재' 이상의 의미를 찾기 어려울 것이다. 잡가의 연구에서 예술사적 안목이 특히 요구되는 것도 바로 이 때문이다. 공연물로서 잡가의 위치를 정당하게 확인한 후 비로서 19세기 시가사에서 잡가가 차지하는 의의는 정당하게 드러날 수 있을 것이다. 이 과정을 통하여 잡가가 조선 후기에서 일제 시대에 이르기까지 널리 수용될 수 있었던 요인을 이미 내재하고 있었다는 사실이 자연스럽게 밝혀질 것이다.

## 2. 19세기 잡가의 존재양상

잡가가 언제부터 향유되었는지는 분명하게 알 수 없으나, 농민층의 분화가 진행되었던 18세기 이후 하층 유랑연예인을 중심으로 불려졌을 것으로 추정하고 있다. 그러나 도시 유흥의 장에 본격적으로 모습을 드러낸 것은, 잡가의 3명창인 추교신·조기준·박춘경의 3명인을 배출한 19세기 중엽 이후이다. 이 시기는 12잡가의 레퍼토리가 서울을 중심으로 성창되기 시작한 시기와 일치한다.[40]

잡가라는 명칭이 문헌에 나타나기 시작하는 시점도 이 무렵부터이다. 그러나 잡가의 범주가 20세기 이후의 기준과는 사뭇 달라, 판소리·가창가사를 곧 잡가로 인식하기도 하였다.

> 우리나라 광대들의 잡희는 창자는 서고 고수는 앉는데 선사람은 창을 부르며 앉아있는 사람은 장고를 치며 가락을 맞춘다. 대체로 잡가는 12마당이며 향랑가는 그 중에 하나이다.[41]

철종 때의 문인 윤달선의 『광한루악부(廣寒樓樂府)』 서문의 기록에서 잡가 12강이 곧 판소리 열두마당을 가리키는 것임을 알 수 있다.

이 시기 연행예술의 실상은 송만재의 〈관우희〉에서 더욱 생생하게 나타난다. 총 50수로 이루어진 관우희는 영산회상·판소리, 줄타기, 땅재주 놀음을 담아내어 하층의 놀이문화가 진면에 등장한 양상을 짐작케 한다. 〈관우희〉에는 본사의 내용을 요약적으로 제시한 '병서'를 덧붙였는데, 여기에 '잡가'라는 명칭이 보인다.

---

40) 이창배, 『한국가창대계』, 홍인문화사, 1976, 162~163면.
41) 我國倡優之戲 一人立一人座 而立者唱 座者以鼓節之 凡잡가十二腔 香郎歌卽其一也. 尹達善, 『廣寒 樓樂府』(규장각 소장본) 序.

말이 입술과 이 사이에서 샘처럼 흘러나오니 〈靈山會相〉 제1투조의 장단이
요. 타령·잡가·오만가지 별체를 노래하는데 때로는 앉아서 혹은 쭈그리고
또는 서서 또는 말하고 노래를 부르는가 하면 북도 쳐가며 혹 웃기도 하고 울
기도 하면서, 한 번 길게 뽑으면 한 번은 짧게, 한 번은 맑게 한 번은 흐르게,
한 번은 울리고 한 번은 떨어지고, 바른가 하면 느리게 한다.[42]

본사 중 타령 부분에 판소리 공연을 묘사하였고 12가사나 12잡가의
어느 곡도 소개하지 않은 것으로 보아, 위 기록의 잡가는 타령 즉 판소리
를 지칭하는 것으로 보인다. 판소리는 『춘향전』을 한시화한 유진한의
〈가사춘향가 이백구(歌詞春香歌 二百句)〉 이래 꾸준히 打令, 打鈴 혹은 打
詠 등으로 불렸다. 그런가 하면 가창가사 중 〈매화사〉, 〈황계사〉를 〈매화
타령〉, 〈황계타령〉이라고 부르기도 하였다. 이로보아 이 시기 판소리, 잡
가 등 민속악에 속하는 긴 노래를 두루타령이라 불렀고[43] 이를 곧 잡가
라 하기도 한 듯하다. 20세기 이후 잡가집에 새로이 등장하는 작품 중
'타령'을 붙이는 가명이 많은 것은 이러한 사정과 무관하지 않은 듯싶다.
시정에서 불리던 가창가사를 '잡가'라 한 기록은 두루 발견된다.

술자리 무르익는데 밤은 어느 때인가 杯盤爛處夜始何
가곡이 끝나자 잡가로 이어지네 曲罷篇歌變잡가

고조 춘면곡은 지금 부르지 않고 古調春眠今不唱
황계사는 흐느끼며 백구사는 어지럽네 黃鷄鳴咽白鷗珪

예술사 자료로 자주 인용되는 유만공의 『歲時風謠』에서는 〈춘면가〉,
〈황계사〉, 〈백구사〉 등 12가사의 곡목을 잡가로 지칭하고 있어 가사와

---

42) 言泉流於盾齒 靈山會相一套調腔 打令잡가千百船別體 或座或踞 惑立或語 或歌
   或罵 或笑或泣 一長 一短 一淸一濁 一抗一墜 一疾一舒. 宋晩載 〈觀優戲〉 竝序, 윤
   광봉, 『한국연회시연구』, 이우출판사, 1987에서 재인용.
43) 가사는 정악에 속하지만 민요조 가락이 섞여들어, 정악 중에서 격이 낮은 것으로 취
   급되었고, 이 시기에는 잡가로 인식되기도 하였다.

잡가의 영역이 불분명함을 보여주고 있다. 또한 가곡과 잡가(가사)가 한 바탕(편가)로 불리웠다는 점도 음미할 부분이다. 동일한 사설의 곡조가 바뀌고, 가곡창·가사창이 한 자리에서 연달아 불렸다는 사실은 연행의 관습이 갈래 간의 교섭을 이끌었던 이 시기 문화현상을 함축적으로 드러내고 있다 하겠다.

서울 별감들의 풍류를 묘사한 가사 〈한양가〉에서도 이 점을 확인해 볼 수 있다.

> 擧床調 내린 후에 소리하는 어린 기생
> 한 손으로 머리받고 이마를 반쯤 숙여
> 우조라 계면이며 소용이 편락이며
> 춘면곡 처사가며 어부사 상사별곡
> 황계타령 매화타령 시조·잡가 듣기좋다.44)

놀이판에 불려온 어린 기생이 가곡과 시조 잡가를 부르는 대목에서 도시 유흥의 규모를 살필 수 있다. 그런데 여기에서도 가사를 곧 잡가로 부르고 있다. 가사와 잡가 사이의 혼돈은 이 시기 가집에 실린 곡목을 통해서도 확인해 볼 수 있다. 잡가와 가사를 분리하여 소개한 『남훈태평가』에서는 잡가 편에 〈소춘향가〉 외에 가사에 속하는 〈매화사〉, 〈백구사〉가 실려있다. 비슷한 시기 진주 지방관으로 부임한 정현석이 관아들에게 가무를 가르치기 위해 편찬한 『교방가요』의 잡가편에도 12가사의 곡목이 수록되어 있다.

이는 12가사와 12잡가 사이의 친연성을 보여주는 것인데, 양자는 음악 어법 면에서도 유사함을 보여 발생·전개 과정에서 밀접한 관련이 있었던 것으로 보고 있다.45) 정악에서 출발한 가사가 민속악의 영향을

---

44) 『한양가』, 민창문화사, 1994.
45) 장사훈, 『국악총론』, 정음사, 1976; 김해숙·백태웅·최태현, 『전통음악 개론』, 도서출판 어울림, 1995.

받아, 도시 유흥의 장에서 불리고, 저층의 소리를 자양분으로 하여 성장한 잡가가 정악의 기교를 받아, 세련화되는 경향은 상·하층 갈래 간의 간격이 전에 없이 좁아지며, 상호 모방과 넘나듦이 두드러졌던 이 시기 예술사의 흐름과 궤를 같이한다.

상·하층 갈래 간의 경계가 희미해지면서, 가곡창자가 잡가를 겸하기도 하였다.

> 시조 3장을 노래한 후 계속해서 우·계면 한 바탕을 부르고 또 잡가를 노래했는데 모흥갑 과 송흥록 등 명창의 조격을 꿰뚫지 않은 바가 없으니 진실로 절세명인이라 부를 만하다.[46]

인용문은 안민영의 개인 가집인 『금옥총부』에 실린 작품 후기로 이천 기생 금향선이 시조창과 가곡창 잡가를 노래하는 모습을 묘사한 대목이다. 안민영은 대원군의 후원을 받으며, 여항예술의 격조를 높이는데 심혈을 기울인 가객으로서, 당대의 일급 기생들과 광범위하게 교유하였다. 당시 일급 기생들은 가곡, 가사, 서예, 정재무 외에는 하지 않고 잡가는 입에 올리지 않았다고 한다.[47] 상당한 음악적 감식안을 지닌 예인의 놀이에 삼패기생이나 부르는 잡가가 불렸다는 것은 갈래 간의 폐쇄적 장벽이 점차 사라지고 있는 풍류방의 풍속을 보여주고 있는 것이라 하겠다.

잡가 외에 잡성, 잡요 등의 명칭도 보인다.

> 길군악과 매화가 황계가 백구가 및 시조·잡성은 모두 무식한 탕자와 요부에게서 비롯되었을 따름이 라 윤리가 전무하니 어찌 도를 싣기에 족하다 하겠는가. 대저 노래하는 성악곡의 음은 모두 동인의 속조에 불과하니 진실로 중국의 아악과 더불어 논할 것이 못된다.[48]

---

46) 時調三章後續唱羽界面一編 又唱잡가 牟宋等名唱調格 莫不透妙 眞可謂絶世名人也.

47) 이창배, 앞의 글.

48) 行路軍樂歌梅花歌黃鷄歌白鷗歌及時調雜聲 皆出於無識蕩子妖淫而已 全無倫理

잡성은 곧 잡소리이니 잡가보다 더욱 격하된 명칭이다. 흥미로운 것은 정악에 속하는 12가사 중 일부 곡목과 시조를 잡성과 같은 부류로 취급했고 이를 속조라 하여 아악의 대칭개념으로 인식했다는 것이다. 이 때 잡성은 민속악을 지칭하는 것으로 보인다. 또한 〈어부사〉, 〈춘면곡〉, 〈처사가〉, 〈상사별곡〉의 다섯 곡은 사대부의 작이라 하며, 정악인 '가곡'으로 분류하면서, 4곡은 '잡소리'와 동일시하고 있어, 12가사 내에도 편차가 있음을 보여주고 있다. 『남훈태평가』에 〈매화사〉와 〈백구사〉가 잡가로 분류된 점이나, 〈수양산가〉나 〈매화타령〉은 잡가의 창법으로 일관하고 있다는 점[49]은 이러한 추정을 뒷받침해준다.

근일 녹녹한 모리배들이 부지런히 서로 쫓아 훈연히 비루한 습속에 동화되고 혹은 한가한 틈을 타 놀이를 즐기는 자는 뿌리없는 잡요(雜謠)와 농지거리의 해괴한 짓으로, 귀천 할 것 없이 다투어 전 두를 주고 이를 배우고 숭상하는데, 어찌 옛 현인군자로서 정음의 여파를 하는자가 있겠는가?[50]

제자 안민영과 더불어 가곡창의 예술적 품격을 높이는데 기여한 전문가객이 시속의 풍토를 '잡요'와 '농지거리'가 판치는 세상이라고 개탄하고 있다. 그의 행적과 예술적 지향을 감안해볼 때 잡요는 판소리를 포함한 민속악 전반을 지창하는 용어일 가능성이 높다.

앞서 언급한 『교방가요』 '잡요'항에는 〈산타령〉, 〈저(杵)타령〉 두 곡을 가사 없이 간단한 해설과 함께 소개하고 있다. 또한 각기 〈놀량(遊令)〉, 〈화저(花杵)타령〉을 각 곡목 아래 덧붙여놓았다.

---

何足載道 大抵歌聲樂 音 皆不過東人俗調 古不可與論於中國雅樂. 홍한주, 『지수염필』, 아세아문화사 영인, 1984.

49) 장사훈, 앞의 책.

50) 挽近俗末磏磏謀利之輩 孜孜相趨薰然共化於鄙咨之習 或傭閑爲戲者 以無根之雜謠謔浪之骸擧 貴賤爭 與纏頭習尙 奚有古者賢人君子爲正音之餘派者. 朴曉寬, 『歌曲原流』 拔, 『가곡원류』 국악원본, 한국음악학자료총서 5, 국립국악원, 1981.

이는 걸사와 사당패 무리들이 부르는데 내용이 음탕하고 가사가 비루하다.
오늘날에는 거리의 아이들과 종들도 이를 부를줄 안다.[51]

위 기록을 통하여, 잡가 연행의 일부를 담당했던 떠돌이 놀이패의 존
재와 그들의 곡목을 확인할 수 있다. 〈산타령〉과 〈놀량〉은 서울·경기
를 중심으로 불리워진 선소리[立唱] 한마당의 주요 곡목으로 과천, 애오
개, 뚝섬 등 서울 각 권역에서 활약하던 선소리패들이 주로 불렀다. 산
타령은 본래 사당패의 레퍼토리로 알려져 있으나, 이는 잘못 알려진 것
이라 한다.[52] 〈저타령〉은 이후 잡가집에 등장하는 〈방아타령〉을, 〈화저
타령〉은 〈화초사거리〉를 가리키는 듯하다. 산타령의 기원은 확실치 않
으나, 정월 상원일에 고래로 내려오는 답교 놀이의 중심된 노래라는
점[53]에서 민요가 변형된 노래인 듯하다. 여기에서 전문적 혹은 반전문
적 소리꾼에 의해 민요가 잡가의 주요 곡목으로 정착되는 양상을 알 수
있다. 거리의 아이들과 종들도 이 노래를 불렀다는 것은 잡가가 지역
민요권에 침투하여 잡가와 민요의 경계가 불분명해지는 현상을 암시하
는 것으로 볼 수 있다. 저자인 정현석도 이들 노래를 '잡요'로 분류하여,
숙련된 기생이 부르는 잡가(가창가사)와 엄연히 구분짓고 있다.[54]

그러나 19세기 중엽 이후 출판된 가집에 잡가는 아직 본격적으로 등
장하지 않고 있다. 『남훈태평가』에는 잡가를 독립된 곡조로 다루면서,
〈소춘향가〉, 〈매화사〉, 〈백구사〉를 실었고, 20세기 초에 간행되었을 것
으로 추정되는 『시철가』에 〈유산가〉, 〈평양가〉, 〈집장가〉가 보일 뿐이
다. 이렇듯 『남훈태평가』에서는 잡가를 독립된 곡조로 취급하였지만,

---

51) 此乞士舍黨所唱 皆是淫辭鄙詞也 今街童厮隷亦解唱此, 鄭顯奭 『敎坊歌謠』, 아세
  아문화사 영인, 1975.
52) 이창배, 앞의 책.
53) 이창배, 앞의 책.
54) '歌'와 '謠'는 모두 노래를 나타내는 말이나, 반주를 수반하고, 章曲이 있으며, 음률
  에 맞는 전문 가의 노래를 '가'라고 한다면, 악기 반주가 없이 음률에 맞추지 않고 부
  르는 비전문가의 노래를 '요'라고 한다.

여전히 판소리, 가창가사를 두루 잡가로 부르고 있음을 이미 확인하였다. 논자에 따라서 정악 중에서 격이 떨어지는 시조를 잡가로 같은 부류로 취급하기도 하였다. 즉 이 시기에는 민속악 전반, 혹은 정악 중에서도 민속악과의 교섭 흔적이 드러나 품격이 떨어지는 갈래를 '잡가'로 인식했던 듯하다. 따라서 잡가의 '잡스러움'에는 복잡하다는 의미 외에 '속'되다는 의미도 포함하고 있다고 보아야 한다. 잡가를 '속가'로 부르기도 하는 것은 이러한 사정과 무관하지 않을 것이다. '속되다는 것'은 다른 각도에서 보면, 기층 문화의 자양분을 풍부히 흡수할 수 있었다는 의미로도 읽힐 수 있을 것이다. 그러나 여기에서 그치지 않고, 시조, 가사와 같은 정악의 요소를 받아들여, 용해할 수 있는 잠재력 또한 잡가는 지니고 있었다. 잡가의 중심을 이루는 12잡가의 형성은 12가사의 성립과 분리하여 생각할 수 없고, 휘모리잡가는 시조창의 분화 과정에서 파생하였다. 이렇게 볼 때 '잡가'는 민속악, 정악의 요소를 두루 흡수하여 곡조가 다듬어지고, 이것이 차츰 갈래의 개념으로 굳어진 것으로 볼 수 있다. 한편 민요도 전문적 창자를 만나면서, 일부는 잡가화되어가고 있는 과정도 확인해 보았다. 따라서 이 시기 잡가는 고정불변의 실체가 아니라, 끊임없이 범위를 확산할 수 있는 '동태적인 갈래'로 존재하고 있었다고 보아야 할 것이다.


## 3. 19세기 시가사의 흐름과 잡가의 부상


19세기 시가사는 앞 시기의 성과를 계승·굴절하면서 단일한 시각으로 포착되기 어려울 정도로 중층적 국면을 만들어낸다. 유흥적 속성을 한껏 드러내는 작품이 다수 창작되는가 하면, 이전 시기보다 더욱 교조적인 유교이념을 설파하는 작품군도 한면에 만만찮게 자리하고 있다. 이 글은 잡가의 부상과 관련된 시가사의 맥락을 살피는 것이므로, 가창물로 존재했던 시가에 초점을 맞추어 논의를 진행하고자 한다. 따라서 향촌을 중심으로 음영물로 존재했던 장편가사는 일단은 이 논의에서 제외됨을 분명히 밝혀둔다.

17·8세기를 고비로 기존의 시가갈래는 기층문화의 자질을 흡수하면서 뚜렷한 변모상을 보이게 되었다. 악곡의 구속력이 비교적 강했던 시조의 경우, 사설과 악곡 양면에서 모두 의미있는 변화를 겪는다. 시조를 얹어부르는 악곡인 가곡창이 분화되면서 음악의 절구가 빨라지고, 샛가락이 많이 들어가 선율이 복잡해지는 소위 '번음촉절(繁音促節)' 현상이 두드러지게 나타나고,55) 계속해서 변격의 곡조를 파생시켰다. 정연한 시형의 틀을 깬 사설시조의 부상은 이 시기 문학사의 지각 변동을 단적으로 보여준다고 할 수 있다. 즉, 기존 고급 갈래의 분화상에 힘입어 출발했으면서도 파격의 근거를 민요에서 찾아 기층문화의 자질을 긍정적으로 흡수했다는 점, 시조의 담당층을 사대부에서 중인 가객으로 확산시키는 계기를 마련했다는 점은 18세기 시가사에서 가장 주목할 부분이라 하겠다. 또한 이 시기 들어 사대부들이 민요 취향의 한시를 창작하기 시작하여, 가장 먼 거리에 위치하였던 민요와 한시의 거리를 좁혔다.56) 음영물로 존재하여 악곡의 구속력이 비교적 약했던 가사는 점차로 장형화·서사화되어, 인정·세태·물상을 다채롭게 반영하기 시작하는가 하면, 단형의 가사는 가창가사로 자리잡아 뚜렷한 분화상을 보이게 된다.

개별 갈래의 변모가 진행되면서 상·하층 문화 사이를 가로 막던 장벽은 서서히 좁아지게 되었다. 전대와는 구분되는 이러한 변모상은 문

---

55) 송방송, 『한국음악통사』, 일조각, 1984.
56) 이동환, 「조선 후기 한시에서 민요 취향의 대두」, 『한국한문학연구』 3·4집, 1978 ~9.

학사의 단절을 극복하고, 자생적 근대화의 싹을 찾으려는 연구자들의 열정과 결합하면서 오랫동안 주목의 대상이 되어왔다.

19세기에는 앞 시기 제한적으로 이루어지던 갈래 간의 개방이 점차 광범위하게 이루어지면서 상·하층문화의 벽은 유례없이 좁아지게 되었다. 위에서 아래로 담당층이 확산되면서 문화의 향수층이 확대되는 현상은 이 시기 들어 더욱 전면적으로 진행되었고, 저층에서 형성된 판소리의 부상에서 보이듯 상향적 확산도 보인다. 그 결과 신분관계에 예속되어, 뚜렷한 변별력을 지녔던 개별갈래들이 폐쇄적인 영역에서 벗어나 상호 교섭할 수 있는 근거를 마련하게 되었다. 따라서 계층을 가르는 경계선이 약화되고, 갈래 간의 장벽이 점차 허물어지는 '평준화', '개방화' 경향은 19세기 시가사에서 특징적 양상으로 자리잡는다.

하층 소리꾼의 예술인 잡가가 정악의 영향을 받아 기술적으로 세련화되고, 시조·가사·한시와 같은 선행 갈래의 성과를 흡수하며 전면에 부각될 수 있었던 것도, 이러한 시가사의 흐름에서 비롯된 것이라 할 수 있다. 잡가와 가창가사와의 경계가 모호했던 것, 휘모리잡가와 사설시조와의 양식적 경계가 극히 희미해진 것은 잡가와 정악과의 관계를 단적으로 보여주고 있다. 잡가의 명인인 박춘경, 조기준, 추교신이 잡가 외에 가곡·시조·가사에도 능통했다는 사실[57]은 생성 배경과 관련하여 음미해 볼 대목이라 하겠다. 요컨대 이 시기 시가는 특정 집단의 이념을 전달하는 통로로서가 아니라 전문적 민간 예능인의 영역으로 자리잡아가고 있었던 것이다.

상·하층 문화의 간격이 좁아지면서, 갈래 간의 교섭이 활발해진 것도 19세기에 두드러지게 나타난 현상이라 할 수 있다. 갈래 간의 상호 모방과 침투는 고정된 갈래 체계를 허물어 필연적으로 갈래 간의 개방성 증대라는 결과를 낳는다. 따라서 이 시기 시가 갈래의 변화는 갈래

---

57) 이창배, 앞의 책.

의 변화(개별 갈래의 확대·분화·해체)와 갈래 간의 변화(개별 갈래 간의 관계)라는 함의를 갖는다. 잡가의 위상을 시가사적 시각으로 접근해야하는 이유도 여기에 있다. 19세기 후반으로 접어들수록 갈래 간의 교섭이 활발하게 진행되어 사설을 공유하는 양상이 빈번히 나타나게 되었다. 12가사 중 〈권주가〉, 〈매화사〉, 〈백구사〉는 기존 시조의 노랫말을 변형하여, 차용하였으며, 그 중 〈매화사〉는 이질적 내용인 기생의 시조와 송강 정철의 시조가 동시에 수용되어, 수용의 개방성이라는 면만을 놓고 볼 때 결코 잡가에 뒤지지 않는다. 또한 판소리에 수용된 풍부한 삽입가요는 판소리 양식의 개방성을 단적으로 보여준다.

갈래 간의 교섭은 사설의 넘나듦에서 나아가 '작시의 원리'까지 공유하기에 이른다. 사설시조의 장황한 나열과 열거는 민요의 장형화 원리와 유사하며, 판소리 사설과 사설시조는 '대화의 원리'를 공유하고 있다.[58] 〈구운몽〉의 내용을 소재로 한 사설시조가 창작되고, 이것이 다시 경판 〈춘향전〉인 〈남원고사〉에 변개되어 수용된 현상은,[59] 이 시기 갈래 간의 교섭의 범위를 짐작케 한다.

갈래 간의 교섭은, 언어체계의 개편과 일면 조응되는 현상이라 할 수 있다. 주지하다시피 우리의 문학은 한문과 국문 문학이 공존하는 2중 문자 시대를 거치면서 축적되어 왔다. 이 과정에서 '한문학 = 문어 중심·상층지향적 문학, 국문문학 = 구어 중심 기층과 소통하는 문학'이라는 공식이 확고히 자리잡았다. 한글 창제 이후에도 한문학이 공식적 권위를 유지했던 것은 우리 문학의 특수한 양상과 관련이 있다 하겠다. 그러나 19세기에는 한글 사용이 보편화되어, 한글로 된 문학이 대량으로 산출되었다. 방각본으로 유통될 만큼, 많은 인기를 모았던, 가집 『남훈태평가』는 순 국문으로 표기되어 있어,[60] 한글 사용이 저변화되는 양

---

58) 서종문, 「사설시조와 판소리 사설의 공통특질」, 『관악어문연구』 1집, 1976.
59) 설성경, 『한국 고전소설의 본질』, 국학자료원, 1991.
60) 『남훈태평가 全』, 고려대 중앙도서관 소장본.

상을 보여주고 있다. 실학과 문인과 여항의 가객들에 의해 우리 말에 대한 가치가 확인된 이래 한글은 우리의 성정을 가장 적확하게 담아내는 문학언어로 뿌리를 내리게 된다. 판소리 사설과 서민가사에서 보이는 발랄한 형상 묘사는 한글 문학이 거둔 성취의 폭을 보여주고 있다.

표기 자체의 중세적 성격으로 기층과의 소통에는 한계가 있을 수 밖에 없었던 한자 문화권 내부에서도 언어에 대한 성찰과 모색을 바탕으로 새로운 세대에 걸맞는 전환을 예비하고 있었다. 이들의 입장은 '진(眞)'의 언어관으로 요약할 수 있다. 즉 언어에 대한 입장이 폐쇄적인 체계의 미적 구조체로서가 아니라 세계의 객관적이고 현실적인 인식에 관심을 두면서 가치구현에 이르는 장으로 본 것이다. 객관 사물에 대한 인식 형상화의 기능, 현실의 가식 없는 인식과 그것의 정직한 묘출의 의미로서의 '진'의 강조하여 대상의 본질에 접근하는 언어의 형상 기능을 강조하고 있다.[61]

하늘이 하늘되는 까닭은 이기이다. 언어는 이기를 소리에다 담은 것이다. 하늘은 말 없이 보여주 므로 사람이 체험해서 받아들이고 소리에다 담아 드러낸다. 언어를 사를 지시하고 물에 견주며 이름을 짓고 뜻을 비유한다. 동과 정을 서로 뿌리로 삼으며 체와 용이 서로 바탕이 되게 한다. 허도 있고 실도 있어서 그 진실과 거짓을 드러낸다. 앞세기고 하고 뒤지기도 해서 그 시작과 마침을 분별한다. 천하의 연고에 두루 통하면서 만물의 정을 다 나타내는 것이 언어이다. 언어란 분별이다. 분별하고자 하면 형용하지 않을 수 없다 형용하고자 하면 이것을 끌어다가 저것을 증명한다. 이렇게 하는 것이 언어의 정실이다.[62]

61) 이동환, 「조선 후기 문학사상과 문체의 변이」, 『한국문학 연구 입문』, 지식산업사, 1982.
62) 天之所以爲天者理氣也. 言語者理氣之容聲也. 天旣默而示之則人得以體其容聲而發之. 言語指事比物立名喩義動靜互根體用相資. 有虛有實以見其眞僞或先或後以辯其終始. 通天下之故而盡萬物之情者言語也 言語者分別也. 欲其分別則不得不形容. 形容則援彼證此 此言語之情實也.
〈答任亨五論原道 序〉『燕巖集』卷之二, 계명문화사 영인, 1986.

'진'의 발현을 요체로 하는 연암의 선언에서 언어에 내재한 리얼리티를 실현하려는 그의 언어관을 확인할 수 있다. 이는 말과 글을 일치시키려는 언·문일치 정신으로 접근하고 있다.

> 우리나라가 비록 외진 국가이나 또한 천승의 국가요, 신라와 고려가 비록 넉넉하지는 못했지만 백성에겐 아름다운 풍속이 많이 있으니 방언으로 글자를 삼고 민요로서 운을 삼으면 자연히 문장을 이루어 진기가 발현될 것이다. 답습하기를 일삼지 아니하고 어디에서 빌려옴이 없으며 현재에 있는 것을 따르고, 눈 앞에 있는 것을 묘사한 것은 오직 이 시인 것이다.[63]

우리나라 방언을 한자화하여 시어로 삼은 정약용의 시와, 도시 여인의 섬세한 내면을 시정의 일상어로 묘사한 이옥의 〈이언〉은 한문의 완고함을 떨치고, 일상의 언어에 접근하려는 의식적 노력의 소산이라 할 수 있다. 우리 말의 어투와 속담 등의 상용어들이 대량 섭취되어, 가장 사실적이고 비속한 미학을 전형적으로 보여주는 '야담'의 문체[64]는 한문을 구어에 접근시키려는 당대의 언·문일치 경향과 분리하여 생각할 수 없다.

이는 한문과 한글 사이에 놓였던 장벽이 현저히 약해졌다는 의미로 볼 수 있다. 한편에서 한문을 우리말에 가깝게 구사하려는 의식적인 노력이 계속되는 가운데, 한문 고사와 한시문은 관용어구로 굳어져 한글 사용자에게도 이질감 없이 수용되었다. 이에따라 '한문의 구사가 곧 전아한 상층의 취향과 의식을 담보하는 것'이라는 도식은 전대처럼 위력을 발휘하기 어렵게 되었다.

이 점은 잡가의 이해에도 동일하게 적용할 수 있을 것이다. 잡가에는 한 작품 내에서도 생동감 있는 고유어와 한문 고사와 시문 등이 혼재되

---

63) 左海雖僻國亦千乘. 羅麗雖儉民多美俗則字其方言韻其民謠自然成章眞機發現. 不事沿襲無相假貸從容現在卽事森羅惟此詩爲然〈嬰處稿 序〉.『燕巖集』卷之七.
64) 이동환, 앞의 책.

어 있으며, 여기 나타난 한문 고사와 시문은 곧 잡가의 상층지향적인 면모를 드러내는 것으로 이해되어 왔다. 그러나 이는 당대의 언어체계의 변화상을 도외시한 일면적 진단이라 할 수 있다. 속화된 고유어와 한문 투의 문장의 공존은 어디까지나 언어가 이를 둘러싼 계층적·이념적 외피에서 상당히 자유로워진 당대의 문화적 경향을 반영한 것으로 보아야 타당할 것이다.

갈래 간의 개방이 증대되고, 표기체계를 둘러싼 장벽이 점차 약화되는 현상은 동시대 문화의 공유라는 사회적·심리적 욕구의 가시화 형상이라고 볼 수 있을 것이다.[65] 우리의 시가문학이 고정된 문자 텍스트로 존재하지 않고, '부르는 문학'으로 존재하여, 전승 과정에서 유동성을 보인다는 점도 갈래 간의 개방을 이끈 주된 원인으로 꼽을 수 있을 것이다. 무엇보다도 이 시기 들어 활발해진 '놀이문화'의 확산은 갈래 간의 개방성 증대라는 양상을 가속화시켰다고 할 수 있다.

앞서 살펴본 〈한양가〉에 나타난 별감들의 승전놀음, 〈게우사〉에 나타난 무숙이의 선유놀음, 투옥된 춘향을 위로하기 위해 모여든 남원 한량들의 왁자한 놀이 묘사는 도시를 중심으로 유흥이 번성하는 양상을 여실히 반영하고 있다.[66]

유흥문화의 번성은 유흥의 중추를 이르는 음악에 대한 수요의 증가로 이어져 19세기는 그야말로 '창곡의 전성시대'를 맞이하게 된다. 가곡창의 분화와 변조의 파생, 가곡 한바탕 확립과 시조창의 분화, 판소리 너름의 발달, 12가사와 12잡가의 완성이 모두 19세기 중엽을 전후하여 이루어져, 현재까지 이어지는 전통음악의 계보를 성립하게 된다. 유흥의 발달은 경제적 여유가 문화의 분야에 투입되면서, 지배문화의 독점

---

65) 김대행, 「시조·가사·무가·판소리·민요의 교섭 양상」, 『18·19세기 예술사와 판소리』, 고려대 한국학연구소 제2회 한국학학술대회 발표 초록.
66) 도시 유흥문화에 대한 논의는 강명관, 「조선 후기 서울의 중간계층과 유흥의 발달」, 『민족문학사연구』 2호, 1992를 참조할 것.

적 지배력이 상실되고 문화의 수용층을 넓혀가는 '문화의 대중화' 양상을 초보적으로 보여주는 것이라 할 수 있다. 그결과 예능이 관의 지배에서 벗어나 전문화·다양화되는 계기를 확고하게 마련하였고, 시조, 가사, 판소리, 잡가 등 시가갈래는 그 중심에 위치하게 되었다.

시가 갈래가 유흥문화의 한 가운데로 편입되면서, 수용층의 욕구에 부응하려는 '통속화' 경향이 두드러지게 나타난 점 역시 이 시기 문화의 흐름과 관련하여 주목할 만하다. 시가의 통속화는 전 시기 시조의 변화와 사설시조의 성창에서 이미 단초를 보였지만, 주류를 이룰 만큼 전면적으로 진행되지는 않았다. 그러나 19세기로 들어오면서 '통속화 경향'은 두드러진 현상으로 부각되기에 이른다. 중세의 이념과 이념의 외피인 완고한 형식을 자극하여 파격을 일으키면서, 통속화의 조짐을 보였던 시가문학은 문화 향수층이 점차 확산되는 과정을 거치며, '통속예술'로서의 면모를 뚜렷이 드러낸다. 시가의 통속화는, 계층에 따라 나뉘어진 고급예술과 민중예술의 2분법을 뚫고 분화한 통속예술이 양 영역의 경계를 허물고 문화의 평준화를 이루어가는 과정이라는 점[67]에서 분명 주목할만한 현상이라 할 수 있다. 따라서 시조의 변화에서 잡가의 부상으로 이어지는 시가 갈래의 통속화 경향은 중세적 지배문화에 대한 '대안문화'를 모색하는 과정이라고도 할 수 있다. 그렇다면, 통속예술의 본질인 '통속성'이라는 의미망에는 단순히 진지한 것의 반대로서 가벼운 것 천박한 것, 소모적인 것, 절제되지 않은 것, 퇴폐적인 것 이상의 의미가 담겨져 있다고 볼 수 있을 것이다. 더욱이 시가 갈래의 통속화 경향이 18세기에 단초를 드러내어, 19세기에 뚜렷이 부각되고, 한말을 거치며, 20세기 초에 이르는 긴 기간에 걸쳐 이루어진 것이니 만큼, '통속적인 것'도 매 시기 동일한 양상으로 존재하지 않는다.[68]

잡가는 오랜 기간 이루어진 시가 갈래의 통속화 경향의 최종 귀결점

---

67) 아놀드 하우저, 최성만·이병진 역, 『예술사회학』, 한길사, 1983.
68) 졸고 (1995)

이라고 할 수 있다. 따라서 시가 갈래가 통속화의 구도로 전개되면서 이루어낸 성과를 두루 이어받고 있다. 이행기 문학 특유의 역동성을 계승하기도 하고, 기존의 권위와 충돌하는 양상을 보이기도 하며, 때로는 창조적 모색을 중단하고 상투적 어조를 되풀이하기도 한다. 요컨대, 흡수할 수 있는 요소는 모두 싸안아 향락을 위한 예술로 자리잡은 것이라 하겠다.

잡가는 이렇듯 평준화·개방화·통속화라는 19세기 시가사의 진행구도를 가장 명백히 그리고 최고조로 실현한 시가 갈래라고 할 수 있을 것이다. 잡가의 이러한 개성은 근대 전환기를 거치며 일제 강점기에 이르기까지 숱한 대중을 끌어들일 수 있었던 내재적 힘으로 작용하게 된다. 요컨대 잡가는 문화의 대중화 현상을 가장 극명하게 보여주는 징후인 동시에, 발생 시점부터 대중성을 내재하고 있었다고 할 수 있다.

## 4. 잡가의 통속성

잡가가 20세기 초 엄청난 인기를 누리며, 영향력을 확대할 수 있었던 것은, 동시대인들의 욕망과 애환을 가감 없이 담아내었기 때문일 것이다. 대중의 감수성을 자극하는 힘, 통속성에 관한 한 잡가는 이 시기 제일선에 섰다고 할 수 있을 것이다. 잡가의 이러한 저력은 이미 형성기 때부터 충분히 예고되어 있었다.

잡가가 갈래 간의 개방을 가장 적극적으로 실현한 갈래라는 것은 이미 살펴보았다. 다른 갈래의 성과를 흡수하는 개방성은, 이미 수용층의 검증을 거친 선행 갈래의 권위에 의지하려는 의도에서 비롯된 것으로 잡가의 통속적 속성과 무관하지 않다. 특히 19세기 대표적 연행예술인 판소리를 차용한 작품이 많아, 잡가가 판소리의 인기를 적극 활용했음을 알 수 있다. 기존 사설은 내재적 질서에 따라 일관성 있게 수용되기도 하지만, 두세 가지 에피소드가 잡다하게 섞여 합성되는 것이 대부분이다.

  ㉮ 춘향의 거동봐라 오닌 손으로 일광을 가리고 오른손 높이 들어 저 건너 죽림 본다.
  ㉯ 대심어 울하고 솔심어 정자라 동편에 연당이요 서편에 우물이라 노방에 시매고후과요 문전에 학종선생류 긴버들 휘느러진 늙은 장송 광풍에 흥을 겨워 우줄우줄 춤을 추니 사립문 안에 삽사리 앉아 먼산을 바라보며. 꼬리치는 저 집이오니 (…중략…)
  ㉰ 떨치고 가는 형상 사람의 뼈다귀를 다 녹인다
  ㉱ 너난 원 계집애관되 나를 종종 속이냐냐 너는 어연 계집 아회관데 장부 간장을 다 녹이느냐 (…중략…)
  ㉲ 일월무정 덧없도다 옥빈홍안이 공로로다 우는 눈물 받아내면 배도 타고 가련마는 지척 동방 천리완대 어히 그리 못오던가 〈소춘향가〉

비교적 단형에 속하는 이 작품은 자신의 집을 안내하는 춘향의 행위, 춘향의 집 주변 묘사, 돌아서는 춘향의 모습, 이도령의 심경, 춘향의 심경의 5대목으로 이루어졌다. 그러나 단락과 단락의 사이에 연결이 매끄럽지 못하고, 내용의 비약을 보이고 있다. 또한 도령의 말과 춘향의 내면 고백, 작품 외적 화자의 논평이 혼재되어, 작시 원리에서도 복합적 성격을 보이고 있다. 즉 익숙한 것, 기존의 것을 모방하되, 의미의 일관성을 유지하는 창조적 재현에까지 이르지는 못하고, 인상적인 삽화를 나열하는 방식을 취하였다. 삽화식 나열은 상황의 종결이 나타나지 않아, 의미의 무한한 확장이 가능하다. 이것이 변화가 심한 까다로운 창법의 악곡과 결합하여, 서울의 잡가 중 가장 으뜸으로 치는 곡목이 되었다고 한다.69)

잡가의 개방성은 기존 갈래의 작법을 수용하여, 사설 구성의 원리로 삼는 데에서도 확인할 수 있다.

> 갈까 보다 가리갈까 보다 임을 따라 임과 둘이 갈까보다
> 잦은 밥을 다 못먹고 임과 둘이 갈까 보다
> 부모 동생 다 이별하고 임과 둘이 갈까 보다
> 불붙는다 평양성내 불이 붙는다
> 평양성내 불붙으면 월선이 집이 행여 불갈세라
> 월선이 집에 불이 불붙으면 육방관속이 제가 제 알리라
> 월선이 나와 소매를 잡고 가세가세 어서 들어를 가세
> 놓소 놓소 노리놓소그려 직영 소매 노리놓소그려
> 떨어진다 떨어진다 떨어진다 떨어진다 직영소매 동이 동떨어진다
> 상침 중침 다 골라 내어 세모시 당사로 가리감춰 줌세 〈평양가〉

이 작품은 민요와의 친연성을 보여주는 대목이라 할 수 있다. '갈까 보다'라는 구절의 반복, 무엇보다도 4행 이후 말꼬리를 이어, 의미의 연쇄를 이루는 구성은 확실히 민요의 작시법에 가깝다 하겠다. 장단의 변화가 없이 같은 음조의 되풀이로 일관하는 창법[70]도 다른 잡가 작품과 구분된다 하겠다. 그런데, 민요의 작시법을 빌어왔으면서도, 이를 부분적으로 변형시켜, 익숙한 데에서 오는 친근감과, 변화에서 오는 다채로운 리듬감을 동시에 자아내고 있다. 민요의 기본 문법인 AABA의 배열이 첫 행에서는 AA'BA로 4행에서는 ABA로 8행에서는 AA'BA'로 매 부분 조금씩 바뀌어, 사설구성의 묘미를 보여주고 있다. 또한 월선과 화자와 대화로 이루어진 종반부는 부분적 국면을 짤막하게 제시하여, 사설 확장의 여지를 남겨두고 있다. 잡가가 이후 〈범벅타열〉, 〈장대장타령〉과 같은 단형서사물로까지 확대될 수 있었던 이유는 바로, 잡가의 이러한

---

69) 이창배, 앞의 책.
70) 위의 책.

유연성에 있다 하겠다.

사설시조를 원사로 하는 휘모리잡가는 차용의 또 다른 면모를 보여주고 있다.

> 생매잡아 길 잘들여 두메로 꿩 사냥 보내고 쉰말 구불굽통 갈기 솔질 솰솰하여 뒷동산 울림 송정에 말뚝 광광 박아 참바집바 비사리바는 끊어지니 한 발 두발 늘어나는 무대 소바로 메 고 앞내 여울 고기 뒷내 여울 고기 오르는 고기 내리는 고기 자나 굵으나 굵으나 자나 주엄 주섬 얼른 냉큼 수이 빨리 잡아 내어 움버들 가지 지끈 꺾어 잎사귀 주루루 훑어 아가미는 실꿰 어 앞내 여울 잔잔 흐르는 물에 넙적 실죽 네모진 큰 청석 바둑돌을 마침 가졌다.
> 아무도 몰래 장단 맞춰 지근지근 지질러 놓고 동자야 어디서 날 찾는 손 오거든 네 먼저 나 가 통속 보아 딸 손님이건 떡메로 후리고, 아니 딸 손님이면 그물막대, 피리, 밥풀, 지렁이,
> 쌈지, 종다래끼, 깻묵 주머니, 앉을 방석, 대깨칼, 초친 고추장 가지고 뒷여울로.

위 작품은 비교적 단형에 속하는 사설시조가 계속 확대되어, 이루어진 작품이다.

> 싱미잡아 깃드려듦에 쮕산행 보닉고
> 백마씻겨 바느려 뒷동산 송지에 믹고 손죠 고기 낙가 버들움에 쎄여 돌지질너 ᄎ여두고
> 아희야 날 볼 손 오쇼든 길 여흘노 술와라

이 작품이 『남훈태평가』에서는 사설이 대폭 확장되어, 위의 작품에 한층 가까워진 모습으로 실려 있다. 확장은 핵심어에 장황한 수식어를 덧붙이는 방식으로 이루어지고 있다. 이것이 휘모리잡가에 이르면, 고기잡이 도구가 나열되면서, 사설이 더 늘어난다. 즉 작품의 부분을 확장하여, 사설을 장형화하고 있다. 희화와 과장이 심한 사설은 볶는 타령

장단에 얹혀, '웃음'을 유발하게 한다. 휘몰이잡가는 이처럼 중심어 혹은 구절에 덧붙이기 식으로 얼마든지 사설을 확장할 수 있기 때문에 변화하는 세태에 순발력 있게 대응할 수 있었다. 휘몰이잡가의 순발력은 이후 〈맹꽁이타령〉, 〈병정타령〉, 〈기생타령〉 등 전환기의 급변하는 세태를 희화적으로 묘사한 작품이 속속 창작될 수 있었던 든든한 바탕이 되었다고 할 수 있다.

잡가의 개방성과 순발력은 고정된 것을 거부하는 시정인들의 동태적 심상을 반영한 것으로 볼 수 있다. 잡가에서 특히 빈번하게 보이는 의성어, 의태어와 조흥구는 대상에 생동감을 부여하여 시상을 역동적으로 이끌고 있다.

㉠ 층암절벽상의 폭포수는 콸콸 수정렴 드리운 듯 이골 물이 수루루루룩 저 골 물이 솰솰

㉡ 청버들을 좌르르 훑터 맑고 맑은 구곡지수에다가 풍기덩실 지두덩실 흐 늘거려 떠나려가는구나

㉢ 형장 하나를 고르면서 이놈 집어 느긋느긋 저놈 집어 는청는청

㉣ 반공중에 높이 떠 우이여ㅡ어허여

㉤ 공기 적다 공기 뚜루루루루룩 숙궁 접동 스로라니

㉥ 에……/……/에……/이어디 이히…… 이히 얼씨구나 절씨구나 아무려 도 네로구나

이러한 시어가 빈번하게 구사되면서 율격의 이완을 소래하여, 성형율을 유지할 수 없게 만든다. 12잡가 중 비교적 정연한 형식을 갖춘 ㉠의 경우도 의성어의 개입으로 음보의 경계가 희미해지고 4보격의 형식에서 이탈된 모습을 보이게 된다. 완고한 형식을 자극하여, 파격을 조장할 수 있었던 것은, 잡가가 지닌 통속예술 특유의 분방함, 다양함에서 비롯된 것이라고 할 수 있다. 이것이 경기입창인 ㉥에 이르면, 원사와 조흥구의 한계를 잡기 어려울 정도가 된다. 그렇지만 소리에 따라 흐르

는 불규칙한 장단과 이를 부르는 소리의 폼새는 저절로 신명을 돋군다.[71] 잡가의 묘미는 이렇듯 우리말의 맛을 한껏 살린 시어를 날아갈듯한 가락에 얹어 변화무쌍한 인정·세태를 파노라마처럼 그려가는 데 있다고 할 것이다.

이질적인 요소들을 모두 받아들여 용해할 수 있는 개방성, 완고한 정형율에서 탈피한 분방한 율격과 이것이 자아내는 역동적 시상은 '잡가'라는 틀 안에서 다양한 모색을 한 것이라 할 수 있다. 전례없이 거대한 화폭으로 재현된 잡가의 세계를 관류하는 흐름은 '욕망의 긍정'이라 할 수 있다.

> ㉮ 풋고추 절이김치 문어 전복 곁들여 황소주 꿀타 향단이 들려 오리정으로 나간다. 오리정 으로 나간다.
> ㉯ 네 소원을 다 일러라 세간치례를 하여나 주랴 용장 봉장 귓도리 책상이며 자개 함롱 반 다지 삼층 각계수리 이층 들미장에 원앙금침 잣베개 샛별같은 쌍요강 발치발치 던져나 주랴
> ㉰ 아니딸 손님이면 그물막대 파리 밥풀 지렁이 쌈지 종기 좋다래끼 깻묵주머니 앉을 방석 대깨칼 초친 고추장 가지고 뒷여울로

생활 소재들이 시어로 편입되는 양상은, 민요의 자질을 흡수한 조선후기 시가 갈래에서 두루 발견되는 특질이다. 주변적인 소재를 장황하게 나열하는 것은, 일상적인 생활을 일상적인 어조로 재현하려는 의도로 볼 수 있다. 〈출인가〉의 한 대목에서 보이는 음식 치례, 〈방물가〉에서 열거한 여성의 장신구·가구·의상, 휘모리잡가 〈생매잡아〉에 나타난 꿩사냥·고기잡이·바둑두기는 일상적 감각을 여실히 드러낸 것이라 할 수 있다. 물론 작품에 묘사된 삶의 모습은 평균인의 그것과는 거리가 멀다. 〈방물가〉에 등장하는 소품은 호사스럽기 그지 없고, 〈생매잡아〉에 보이는 행락도 대다수 사람들의 경험과는 동떨어져있다. 그러

---

71) 위의 책.

나 얼마나 많은 사람들이 그러한 삶을 누렸는가는 문제가 되지 않는다. '세속적 욕망'의 요체를 읽어냈다는 것, 그리고 대리체험의 위안을 제공했다는 것, 여기에 의의가 있는 것이다.

세속적 욕망은 직설적인 애욕의 토로, 이것이 이루어 지지 못한 데에서 오는 슬픔의 극단적 표출에서도 확인된다.

> ㉮ 이 신구 저 신구 잠자리 신구 내 신구 일조낭군이 네가 내 건곤이지
> ㉯ 우는 눈물 받아내면, 배도 타고 가련만은
> ㉰ 나는 죽네 나는 죽네 임자로 하여 나는 죽네 나 죽는 줄 알양이면 불원천리 하련만은
> ㉱ 참으로 님의 화용그리워 나 못 살겠네
> ㉲ 앞집이며 뒷집이라 각위 각집 처자들로 장부간장 다 녹인다
> ㉳ 떨치고 가는 형상 사람 사람의 뼈다귀를 다 녹인다

여기에서 감정의 여백이 보이는 절제된 모습은 보이지 않고, 감정의 극단까지 휘몰아 가는 격정만이 선명하게 드러난다. 눈물, 슬픔의 과도한 분출은 '감상성'이라는 의미로 수렴된다. 감상성은 정서적 반응이 그것을 발생시킨 요인에 비해 과도할 때, 드러나는 법이다.[72] 그리하여 외적 계기와는 분리된 폐쇄된 정서의 자가발전만이 되풀이 될 뿐이다. 이것은 정서의 일방성, 상투성으로 이어진다. 사랑·유흥·자연찬미·세태 묘사 등 잡가가 펼쳐보인 다양한 삽화의 최종 귀결점은 '현세적 향락'이었다. 12잡가의 첫머리에 놓이는 〈유산가〉는 풍류를 위한 모든 조건이 구비된 완벽한 유흥 공간에서 느끼는 자족감을 노래하고 있다. 물놀이를 그린 '선유가'는 남녀 간의 사랑을 소재로 하면서도, '인생은 허무하니 마음껏 즐기자'는 향락적 정서로 끝을 맺고 있다. 〈선유가〉의 후편에 해당하는 〈출인가〉에서는 이 점이 더 노골적으로 나타난다. 〈춘향가〉의 이별 대목을 인용하면서, '인간 칠십을 다 산다고 하여도 자는

---

72) 박성봉, 『대중예술의 미학』, 동연, 1995.

밤 빼면은 사는 날이 많지 않으니, 오늘 놀고 내일 놀고 주야장천 놀아 보자'로 맺는다. 사랑·이별 등 모든 계기들을 무력화시킬 만큼, '현세적 향락'에 대한 추구는 집요하다. 이는 욕망의 긍정이 욕방의 무한 긍정으로 나아가 새로운 욕구 창출을 위한 자극으로 이어지는 통속예술의 부정적 측면을 드러낸 것이라 할 수 있다. 향락의 안온함에 몸을 내맡기려는 태도는 폐쇄적 심리의 발현이라는 점에서 감상주의와 본질적으로 다르지 않다. 이러한 정서의 바탕에는 '인생은 허무하다'는 인식이 자리하고 있다. 즉 현실에 대한 부정과 도피가 '유흥과 향락'의 일방통행으로 몰아가는 것이다. 허무와 향락은 막연한 동경이나 근거 없는 낙관과 쉽게 결합하기도 한다. 과장된 슬픔과 근거 없는 낙관이라는 상충되는 듯 보이는 두 정서는 이렇듯 '현실 부정과 몰 이해'라는 한 뿌리에서 자란 것이다. 처연한 가락의 〈수심가〉와 태평성대를 찬양하는 〈풍등가〉는 바로 '통속성'이라는 의미망 안에서 공존할 수 있었던 것이다.


## 5. 나오는 말


잡가는 유흥문화가 발달하고, 상·하층 문화의 간격이 좁아지며 갈래 간의 개방이 진행되던 19세기 시가사의 정점에 선 갈래라고 할 수 있다. 따라서 잡가에는 19세기 시가사의 긍정적인 양상, 부정적인 양상이 씨실과 날실처럼 아로새겨져 있다. 이 시기에는 전 시대에서부터 진행되던 중세적 관계의 해체가 계속 진행되고 있었고, 경제적 부가 도시로 흘러들어 오면서 도시가 번창하고 있었다. 잡가는 이행기, 도시적 활력을 내면화하면서 전면에 부상하였다. 하층 소리꾼의 음악에서 출발한 잡가의 부상은 문학·예술이 이념적·계층적 굴레에서 벗어나, 수용층을 넓혀가는 평준화의 방향을 보여주고 있다는 점에서 의미있는 현상이라고 할 수 있다.

　개방성, 다양성을 본질로 하는 잡가의 '잡스러움'은 '통속성'으로 수렴된다. 이념적 긴장에서 탈피한 시기, 유흥을 위한 연행물로 존재했던 잡가가 '통속화'의 구도에 편입되었던 것은 어찌 보면 자연스러운 수순이었다. 자생적 근대화를 향한 힘겨운 발걸음이 때로는 굴절되고, 왜곡되기도 했던 세기 말, 잡가는 가집 발간과 음반화로 이어지는 대량 유통의 시대를 서서히 준비하고 있었던 것이다.

# 민간 가창양식의 변화와 잡가

## 1. 들어가는 말

잡가는 여전히 문제적 영역으로 남아있는 '뜨거운 감자'라 할 수 있다. 그래서인지 많은 연구자들이 잡가의 대중적 파급력과 조선 후기에서 근대 전환기에 걸친 존재 기간의 특수성을 인정하면서도 본격적인 논의의 대상으로는 삼고 있지는 않다. 이는 상당부분 잡가의 모호한 장르적 정체성에 문학성에 대한 의구심이 더해진 결과로 해석할 수 있을 것이다. 물론 대중문화에 관한 관심이 고조되면서 대중문화의 여명기를 일구었던 잡가가 새롭게 조명받고 있으나 아직까지 시가 연구의 주변부에 위치하고 있는 실정이다.

물론 잡가에 대한 연구 성과가 쌓이면서 가사의 변격 혹은 민요의 특수 형태 정도로 취급 받았던 잡가의 장르적 독자성과 정체성이 제시되기도 하였다.[73] 나아가 잡가의 특수한 존재 방식과 수용 양상을 들어 잡가를 근대적 대중가요의 초보 형태로 보는 논의가 제기되기도 하였다.[74] 또한 잡가의 사설 구성원리와 담론화의 과정을 통해 잡가의 정체를 해명하여, 잡가를 본격 텍스트 연구 대상으로 올려 놓기도 하였다.[75]

그렇지만 아직까지도 잡가의 개념과 범주에 대한 최소한의 합의가 이루어지지 않은 채, 몇몇 대표작 혹은 대표 유형으로 잡가의 정체를 해명하거나 장르적 특성을 논의하고 있는 실정이다. 이것은 잡가 연구 초창기부터 제기했던 문제, 즉 "'잡가'라고 하였을 때 어디까지를 잡가로 볼 수 있는가? 그리고 잡가를 잡가답게 할 수 있는 요인은 무엇인가?"라는 문제가 아직도 진행중이라는 의미도 된다.

잡가를 둘러싼 난맥상은 상당 부분 이질적인 시기를 거치며 자기 부상한 잡가의 정체를 확정된 실체로 놓고, 단일한 시선으로 파악하려는 시도에 기인한다고 할 수 있다. 다시 말해 조선 후기에 가창문화의 재편 과정에서 자기 부상하여, 한말·일제시대를 거치며 전성기를 맞이한 잡가의 특수한 위상을 감안하지 않고, 20세기 이후에 출간된 잡가집이

---

73) 잡가의 정체에 대한 논의는 대략 다음과 같이 정리해 볼 수 있다. 고정옥, 『조선민요연구』, 수선사, 1949; 조윤제, 『국문학개설』, 동국문화사, 1955; 이병기, 『국문학전사』, 신구문화사, 1965; 정재호, 「잡가고」『민족문화연구』 6집, 고려대 민족문화연구소, 1972; 김문기, 『서민가사연구』, 형설출판사, 1982; 최상수, 「잡가의 장르적 성향과 수용양상」, 성균관대 석사논문, 1986; 하희정, 「잡가의 장르적 성격-12잡가를 중심으로」, 이화여대 석사논문, 1986; 윤기홍, 「잡가의 성격과 민요 판소리와의 관계」, 『한국민요론』(최철 편저), 집문당, 1986; 이노형, 「잡가의 유형과 그 담당층에 대한 연구」, 서울대 석사논문, 1987; 최원오, 「잡가의 교섭갈래적 성격과 그 이론화의 가능성 검토 시론」, 『관악어문연구』 19집, 관악어문연구회, 1994; 한냉숙, 「삽가의 역사와 개념 규정」, 『한국음악산고』 9집, 한양대 진통음악연구회, 2001.

74) 이노형, 「한국 근대대중가요의 역사적 전개과정 연구」, 서울대 박사논문, 1992; 박애경, 「조선 후기 시가의 통속화 과정에 대한 연구-잡가를 중심으로」, 『연세어문학』 27집, 연세어문학회, 1995; 고미숙, 「20세기 초 잡가의 양식적 특질과 시대적 의미」, 『창작과비평』 89호, 1995.

75) 송여주, 「잡가의 사설 차용 현상에 대한 연구」, 서울대 석사논문, 1996; 신은경, 「창사의 유기성에 대한 텍스트 언어학적 조명-잡가의 경우」, 『우리시 다시 읽기』, 보고사, 1997; 성무경, 「잡가 '유산가'의 형성 원리에 대하여」, 『가사의 시학과 장르 실현』, 보고사, 2000; 김학성, 「잡가의 사설 특성에 나타난 구비성과 기록성」, 한국고전문학회 엮음 『국문학의 구비성과 기록성』, 태학사, 1999.

나 레퍼토리 정리를 근거로 조선 후기 시가사의 구도를 해명하고 여기에서 성급하게 근대 시민문화의 맹아를 읽으려 하거나, 잡가를 잡가집이 발간되고, 극장 공연물로 자리잡은 근대 전환기의 대중문화로 제한하려 했기 때문이다.

따라서 잡가에 대한 개념과 범주의 문제는 잡가라는 것이 존재를 드러나기 시작한 시점에서부터 근대 전환기를 거친 후의 변화상까지 단계별로 접근해 주어야 한다고 생각한다. 최소한 근대전환기 이전과 이후의 잡가는 존재와 수용을 둘러싼 문화적 기반이라는 면에서 이질적인 성향을 보이는 만큼 엄연히 구분해서 보아야 한다.76)

이 글에서는 잡가의 개념이 형성되고, 범주화는 과정을 실제 잡가가 존재했던 양상을 짚어봄으로써 역사적으로 살피려 한다. 잡가의 개념과 범주에 대한 역사적 접근은 잡가의 범주 문제 뿐만 아니라 발생과 형성 과정에서부터 잡가의 인접권에 놓인 가창가사와 판소리의 문제를 접근하는 데에도 유효하리라고 생각한다.


## 2. '잡가' 개념의 변천 과정


문학 연구자들이 잡가를 다룰 때에는 십이잡가를 중심에 놓고, 휘모리잡가, 경・서도 잡가 일부, 선소리를 포괄하여 다루는 것이 일반적이다. 논자에 따라서는 판소리 단가, 〈토끼화상〉처럼 판소리와 친연성이 있는 가창가사와 십이가사를 추가하기도 한다. 이러한 범주 설정은 사

---

76) 박애경, 「19세기 시가사의 전개와 잡가」, 『한국민요학』 4집, 한국민요학회, 1996. 이 글에서 잡가의 정체를 달리 잡아주어야 한다는 의견은 제시했지만, 가능성만을 제기하는 데 그쳤다.

설 구성, 전승 과정, 수용층의 특색과 수용의 관습, 음악적 특성 등을 두루 고려한 결과라 할 수 있다. 한편 음악계에서는 잡가를 넓게는 잡가류의 창법으로 부르는 노래의 총칭, 즉 정가(正歌)도 아니고 순연한 민요도 아닌 긴노래의 총칭으로 보고 있다. 즉 십이잡가와 휘모리잡가 산타령 계통의 입창, 그리고 보렴과 화초사거리 등의 남도 선소리, 서도소리를 넓게 보아 잡가에 포함시키고 있다. 그러나 지역민요 내지 지역 민요권에 기반을 둔 노래의 경우 논자에 따라 잡가의 범주에서 제외시키기도 한다고 하면, 음악계에서는 십이잡가와 산타령 계통의 노래 정도를 공통적으로 잡가로 다루고 있다고 할 수 있다.[77] 그런데 음악계에서는 잡가라는 총칭보다는 경기좌창, 경기민요, 입창, 서도소리 등 음악 양식에 따른 하위 장르의 명칭을 더 빈번히 사용하고 있는 실정이다. 이는 음악계 역시 잡가의 개념과 범주에 대한 합의가 이루어지지 않았다는 의미로 볼 수 있다.

더 큰 문제는 이러한 범주 설정이 구체적으로 어느 시기의 잡가를 대상으로 하는 것인지 분명하지 않다는 것이다. 그 이유의 상당 부분은 잡가의 개념과 범주 설정이 다분히 '사후적'이라는 데에서 찾아볼 수 있다. 단적인 예를 들어보자. 십이가사는 음악계의 구분에 의하면 정악에 속하고, 십이잡가는 민속악에 속한다. 문학계에서 십이가사는 가사의 범주에서 다루고 있지만, 잡가는 장르적 귀속이 매우 모호한 실정이다. 그런데 십이가사 중에서 〈매화타령〉과 같은 작품은 잡가와 적어도 사설 구성 면에서는 뚜렷한 변별점을 찾기 힘들다. 반면 잡가 〈유산가〉는 논자에 따라 가사의 일부로 다루고 있을 만큼 가사와 친연성을 보인다. 이 말은 십이가사와 십이잡가의 문학적 구분은 레퍼토리의 구분만큼 정연하지 않다는 의미일 것이다. 이는 역사적 장르로서의 가사와 잡가의 경계라는 문제와도 중첩되고 있다.

---

77) 한영숙, 앞의 책.

주지하다시피 십이가사, 십이잡가의 정리와 분리는 20세기 이후에 이루어진 것이다. 이 시기는 전통적인 의미의 아(雅)와 속(俗)의 이분법은 무의미해진 시점이라 할 수 있다. 따라서 20세기 이후에 이루어진 분류로는 십이가사에 속하는 개별 작품이 잡가로 인식되었다거나, 십이가사 내부에도 엄연히 격조의 차이가 존재했었던[78] 19세기 잡가의 실상을 반영하는 데에는 한계가 있을 수밖에 없다.

잡가 개념의 변천 과정에 대한 추적은 대상과 해석의 괴리라는 잡가 연구의 문제를 넘어서기 위해서도 반드시 거쳐야 할 과정이라고 할 수 있다. 따라서 이 글에서는 의도적으로라도 잡가라는 말이 등장하고, 가창물로서의 잡가가 문화·예술사에 부상하기 시작한 시점으로거슬러 올라가려 한다.


### 1) 19세기 잡가의 존재 양상과 그 의미

여기에서 말하는 19세기란 잡가라는 명칭이 문헌에 등장하기 시작하는 최초의 시점부터 잡가집이 대량으로 발간되고, 십이가사, 십이잡가의 레퍼토리가 확정되기 전까지의 시기를 말한다.[79] 따라서 편의상 19세기라고 했지만, 18세기 후반부터 근대 전환기 이전까지를 아우르는

---

78) 19세기 중엽 이후의 산물로 보이는 『남훈태평가』에는 현행 십이가사 중 〈매화가〉와 〈백구사〉가 잡가편에, 〈춘면곡〉, 〈상사별곡〉, 〈처사가〉, 〈어부가〉가 가사편에 수록되어 있다. 그와 거의 동시기 홍한주의 『지수염필』에는 〈길군악〉과 〈매화가〉, 〈황계가〉, 〈백구사〉는 천한 잡성으로, 〈어부사〉, 〈춘면곡〉, 〈상사별곡〉, 〈처사가〉는 정악으로 취급하고 있는 것으로 보아 19세기에는 현행 십이가사 내부에서도 우열이 존재하였고, 이에 따라 다른 별개의 장르로 인식했다는 것을 알 수 있다.

79) 김학성 교수는 잡가의 생성 기반을 논하면서 18~9세기 예술사를 여항예술기(17세기 후반~18세기 중반), 시정예술기(18세기 후반~19세기 중반), 도시예술기(19세기 후반~20세기 전반)의 3단계로 나누어 설명한 바 있다(김학성, 앞의 책). 이 글에서 이야기하는 19세기는 2단계 시정예술기에 해당되나, 고종조 일부까지 포괄한다는 점에서 약간의 시차는 있다.

시기라는 편이 옳을 것이다. 이 시기 잡가의 모습은 현전하는 가집과 문인, 중인가객 등의 기록과 부분적인 평가에 의해 윤곽을 잡을 수밖에 없다. 따라서 저층을 기반으로 하고, 다분히 구비적 속성을 보이는 잡가의 저변과 실상을 재구하기에는 이러한 기록이 제한적이고 경우에 따라 편향적이라는 점을 염두에 둘 수밖에 없다. 그렇지만 이러한 한계를 감안하고라도 잡가의 존재를 역사적으로 짚어가는 과정은 잡가의 개념에 대한 당대적 시각을 확보하고, 잡가가 어떠한 과정을 거쳐 정체성을 확보하는지 이해한다는 차원에서 유효한 접근이라고 할 수 있다.

### (1) 잡가의 개념 형성과 가사집 『잡가』

1821년에 편찬된 것으로 추정되는 가사집 『잡가』는 19세기 가사의 사대부 향유를 대표적으로 보여주는 문헌으로 알려져 있다.[80] 여기에는 〈고공가〉, 〈답가〉, 〈지로가〉, 〈관동별곡〉, 〈관서별곡〉, 〈성산별곡〉, 〈면앙정가〉, 〈목동가〉, 〈답가〉, 〈낙빈가〉, 〈귀전가〉, 〈어부사〉, 〈장진주사〉, 〈과송강묘〉, 〈권주가〉, 〈맹상군가〉, 〈은사가〉, 〈처사가〉, 〈춘저가〉, 〈호남곡〉 등 총 19편의 작품이 실려 있고, 맨 끝장에 〈재송여승가〉의 일부가 실려 있다. 수록 작품의 면면을 보면 사대부 가사와 십이가사, 판소리와 친연성이 있는 〈호남곡〉 등이 섞여 있지만 중심이 사대부 가사에 있다는 것은 쉽게 알아낼 수 있다. 여기에 실린 작품이 온전히 가창을 위한 대본인지는 분명치 않으나 십이가사의 레퍼토리와 단가가 포함된 것으로 보아 가창의 개연성은 충분히 상정해볼 수 있다.[81]

그런데 가사집에 『잡가』라는 명칭을 붙인 것은 분명 해석을 요하는

---

80) 윤덕진, 「가사집 『잡가』 해제」, 『열상고전연구』 9집, 열상고전연구회, 1996.
81) 가사의 장르 실현에 대해 가창만을 위한 시가가 아니라 '가창도 할 수 있는 즉 가창의 개연성을 지니고 산출되는 장르'로 견해가 모이는 듯하다. 김학성, 「가사의 본질과 담론 특성」, 『한국문학논총』 28집, 한국문학회, 2001; 성무경, 「18~19세기 음악환경의 변화와 가사의 가창전승」, 『한국시가연구』 11집, 한국시가학회, 2001.

부분이라고 생각한다. 물론 수록 작품의 면면은 현행 잡가의 실상과 당연히 거리가 있다. 그렇다고 해도『잡가』는 가사만을 모아 수록한 가집으로는 상당히 이른 시기의 소산으로 꼽힐 뿐 아니라, 이전에도 일부 시조와〈장진주〉를 잡가로 분류한 전례에서 보이듯, 가사를 '잡가'로 명명하는 것이 비단『잡가』의 경우만으로 그치지 않는다는 점을 중시할 필요가 있다.[82] 요컨대『잡가』의 존재는 가사의 19세기 존재 방식을 보여주는 동시에 잡가의 개념을 구성하는 데 일정 부분 기여한다고 볼 수 있다.

먼저 이 가사집의 편찬자가 〈재송여승가〉처럼 세속적인 주제를 다룬 작품과 더불어 판소리 허두가를 수록했기에, 이처럼 여러 장르가 혼재된 현상을 잡가로 규정하여 이런 명명을 했으리라는 해석[83]이 가능하다. 이 경우 잡가는 이질적인 작품의 혼재, 다양한 노래의 모음이라는 의미로 볼 수 있다.

또한 가집명의 의미를,『잡가』를 구성하는 가사의 존재 방식과 수용 방식, 위상과 관련하여서 그 의미를 짚어볼 수도 있다. 가사에 대한 본격적인 비평을 시도한 홍만종의『순오지(旬五志)』에서는 〈역대가〉,〈권선지로가〉,〈만분가〉,〈면앙정가〉,〈관서별곡〉,〈관동별곡〉,〈사미인곡〉,〈속사미인곡〉,〈장진주〉,〈강촌별곡〉,〈원부사〉,〈목동가〉,〈맹상군가〉 등의 가사 작품을 소개하면서 이 작품들을 '가곡(歌曲)'이라 하였다. 여기에서 말하는 가곡이란 가곡류, 즉 대엽조로 부를 수 있는 긴 노래의 총칭으로 보인다.

이 대목에서『순오지』에서 가곡으로 보았던 작품의 상당수가『잡가』에 수록되어 있다는 것을 어렵지 않게 발견할 수 있다. 동일한 작품이

---

82) 18세기 말의 소작인 백경현(白景炫)의『東歌選』(1781년)에서는 시조 234수를 聲調에 의해 분류하면서, 책의 끝 부분에 잡가라 하여 시조 3수와 松江의 '將進辭'를 실은 바 있다.

83) 윤덕진, 앞의 책.

시기에 따라 가곡으로도 혹은 잡가로도 인식될 수 있음을 보여준 단적인 사례라 할 만하다. 물론 이러한 차이가 『순오지』가 지어진 17세기 후반에는 가사가 대엽조의 가곡창으로 불렸고 『잡가』의 수록 시기에는 가사창 혹은 잡가류의 창법으로 불렸다는 의미는 아니다.[84] 그렇지만 『잡가』의 수록 가사가 음악적 제약이 많은 진작조(眞勺調), 대엽조(大葉調)를 떠나 보다 저변화된 가창문화를 수용했을 가능성은 충분히 상정해 볼 수 있다. 판소리와 관련이 있는 단가의 편입은 이러한 추정을 뒷받침하고 있다.

따라서 『잡가』는 이미 장르적 공인을 획득한 대엽조의 가곡과 대타적 개념에서 이루어진 작명일 가능성을 조심스럽게 제기해볼 수 있다.[85] 즉 잡가는 가곡이라는 정통성을 지닌 공인된 장르를 제외한 노래 일반을 두루 지칭하는 개념이라는 것이다. 가곡이 18세기를 거치며 여항예술의 중심으로 부상하고, 19세기 들어 곡조의 분화를 통해 격조를 쌓아가고 있던 문화적 환경은 가곡과 그 이외의 장르에 대한 배타적 경계 설정을 가능케 한다고 볼 수 있다. 따라서 잡가라는 명칭 역시 개별 장르에 대한 명명이라기보다는 이질적인 작품군이 혼재한 현상 혹은 확정된 장르에 대한 대타적 개념의 총칭 즉 장르적 승인을 획득하지 못한 '나머지' 장르에 대한 통칭이라 할 수 있다. 이렇듯 잡가라는 개념은 시작부터 다른 장르와의 관계 속에서 형성된 만큼 그 범주 설정이나 개념이 시기에 따라 유동적일 수밖에 없다.

---

84) 16세기 허강의 '서호별곡'이 '三腔八葉'의 진작조로 불렸던 사실을 생각해보면 가사의 창법은 『잡가』가 산출된 19세기 전반까지도 모색중이었다고 볼 수 있다.

85) 잡가 아닌 것을 잡가로 인식했던 초창기 혼돈상을 지적하면서 잡가의 초창기 개념을 '가곡창과 같은 본류적 정통성을 갖지 않은 음악이라는 의미일 것'이라는 가능성은 제기된 바 있다(김학성, 앞의 책). 그런데 인용 논문에서는 이러한 개념 설정을 초창기 잡가에 한정함으로써, '주류적 정통성을 획득하지 못한 장르'라는 개념이 잡가의 정체성과 관련이 있다고 보는 이 글과는 방향을 달리하고 있다.

## (2) 19세기 잡가의 존재와 '잡(雜)'의 의미

가창물로서의 잡가가 언제부터 향유되었는지는 분명하게 알 수 없으나, 대개 농민층의 분화가 진행되었던 18세기 이후 하층 유랑연예인을 중심으로 불려졌을 것으로 추정하고 있다. 그러나 도시 유흥의 장에 본격적으로 모습을 드러낸 것은, 잡가의 3명창인 추교신·조기준·박춘경을 배출한 19세기 중엽 이후라고 한다.[86]

잡가가 문헌에 나타나기 시작하는 시점도 대략 이 시기라 할 수 있다. 19세기 중엽 이후 시정의 가창문화를 반영하는 가집 『남훈태평가』에는 잡가편에 〈소춘향가〉, 〈매화가〉, 〈백구사〉 등 3 편의 작품을, 가사편에 〈춘면곡〉, 〈상사별곡〉, 〈처사가〉, 〈어부사〉 등 4 편의 작품을 싣고 있어 이미 잡가가 널리 가창되었다는 것을 알 수 있다. 그러나 현재 십이가사의 레퍼토리로 알려진 〈매화사〉와 〈백구사〉가 잡가로 편재되고, 십이가사 중 일찍이 텍스트가 완성된 것으로 보이는 〈춘면곡〉 이하 4곡은 가사편에 수록되어 있는 데에서 보이듯, 잡가와 가사 사이의 경계가 확정되지 않았다는 것을 알 수 있다. 또한 시조창을 위한 대본 말미에 가사와 잡가가 편재된 것으로 보아 시조, 잡가, 가사가 동일한 문화권 내에서 소통되었을 가능성을 보여주고 있다.

『남훈태평가』보다 앞선 19세기 전반기의 가곡창 가집으로 추정되는 『청구영언』육당본 말미에도 역시 별도의 곡조 구분이나 표기 없이 총 17편의 가사를 수록하고 있어 시조와 가사가 동일한 문화권 내에서 가창물로 향유되고 있음을 보여주고 있다. 그 외에도 가집 『시철가』에 〈유산가〉, 〈평양가〉, 〈출인가〉 등 현행 십이잡가 작품이 수록되는 등 가사·잡가의 가집 부기 현상은 19세기 하나의 경향으로 자리잡고 있다. 그렇지만 가집의 편재에서 보이듯, 가집의 편찬자는 가사(잡가)는 엄연히 가곡(시조)의 주변적 존재로 인식하고 있었다고 볼 수 있다.

---

86) 이창배, 『한국가창대계』, 홍인문화사, 1976, 162~163면.

가사와 잡가 사이의 경계가 불분명하고, 이것이 가곡(시조)와 동일한 문화권에서 소통되었다는 사실을 뒷받침하는 사례는 19세기 중·후반 예술 향유의 실상을 다룬 문헌에서 빈번히 발견되고 있다. 19세기 예술사 자료로 자주 인용되는 자주 인용되는 유만공의 〈세시풍요(歲時風謠)〉와 도시유흥의 실상을 보여주는 장편가사 〈한양가〉에서는 〈춘면가〉, 〈황계사〉, 〈백구사〉 등 십이가사의 곡목을 잡가로 지칭하고 있어 역시 가사와 잡가의 영역이 불분명함을 보여주고 있다. 또한 가곡이 파하자 잡가로 이어진다는 〈세시풍요〉의 대목이나 시조와 잡가가 한 자리에 불리는 광경을 묘사한 〈한양가〉의 대목은 가곡과 시조, 잡가(가창가사)는 동일한 공간에서 한바탕 불리웠고, 이는 가곡과 시조, 가창가사가 본래의 기반과 상관없이 동일한 문화권 내에서 소통되었다는 사실을 보여주고 있다.

이러한 현상은 서울을 넘어서 지방에도 확산된 것으로 보인다. 진주 지방관 정현석이 관아에게 가무를 가르치기 위해 편찬한 『교방가요』를 살펴보면 시조, 가곡, 정재무와 함께 잡가를 독립 항목으로 설정했는데, 여기에 실린 작품은 〈춘면곡〉, 〈처사가〉를 위시한 십이가사의 곡목과 〈관동별곡〉과 같이 전통적으로 가사문학권에서 향유되던 작품들이다.

잡가가 가사 뿐 아니라 판소리를 지칭하는 사례도 보이고 있다.

㉮ 말이 입술과 이 사이에서 샘처럼 흘러나오니 〈靈山會相〉 제 1투조의 장난이요 타령잡가 오만 가지 별체를 노래하는데……87)

㉯ 시조 3장을 노래한 후 계속해서 우·계면 한 바탕을 부르고 또 잡가를 노래했는데 모홍갑과 송흥 록 등 명창의 조격을 꿰뚫지 않은 바가 없으니 진실로 절세명인이라 부를 만하다.88)

---

87) 宋晩載 '觀優戱' 竝序. 言泉流於盾齒 靈山會相一套調腔 打令잡가千百船別體 或座或跪 惑立或語或 歌或罵 或笑或泣 一長一短 一淸一濁 一抗一墜 一疾一舒. 윤광봉, 『한국연희시연구』, 이우출판사, 1982에서 재인용.

㉮는 19세기 연행예술의 실상을 생생히 보여주는 송만재의 〈관우희〉 중 한 대목으로 판소리 공연을 장면을 묘사하고 있다. ㉯는 안민영의 개인 가집인 『금옥총부』에 실린 작품 부기로 이천 기생 금향선이 시조창과 가곡창을 부른 후 판소리를 부르는 모습을 묘사한 대목이다.

여기서 이채로운 부분은 잡가와 타령의 혼용이다. 판소리는 『춘향전』을 한시화한 유진한의 〈가사춘향가 이백구(歌詞春香歌 二百句)〉 이래 꾸준히 타령(打令), 타령(打鈴) 혹은 타영(打詠) 등으로 불렸다. 그런가 하면 가창가사 중 매화사·황계사를 매화타령·황계타령이라고 부르기도 하였다. 이로 보아 19세기 중엽에는 판소리·잡가 등 민속악을 저변으로 하는 긴 노래를 두루타령이라 불렀고 이를 곧 잡가라 부르기도 했던 것으로 보인다.

이렇듯 『남훈태평가』에서 잡가를 독립된 곡조로 취급하였지만, 대부분은 판소리, 가창가사를 두루 잡가로 부르고 있어 잡가와 가창가사, 판소리 간의 경계, 특히 잡가와 가창가사 간의 경계가 불분명하다는 것을 알 수 있다. 그러나 이러한 현상이 단순히 '잡가가 아닌 것을 잡가로 인식하는' 차원이 아닌 것은 분명해 보인다. 기록을 남긴 당대인들은 가곡, 시조 등 정가로서 장르적 정통성을 획득한 음악을 제외하고, 도시의 가창문화권 내에 편입된 민속악 전반, 혹은 민속악과의 교섭 흔적이 뚜렷한 가창물을 두루 잡가로 인식했던 듯하다. 가창문화권에 유입된 노래들은 풍류방과 도시 유흥공간, 가창에 의한 장르 실현이라는 동일한 기반 위에서 공존 혹은 경쟁하면서 상호 모방, 침투라는 교섭과정을 진행하고 있었다.

잡가의 개념 규정에서 격조의 문제도 빼놓을 수 없다. 잡가의 잡스러움이라는 의미 속에는 잡연성, 두루 통한다는 개방성 외에 격조의 문제도 분명 포함하고 있기 때문이다.

---

88) 安玟英, 「金玉叢部」(국립중앙도서관 소장) 157번 후기. 唱時調三章後續唱羽界面一編 又唱雜歌 车宋名唱調格 莫不透妙 眞可謂絶世名人也.

㉮ 길군악과 매화가 황계가 백구가 및 시조·잡성은 모두 무식한 탕자와 요부에게서 비롯되었을 따름이라 윤리가 전무하니 어찌 도를 싣기에 족하다 하겠는가. 대저 노래하는 성악곡의 음은 모두 동인의 속조에 불과하니 진실로 중국의 아악과 더불어 논할 것이 못된다.89)

㉯ 근일 녹녹한 모리배들이 부지런히 서로 좇아 훈연히 비루한 습속에 동화되고 혹은 한가한 틈을 타 놀이를 즐기는 자는 뿌리없는 잡요와 농지거리의 해괴한 짓으로, 귀천 할 것 없이 다투어 전두를 주고 이를 배우고 숭상하는데, 어찌 옛 현인군자로서 정음의 여파를 하는자가 있겠는가?90)

㉮는 홍한주의 『지수염필』 중 한 부분으로, 저속한 소리를 싸잡아 잡성이라 부르고 있다. 여기에서 유의할 대목은 현행 십이가사 중에서도 평가의 편차를 보이고 있다는 점일 것이다. 즉 십이가사 중 일부 곡목을 시조·잡성과 같은 부류로 취급했고 이를 속조라 하여 아악의 대칭 개념으로 인식하고, 〈어부사〉, 〈춘면곡〉, 〈처사가〉, 〈상사별곡〉의 다섯 곡은 사대부의 작이라 하며, 정악인 '가곡'으로 분류하고 있다.91) ㉯는 가곡창의 예술적 품격을 높이는 데 기여한 전문가객 박효관이 쓴 『가곡원류』 발문이다.

두 사람은 공통적으로 '잡'을 격조의 문제로 접근하고 있다. 박효관의 글에서는 격조를 자신이 수호하고자 한 가곡의 정통성에서 찾고 있다. 正音은 이러한 의지의 표현으로 보인다. 따라서 그는 정음이 아닌 민속악 진빈을 뿌리없는 잡요로 규정하고 있다. 반면 홍한주의 글은 '사대부적 담론'과의 거리로 격조의 문제를 접근하고 있는 듯하다. 물론

89) 行路軍樂歌梅花歌黃鷄歌白鷗歌及時調雜聲 皆出於無識蕩子妖淫而已 全無倫理何足載道 大抵歌聲樂音 皆不過東人俗調 古不可與論於中國雅樂. 홍한주, 『지수염필』, 아세아문화사 영인, 1984.

90) 挽近俗末碌碌謀利之輩 孜孜相趨薰然共化於鄙吝之習 或偸閑爲戲者 以無根之雜謠詼浪之骸擧 貴賤 爭與纏頭習尙 奚有古者賢人君子爲正音之餘派者. 『가곡원류』 국악원 본 『한국음악학자료총서』 5권, 국립국악원, 1981.

91) 홍한주, 앞의 책.

이들은 자신이 수호하는 가치를 쫓아 자신이 인정하지 않는 장르에 대해 다분히 배타적인 자세를 취하였지만 격조의 문제가 잡가의 개념 확정에 기여하고 있다는 사실은 예증하고 있다 할 수 있다.

### (3) 지역 민요권과 잡가

잡가와 민요는 기원이나 전승 과정에서 유사성을 보이기도 한다. 따라서 전문 소리꾼에게 포섭된 민요 중 일부는 잡가로 취급되기도 한다. 물론 지역민요가 잡가 레퍼토리로 편입되는 것은 20세기 이후의 현상이지만, 이 시기에 이미 민요를 흥행의 레퍼토리로 삼았던 전문소리꾼의 흔적이 보이고 있다. 앞서 언급한 『교방가요』 '잡요'항에는 〈산타령〉, 〈놀량[遊令]〉, 〈저(杵)타령〉, 〈화저(花杵)타령〉을 가사 없이 간단한 해설과 함께 소개하고 있다.

> ㉮ 이는 걸사와 사당패 무리들이 부르는데 내용이 음탕하고 가사가 비루하다. 오늘날에는 거리의 아이들과 종들도 이를 부를줄 안다.[92]

여기에서 소개한 작품은 서울, 경·서도에서 불린 선소리(立唱) 한마당의 주요 곡목들이다. 〈산타령〉과 〈놀량〉은 선소리(立唱) 한마당의 주요 레퍼토리로 과천·애오개·뚝섬 등 서울 각 권역에서 활약하던 선소리패들이 주로 불렀다고 한다.[93] 〈저타령〉과 〈화저타령〉은 이후 잡가집에 등장하는 〈방아타령〉과 〈화초사거리〉를 가리키는 듯하다. 원래 〈산타령〉 계통의 입창은 사당패 등 유랑 연예인의 레퍼토리로 알려져 있다.[94] 이들은 비단 서울 뿐 아니라 서도, 남도에 걸쳐 광범위하게 존

---

92) 此乞士舍黨所唱 皆是淫辭鄙詞也 今街童厮隷亦解唱此. 정현석, 『고방가요』, 아세아문화사 영인, 1975.

93) 이창배, 앞의 책, 317면.

94) 송방송, 『한국음악통사』, 일조각, 1984, 468면

재하면서, 각 지역의 민요를 경·서도와 남도의 선소리로 바꾸어 놓았다. 〈산타령〉의 기원은 확실치 않으나, 정월 상원일에 고래로 내려오는 답교 놀이의 중심된 노래라는 점[95]에서 민요가 변형된 노래인 것은 분명해 보인다. 서울 각 권역에서 활약하던 선소리패는 바로 이들의 후예인 셈이다.

'잡요'는 전문적 혹은 반전문적 소리꾼에 의해 지역 민요가 흥행을 위한 레퍼토리로 정착되면서 지역의 협소한 영역을 넘어서는 과정 즉 통속민요의 실상을 보여주고 있다. 거리의 아이들과 종들도 이 노래를 불렀다는 것은 소리꾼의 노래가 다시 지역 민요권에 침투하여 이후 잡가와 민요의 경계가 불분명해지는 현상을 암시하는 것으로 볼 수 있다.

통속민요와 떠돌이 노래패의 존재는 한 말 최영년의 시에서도 확인해볼 수 있다.

  ㉯ 짙은 눈썹 윤기있는 살결 그림인 양 濃黛凝脂似畵楔
   비단치마에 흰 부채는 빙그르르 羅裙紈扇舞螺旋
   춘향가 일곡에 양산도 부르자 春歌一曲陽山道
   소리꾼 붉은 생초에 돈이 비오듯 肯者紅綃雨萬錢

〈사당패〉라는 이 시는 떠돌이 연예인들이 흥행 레퍼토리로 삼아 공동체의 노래인 지역민요가 통속화되어가던 사정을 보여주고 있다. 20세기 이후 가창문화의 중심으로 부상한 경·서도 잡가·남도잡가 등 지역 민요권에 기반을 둔 잡기의 존재는 이렇듯 유랑 연예인의 지역민요권 침투와 관련이 있다 할 수 있다. 19세기 초에 편찬된 것으로 추정되는 『동대가야금보(東大伽倻琴譜)』에 현행 경기민요로 분류되는 〈흥타령〉이 수록되고, 19세기 말에 편찬된 『아양금보(蛾洋琴譜)』에 〈방아타령〉, 〈오독기〉 등이 수록된 사실[96]로 미루어 보아 지역민요가 전문 소리꾼

---

95) 이창배, 앞의 책, 317면
96) 권오경, 「19세기 고악보 소재 민요 연구」, 『한국시가연구』 12집, 한국시가학회, 2002.

이나 음악인에 의해 협소한 영역을 넘어 전국적으로 퍼지며, 통속화하는 과정은 일찍이 진행되었던 듯하다.

### (4) 19세기 잡가의 개념과 범주

위의 기록에서 보이듯 19세기 잡가는 가곡의 타자에서 정악 전반의 타자로, 정악 전반의 타자에서 풍류방, 도시 유흥공간 등 가창문화권의 중심에 놓이는 긴노래로 끊임없이 개념의 변화를 겪어왔다고 할 수 있다. 따라서 이 시기 잡가는 확정된 혹은 승인된 장르라기보다는 장르 간의 공존과 경쟁 속에서 끊임없이 자신의 외연을 확산할 수 있는 일종의 '동태적인 장르'로 존재하고 있었다고 할 수 있다.

잡가의 형성과 확산을 조장할 수 있었던 요인은 말할 것도 없이 도시의 발달, 상업의 발달에 따른 가창문화권의 확대라 할 수 있다. 가창문화권이 확대되고, 저변화하면서 텍스트 간, 혹은 장르 간 상호 모방과 침투가 활발해지고, 민속악, 정악의 요소를 두루 흡수하여 새로운 곡조가 다듬어지고 파생되는 현상이 사설과 음악에서 공히 나타났던 것이다. 이러한 상호교섭과 침투를 매개할 수 있었던 것은 수용자의 혼효와 탈계급화 현상, 장르 간의 공존과 경쟁으로 대표되는 문화의 평준화 현상으로 19세기 문화의 역동성을 단적으로 보여주는 것이라 할 수 있다.[97]

이러한 개념 정리를 토대로 19세기 잡가의 범주를 잡아보면 다음과 같다. 먼저 20세기 이후 십이잡가로 정리되는 경기잡가, 십이가사를 필두로 한 가창가사 일부, 시조창의 분화과정에서 파생한 휘모리 잡가 일부를 설정할 수 있다. 판소리는 비록 당대인들이 잡가로 인식하기도 하였으나, 놓이는 공간이 잡가의 범주에 포괄되는 작품군과는 이질적이기 때문에 제외하였다. 선소리와 통속민요는 잡가로 편입될 수 있는 가능성만 보일 뿐 아직 잡가로의 전환은 이루어지지 않았다고 할 수 있다.

---

97) 박애경, 앞의 책.

## 2) 잡가집의 출판과 잡가의 위상

20세기 이후 잡가는 대량 출판과 극장공연, 음반화라는 아주 새로운 환경을 맞이하게 되었다. 1902년 협률사, 1903년 광무대가 차례로 생기고, 잡가가 극장 공연물로 탈바꿈하면서 그 저변은 한결 넓어졌다. 또한 가집과 축음기를 통해 잡가가 미디어를 통해 대량 보급될 수 있는 기반이 조성되었다고 할 수 있다. 잡가를 근대적 대중가요의 맹아로 보는 견해는 적어도 1910년대 이후의 잡가를 대상으로 하였을 때에는 타당하다고 할 수 있다. 이 시기는 잡가의 범주와 레퍼토리가 확정되는 시기이기도 하다.

20세기 잡가의 실상은 24종에 달하는 잡가집[98]과 기방을 중심으로 유통된 악곡의 실상을 반영한 고대본 『악부』와 『교주가곡집』을 통해 알 수 있다. 잡가집은 1914년 『정정증보신구잡가전(訂正增補新舊雜歌全)』이 최초로 편찬된 이후 10년 사이에 무려 15종 이상의 잡가집이 쏟아져 나왔다. 1920년대를 풍미한 대중화 논쟁의 중심에도 잡가가 자리했다는 사실은 이 시기 잡가가 지닌 대중적 위상을 엿보게 한다. 잡가집은 1930년대에 들어오면 출간이 뜸해지다가 1946년 『조선고전가사집(朝鮮古典歌詞集)』을 끝으로 자취를 감추게 된다. 이로 보아 잡가집의 전성기는 1910년대에서 1920년대라고 할 수 있다.

잡가집의 명칭은 '잡가', 가사(歌詞)', 속가, 속곡, 유행창가 등 다양하나 잡가를 선면에 내세운 것이 주를 이룬다. 잡가집에는 한시, 가곡, 시조에서부터 가사, 경기잡가, 경·서도 잡가와 지역 민요, 심지어는 유행창가까지 골고루 수록하고 있다. 정도의 차이는 있지만 이러한 경향은 '가곡'을 가집명의 전면에 내세워, 정악의 계승자임을 표방한 『가곡보

---

98) 정재호, 「잡가집의 특성과 문학사적 의의」, 『한국시가연구』 8집, 한국시가학회, 2000. 이 논문에서 정재호 교수는 『한국잡가전집』에 실린 19종의 잡가집 외에 5편의 잡가집을 더 보고하였다.

감』이나 『정선조선가곡』・『교주가곡집』에서도 공통적으로 나타나고 있다.[99]

이 시기 주로 잡가를 불렀던 이들은 전통적으로 사계축의 소리꾼과 삼패기생, 권역별 선소리꾼으로 알려져 있다. 여기에 관기제 폐지 이후 권번을 중심으로 조직화된 기생들이 잡가의 가창자로 가담하였다. 본래 일급 기생들은 가곡・가사・서예・정재무 외에는 하지 않고 잡가는 입에 올리지 않았다고 한다.[100] 그러나 기생이 잡가 창자로 가담함으로써 잡가에 따르던 격조의 문제는 상당 부분 해소되었다고 할 수 있다.[101]

20세기 초 잡가의 존재양상에서 또 하나 특기할 만한 것은 잡가를 둘러싼 역학관계가 현저하게 변화되었다는 점이다. 전 시기 잡가가 가사, 시조, 민요, 판소리 등 전통적 장르와 인접관계를 형성했다면, 20세기의 잡가는 창가・찬송가・예술가곡 등 외래의 양식과 긴장관계를 형성하는 한편 중세의 양식에서 '계몽 이념의 통로'로 자리잡은 애국계몽기 시조, 개화가사와도 다른 길을 택했다. 즉 전 시기에는 전통 장르 사이의 공존과 경쟁을 거쳐 잡가라는 장르를 형성하는 구도였다고 한다면 20세기에는 잡가가 상업적 가창물의 중심으로 자리잡으며, 시조와 가곡을 포용하고 외래 음악과 맞서있는 형국이라 할 수 있다.

---

99) 『가곡보감』 가곡, 시조 외에도, 가사, 서도잡가, 남도잡가, 경성잡가를 수록하고 있으며, 『교주가 곡집』에는 평시조와 사설지름시조, 가사, 잡가를 수록하고 있다. 반면 『정선조선가곡』은 가곡과 시조 외에 가사만을 수록하고 잡가는 수록하지 않았다.

100) 이창배, 앞의 책, 164면.

101) 평양권번에서 발행한 『가곡보감』은 이러한 사정을 대표적으로 보여주고 있다. 『가곡보감』 서문에는 이 책의 편찬 목적이 正音, 正樂을 수집하여 귀감이 되게 하려는 데 있다고 밝히고 있다. 그런데 서도잡가 20편, 남도잡 6편, 경성잡가 4편을 수록하고 있다. 1917년 권번에 소속된 기생들의 포로필을 기록한 『조선미인보감』에는 기생들의 특기로, 가곡, 가사, 정재무 외에 잡가를 공통적으로 꼽고 있다. 물론 지역에 따라 경・서도 잡가, 남도 잡가 등 특기는 달랐지만, 일급 기생들이 잡가를 부르지 않았다는 금기는 깨어진 것을 알 수 있다. 기생들이 정가와 잡가를 함께 불렀던 것은 이 시기 느닷없이 나타난 현상이 아니고, 『금옥총부』의 기록이나 〈한양가〉에서 보이듯 19세기 중반 이후에 이미 보이고 있었다. 이는 잡가가 격조의 문제와 상관없이 신분과 계급을 떠나 대중적 인기를 누리고 있었던 유력한 증거로 볼 수 있다.

잡가의 의미도 이러한 구도와 연관하여 살펴볼 수 있다. 즉 가집의 작명으로 등장하는 잡가는 외래의 음악에 대해 우리가 부르고 즐기던 음악의 범칭으로 볼 수 있다.[102] 그러나 잡가집의 명명 의도가 곧 이 시기 잡가의 정체성을 대변하지는 않는다. 오히려 이 시기 잡가의 정체는 전승 방식의 변화에 따른 전파의 광역화, 전국화, 그에 따른 외연의 확장으로 요약해볼 수 있다. 즉 잡가류의 창법이 대중적으로 확산되면서, 이에 걸맞는 사설이 계속 창작되고, 지역민요가 국지적 전승범위를 넘어 전문 창자가 부르는 통속민요로 바뀌고, 이것이 다시 고도의 숙련된 전문가와 광역화된 전승 수단과 만나며 잡가로 정착되는 과정을 거치면서 잡가의 외연은 확대되었다. 잡가의 확장에는 공연, 가집 발간, 음반 발매 등 전승 방식의 혁신을 동반한다는 점에서 20세기 이후 달라진 환경을 반영한다고 할 수 있다.

20세기 잡가의 범주 설정에는 당연히 이러한 전승환경의 변화를 고려해주어야 한다. 한말~1900년대 초 기방에서 유통되던 다양한 노래를 모은 『악부』 고대본 해제에서는 서울의 속가(俗歌)인 휘몰이잡가, 서울·경기 지역의 십이잡가와 경기잡가, 판소리 단가, 판소리에서 유래한 잡가(토끼화상, 초한가 등), 서도창, 경서도입창(놀량, 개구리타령, 산타령)을 잡가로 분류하였다.[103] 즉 십이잡가와 시조창의 분화에서 파생된 휘몰이 잡가, 판소리단가, 판소리에 기반을 둔 가창가사 일부와 경·서도와 남도의 입창이 20세기 잡가의 범주를 구성하고 있다. 여기에 잡가와 동일한 문화권에서 불리던 십이가사 일부, 이미 민요의 기반인 공동체를 떠나 도시민의 유흥거리로 자리한 〈방아타령〉, 〈양산도〉, 〈흥타령〉 등 전문 가창자의 영역으로 포섭된 통속민요를 잡가의 범주에 추가로 포

---

102) 잡가라는 명명 안에는 나라를 빼앗겼다는 설움과 아울러 자조적 정서를 담고 있으므로 다분히 저항적 성격을 띤다고 보기도 한다(정재호, 앞의 책).
103) 이용기 편, 정재호·김흥규·전경욱 주해, 『주해악부』(고려대 민족문화연구소, 1992) 해제.

함시켜볼 수 있다.

20세기 잡가의 범주에서 가장 특기할 만한 것은 전통적인 의미의 정악과 민속악의 경계가 해소되고 있다는 점이다. 잡가집에 대거 등장하는 신 곡목은 주로 민요에 기반을 둔 통속민요들이다. 이처럼 민속악에 기반을 두면서 정악의 요소를 두루 흡수한 십이잡가와 정악의 분화과정에서 잡가로 자리잡은 휘몰이 잡가, 잡가로 치부되는 가창가사의 일부, 지역 민요에 기반을 둔 잡가 등 기원이 다른 작품들이 잡가를 구성하고 있는 형국이다. 20세기 잡가의 이러한 모습은 문화·예술 향유에서 신분과 계급적 성격이 탈각되었던 19세기의 문화 평준화 현상이 꾸준히 진행된 결과라 할 수 있다. 여기에 외래 음악이라는 강력한 타자가 부상했던 점도 이 시기 잡가의 성격을 규정하는데 일조했다고 할 수 있다.


## 3. 개념 변천 과정을 통해 본 잡가의 정체


잡가의 개념 변천 과정을 추적해 본 결과, 19세기에는 가창문화권에서 이질적 장르 간의 공존과 경쟁을 통해 점차 장르 개념을 확정하는 과정이었다고 할 수 있다. 즉 애초에 잡가는 정가·정악에 대한 타자로 출발하였지만, 중심과 주변, 아정(雅正)한 것과 비속한 것이 끊임없이 혼류하는 19세기를 거치며 가창문화권의 수면 위에 부상하고, 이것이 점차 장르 개념으로 굳어졌다고 할 수 있다. 20세기의 잡가는 텍스트, 장르, 수용층, 지역 간의 넘나듦 과정을 거쳐 자기 부상한 잡가가 근대 대중문화의 맹아로 떠오르는 동시에 외래 음악의 타자로 부상하는 시기이다.

잡가는 이렇듯 배제와 포용이라는 상반된 지향을 보이며 내포와 외연을 확정해왔다고 할 수 있다. 따라서 19세기 이후 잡가의 개념이 형성되는 과정을 통해 어떤 경향성을 밝혀낼 수 있다면, 이를 잡가의 정체로 보아도 무방할 것이다. 지금까지의 논의를 토대로 잡가의 정체를 다음과 같이 정리해볼 수 있다.

## 1) 비주류 장르의 범칭으로서의 잡가

애초에 잡가는 장르로서의 귀속성을 획득하지 못한 작품군을 지칭하는 범칭이었다. 즉 가곡 등 이미 공인된 장르를 제외한 나머지 장르, 정악으로서의 정통성을 지니지 못한 장르, 혹은 이미 확증된 장르로서의 귀속성을 지니지 못한 텍스트나 작품군을 지칭하는 개념이 담겨 있다고 할 수 있다. 이미 장르로서 확정된 작품군을 제외하는 방식으로 잡가의 범주와 정체를 규정하는 관행은 비단 형성기의 잡가뿐 아니라 지금도 선택되는 방식이라 할 수 있다.[104] 이러한 방식은 자칫 잡가의 독립성을 부정하는 견해로 비춰질 수 있다. 그러나 기원이 동일하지 않은 잡가라는 범주의 형성에는 구심적 견인력 못지 않게 배제의 원리 역시 작용했다는 점은 부인하기 어려울 것이다. 이는 다른 장르와의 관계 속에서 자기 부상한 잡가의 형성과정과도 무관하지 않다. 또한 배제의 방식이 당대 문화현상에 조응한 담론의 기반 위에서 이루어지므로, 배제의 원리와 공식을 밝혀낼 수 있다면 이 또한 잡가의 정체를 해명하는 데 도움이 되리라 생각한다. 방향은 다르지만 이 과정은 잡가로 범주화된 작품군이 공유하는 문화적 기반을 확인하는 방식과도 상통한다고 할 수 있다.

---

104) 정재호, 「잡가고」, 『한국잡가문학전집』 4권, 계명문화사, 1984. 잡가의 범주 문제를 본격적으로 제기한 이 글에서, 잡가의 범주를 잡가집 소재 작품 중에서 기존 시가 장르인 가사, 시조, 한시, 창가에 각 편을 돌려준 후 나머지 작품을 잡가의 범주로 삼아, '공인된 장르'를 배제하는 방식으로 잡가의 범주와 정체를 설정하고 있다.

## 2) 이종교배된 잡종 장르(hybrid genre)로서의 잡가

음악으로서의 잡가는 가곡, 시조 등 정악의 분화, 민속악의 부상에 고루 영향을 받아 형성되었다. 문학 텍스트로서의 잡가는 선행 텍스트의 인상적인 구절이나 국면, 선행 장르의 작시 원리를 수용하는 개방성을 보인다. 이러한 개방성은 수용층의 구성과 수용의 방식에서도 동일하게 나타난다. 잡가가 형성되고 부상하던 19세기는 흔히 창곡의 전성시대로 불린다. 이에 따라 가창문화권이 저변으로 확산되면서, 텍스트와 텍스트, 장르와 장르 간의 상호 침투와 모방이 광범위하게 이루어졌다. 그 결과 신분관계에 예속되어, 뚜렷한 변별력을 지녔던 개별 장르들이 상호 교섭할 수 있는 기반이 마련되었다. 예술의 향수에 있어 신분과 계층을 가르는 경계선이 약화되고, 장르 간의 장벽이 점차 허물어지는 19세기 문화의 '평준화', '개방화' 경향은 잡가의 형성과 부상을 조장하는 요인으로 작용하게 된다.

## 3) 격조의 우열과 잡가

잡가의 격조를 둘러싼 문제는 잡가가 도시 유흥물로 주도권을 완전히 장악한 20세기 초까지 지속되었다. 십이잡가 중에서도 〈출인가〉, 〈방물가〉, 〈십장가〉, 〈달거리〉 등 4편은 잡잡가라 하여 8편의 작품과 별도로 취급되었던 사정은 이를 잘 설명해준다. 시조창 중 수잡가로 취급되는 2편의 작품 역시 잡가와 격조의 우열 관계를 보여주고 있다. 서울을 중심으로 불렸던 수잡가의 존재 역시 이 점을 단적으로 보여주고 있다. '시조라고 부르기에는 격이 너무 떨어지고, 그렇다고 잡가라고 하기에는 시조의 장단법과 창법이 엄연히 섞여 있는 이상 일반 잡가와 동일하게 취급할 수 없어 잡가지수(雜歌之首)라는 뜻에서 수잡가로 이름한 것'이라는 증언105)은 잡가가 처한 위상을 잘 보여주고 있다.

잡가의 격조 문제는 이것이 민속악을 모태로 하고 있다는 점, 사설이나 악곡 면에서 원류를 짐작할 수 없다는 점, 원작자의 존재가 드러나지 않아 독자성을 담보할 수 없다는 점, 사대부의 담론 지향과는 다른 유흥적 정서를 노골화하고 있다는 점 때문에 제기되었다. 그러나 격조면에서 열세에 놓이게 한 잡가의 이러한 특성이 불특정 다수의 애호를받는 대중적 장르로 발전할 수 있었던 요인이 되기도 하였다.


### 4) 지역색의 탈피와 전국적 승인

잡가는 서울과 평양 등 대도시를 중심으로 가창된 연행예술이었다. 도시는 사람과 물건이 모이고 나는 곳으로, 농촌공동체에 비해 새로운 가치나 문화의 유입에 대해 개방적이다. 잡가는 분명 대도시를 중심으로 성장되었지만, 지역 문화의 유산도 적극적으로 반영하고 있다. 십이가사의 요성에 서도소리가 섞여 있다는 점,106) 지역 민요가 도시의 전문 소리꾼을 만나며 도시민요로 탈바꿈하고, 이것이 지역 공동체를 넘어 전국으로 보급되는 점, 지역마다 유흥의 레퍼토리가 통일되는 점은 가창문화권이 저변화되면서 잡가의 전승이 전국에 걸쳐 이루어졌다는 것을 단적으로 보여주고 있다.

---

105) 가곡과 가사의 명인인 임기준의 증언. 이는 장사훈, 『시조음악론』, 서울대 출판부, 1986, 34면에서 재인용하였음.

106) 장사훈, 『국악총론』, 정음사, 1980, 280면.

## 4. 맺는말

잡가의 개념과 범주 문제는 잡가 연구의 시작과 함께 꾸준히 제기되었다. 그러나 연구 성과가 축적되어도 잡가의 정체에 대한 이견은 좁혀지지 않고 있는 실정이다. 잡가를 둘러싼 이견의 상당 부분은 대상 자체의 잡스러움과 존재 방식의 특수함에 기인한다고 할 수 있다. 그러나 이러한 잡스러움이나 특수한 존재 방식이 19세기에서 근대 전환기를 거치는 시기, 역동적인 문화상의 한 표현이라는 점을 생각하면, 잡가의 이러한 성격은 오히려 적극적으로 해명되어야 할 부분이라 할 수 있다.

잡가의 개념을 역사적으로 추적하기 위해 이 글에서는 가창문화권의 확대되는 가운데 자기 부상하는 19세기(정확히 말해 18세기 말에서 19세기 말) 잡가를 규정하는 방식과 전승환경의 변화를 맞이하며 전성기를 맞이한 20세기 이후의 잡가를 나누어 살펴보았다. 이러한 구분은 잡가의 생성 기반이나 전승 방식이 잡가의 범주와 개념 확정, 나아가 텍스트 구성 원리에까지 영향을 미친다는 전제 위에 진행한 것이다.

그 결과 다음과 같은 결론을 얻을 수 있었다. 첫째, 20세기 이전의 잡가 정확히 말해서 18세기 말부터 개화기 이전의 잡가는 가곡의 타자에서 정악 전반의 타자로, 정악 전반의 타자에서 풍류방, 도시 유흥공간 등 가창문화권의 중심에 놓이는 긴노래로 끊임없이 개념의 변화를 겪으며, 범주를 확정하여 왔다. 둘째, 19세기 잡가는 창곡의 전성시대를 맞아 가창문화권이 확산되는 가운데 장르 간의 공존과 경쟁 속에서 끊임없이 자신의 외연을 확산할 수 있는 일종의 '동태적인 장르'로 존재했었다. 셋째, 텍스트, 장르, 수용층, 지역 간의 넘나듦 과정을 거친 후 가창문화의 전면에 부상했던 잡가는 20세기 새로운 전승환경과 만나며 근대 대중문화의 맹아로 떠오르는 동시에 외래 음악의 타자로 부상하였다. 넷째, 19세기 잡가와 20세기의 잡가는 잡가를 둘러싼 문화적 기반이 달리진 만큼 그 범주를 달리한다.

　이렇듯 잡가의 개념과 범주는 매 시기 타 장르와의 관계 속에서 확정되었다고 볼 수 있다. 이는 잡가가 문학적 혹은 음악적 장르 이전에 가창문화의 변화와 재편을 매개하는 문화현상으로 존재하고 있었다는 사실을 증명하는 것이라 할 수 있다.

# 19세기 말 20세기 초 잡가의 존재양상과 노래 공동체의 변화

## 1. 들어가는 말 – 잡가를 주목하는 이유

19세기 말과 20세기 초라는 기간은 세기의 전환이 일어난 시기이며, 근대라는 새로운 시대 환경과 본격적으로 대면하면서 전 분야에 걸쳐 변화와 재편이 일어난 변화의 시기이기도 하다. 따라서 이 기간은 세기 전환, 그 이상의 의미를 내포한 시기라 할 수 있다. 서구와 일본을 통해 신문물과 제도가 본격적으로 유입되면서 낡은 것과 새로운 것, 전통적인 것과 이입된 것, 지역과 중앙의 대립과 착종이 나타나기 시작했고, 이는 19세기 이래 지속되었던 문화의 중층화·다양화 현상을 심화하였다. 이러한 변화는 노래문화와 노래문화를 둘러싼 공동체의 형성과 재편 과정에도 반영되었다.

이 글에서는 전환의 시기라 할 수 있는 19세기 말과 20세기 초에 일어난 노래문화의 변화와 노래 공동체 재편현상을 잡가를 중심으로 살펴보려 한다. 이를 위해 잡가가 가집에 본격적으로 존재를 드러내기 시작한 1860년대부터 대중문화로 정착한 1920년대까지 잡가의 존재양상과 소통환경을 중점적으로 살펴볼 것이다. 주지하다시피 잡가는 조선후기, 근대 전환기, 일제 감정기라는 이질적인 시기를 거치며 중세적 시가 양식의 마지막 장르로 출발하여 근대 대중문화로 순조롭게 정착하였다.107) 잡가의 독특한 위상은 전통 노래문화의 지속과 단절 양상을 해명하고 그 의미를 밝히기에 적합한 대상이라 할 수 있다. 즉, 조선 후기 가창문화권의 개편 과정에서 부상한 잡가의 20세기 이후 진로는 전근대 시가양식과 노래문화의 근대적 대응 양상을 보여주고 있다는 것이다.108)

---

107) 여기서 근대적 대중문화라고 하는 것은 대중매체에 의한 대량 생산과 대량 보급이라는 소통방식에 근거하여 존재하는 예술을 의미한다. 시가학계에서는 1990년대부터 잡가를 자생적 대중가요의 효시로 보는 견해가 꾸준히 제출되었다. 이러한 논의들에서는 공통적으로 잡가의 대중예술적 속성을 주목하고, 개화기 이후 외래 양식의 이입은 잡가와 통속민요가 개척한 대중적 기반 위에 정착했다고 보고 있다(이노형, 「한국 근대 대중가요의 역사적 전개과정 연구」, 서울대 박사논문, 1992; 고미숙, 「20세기 초 잡가의 양식적 특질과 시대적 의미」, 『창작과비평』 89호, 창작과비평사, 1995; 강등학, 「19세기 이후 대중가요의 동향과 외래양식 이입의 문제」 『인문과학』 31집, 2001, 241~263면, 강연진, 「한국 근대대중가요 형성과정 연구」, 이화여대 박사논문, 2002). 이러한 연구 성과가 쌓이면서, 대중음악의 역사를 외래 양식의 일방적 이입으로 본 견해에 대한 반론으로서의 의미는 확보하였지만, 음반의 등장을 대중가요의 유력한 징후로 보는 이식론파의 거리는 여선히 해소뇌시 않은 채 남아있다. 이견의 해소를 위해 토속가요와 통속가요를 포함한 전동가요와 협의의 대중가요를 구분하여 실피려는 대안이 제기되기도 하였다(장유정, 「일제 강점기 한국 대중가요 연구」, 서울대 박사논문, 2004). 또한 잡가가 지닌 대중가요적 속성에 초점을 맞춘 나머지 전 근대와 근대라는 이질적 환경에서 소통되었던 잡가의 위상을 일면적으로 파악하려한다는 문제점이 제기되기도 하였다(박애경, 「잡가의 개념과 범주 문제」, 『한국시가연구』, 2003; 권도희, 「20세기 초 서울음악계의 성격과 대중음악 형성에 관한 연구」, 『서울학연구』 22집, 2004). 이 글은 전 근대 잡가와 대중예술로 정착한 20세기의 잡가는 동일한 대상임에도 불구하고 소통환경이 달라진다는 점에서 의도적으로라도 분리하여 접근해야한다는 전제 위에 작성되었다.

108) 잡가를 근대성 혹은 근대 시민문화의 연원과 관련하여 진행한 논의가 손태도에 의해

잡가의 소통 방식과 위상 변화를 추적하는 것은 이렇듯 전통적 시가 양식이 근대라는 새로운 시대, 새로운 환경과 만나면서 어떻게 생존해 왔으며 어떻게 자체 변화를 꾀하여왔는지를 탐색하는 데 성찰의 근거를 마련해준다. 이는 비단 잡가만의 문제가 아니라 판소리, 구활자본 고소설 등 전근대 시대에 형성된 대중적 문예 양식의 추이와 그 시대적 의미와도 직결되는 보다 포괄적인 문제라 할 수 있다. 따라서 잡가에 대한 접근은 '조선 후기 도시적 분위기에서 성장한 대중적 문학·예술이 식민지 근대를 어떤 방식으로 맞이하고, 체현했는가?'라는 포괄적 질문에 대한 답변의 근거를 마련하는 데에도 유효하리라고 본다.

또한 잡가는 형성기에서부터 줄곧 노래로 존재하면서, 그 범주를 넓혀왔다. 소통 과정에서 수용자의 의지가 강하게 개입하는 노래는 공동체의 결속을 강화하고 타 공동체와 스스로를 구분짓는 유력한 징표로 작용하고 있다. 나아가 노래와 노래문화는 공동체와 공동체 구성원의 정체성을 형성하는 데에도 유력한 좌표로 작용한다. 왜냐하면 특정한 부류의 노래는 이를 향유하는 집단 내 구성원의 위치와 가치의식 그리고 취향을 반영하고, 그 내부에는 신분·지역·세대·성별·교육 정도 등 다양한 경계선이 교차하고 있기 때문이다. 이는 곧 경험의 다름으로 이어진다. 말하자면 노래는 공동체를 표현할 뿐 아니라 공동체의 경험을 제공하기도 한다.[109]

이 글에서는 잡가가 신분 혹은 지역에 기반한 노래 공동체가 도시문화의 확산과 예술의 상업화 경향, 미디어의 변화·발달로 해체·개편되는 와중에 전성기를 맞이하였다는 점 또한 주목하고 있다. 잡가는 시정

---

제출되기도 하였다. 그러나 이 논의는 잡가의 시대를 가집이 본격 출판된 1910~20년 대로 한정하고, 정가에 대한 상대개념으로 포괄적으로 접근하고 있다는 점에서 조선후기 가창문화의 연속선상에서 잡가에 접근하고, 20세기 이후에는 정가와 잡가의 구분이 무의미해졌다고 보고 있는 이 글과는 방향을 달리하고 있다. 손태도, 「1910~20년대 잡가에 대한 시각」, 『고전문학과 교육』, 한국고전문학교육학회, 2000, 207~208면.
109) 사이먼 프리스, 권영성·김공수 역, 『사운드의 힘』, 한나래, 1998, 280면.

문화의 난숙과 함께 예술의 향수를 둘러싼 신분 간의 경계가 점차 약화되면서 뚜렷이 부상한 통속화·개방화의 결과를 온전히 수용하였다. 잡가가 문학 장르 혹은 음악 장르 이전에 노래문화의 변화와 개편을 매개하는 문화현상으로 존재하고 있었다는 논의[110]는 잡가의 이러한 특성에 주목한 것이다. 그리하여 잡가는 19세기에 완성된 악곡이나 사설, 수용자의 기호를 20세기 이후에도 유지하면서[111] 대표적 대중문화로 자리잡을 수 있었다.

이렇듯 잡가와 잡가를 둘러싼 환경을 통시적으로 추적하다 보면 근대 대중문화와 노래 공동체를 이해할 수 있는 단서는 19세기에 내재하고 있었다는 사실이 자연스럽게 밝혀질 것이다.


## 2. 19세기 도시유흥과 잡가


잡가의 존재양상과 소통환경에 대해 접근하기 위해선 '잡가란 무엇이며 그 기원은 무엇인가?'라는 문제에 필연적으로 봉착하게 된다. 그리고 이러한 질문에는 잡가를 정체를 둘러싼 이견과 난맥상에 대한 의구심도 포함하고 있다. 그 이유는 상당 부분 인접 장르와의 경계 속에서 자기 정체성을 형성해왔던 잡가의 특수성을 간과한 데에서 비롯되었다고 할 수 있다.[112]

---

110) 박애경, 「잡가의 개념과 범주 문제」, 『한국시가연구』 13호, 한국시가학회, 2003, 307면.
111) 권도희, 「20세기 초 서울음악계의 성격과 대중음악 형성에 관한 연구」, 『서울학연구』 22집, 145면.
112) 애초에 잡가는 장르로서의 귀속성을 획득하지 못한 작품군을 지칭하는 범칭이었다. 즉 가곡 등 이미 공인된 장르를 제외한 나머지 장르, 정악으로서의 정통성을 지니지

더구나 잡가에 관한 기록이 워낙 빈약하다 보니 잡가가 어느 시점에 서부터 불리워지고, 향유되었는지는 정확히 알려진 바 없다. 대개 농촌 인구의 이동이 일어난 18세기 이후 하층 유랑 연예인을 중심으로 잡가 가 불리워졌을 것이라 추정하고 있을 뿐이다. 그러나 19세기 이전 유랑 연예인의 존재는 확인되나 이들이 불렀던 레퍼토리에 대한 기록은 거 의 남아있지 않다. 따라서 본격적인 잡가의 시대는 잡가의 삼명창인 추

---

못한 장르 혹은 이미 확증된 장르로서의 귀속성을 지니지 못한 텍스트나 작품군을 지 칭하는 개념이 담겨 있다고 할 수 있다. 이미 장르로서 확정된 작품군을 제외하는 방식 으로 잡가의 범주와 정체를 규정하는 관행은 비단 형성기의 잡가 뿐 아니라 지금도 선 택되는 방식이라 할 수 있다. 예를 들면 잡가의 법주 문제를 본격적으로 제기한 정재호 의 「잡가고」에서는 잡가의 범주를 잡가집 소재 작품 중에서 기존 시가 장르인 가사, 시조, 한시, 창가에 각 편을 돌려준 후 나머지 작품을 잡가의 범주로 삼아, '공인된 장 르'를 배제하는 방식으로 잡가의 범주와 정체를 설정하고 있다(정재호, 「잡가고」, 『민 족문화연구』 6집, 고려대 민족문화연구소, 1972). 이러한 방식은 자칫 잡가의 독립성을 부정하는 견해로 비춰질 수 있다. 그러나 기원이 동일하지 않은 잡가라는 범주의 형성 에는 구심적 견인력 못지 않게 배제의 원리 역시 작용했다는 점은 부인하기 어려울 것 이다. 이는 다른 장르와의 관계 속에서 자기 부상한 잡가의 형성과정과도 무관하지 않 다. 또한 배제의 방식이 당대 문화현상에 조응한 담론의 기반 위에서 이루어지므로, 배 제의 원리와 공식을 밝혀낼 수 있다면 이 또한 잡가의 정체를 해명하는 데 도움이 되 리라 생각한다. 방향은 다르지만 이 과정이 잡가로 범주화된 작품군이 공유하는 문화 적 기반을 확인하는 방식과도 상통한다고 할 수 있다. 역사적 시기에 따른 잡가의 개념 과 범주, 잡가를 둘러싼 인접 장르와의 관계에 대해선 선행 논문에서 정리한 바 있다. 잡가의 정체에 대한 시비, 그에 대한 생각은 이 논문에 제출했던 결론으로 대신하고자 한다. 잡가에 대한 필자의 생각은 그때와 달라지지 않았다. "첫째, 20세기 이전의 잡가 정확히 말해서 18세기 말부터 개화기 이전의 잡가는 가곡의 타자에서 정악 전반의 타 자로, 정악 전반의 타자에서 풍류방, 도시 유흥공간 등 가창문화권의 중심에 놓이는 긴 노래로 끊임없이 개념의 변화를 겪으며, 범주를 확정하여 왔다. 둘째, 19세기 잡가는 창곡의 전성시대를 맞아 가창문화권이 확산되는 가운데 장르 간의 공존과 경쟁 속에서 끊임없이 자신의 외연을 확산할 수 있는 일종의 '동태적인 장르'로 존재했었다. 셋째, 텍스트, 장르, 수용층, 지역 간의 넘나듦 과정을 거친 후 가창문화의 전면에 부상했던 잡가는 20세기 새로운 전승환경과 만나며 근대 대중문화의 맹아로 떠오르는 동시에 외 래 음악의 타자로 부상하였다. 넷째, 19세기 잡가와 20세기의 잡가는 잡가를 둘러싼 문 화적 기반이 달라진 만큼 그 범주를 달리한다. 이렇듯 잡가의 개념과 범주는 매 시기 타 장르와의 관계 속에서 확정되었다고 볼 수 있다. 이는 잡가가 문학적 혹은 음악적 장르 이전에 가창문화의 변화와 재편을 매개하는 문화현상으로 존재하고 있었다는 사 실을 증명하는 것이라 할 수 있다." 박애경, 앞의 글, 307면.

교신·조기준·박춘경이 도시유흥의 장에서 활동하고 가집 『남훈태평가』에 잡가가 독립된 곡조로 등장하는 1860년대로 보는 것이 일반적이다.[113] 19세기 중엽 이후 시정의 가창문화를 반영하고 있는 가집 『남훈태평가』에는 잡가편에 〈소춘향가〉, 〈매화가〉, 〈백구사〉 등 3 편의 작품을, 가사편에 〈춘면곡〉, 〈상사별곡〉, 〈처사가〉, 〈어부사〉 등 4 편의 작품을 싣고 있어 19세기 중엽 이미 잡가가 널리 가창되었다는 것을 보고하고 있다.

잡가의 존재를 본격적으로 알린 『남훈태평가』는 이 시기 잡가의 위상과 의미를 파악하기 위한 단초도 제공하고 있다. 상업적 출판물이라 할 수 있는 방각본 가집 『남훈태평가』는 노래 문화의 대중화 양상과 방향을 보여주고 있다. 현재 십이가사의 레퍼토리로 알려진 〈매화사〉와 〈백구사〉가 잡가로 편재되고, 십이가사 중 일찍이 텍스트가 완성된 것으로 보이는 〈춘면곡〉 이하 4곡은 가사편에 수록되어 있는 데에서 확인해볼 수 있듯 이 시기 가사와 잡가의 경계는 확정되지 않았다고 할 수 있다.[114]

또한 시조창을 위한 대본 말미에 가사와 잡가가 편재된 것으로 보아 시조, 잡가, 가사가 동일한 문화권 내에서 소통되었을 가능성을 보여주고 있다. 『남훈태평가』보다 시기적으로 앞선 19세기 전반기의 가곡창 가집으로 추정되는 『청구영언』 육당본 말미에도 역시 별도의 곡조 구분이나 표기 없이 총 17편의 가사를 수록하고 있어 시조와 가사가 동일한 문화권 내에서 가창물로 향유되고 있음을 보여주고 있다. 그 외에도 가집 『시절가』에 〈유산가〉, 〈평양가〉, 〈출인가〉 등 현행 십이잡가 작품이 수록되는 등 가사·잡가의 가집 부기 현상은 19세기 하나의 경향으

---

113) 이창배, 『한국가창대계』, 홍인문화사, 1976, 162~163면.
114) 가사와 잡가 혹은 잡가와 판소리의 착종은 금옥총부·한양가·광한루악부 등 다른 기록에서도 반복되는 것으로 보아 19세기에는 잡가의 개념과 범주가 20세기와는 달랐다는 것을 알 수 있다.

로 자리잡고 있다.

정가의 계보를 형성해왔던 시조와 저층에 기원을 둔 잡가가 동일한 문화권에서 공존하는 현상은 상업성이 개입하면서 예술의 향수를 둘러싼 폐쇄적 장벽이 점차 해소되는 현상을 보여주고 있다. 전통적으로 시조의 가창은 가객과 관기 등 숙련된 전문 예인이 담당했었고, 잡가의 가창자는 삼패와 사계축 소리꾼 등 저층의 예인이었다.[115] 그러나 대표적인 사계축 소리꾼인 추교신이 가곡에 능하고, 조기준은 가곡과 가사에 능했으며 박춘경과 그의 제자 박춘재 역시 가곡에 능했다고 한다.[116] 이는 신분에 따라 레퍼토리가 엄격히 구획되었던 문화·예술의 향유 구도가 서서히 해체되고 있다는 의미로 볼 수 있다. 비록 숙련도나 치밀함에서 같지 않다 하더라도 상이한 신분의 창자들 간에도 가곡, 시조, 가사, 판소리, 잡가 등 레퍼토리가 비슷해져가는 현상은 19세기 예술사의 전반적 구도가 신분적 경계를 약화하는 평준화로 향하고 있다는 것을 보여주고 있다.[117] 또한 가두에서 가곡을 부르는 명창 손봉사 관련 기록에서는 하층 연예인에게 경제적으로 보상하는 수용자 집단의 존재를 확인할 수 있다.[118] 손봉사의 노래가 절정에 달했을 때 그에게 돈을 던지는 청중은 도시 하층민이라고 할 수 있다.

기원과 담당층이 다른 이질적 노래가 공존하고, 지위나 신분이 다른 가창자 집단 간에 레퍼토리를 공유하는 현상은 이질적 가창문화권의 접촉이라는 의미로도 해석해 볼 수 있다. 이를 가능케 한 것은 19세기 들어 저변화된 도시의 유흥문화라 할 수 있다. 19세기는 도시유흥이 도시문화의 일부로 정착된 시대이다.[119] 도시를 중심으로 발달한 다양한

---

115) 성경린, 「서울의 속가」, 『향토서울』, 1958, 52면.
116) 이창배, 앞의 책, 284면.
117) 박애경, 「19세기 도시유흥에 나타난 도시인의 삶과 욕망」, 『국제어문』 27집, 2003, 297면.
118) 趙秀三, 「秋齋集」, 『이조한문단편선』 하권(이우성·임형택 편역, 일조각, 1978)에서 재인용.
119) 19세기를 포함한 조선 후기 도시유흥에 관한 기존 연구에서는 이를 경제적 부가 소

유흥문화는 경제적 부가 문화·예술 분야로 흘러들어가면서 여가를 소비하는 방식이 다양화·심미화되었다는 것을 의미한다. 19세기 도시유흥은 기본적으로 17세기 후반 이후 시정의 문화적 흐름을 계승한 것이라 할 수 있다. 즉 사대부가 주도한 고급예술과 향촌 민중이 중심이 된 민속예술의 틈새에서 조심스럽게 부상한 통속예술이 양자의 경계를 허물고 고급예술, 민속예술, 통속예술의 구도를 만들어 가는 과정이 19세기 이전 예술사의 구도였다면, 19세기에는 경제적 유력층을 문화의 소비자로 포섭하면서 문화·예술 전반의 대중화가 광범위하게 진행되었다고 볼 수 있다.

華麗가 이러할제 놀인들 없을쏘냐
長安少年 遊俠客과 公子王孫 宰相子弟
富商大賣 塵市井과 다방골 諸葛同知
別監武監 捕盜軍官 政院使令 羅將이라
南北村 閑良들이 各色놀음 장흐시고
선비의 詩軸놀음閑良의 成廳놀음
公物房 船遊놀음 捕校의 歲饌놀음
各司書吏 受由놀음 각집 傔從 花柳놀음
長安의 便射놀음 長安의 豪傑 놀음
宰相의 吩咐놀음 百姓의 中脯놀음

---

모적인 놀이로 올러산 결과 부상한 것이니 만큼 이를 퇴영적 삶의 부산물 정도로 여겼다(강명관, 「서울 후기 중간계층과 유흥의 발달」, 『민족문학사연구』 2집, 민족문학사연구소, 1992). 왈짜 부류의 문화를 중심으로 한 19세기 도시유흥의 특성을 폭력성, 수탈성, 유흥성으로 정리한 논의에서는 노골적인 상업성 못지 않게 저항성을 드러내었다는 점에서 도시유흥에서 공공성의 단초를 찾기도 한다(고석규, 「18~9세기 서울의 왈짜와 상업문화-시민사회의 뿌리와 관련하여」, 『서울학연구』 13집, 서울시립대 서울학연구소, 1999). 19세기 도시유흥의 성격과 문화사적 함의에 대해선 선행작업에서 문화적 주체의 형성과 도시 경험의 체현이라는 점을 중심으로 정리한 바 있다(박애경, 앞의 글). 19세기 도시유흥을 바라보는 기본적인 시각은 선행 작업의 그것과 달라지지 않았음을 밝힌다.

19세기 서울의 풍물과 세태를 파노라마처럼 그린 장편가사 〈한양가〉에서는 각계 각층의 사람들이 각색 놀이를 하는 광경을 인상적으로 묘사하고 있다. 아래 제시한 세 개의 장면은 각각 서울의 벌열, 왈자 부류, 도시 하층민의 유흥을 보여주고 있다.

제기츠기 장치기며 샹원이 연날리기
단오가졀 편싸옴과 틱견하기
씨름하기 편쌈ᄒ기 춤추기며 노리하기
동풍삼월 빅화시와 낙목규츄 단풍졀의
인상손하 명승쳐와 목멱손즁 뉴명한곳
남북한 여러 대찰 기악쥬츤 싯고 가셔
예셔 놀며 졔셔 놀며 굼속의 이 니 홍안
봄빗치 느져시리 ᄎᄌ올 쥴 니졋도다
　　　　　　　　　　—㉮〈이졍양가록〉중 (19세기 중엽)


청누도당 노픈 집의 어식비식 올ᄂᆞ간니 좌반의 안진 왈ᄌ
승좌의 당하쳔총 니금위즁 소연 츌신 션젼관 비별낭의 도총경역 안ᄌ 익고
그 자츠 바라본니 각 영문 교젼관의 셰도ᄒ는 즁방니며, 각ᄉ 셔리 북경 역관
좌유포쳥 니희군관 디젼별감 불굿불굿 당당홍의 식식나라
쏘 한편 바라본니 ᄂᆞ장니 즁원스령 무여별감 셕겨 잇고 각젼시졍 남츈활양
노리명창 황스진니 가스명창 빅운학니 니야기 일슈 즁게랑니 퉁소 일슈 셔계슈
장고 일슈 김츙옥니 졋더 일슈 박보안니 피레일 오랑니 히금 일슈 홍일등니
션소리의 송홍녹니 모홍갑니
　　　　　　　　　　—㉯〈무숙이타령〉중 (19세기 말)


질은 눈썹 윤기있는 살결 그림인 양　　　　　　濃黛凝脂似畫楥
비단치마에 흰 부채는 빙그르르　　　　　　　　羅裙紈扇舞螺旋
춘향가 일곡에 양산도 부르자　　　　　　　　　春歌一曲陽山道
소리꾼 붉은 생초에 돈이 비오듯　　　　　　　肯者紅綃雨萬錢
　　　　　　　　　　—㉰ 최영년 〈사당패〉 (19세기 말)

㉮에서는 벌열 출신의 남성이 파락호나 유협객과 어울리며 각색 놀음에 탐닉하는 모습을 아내의 시선으로 그려내었다면 ㉯에서는 무장층에서부터 역관이나 별감 등 하급 기술직 중인과 하급 무반, 상인이나 한량같은 평민 부호에 이르기까지 다양한 신분으로 구성된 왈자 부류가 기생과 악공을 대동하고 선유놀음하는 모습을 묘사하고 있다. 이렇듯 ㉮와 ㉯는 기악을 동반한 호화로운 유흥의 실체를 보여주고 있다. 그에 반해 ㉰에 나타난 사당패의 연행은 보다 저변화된 형태의 유흥이라는 것을 알 수 있다.

이렇듯 규모와 질은 달랐지만 서울 각처에서 벌어지고 있는 각색 놀음에 판소리와 잡가가 배치되어 있다는 것은 눈여겨볼 대목이라 할 수 있다. 이는 조선 후기 대중적 노래문화를 주도했던 판소리와 잡가가 도시유흥에서 각광 받는 레퍼토리였다는 것을 명료하게 보여주고 있다.

잡가가 불리는 도시유흥의 장은 이렇듯 다양한 장르의 놀음과 노래가 오락을 위한 연행물로 공존하는 개방적 장이라 할 수 있다. 유흥의 장에 모인 사람들은 '같은 지역에 살면서 서로 이해하고, 협동하며 정서적 일체감을 갖는 사람들의 무리'라는 전통적 의미의 공동체[120]에서는 이탈하였지만 유흥의 장에서 서로의 취향과 쾌락을 공유하면서 소통할 수 있었다. 이들이 사회적 상호작용과 연대보다는 찰라적 쾌락, 순간의 소통에 탐닉하는 것은 노동과 여가가 분리되기 시작하면서 성장한 도시유흥의 본질상 피할 수 없는 수순이기도 하다.[121]

유흥공간이 확대되면서 본래 지역을 기반으로 한 민요가 잡가 레퍼토리로 편입되는 현상은 도시유흥에서 특기할 만한 부분이라 할 수 있

---

120) 이정복, 「공동체의 관점에서 본 말과 구비문학」, 『구비문학연구』 19집, 21면.
121) 농촌 공동체의 여가문화는 노동과 여가의 결합이라는 특징을 지닌다면 근대 도시의 여가문화는 노동과 여가가 분리된다는 특징을 지닌다. 이는 계절과 기후의 변화라는 자연적 질서에 의해 생활을 영위하는 농촌 공동체의 삶과 인위적 요소에 의해 삶의 양태가 결정되는 도시에서의 삶과의 차이에서 비롯된 것이다. 박재환·김문겸, 『근대 사회의 여가문화』, 서울대 출판부, 1996, 13~46면.

다. 위의 시 〈사당패〉에서는 떠돌이 연예인들이 〈양산도〉를 부르고 있는 광경을 묘사하고 있다. 〈양산도〉는 1910년대 이후 잡가집에 빈번히 수록되는 인기 레퍼토리로, 대표적인 서도 선소리로 분류되고 있다. 〈양산도〉가 20세기 들어 가장 인기있는 선소리의 레퍼토리로 정착한 배후에는 이렇듯 사당패와 같은 유랑 연예인들이 있었다. 사당패들이 주로 부른 노래는 〈산천초목〉, 〈갈가부다〉, 〈오돌또기〉, 〈방아타령〉, 〈잦은 방아타령〉, 〈놀량창〉 등 주로 산타령 계통의 입창으로 특유의 메기는 소리로 불렀다고 한다.122) 이들은 비단 서울 뿐 아니라 서도, 남도에 걸쳐 광범위하게 존재하면서, 각 지역의 민요를 경·서도와 남도의 선소리로 바꾸어 놓았다. 20세기 이후 가창문화의 중심으로 부상한 경·서도 잡가, 남도잡가 등 지역 민요권에 기반을 둔 잡가는 이처럼 유랑 연예인이 지역에 기반한 민요를 흥행에 적합한 노래로 바꾸는 과정에서 형성되었다.

진주 관아의 교육을 위해 지었다는 『교방가요(敎坊歌謠)』의 '잡요' 항에는 〈산타령〉, 〈놀량[遊令]〉, 〈저(杵)타령〉, 〈화저(花杵)타령〉을 가사 없이 간단한 해설과 함께 소개하고 있다.

> 이는 걸사와 사당패 무리들이 부르는데 내용이 음탕하고 가사가 비루하다. 오늘날에는 거리의 아이들과 종들도 이를 부를줄 안다.123)

정현석이 기록한 작품은 서울, 경·서도에서 불린 선소리[立唱] 한마당의 주요 곡목들이다. 〈산타령〉과 〈놀량〉은 선소리 한마당의 주요 레퍼토리로 과천·애오개·뚝섬 등 서울 각 권역에서 활약하던 선소리패들이 주로 불렀다고 한다.124) 〈저타령〉과 〈화저타령〉은 이후 잡가집에

---

122) 권도희, 「20세기 전반기의 민속악계 형성에 관한 음악사회학적 연구」, 서울대 박사논문, 2003, 31면.
123) 鄭顯奭 『敎坊歌謠』(아세아문화사 영인, 1975). 此乞士舍黨所唱 皆是淫辭鄙詞也 今街童廝隷亦解 唱此.

등장하는 〈방아타령〉과 〈화초사거리〉를 가리키는 듯하다. 그런데 이 노래를 소개한 정현석은 선소리의 레퍼토리를 '잡요'라 하였다. '잡요'는 전문적 혹은 반전문적 소리꾼에 의해 지역 민요가 흥행을 위한 레퍼토리로 정착되면서 잡가로 편입되는 과정을 보여준다. 거리의 아이들과 종들도 이 노래를 불렀다는 것은 소리꾼의 노래가 다시 비전문가의 민요권에 침투하여 잡가와 민요의 경계가 불분명해지는 현상을 암시하는 것으로 볼 수 있다.

지역 문화권과의 교섭을 거쳐 잡가가 대표적인 도시의 문화로 편입되면서 지역 문화의 유산이 잡가에 수용되는 양상 역시 주목할 만하다. 십이가사의 요성에 서도소리가 섞여 있다는 점[125]은 평양 기녀들의 상경과 관련지워 볼 수 있을 듯하다. 또한 경복궁 중건 시, 각 지역의 노래패들이 상경하여 역부들을 위로했던 것으로 보아[126] 지역 문화의 상경은 19세기 이래 지속되었다고 할 수 있다.

이렇듯 지역에 기반한 노래가 전문적인 연예인과 만나며 흥행을 위한 노래로 탈바꿈하고, 이것이 지역 공동체를 넘어 전국으로 보급된 점, 지역마다 유흥의 레퍼토리가 통일되는 점은 가창문화권이 저변화되면서 잡가의 전승이 전국에 걸쳐 이루어졌다는 것을 의미하고 있다. 유흥문화의 저변화와 레퍼토리의 평준화, 여가와 노동의 분리, 지역색을 탈피한 노래의 등장에서 노래 공동체의 중심이 생활과 신념을 공유하는 농촌 공동체에서 점차 취향과 쾌락을 공유하는 도시 공동체로 이동하는 조짐을 발견할 수 있다. 도시유흥의 장에서 불린 19세기 잡가는 바로 그 도정에 위치하고 있다 할 수 있다.

---

124) 이창배, 앞의 책, 317면
125) 장사훈, 『국악총론』, 세광음악출판사, 1980, 280면.
126) 이능화, 〈朝鮮鄉土藝術論〉, 『삼천리』 1941년 4월 논설 〈鄉土藝術과 農村娛樂의 振興策〉 일부.

## 3. 20세기 초 잡가의 소통환경과 노래 공동체의 재편

兄弟여. 저녁이나 먹으면 희둥지둥 鍾路거리에나 彷徨하고 酒店에나 들락날락하고 親舊맛나 시시 펑펑한 雜談이나 하고 방구석에 업드려 雜歌나 불으고 春香傳 深淸傳 新舊小說이나 외이는 것이 그것이 할 일이겟습니까. 兄弟여. 말이 낫스니 말이지 여러분처럼 雜小說 조와하는 이는 世界에 업스리라 합니다. 집집마다 甚之於 行廊方에도 春香傳 무슨傳하는 小說 한 冊 식은 다ー잇지 아니 합니가. 저녁을 먹고 나서 골목에 발만 내여 노흐면 집집으로 나오는 「각설이때」의 소리 참말 듯기에 거북하더이다.[127)

그러나 나는 忠南 일대를 여행하는 중에 山歌村笛도 들어보지 못하얏다. 忠南은 참 寂寞鄕이다. 음악도 업고 극장도 업다. 예술이 발달되지 못한 우리 朝鮮에서 어느 곳이던지 다 일반이겟지만 그래도 黃平兩西에는 守心歌가 잇고 全羅慶尙道에는 六字拍이와 伽倻琴이 잇고 江原道에는 아리랑 타령이 잇서 樵童牧叟라도 곳곳마다 노래를 한다. 그런테 忠南은 그것도 업다. 瑞山 泰安 은 원래 歌鄕이니 律鄕이니 하야 속담에 瑞山가서 시조하는 척 말고 泰安가서 잡가하는 척 말나 는 말까지 잇지만은 이것도 과거의 역사담이오 지금은 별로 업다. 冬節인 까닭에 蛙鼓鶯歌도 드를 수 업고 물 건너 고양이 떼가 여간 重要地는 모도 유린하는 까닭에 닭의 소리도 들이지 안는다. 아ー忠南의 형제는 무슨 취미로 살며 무슨 희망으로 사는가. 올타 논이 만으니까 이밥 자미에나 살 가. 논도 6할 이상은 외인의 손에 다 들어갓스니 이밥인들 엇지 잘 먹으며, 제 논이 잇다 하야도 산에 나무가 업스니 생쌀만 먹고 사나 생각하면 속만 답답하다.[128)

1920년대 초 잡지『개벽』에 실린 두 글은 20세기 이후 잡가의 존재양상을 서울과 충남 지역 향촌의 대조적인 모습을 통해 그리고 있다. 1922

---

127) 朴達成, 「京城兄弟에게 嘆願합니다!!ー大京城을 建設키 爲하야」, 『개벽』 21호, 1921.3.1.
128) 靑吾, 「湖西雜感」, 『개벽』 46호, 1924.4.1.

년에 씌어진 첫 번째 글은 개혁적 지식층이 잡가를 바라보는 시각을 알려주는 동시에 세기가 바뀌고도 여전히 도시의 대표적 오락으로 인기를 누리고 있는 잡가의 위상을 확인해볼 수 있다. 두 번째 글은 향촌의 황폐화와 문화의 서울 집중으로 향촌 공동체의 문화가 붕괴되고 있는 현상을 묘사하고 있다.

20세기 들어 잡가의 소통 환경은 급격하게 변화하였다. 잡가를 둘러싼 환경의 변화는 가집의 대량 출판, 극장공연, 음반화로 요약해 볼 수 있다. 관에 의해 1902년 협률사, 1903년 광무대가 성립되었고 1907년 민간 자본에 의해 연흥사와 단성사가 차례로 생기면서,[129] 잡가가 극장 공연물로 정착하게 되었다. 이는 잡가가 '듣는 문화'에서 '보고 듣는 문화'로 탈바꿈하게 되었다는 의미가 된다. 또한 가집이 대량으로 출판되고, 유성기와 라디오가 도입되면서 잡가는 새로운 매체와 본격적으로 대면하게 되었다.

극장은 무대와 객석이 분리된 공간이다. 객석과 분리된 무대 위에서 이루어지는 연행은 관객들에게 볼거리를 제공하며 텍스트가 표상하는 세계를 스펙타클화한다. 또한 대량 출판에 의한 가집의 보급은 잡가의 인기와 출판문화의 활황이 만나는 지점을 선명하게 보여주고 있다. 이러한 과정은 궁극적으로 시각을 중심으로 지적 소통과 축적 방식을 재배치하는 과정[130]이라 할 수 있다.[131] 유성기, 음반사의 등장은 대량 생산과 대량 소비를 근간으로 하는 매스미디어가 본격적으로 유입되었음을 의미한다. 이로 보아 잡가를 둘러싼 환경의 변화는 근대 대중가요의 전승과 수용을 결정짓는 물적 기반의 구축 과정이라고도 할 수 있다.[132]

---

129) 근대 극장의 등장과 역사적 성격에 관한 논의는 다음의 저서를 참조할 것. 유민영, 『한국근대극장변천사』, 태학사, 1998.
130) 천정환, 『근대의 책읽기』, 푸른역사, 2003, 134면.
131) 시각적 경험이 근대문화, 도시문화의 근간을 이룬다는 것은 주은우, 이성욱 등의 연구자들이 주목한 바 있다. 필자 역시 선행연구에서는 시각적 경험이 대상을 바라보는 방식의 변화, 텍스트의 구성방식의 변화를 불러일으킨다는 점을 지적한 바 있다.
132) 영미권에서 대중음악을 정의할 때에는 대략 네가지 분석틀을 제시한다. 첫째, 규범

잡가의 소통환경과 성격 변화는 이렇듯 잡가가 놓이는 공간 즉 매체의 변화에서 기인하였다. 매체의 변화는 잡가를 즐기는 향유층의 사회적 관계의 변화로 이어지고, 나아가 향유층 간의 유의미한 관계의 총합이라 할 수 있는 공동체 성격의 변화로 이어진다. 매체의 변화는 음악가 집단의 개편을 촉진했고,[133] 그들의 위상을 바꾸었으며 음악가와 수용자와의 관계를 바꾸었다. 매체는 이처럼 단순히 언어적 정보를 전달하는 데에 그치지 않고 한 시대의 신념이나 가치체계를 통해 사회적 경험을 변용시키고 사회 구성원들의 관계를 새롭게하는 일련의 사회화 과정을 매개한다.[134] 따라서 20세기 초 잡가 소통환경의 변화와 공동체의 재편 현상을 파악하려면 20세기 이후 새롭게 등장한 매체, 여기에 잡가가 배치되는 양상을 살펴보고, 이 안에서 어떤 사회적 관계를 반영하고 형성하는지 고찰할 필요가 있다.

---

적 의미로는 하위 장르, 둘째 부정적 의미로는 예술로서의 음악이 아니며 민속음악 Folk이 아닌 것, 셋째, 사회적 의미로는 특수한 사회집단(대중)에 의한 그리고 그를 위한 것, 넷째, 경제적으로는 매스미디어나 음반산업에 의해 유통되는 음악으로 정의하고 있다(Richard Middleton, *Studying Popular Music*, Philadelpia : Open University Press, 1990, pp.1~19). 따라서 대중음악(대중가요)는 산업화가 상당히 진행된 19세기 중엽 이후의 산물이 된다. 이영미는 대중가요를 '근대 이후 대중매체에 의해 전달되면서 그 나름의 작품적 관행을 지닌 서민의 노래'로 정의하고 있다(이영미, 『한국대중가요사』, 시공사, 1998, 17면). 이 의견에 따르면 한국에서 대중가요의 기점은 대중매체가 이입된 20세기 이후, 정확히 말하면 전기녹음 방식으로 음악의 대량 보급이 가능해진 1920년대 이후라 할 수 있다. 두 견해는 대중매체를 대중가요를 정의하는 결정적 변수로 상정하여 미디어의 발달, 미디어의 발달을 조장한 자본의 유입을 대중가요 성립의 기반으로 상정했다는 공통점을 지니고 있다.

133) 권도희, 앞의 글, 142면. 이 글에서는 음악 유통경로의 변화가 음악가 집단의 재편에 그치지 않고 19세기 음악계 유통경로의 붕괴에까지 미치는 것으로 결론 내리고 있다.

134) 김기란, 「한국 근대계몽기 신연극 형성과정 연구-연극성을 중심으로」, 연세대 박사 논문, 2004, 19면.

## 1) 가집

20세기 초 가집에 실린 잡가의 실체는 24종에 달하는 잡가집과 기방을 중심으로 유통된 악곡을 모은 고대본 『악부』와 『교주가곡집』을 통해 알 수 있다. 잡가집은 1914년 『정정증보신구잡가전(訂正增補新舊雜歌全)』이 최초로 편찬된 이후 10년 사이에 무려 15종 이상의 잡가집이 쏟아져 나왔다. 잡가집의 대량 출판은 20세기 전반기 잡가의 인기를 가늠하는 척도로 인식되곤 하였다. 잡가집은 1930년대에 들어오면 출간이 뜸해지다가 1946년 『조선고전가사집(朝鮮古典歌詞集)』을 끝으로 자취를 감추게 된다.[135]

잡가집의 명칭은 잡가 · 가사(歌詞) · 속가 · 속곡 · 유행창가 등 다양하나 잡가를 전면에 내세운 것이 주를 이룬다. 그런데 이 시기 출판된 잡가집에는 한시 · 가곡 · 시조에서부터 가사 · 경기잡가 · 서울의 선소리 · 서도 잡가와 통속민요, 심지어는 유행창가까지 골고루 수록하고 있다.[136] 잡가집으로 비교적 이른 시기에 속하는 1915년에 출판된 『신구유행잡가(新舊流行雜歌)』는 악곡에 따른 분류를 하여 외래 양식이 대중가요권에 본격 유입되기 전에 통용되던 잡가의 실상을 충실히 보여주고 있다. '신구(新舊)'라는 표현이 가집의 제목에 등장하는 것으로 보아 이 가집은 조선 시대로부터 꾸준히 전해지던 구 레퍼토리와 당대에 새롭게 대중의 인기를 얻은 곡들을 두루 수용한 것이라 할 수 있다. 수록곡은 좌창 잡가부, 유행잡가, 입창 단가부, 평양 다당패 입창부, 좌창 시조 가사부 이렇게 다섯 부류로 나뉘어져 있다.[137] 이는 상대적으로 가

---

135) 그러나 잡가집의 출간이 뜸해진 1930년대 이후에도 잡가집은 여전히 잘 팔리는 책 중 하나였다. 『삼천리』 1935년 6월호 기밀실(필자 주—신문의 잡보에 해당)에는 서울 도매상들로 조직된 도매상조합의 조사를 인용하여, 당시 베스트셀러 현황을 소개하고 있다. 여기에 의하면 베스트셀러 『춘향전』이 연간 7만 권, 옥편이 2만 권, 잡가집이 만 오천 권이 팔렸다고 한다.
136) 1923년 12월에 출판된 『20세기 신구 유행창가』에는 제목에 걸맞게 유행창가를 풍부하게 싣고 있다.

사의 비중이 높았던 『정정증보신구잡가전(訂正增補新舊雜歌全)』과 뚜렷이 구분되는 점이라 할 수 있다.

가집의 현황에서 나타나듯 20세기 초 잡가는 전대에 비해 그 범주가 확장되었다. 잡가의 외형적 확산을 주도한 부류는 유행잡가 즉 통속민요라 할 수 있다. 본래 지역에 기반했던 노래들이 서울의 유행잡가로 편입되는 현상은 앞서 살펴보았듯 19세기에도 발견되었다. 그러나 20세기 이후 유행잡가가 대거 유입되면서 잡가의 외연을 확장한 배경으로 지역 기생과 창우 집단의 상경도 생각할 수 있다.[138]

또한 이 시기 잡가집에 시조·가곡 등 전통적으로 정가의 맥을 잇고 있는 노래가 잡가에 편입된 것도 주목할 부분이다. 아울러 이들 곡목들이 배치되는 양상에서도 음악환경의 변화를 읽어낼 수 있다. 즉 전대에는 시조 중심의 가집에 잡가가 부수되어 나타났다면, 이 시기에는 잡가에 시조나 가곡이 주변에 포진하고 있다고 할 수 있다. 물론 시조와 가곡이 잡가집에 실렸다거나 주변에 위치하였다 하여 20세기 이후 가곡과 시조가 잡가와 같은 부류로 취급되었다는 징후는 찾아보기 어렵다.[139] 중요한 것은 잡가와 가곡·시조가 같은 장에서 소통되고 있다는 점이다. 이러한 경향은 '가곡'을 가집명의 전면에 내세워, 정악의 계승자임을 표방한 『가곡보감』이나 『정선조선가곡』·『교주가곡집』에서도 공통적으로 나타나고 있다. 이는 잡가와 정가를 둘러싼 격조의 우열 개념이 상당 부분 무의미해졌다는 의미로 해석할 수 있다.[140]

---

137) 다섯 부류 노래의 음악사회적 성격은 다음의 논의를 참조할 것. 권도희, 「20세기 초 서울음악계의 성격과 대중음악 형성에 관한 연구」, 『서울학연구』 22집, 2004.

138) 지역 기생과 창부 집단의 상경과 이들이 당대 음악 환경에 미친 영향에 대해선 다음의 논의를 참조할 것 권도희, 「20세기 전반기의 민속악계 형성에 관한 음악사회학적 연구」, 서울대 박사논문, 2003, 111~129면.

139) 아악의 전통을 계승하는 이왕직아악부의 존재와 특권적 지위로 보건대, 이 시기에도 여전히 정악에 속하는 가곡·가사와 잡가 간의 차별이 완전히 해소된 것은 아니라고 볼 수 있다.

140) 물론 『금옥총부』의 기록이나 〈한양가〉에서 드러나듯이 19세기에도 잡가는 정가와 공존했었다. 그러나 잡 가와 정가의 병존이 예술의 질적 숙련이나 격조의 우열 개념을

가집에 나타난 잡가의 양상에서 또 하나 특기할 만한 것은 잡가를 둘러싼 역학관계가 현저하게 변하였다는 점이다. 전근대 시대의 잡가가 가사·시조·민요·판소리 등 전통적 가창문화와 인접관계를 형성했다면, 20세기의 잡가는 창가·찬송가·예술가곡 등 외래의 양식과 긴장관계를 형성하는 한편 '계몽이념의 통로'로 자리잡은 애국계몽기 시조, 개화가사와도 다른 길을 택했다. 즉 전 시기에는 가창문화권의 외곽에서 타 장르와의 공존과 경쟁을 거쳐 잡가라는 실체를 형성하는 구도였다고 한다면 20세기에는 잡가가 상업적 가창물의 중심으로 자리잡으며, 시조와 가곡을 포용하고 외래 음악과 맞서 있는 형국이라 할 수 있다. 따라서 가집명에 굳이 잡가라 붙인 이유도 이러한 구도와 연관하여 살펴볼 수 있다. 잡가는 외래의 음악에 대해 우리가 부르고 즐기던 음악의 범칭이라는 해석도 가능하다는 것이다.[141]

가집을 통해 본 20세기 잡가의 진로는 전승의 광역화와 전국화, 그에 따른 외연의 확장으로 요약해볼 수 있다. 잡가류의 창법이 대중적으로 확산되면서 이에 걸맞는 사설이 계속 창작되고, 지역에 기반한 노래들이 해당 지역이라는 협소한 전승범위를 넘어 서울의 노래로 바뀌고, 이것이 선별된 전문 가창자 집단과 새로운 매체를 만나며 잡가로 속속 편입되는 과정을 거치면서 잡가의 외연은 확대되었다. 따라서 출판 가집에서는 전문적 가창자 집단의 이동과 문화의 서울 집중화 현상에 따라 지역 공동체의 노래가 전국적 노래로 속속 탈바꿈했거나 탈바꿈하고있는 20세기 초의 상황을 반영하고 있다고 할 수 있다.

잡가집의 대량 출판과 이로 인한 잡가의 위상 변화는 전통적 음악 장르가 근대적 대중 장르로 바뀌는 뚜렷한 징후로 해석해 볼 수 있다. 이

---

완전히 해소하지는 못했다. 이는 『가곡원류』의 '正音' 선언에서 단적으로 드러난다.
141) 잡가라는 명명 안에는 나라를 빼앗겼다는 설움과 아울러 자조적 정서를 담고 있으므로 다분히 저항적 성격을 띤다고 보기도 한다. 정재호, 「잡가집의 특성과 문학사적 의의」, 『한국시가연구』 8집, 1999.

렇듯 악보가 대량 출판되면서 음악이 대중문화로 순조롭게 편입했던 것은 서양의 대중문화사에서도 발견할 수 있다.[142]


## 2) 극장

극장의 등장은 연행자와 수용자가 분리되지 않는 열린 공간에서의 연행이라는 전통적 공연 방식을 무대와 객석이 분리된 실내 공연장의 연행으로 바꾸어 놓았다. 최초의 극장은 1902년 설립된 전통 연희장 희대로 알려져 있다. 이것이 1903년부터 협률사로 불리게 되었다.[143] 협률사는 고종의 어극 40년 칭경예식을 위해 고종의 칙허를 얻어 설립된 극장인 만큼 관의 구속에서 자유로울 수 없었다. 협률사의 이런 성격은 고종의 칙명을 받은 김창환, 송만갑이 김창환·송만갑을 위시하여 이동백·강용환·염덕준·유공렬·허금파·강소향 등의 판소리 명창과 박춘재·문영수·이정화·홍도·보패 등 경서도 명창 등 170명의 명인명창을 불러들인 것만으로도 짐작할 수 있다.[144] 협률사에서는 주로 전통무용과 전통음악을 공연하였는데 불러들인 명창의 면면에서 알 수 있듯이 협률사에서 주로 공연하던 음악은 판소리와 잡가였다. 이러한 사정은 전통 연희 예술의 장으로 기능했던 광무대의 경우와 크게 다르지 않았다.

극장과 극장공연은 그러나 교화론적 지식인과 계몽적 언론의 호된 질타를 받게 되었다. 협률사의 연희는 정성(鄭聲)과 같다며 협률사의 폐지를 요구한 이필화의 상소가 전자에 해당된다면 『황성신문』의 논조는 후자에 해당된다고 할 수 있다.

我國의 所爲 演戱라 ᄒᆞᄂᆞᆫ 것은 毫髮도 自國의 精神的 事相이 無ᄒᆞ고 但

---

142) 김문환 외, 『19세기 문화의 상품화와 물신화』, 서울대 출판부, 1998, 85~89면.
143) 유민영, 앞의 책, 21~23면.
144) 박황, 『창극사연구』, 백록출판사, 1976, 22~23면. 유민영, 앞의 책, 23~24에서 재인용.

其淫舞醜態로 春香 歌니 沈淸歌니 朴僉知니 舞童牌니 雜歌니 打令이니 ᄒ
ᄂ 奇奇怪怪ᄒ 浮湯荒誕ᄒ 技를 演ᄒ며145)

극장 연희에 대한 비판은 표현은 다르지만 『대한매일신보』 등 신문
매체에 자주 등장하고 있다.146) 이들이 극장공연을 비판하는 이유는 극
장이 풍기문란을 조장하는 퇴폐적 장소이며, 그곳에서 공연되는 연희가
올바른 정기나 미풍양속을 해친다는 것이다. 『황성신문』 기사는 비판의
중심에 판소리와 잡가가 위치하고 있다는 것을 보여주고 있다. 극장에
대한 비판기사는 잡가와 판소리를 배척하는 목소리가 꾸준히 있었음에
도 불구하고, 극장을 찾아가 이를 즐기는 자발적·능동적 관객이 많았
음을 보여주고 있다. 잡가는 이렇듯 극장 공연에서도 각광 받는 공연물
이었던 것이다.

잡가가 극장에 오르면서 생긴 가장 큰 변화는 시각을 특권화하고, 무
대에 오른 예인을 특권화했다는 것이다. 이는 문화의 중심이 '보는 문
화'로 전환되기 시작하였다는 것을 의미한다. 동시에 무대 위의 예인을
청중보다 우월한 위치에 세우는 스타덤의 초보적 형태가 마련되었다는
의미로도 읽을 수 있다.147) 이는 연행자와 수용자의 동질성을 전제로
하는 이전 시기 연행의 관습을 근본적으로 바꾼 것이라 할 수 있다.

---

145) 『황성신문』, 1907.11.29.
146) 긔쟈가 엇디츰아 한국의 연회쟝을 말ᄒ며 엇지츰아 한국의 한국의 연회쟝을 말ᄒ리
    오 한국의 연회쟝을 불긴디 디민 協律사나 단셩샤등을 셜시ᄒ야 허다ᄒ 음탄ᄒ 연희로
    허다ᄒ 쳥년ᄌ데를 유인ᄒ야 그 심ᄉ를 산란케ᄒ며 그싀긔를 손샹케ᄒ며 그ᄉ샹을 미
    혹케홈으로써 학문에 류의ᄒ던쟈가 이곳에 가면 학문비호기를 던져ᄇ리며 실업에 류
    의ᄒ던쟈가 이곳에 가면 실업ᄒ기롤 던져ᄇ려 무수ᄒ 인지를 모다 이곳에 ᄇ려주니 오
    호-라 현금 한국의 소위 연회쟝이란거슨 일졀 의심업시 타파할거시니와 그러나 이런
    연회쟝은 사롬의 마음을 현란케ᄒ며 풍쇽을 피란케ᄒ야 샤회에 피악ᄒ 영향을 ᄭ치게
    ᄒᄂ고로 의심업시 타파홀거시라 홈이어니와 (「연회쟝을 기량할 것」, 『대한매일신보』,
    1908.7.12).
147) 실제로 1910년대 이후 민간 극장이 속속 설립되고 극장 간에 흥행 경쟁이 붙으면서
    스타 시스템에 의존하려는 움직임이 활발하게 나타났다. 박춘재는 무대 공연 시대가
    낳은 발군의 스타이기도 했다. 유민영, 앞의 책, 91면.

기성 일비 경성 박람회에서 인민이 만히 구경ᄒ기를 위ᄒ여 연회장을 설시
ᄒ고 기성 열명을 불너 다가 잡가도 식히며 검무도 추게 ᄒ며 기성 미명에 각
기 일비난 오원식 준다더라[148]

이렇듯 극장의 등장과 함께 잡가가 시각의 장에 노출되면서, 노래에
서 가무의 일부 혹은 연희물로 기능하게 되었다. 박람회 기사는 잡가와
시각의 장과 자본의 흐름이 교차하는 지점을 포착하고 있다. 극장과 극
장 공연물이 발달하면서 무대와 관객은 분리되었고 무대 위의 예인은
동경 혹은 호기심의 대상으로 바뀌면서 그 자체로 하나의 시장을 형성
하게 되었다. 이로써 연행자와 관객의 관계는 종전과는 다른 방향으로
전개될 수밖에 없었다.

그러나 잡가를 위시한 전통 문예물은 앞서 이야기하였듯이 계몽주의
자와 교화론자 양 측에서 호된 질타를 받았고, 여기에 일제의 전통 문
화 억압책이 더해지면서 위기를 맞게 되었다.[149] 그러나 이러한 외압이
잡가에 대한 대중들의 선호도를 쉽사리 바꿀 수는 없었다.


## 3) 음반과 라디오

음반은 제작과 유통 과정에서 가집이나 극장과는 비교가 되지 않을
정도로 대규모 자본과 테크롤로지가 개입하므로 음반화는 곧 상품화와

---

148) 『대한매일신보』, 1907.9.7.
149) 일제는 일본의 전통 演戲를 전파할 목적으로 전통 문화 공연에 대한 억압책을 실시
하였는데, 그 구체적 내용은 다음과 같다. 즉 1909년부터 ① 공연 시간을 12시로 제한
함으로써 밤샘공연이 많은 조선의 전통적인 연희양식의 공연을 억압했고, ② 배우에
대한 일본어 교육과 전속제 도입, 공연장에 대한 세금 부과, ③ 대본 사전 검열제, ④
공연장 순찰 강화로 인한 공포 분위기 조성, ⑤ 연극장 폐관 및 전속 단체 폐관 조치
등이 포함되었는데 이는 전통 공연문화의 위기로 나타났다. 서연호, 『한국근대희극사
연구』, 고려대 민족문화연구소, 1982, 22~26면.

동의어로 쓰인다. 음반은 대중가요의 기원을 논할 때에도 주요 좌표로 설정되어 왔다. 대중가요의 기원을 설정하거나, 잡가의 정체성을 판단하는 데 '음반'이라는 전제가 등장하는 것은 그 때문이다.

> 외부에서 일전에 류성긔(留聲機)를 사셔 각항 노리 곡죠를 불너 류성긔 속에다 넛코 희부 신 이하 졔관인이 츈경을 구경ᄒ랴고 삼쳥동 감은뎡에다 존치를 빗셜ᄒ고 셔양 사롬의 모든 긔계를 운젼 ᄒ야 쓰ᄂᆞᆫ듸 몬져 명챵 광ᄃᆡ의 츈향가를 넛코 그 다음에 긔셩의 화용과 밋 금랑가샤를 넛코 말경 에 진고기 피 계집 산홍과 밋 사나히 학봉등의 잡가를 너엇ᄂᆞᆫ듸 그관되ᄂᆞᆫ 작은 긔계를 밧고아 꼼 이면 몬져 니엇던 각항 곡죠와 갓치 그 속에서 완연히 나오ᄂᆞᆫ지라 보고 듣ᄂᆞᆫ 이들이 구름갓치 모 혀 모도 긔이 ᄒ다고 칭찬ᄒ며 죵일토록 노라 다더라150)

위 기사는 외국 음반사가 우리나라에 들어오기 이전에 유성기로 녹음하고 청취하는 광경을 묘사한 것이다. 이 기사는 신문물을 대하는 이들의 놀라움과 호들갑스러운 반응을 소개하고 있다. 여기서 담은 노래는 광대의 판소리, 기생의 가사, 잡가패의 잡가인데, 이는 19세기의 음악적 취향이 적어도 이 시기까지는 크게 달라지지 않았다는 것을 보여주고 있다. 이러한 구도는 1907년 미 콜롬비아 레코드사가 취입한 음반에서도 재현되고 있다. 관기 최홍매는 시조와 잡가, 가사를 녹음했다.

이렇게 본다면 잡가가 본격적으로 음반에 담기기 시작한 시기는 1910년대 이후라 할 수 있다. 삽가는 윤심녁의 〈사의 찬미〉가 엄청난 성공을 거두고, 전기 녹음이 도입되어 음반산업의 혁신이 일어난 1920년대 말까지 여전히 선호되는 레퍼토리였다. 음반사가 잡가를 선호한 이유는 대중의 자발적 선호와 기생이라는 풍부한 가수군의 확보로 정리할 수 있다.

음반의 보급과 잡가의 음반화는 전통적 통속문화였던 잡가가 신 매체와 대면하면서 근대화되었다는 것을 의미한다. 하지만, 잡가가 음반

---

150) 「만고명창」, 『독립신문』, 1899.4.2.

에 본격적으로 담기기 시작했던 1910년대까지 유성기의 가격이 매우 비쌌기 때문에 유성기와 음반은 일부 경제적 유력자 층만 향유할 수 있었다는 점 또한 기억해야 할 것이다.[151] 따라서 유성기를 소유할 수 없는 사람들은 여전히 기억에 의존하여 잡가를 향유하면서 그들의 취향을 고수하고 있었다고 할 수 있다.

1926년 사단법인 경성방송의 개국, 1927년 시험방송과 함께 시작된 라디오의 시대는 유성기와 더불어 전통문화의 위상 변화를 촉진하였다. 잡가는 음반과 함께 근대의 대표적 매체라 할 수 있는 라디오 방송에서도 큰 비중을 차지하였다.

> 貞洞 마두턱이에 新式洋室 京城放送局－JODK－이 생긴 이래 길거리 저 자문 압헤서 擴大器를 통하야 울녀나오는 노래 혹은 音樂소리는 새삼스럽게 科學의 威力을 驚歎게 합니다. 筆者 한 사람 도 新時代의 落伍者가 되기 실 혀하는 생각으로 하엿든지 偶然한 期會에 조고마한 機械나마도 하 나 놋코 틈 잇는대로 듯는 사람 중의 한 分子임니다. 半官製式인 京城放送局에 대하야 不平이 적 겟슴닛가만은 그 不平을 다－말한대야 소용업겟스닛가 그만두고 그 중에 放送푸로그람에 대한 不 平 몃 條目을 말슴하겟슴니다.
>
> (…중략…)
>
> 둘재, 西道雜歌나 南道소리를 한결가티 放送하는 것. 웃더케도 귀가 압흐게 들엇든지 머리골치가 압흠니다. 한 週日에 한번쯤 햇스면 엇덜까요.[152]

라디오 방송 청취자의 의견을 담은 이 글에서는 지식층 취향 청취자의 반발에도 불구하고 라디오 방송에서도 여전히 잡가가 선호되고 있음을 보여주고 있다고 할 수 있다. 라디오 방송은 출범 초기부터 국민

---

151) 『매일신보』 기사에 따르면, 1911년 당시 유성기 한 대의 가격은 25원이었다. 당시 판임관 5급의 월급이 30원이었다는 사실을 감안하면 유성기는 고가의 상품이었다고 할 수 있다. 장유정, 「일제 강점기 한국 대중가요 연구」, 서울대 박사논문, 2004, 14~15면.
152) 京城 延昌鉉, 「放送局에 對한 不平, 全國靑年不平不滿公開 우리의 希望과 要求」, 『별건곤』 10호, 1927.12.20.

적인 정서와 취향에 부합하기 위해 잡가를 위시한 통속적 전통 문화 양식을 대폭적으로 수용하였다. 그렇지만 라디오의 수용층이 도시 중산층, 상류층이었던 관계로, 또한 기존의 레퍼토리를 반복하는 과정에서 오히려 정서적 차원에서 배척되는 효과를 내기도 하였다.153)

잡가가 이처럼 잡가집·극장·음반이라는 새로운 매체에 편입되면서 나타난 가장 큰 변화는 전 시대 '잡요'로 취급되던 통속민요가 잡가의 주류로 전면화하였을 뿐 아니라 20세기 초반 가장 각광받는 노래문화로 부상하게 되었다는 점을 꼽을 수 있다. 통속민요의 인기는 잡가집에 실린 레퍼토리나 음반 목록으로도 확인할 수 있다. 1920년대 카프 진영에서 벌어진 대중화 논쟁의 중심에도 〈흥타령〉과 같은 통속민요가 자리했을 정도였다.154) 요컨대 통속민요는 인정치 않으나 대중적 파급력만은 인정하지 않을 수 없을 정도로 그 위세는 만만치 않았던 것이다.155)

통속민요의 지위 상승은 이를 담당했던 평·천민 음악인들의 지위 상승과 관련하여 생각할 수 있다. 20세기 초반 관기제도가 실질적으로 폐지되고, 관기와 삼패의 구별이 없어지면서 삼패의 입지는 넓어졌다. 노래를 부르는 폼새는 기생보다 삼패가 더 멋졌다는 말도 있듯이156) 이들은 대중의 기호에 더 잘 부응하면서 활동 영역을 넓힐 수 있었다. 대중가요가 기본적으로 서민의 예술, 하부예술을 기반으로 한다는 명제를

---

153) 유선영, 「한국 대중문화의 근대적 구성과정에 관한 연구-조선 후기에서 일제시대까지를 중심으로」, 고려대 박사논문, 1992, 348~352면.

154) 1920년대 대중화 논쟁은 다음의 논의를 참조할 것. 이영미, 「1920년대 대중화 논쟁 연구」, 고려대 석사논문, 1984.

155) 잡가의 저속성에 대해 개탄하던 지식층들이 1920년대 말, 1930년대 초반을 기점으로 잡가와 고소설 등 통속적 전통문화 양식에 대해 일제히 관심을 기울이기 시작했다. 그 징후는 앞서 언급한 카프의 대중화 논쟁과 1929년 2월에 결성된 조선가요협회의 활동에서 찾아볼 수 있다. '건전한 조선가요의 민중화'를 내걸었던 조선가요협회의 동인은 이광수·주요한·김소월·변영노·이능상·김형원·안석주·김억·양주동·박팔양·김동환·김영환·안기영·김형준·정순철·윤극영 등 주로 우파 진영의 문화적 민족주의자들이었다. 통속적 전통문화의 파급력을 인정하는 선에서 그쳤던 카프 진영과 달리 조선가요협회 동인들은 작사·작곡·가요 담론 생성에까지 관여하였다.

156) 이창배, 앞의 책.

상기해보면 통속민요의 인기는 시사하는 바가 크다고 할 수 있다.

20세기 잡가의 소통환경을 성글게나마 추적해본 결과 잡가는 지역색의 탈피, 소통과 전승의 광역화, 연행자와 관객의 분리, 테크놀로지의 개입 등 근대 대중문화를 구성하는 요소들에 의해 존재하고 있음을 살필 수 있었다.

그러나 20세기 초반 대중의 인기를 얻은 잡가는 1930년대 이후 유행가를 비롯한 외래의 양식에 주도권을 내주게 된다. 라디오 방송국의 개국, 1928년 전기 녹음의 도입으로 음악이 본격 대량 생산 체제로 돌입하면서 잡가를 위시한 전통음악의 기세는 서서히 꺾이기 시작했다. 그 이유는 전통 음악이 매체 전환 이후 급증하는 수요에 걸맞는 새로운 레퍼토리를 생산하지 못했다는 점, 대중 매체에 필연적으로 요구되는 산업화, 표준화에 한계가 있다는 점을 지적할 수 있다. 이는 잡가가 근대성 매체와 만나면서 근대적 대중문화로 성공적으로 전환하였지만, 대량 기술 복제에 의한 대중문화가 본격 뿌리내리면서, 이에 걸맞는 신종 장르로 대치되었다는 것을 의미한다.

아울러 지역에 잔존하던 농촌 공동체의 문화 역시 서서히 해체되어 갔다.

　自身에게 親近性이 없는 것은 대수럽게 아니여기지요. 그리고 나이에 따라서도 趣味가 다르니까요. 村이라도 라디오 레-코드가 들어가서 갈팡질팡입니다.[157]

〈농촌오락진흥좌담회〉에서는 라디오와 유성기가 바꾼 농촌의 풍속도를 이렇게 표현했다.[158] 물론 라디오와 유성기가 도입된 후에도 농촌의

---

157) 『조광』, 1944.4, 104면.
158) 물론 농촌 오락 진흥책은 일제 말 총력전 제체 하에서 황민화 정책의 일부로 실시되었다. "國民總力朝鮮聯盟 內에 이번 文化部가 設置되여서 率先하여 朝鮮의 鄕土藝術과 農, 山, 漁村의 健全한 娛樂을 振興시키기로 盡力하고 있다. 이제 本社에서

노래 공동체가 동요하기는 하였지만 완전히 와해되거나 해체되지는 않았다. 농촌 중심의 전통적 노래 공동체가 무의미해지고, 취향이나 신념·가치를 공유하는 노래 공동체로 완벽하게 대치되기까지는 수십 년의 시간이 더 필요했다. 이 과정은 매스 미디어의 보급, 도시화·산업화의 진전과 함께 진행되었다.[159] 요컨대 음반과 라디오는 지역에 기반한 노래 공동체의 애체를 조장하고, 취향과 찰라적 쾌락을 공유하는 도시의 공동체를 생성하는 등 공동체의 개편에 적극 개입하였다고 할 수 있다.


## 4. 나오는 말―19세기 말~20세기 초 잡가의 위상과 노래 공동체


전 근대 시기와 근대 초기를 거치며 존재했던 잡가는 조선 후기 이래 지속된 예술사의 흐름을 반영하는 동시에 전 근대 노래문화가 근대 대중문화로 자기 부상하는 과정을 선명히 보여주고 있다. 앞서 언급하였

도 民間에 게신 民俗學者 諸氏에게 청하여 수백년 래로 내려오든 鄕土藝術의 復興 又는 새로운 民藝의 創造와 振興策에 대해서 그 高見을 드러 이 운동에 拍車를 가하려 하노라."(「鄕土藝術과 農村娛樂의 振興策」, 『삼천리』, 1941.4) 이 글에서는 황민화 정책과는 별도로 라디오와 유성기 등 근대 매체가 농촌에 잔존하고 있던 전통문화와 공동체의 재편에 개입한 부분을 주목하고 있다.

159) 해방 후 일남 인구가 도시로 징착하면서 불어나기 시작한 도시 인구는 '경제개발 5개년 계획'으로 상깅되는 관 주도의 산업화가 신행뇌고, 그 여파로 이촌향도(離村向都) 현상이 심화된 1960년대부터 급격하게 상승 곡선을 그리기 시작한다. 이와 거의 동시에 국립 TV 방송국인 KBS가 개국하고 뒤를 이어 민간 방송인 TBC와 MBC가 개국하면서 매스 미디어의 시대를 활짝 열었다. 1970년대 중반에는 드디어 도시 인구가 농촌인구를 압도하고 산업 구조가 농업 중심에도 공업 중심으로 바뀌는 총체적 도시화의 시대를 맞이하게 되었다. 매스 미디어의 보급, 산업 구조의 변화, 인구 구조의 변화는 향촌의 노래 공동체와 그들의 노래인 민요의 운명을 바꾸어 놓았다. 노동요를 함께 부르며 협업하던 광경은 라디오에서 울러나오는 유행가에 맞춰 기계를 돌리는 공장의 풍경으로 속속 바뀌게 되었다. 그사이 향촌의 민요는 채집과 발굴, 보존의 대상이 되었다.

듯이 17세기 후반을 기점으로 예술의 향수를 둘러싼 신분적 귀속성은 서서히 약화되기 시작하였다. 또한 경제적 부가 문화·예술 부분에 투입되면서 예술의 상업화 경향이 나타났고, 그러한 경향은 19세기로 넘어가면서 심화되었다. 조선 후기 예술사의 전개과정에서 나타난 특징적 징후들이 대중문화로 합류하는 지점을 확인할 수 있고, 그것이 노래 공동체의 변화와 재편을 매개한다는 점은 잡가의 위상과 관련하여 가장 주목할 부분이기도 하다.

이렇듯 19세기 말~20세기 초에 존재했던 잡가의 존재양상과 소통방식의 추이를 추적하다보면 신분에 기반한 폐쇄적 노래 공동체, 지역적 경계에 따른 농촌 중심의 노래 공동체가 해체되거나 재배치되는 의미 있는 현상을 발견하게 된다. 아울러 노래 공동체가 형성·유지되는 요소가 신분·혈연·지연·생활에서 자본의 흐름·취향·여가·신념으로 대치되고 있다는 것도 포착할 수 있다. 이러한 과정은 곧 근대 노래 공동체 형성을 향한 과정으로 보아도 무방할 것이다. 근대적 노래 공동체는 자본의 유입·생산·대량 소비를 기본으로 하는 대중문화 시대의 도래와 함께 자연스럽게 형성되어 이전에 형성되었던 노래 공동체를 대신하는 새로운 형태의 수용자 집단이라 정의해볼 수 있다.

이들은 전통적 공동체와는 절연하였지만, 계몽 지식인의 공공이념이나 외래 양식의 이입을 주도한 이들이 유포하는 엘리티즘에도 포섭되지 않았다. 잡가의 배치를 결정짓는 주된 요소는 당연히 수용층의 선호도였을 것이다. 이념이나 명분에 포섭되지 않고, 자신의 문화적 기호나 취향을 유지하려는 잡가의 수용층의 존재는 지역에 기반한 노래 공동체가 도시 중심의 취향 공동체로 바뀌어가고 있다는 것을 암시하는 것이라 하겠다.160)

---

160) 대중가요로부터 받는 위무로 결속과 동질감을 확인하는 수용자 집단을 장유정은 정서의 공동체로 명명하였다(장유정, 앞의 글, 82~89면). 정서의 공동체는 대중의 선호도에 전적으로 좌우된다는 점에서 취향의 공동체와 상통하는 개념이라고 할 수 있다.

새로운 노래 공동체를 조직해내고, 수용자들이 선호할 만한 새로운 양식을 도입한 데에는 물론 자본의 의지, 이를 통어한 일제의 문화정책이 강하게 작용하고 있다. 그러나 신매체 혹은 신매체 도입 이후 이입된 양식은 외래의 것일지라도 이를 순조롭게 수용할 수 있는 기반이나 대중의 선호도는 조선 후기 노래문화의 전통 안에 이미 내재되어 있었다.161) 또한 자본과 권력의 의지는 일방적으로 관철되는 듯 보이지만, 실은 대중의 기호와 끊임없는 협상과정을 거친다는 점도 유념할 필요가 있다. 19세기 말~20세기 초 잡가의 존재양상과 소통환경에 대한 고찰은 이러한 가능성을 탐색하고 확인하는 과정이라 할 수 있다. 이런 점을 두루 응시할 때, '일제 식민정책에 복무한 퇴영적·반시대적 문화'라는 가혹한 폄하나 '자생적으로 발생한 대중가요의 선구'라는 다소 과도한 의미부여, 이 양 극단으로부터 벗어나 잡가가 서있던 자리를 제대로 응시할 수 있을 것이다.

---

161) 대중가요의 기원을 조선 후기에서 찾는 논자들은 이에 주목하여 창가, 트로트 등 외래 양식은 조선 후기에 마련된 기반 위에 이입된 것에 불과하다는 주장을 펼치고 있다. 강등학, 「19세기 이후 대중가요의 동향과 외래양식 이입의 문제」, 『인문과학』 31집, 2001, 261~262면.

# 제2부
# 경험의 확장과 글쓰기의 변화

# 후기 가사의 흐름과 '록'으로의 지향

## 1. 들어가는 말 – 삶의 기록으로서의 가사와 가사체

가사는 한글로 이루어진 문학의 보고(寶庫)라 부를 만하다. 가사의 가치는 우선 그 양적인 풍부함만으로도 충분히 설명할 수 있다. 이본을 제외한 각편만도 현재 3,000여 종 이상 보고되고 있고, 더구나 총량은 현재에도 꾸준히 증가하고 있다.[1] 뿐만아니라 가사 작품 안에는 인정과 물태, 풍류, 교훈, 정보 전달, 자기 삶의 기록 등 인간사의 모든 면이 다양하게 펼쳐져 있다. 이러한 면모는 가사가 문학 작품 이전에 생활사의 기초 자료로, 삶의 다양한 국면을 포착하는 일상의 기록으로도 기능하

---

[1] 본 연구자는 지금까지 학계에 보고된 가사 작품의 총량을 파악하기 위해 이미 발표되거나 파악된 가사 작품을 조사하고, 현재 제출되어 있는 가사 작품의 총 목록을 비교, 검토한 결과 이본을 제외하고도 3,200종, 이본을 포함하면 6,200종 이상의 가사 작품이 필사본, 구 활판본, 활자본, 단행본, 선집, 자료 소개의 형태로 존재하고 있음을 확인하였다.

고 있음을 보여주는 것이라 할 수 있다. 이렇듯 자료의 중요성은 양적인 풍부함이 아니라 그것이 지닌 특수성, 즉 인간사의 모든 국면을 '가사'라는 방식으로 포괄할 수 있었던 대목에서 더욱 돋보인다고 할 수 있다.

가사의 가치와 특수성은 다음과 같이 정리해볼 수 있다. 가사는 제약과 개방성이라는 시가 시형의 상반된 속성을 대표적으로 보여준다. 가사는 4·4조, 4음보를 한 행으로 정연하게 이어지면서도 시행의 제한을 받지 않고 무한히 길어질 수 있는 연속체의 담론이라는 특성을 갖고 있다. 동시에 각 행은 2~3개의 행으로 어우러져 통사적 단위를 이루고, 이것이 계기적·순차적으로 서술된다는 특성을 가지고 있다. 이는 하나의 발화가 다른 발화로 이어진다는 점에서 가사가 지닌 잠재적 개방성을 보여주는 사례라 할 수 있다.2) 이것이 이것은 가사의 정체에 대한 이견을 끊임없이 낳았던 이유인 동시에 가사가 비교적 원형의 훼손없이 오랫동안 지속되었던 이유이기도 하다. 동시에 한국 시가 율격의 개방성과 전통성·보수성을 보여주는 대표적 사례로 삼을 수 있다.

둘째, 관용적 표현과 개성적 표현이 어우러진 가사에는 풍부한 우리말을 담고 있다. 이를 통해 시기별·계층별·성별 언어 수행의 실상을 탐구할 수 있다. 이는 가사가 사대부 문학이라는 협소한 틀에서 벗어나 다양한 지역과 계층의 삶을 담아내었다는 것을 의미한다. 예컨대 여성들이 주도한 규방가사에는 이를 향유한 사족 여성의 생활과 감각이, 그들이 선호하는 어휘가 그대로 드러나고 있다. 뿐만 아니라 18~19세기 가사의 새로운 관습으로 부상한 사행 체험 가사, 통신사의 가사는 특수 직종에 종사하는 이들의 시각과 언어로 재현한 이국 풍물담이라고 할 수 있다.

셋째, 관념적인 언술에서부터 일상의 경험에 이르기까지 다양한 계

---

2) 이동찬, 『가사문학의 현실인식과 서사적 형상』, 세종출판사, 2002, 18면.

층의 생활과 사유를 담고 있어, 생활사 연구의 주 자료가 될 수 있다. 특히 가사 작품 중 양적으로 가장 많은 부분을 차지하는 규방가사의 경우 여성의 생활 기록 그 자체라 할 수 있을 정도로 삶의 기록에 충실한 면을 보여주고 있다.

넷째, 가사는 문학 · 예술의 창작 관습과 향유 방식의 지역적 차이를 가늠할 수 있는 귀중한 자료이다. 따라서 가사를 통해 지역문화의 전통과 특색을 발굴할 수 있다. 강호가도의 지역적 편차, 규방가사의 분포, 가창가사의 향유 기반 등은 가사의 향유 형태와 지역적 기반의 차이를 가늠할 수 있는 근거가 된다고 할 수 있다.

다섯째, 가창 · 음영 · 완독 등 다양한 방식으로 존재 · 향유되었던 가사는 향촌의 사족 가문에서부터 부녀자 층, 도시의 중산 계급의 유흥문화에 이르기까지 다문화권에 걸쳐 향유 · 전승되었다.

이러한 가사 작품의 대부분은 조선 후기로 범박하게 통칭되는 18~19세기에 집중되어 있다. 이 시기 가사는 양적으로 풍부함할 뿐 아니라 인간사의 모든 국면을 '가사'라는 방식으로 포괄할 수 있는 개방성과 포용성이 최대치까지 확산되었다는 점에서 더욱 돋보인다고 할 수 있다. 그만큼 작품 안에는 인정과 물태, 풍류, 교훈, 정보 전달, 자기 삶의 기록 등 인간사의 모든 면이 다양하게 펼쳐져 있다. 4음 4보격 연속체로 이어지면서, 다양한 진술 방식을 포괄할 수 있는 가사의 장르적 특성이 이러한 성취를 가능케 했음은 물론이다. 동시에 가사의 이러한 특수성우 장르적 정체성에 대한 숱한 논란을 낳게 한 원인이 되기도 하였다.[3]

---

3) 가사의 장르적 정체에 대한 논란은 아직 진행중이다. 가사의 정체에 대한 최근 논의 중 대표적인 것을 들면 다음과 같다. 성무경, 『가사의 시학과 장르 실현』, 보고사, 2000, 13~257면; 박연호, 「장르 구분의 指標와 歌辭의 장르적 성격」, 『고전문학연구』 17집, 한국고전문학회, 2000, 155~197면. 두 논의에서는 가사의 장르적 정체를 인격적 서술자인 '나'에 의한 서술의 평면적 확장을 양식적 기반으로 삼는다고 보거나(성무경, 앞의 책) 독립된 시상의 나열과 통합이라는 시상 전개 방식(박연호, 앞의 책)으로 보고 있다.

조선 후기 가사의 총량이 급격히 증가하고, 다양한 방향으로 분화하는 것에 비례하여, 가사의 장르적 정체와 분화를 둘러싼 이견은 더욱 커지는 듯 보인다. 그중 가장 두드러지게 부각되는 쟁점은 후기 가사의 장르 분화를 장르적 차원으로 보는가, 아니면 양식적 차원으로 보는가의 문제라 할 수 있다.[4] 서사적 지향이 두드러진 일군의 가사를 '서사 가사'로 볼 것인가? 아니면 '서사적 진술 방식을 수용한' 가사로 볼 것인가?라는 의문은 이러한 문제의식을 압축하고 있다고 할 수 있다. 이는 물론 가사를 단일 장르로 보느냐, 복합장르로 보느냐의 문제와도 관련되어 있다.[5]

그러나 다종다양하게 분화된 조선 후기 가사의 문제는 비단 장르 설정에서만 그치지 않는다. 가사 작품이 양적으로 늘어나고, 그 안에 다양한 진술방식과 율조를 수용하면서, 필연적으로 가사의 범주와 경계 문제가 생겨나게 된다. 이 문제는 개별 작품이 '가사인가 아닌가'를 따지는 장르 판단의 문제에서부터 장르로서의 가사와 양식으로서의 가사체라는 다소 복잡한 문제에 이르기까지 광범위한 층위에서 제기되고 있다. 가사가 장르와 장르의 경계에서 잠복하여, 장르의 이동이 일어나는 여백에서 자신의 본질을 실현한다는[6] 논의는 가사의 범주 설정과 관련하여 음미할 만한 견해라 할 수 있다.

조선 후기 가사의 양적 확대와 개방성 증대는 가사체가 경험적 현실을 담아내는 데 유용한 방식으로 활용되었던 사정과 무관하지 않다. 즉 구체적 경험과 견문 등 새로운 내용을 담기 위해 가사의 장르적 성격이 바뀐 것이 아니라, 모든 장르를 담아낼 수 있는 가장 익숙하고 보편적

---

4) 박연호, 「조선 후기 가사의 장르적 특성」, 『한국시가연구』 14집, 한국시가학회, 2003. 232면. 이 논의는 후기 가사의 장르 분화를 양식적 차원의 문제로 보는 견해에 대한 반론으로, 후기 가사의 분화는 장르적 차원의 분화로까지 나갔음을 주장하고 있다.
5) 박연호, 앞의 책, 232면.
6) 윤덕진, 「가사의 서경 방식과 양식적 본질」, 『동방고전문학연구』 3집, 동방고전문학회, 2001, 48면.

144 한국 고전시가의 근대적 변전과정 연구

인 표현도구로 가사체가 선택되었다는 것이다.7)

이렇듯 가사와 가사체의 관계에 대한 이해는 가사의 범주, 총량을 결정하는데 있어, 원본의 수집 및 확정 못지 않게 중요하다고 할 수 있다. 뿐만 아니라 가사가 삶의 기록으로 광범위하게 자리잡을 수 있었던 요인으로 가사체 본래의 양식적 탄력성이 자리했다는 점 역시 주목할 만하다.


## 2. 조선 후기 가사와 '록'으로의 지향


일반 가사의 작명 관습과는 다른 소위 '록자류가사'는 기행 체험과 경물(景物)을 주로 그린 노정기 류의 가사와 함께 조선 후기 가사의 장형화와 진술방식의 다양화를 집약적으로 보여주는 자료라 할 수 있다.8) '록자류 가사'는 분량이 길어 긴 호흡의 이야기를 담아낼 뿐 아니라, 그 안에 인간사, 새로운 경물에 대한 서술과 느낌, 개세(慨世)와 권면(勸勉), 문화충격 등을 다양하게 포착한다. 따라서 '록자류 가사'는 교술적 본질을 남겨둔 채 문학적 표현으로 전환하는 '기(記)'양식9)보다 문학적으로 다양한 영역을 포괄할 수 있었다.

그 이유는 일차적으로 진술방식으로서의 '기(記)'와 '록(錄)'의 차이에서 찾이야 할 듯히다. '기(記)'란 신문의 한 갈래로 사실을 기록한 기사(記

---

7) 박연호, 앞의 책, 246~247면.
8) 전체 가사 작품 목록을 검토한 결과, '기(記)'의 작명을 취한 가사는 10 종 정도 찾아 볼 수 있으며, 창작 시기 역시 18세기 후반에서 20세기 초반에 집중되어 있어, '록자류 가사'와 함께 조선 후기를 대표할 수 있는 가사 양식이라 할 수 있다. 인물의 행적을 그린 '전(傳)'은 『노처녀전』, 『장끼전』 등 소설 문화권과 상당히 착종된 가사에서 찾아 볼 수 있는데, 그 수는 3종 정도로 미미하다.
9) 윤덕진, 앞의 책, 44면.

事)의 문장 일체를 가리키는 것이다. 이러한 진술방식의 전범으로는『좌전』의 산문을 꼽는데,『좌전』의 문장은 장면 묘사, 서술과 의론의 결합, 측면 묘사, 설명, 조응, 대화 등의 표현기법을 창조적으로 운용함으로써, 이후 기사체 산문의 발전에 영향을 끼쳤다고 한다.[10] '기'의 이러한 양식적 특징은 자연 · 경물의 묘사, 여기에서 촉발되는 심미적 감수성을 담은 여행기록을 담아내는데 주로 활용되었다. 여기에 점차로 인사에 대한 기술을 더하면서, '기'는 역사적 사실과 공적인 진술에 적합한 진술 양식으로 자리잡게 되었다.[11]

반면 진술 양식으로서의 '록'은 수필 혹은 만록(漫錄) 등의 서사체 산문에 근원을 두고 있다.[12] 만록을 비롯한 서사체 산문은 인정 · 세태 · 인사 · 풍속 · 개세 · 교훈 등 인간사의 이러저러한 면을 상대적으로 자유롭고 간결한 방식으로 전달함으로써, 그 안에 생활의 정취를 풍부하게 담아낼 수 있었다.[13]

이렇듯 기(記)가 주로 세계와 경물에 치우치며 교술적 본질에서 크게 벗어나지 못한다고 한다면, 록(錄)은 인사(人事)와 경물을 조화롭게 다룸으로써 인간사의 이러저러한 면을 다양하게 포착할 수 있다고 할 수 있다. 이는 '기(記)'로 범주화한 11편의 가사가 예외없이 기행의 체험과 여기에서 환기된 정서, 새로이 경험한 풍물을 다루고 있는 데에서 단적으

---

10) 진필상, 심경호 옮김, 『한문문체론』, 이회, 1995.
11) 윤덕진, 앞의 책, 42면.
12) 진필상 · 심경호, 앞의 책.
13) '록'의 기원이 되는 필기체 산문과 만록(漫錄)의 양식적 특징은 다음과 같이 요약할 수 있다. "붓가는 대로 기록해서 활달하고 자연스러우며, 체제가 짧고 언어가 간결하다. 인정세태 혹은 인물의 품평에 중점을 두기도 하며 혹은 어떤 것은 한 지역의 산천 풍속을 기술하여 설명과 소개에 중점을 두기도 한다. 필기산문의 작가는 각의하여서까지 글을 이루지 않으며 세속에 영합하려고 하지 않고, 붓가는 대로 생활 속에서 듣고 보고 생각하고 느낀 것을 기술. 사람에 관해 쓰든 사실에 관해 쓰든 사물의 형태를 묘사하든 감정을 펼쳐보이든 모두 자연스레 있는 그대로 써내려가지 수식을 가하지 않으므로 풍격이 질박하고 강건하며 정조가 절실하고 자연스럽다. 전아한 풍격의 도도한 정통 논문에 비해 진실되고 믿을 만하며 생활의 정취가 풍부. 형식보다 내용이 우세한 글이라 할 수 있다."(진필상 · 심경호, 앞의 책, 130~131면)

로 확인된다.14) 즉 기(記)의 관심은 어디까지나 외계를 향하며, 외적 대상의 재현에 진술의 대부분을 할애하지만, 록은 사실의 전달 외에 인간의 '이야기'를 담고 있다고 할 수 있다.15) 다시말해, 기(記)의 작명을 취한 가사가 주로 경물을, 전(傳)의 작명을 취한 가사가 주로 인사(人事)를 다룬다고 한다면, '록자류' 가사는 인사와 경물을 두루 조화롭게 다루고 있다고 할 수 있다. 이는 가사 작명의 관습이 작품이 담지하고 있는 주제, 담론화 방향과 양상을 두루 고려한 결과임을 보여준다고 할 수 있다.16)

'록'의 진술 방식은 인정, 세태의 다양한 국면을 포착하면서 문학성을 탐색한 조선 후기 가사의 지향과 정확히 부합하고 있다. '록자류 가사'의 이러한 면모는 '록' 본래의 진술방식과 역사적 장르로서의 가사가 교섭한 결과라 할 수 있다. 말하자면, '록자류 가사'로 인해 가사 본래의 개방성·포용성을 극대화하고, 가사 외연의 확대를 초래하였다고 할 수 있다.

가사와 '록'의 진술방식이 순조롭게 결합된 이유는 가사 본래의 양식적 탄력성과 조선 후기의 문화적 풍토가 합쳐진 결과할 할 수 있다. 가사는 일찍이 서양의 수필 양식과 유사한 글씨기 방식으로 알려져 왔다.17) 이는 가사가 본질적으로 감상과 감정의 술회에서부터 경세(警世)

---

14) '기(記)'의 작명을 취한 작품 11편은 다음과 같다. 〈경주관람기〉, 〈관동팔경유람기〉, 〈廣寒殿人物擇用記〉, 〈광화마니산참성단노정기〉, 〈금힝일기〉, 〈남행노정기〉, 〈박학사포쇄일기〉, 〈부여노정기〉, 〈여행기〉, 〈이향로정기〉, 〈회셔노정긔〉로 기행의 체험과 경물, 풍속을 그린 작품들이다.

15) 가사 중 소설 문화권과의 교섭이 두드러진 〈자치전〉, 〈노처자전〉, 〈박효랑전〉, 〈옥용자전〉 등은 '전'이라는 작명의 관습에 맞게 주로 인사에 관한 것을 다루고 있다. 이러한 가사는 개세(慨世)를 주제로 하여도 어디까지나 인사를 중심으로 서술한다는 특징을 지니고 있다.

16) 이본에 따라 작명이 '가'와 '록'을 오가는 〈복선화음가〉의 존재는 이를 대표적으로 보여준다고 할 수 있다. 몰락한 집안에 시집와서 치산(治産)으로 가문을 일으킨 여성의 삶을 곡진하게 그린 이 작품은 작춤 전승의 범위가 광역화하고, 소설문화권을 비롯한 독서문화권에 포섭되면서 종종 '록'으로 작명이 바뀌거나 아예 제목을 달리하여 '록'의 작명을 적극적으로 취하기도 한다. 이 사실을 보아도 가사의 작명이 주제나 담론화 방향과 궤를 같이함을 알 수 있다.

와 권면(勸勉), 종교적 사변의 전달까지 폭넓게 담을 수 있는 양식임을 의미한다고 할 수 있다. 이는 작가의 인격적 목소리로 발화하는 가사의 담론적 특성[18]에 기인한다고 할 수 있다. 즉 작가와 화자가 굳이 분리되지 않고 동질성을 가지다보니 작가의 의도를 폭넓게, 자유롭게 드러낼 뿐 아니라, 이를 가장 잘 드러내기 위한 발화 형태와 담론화의 방식을 비교적 융통성 있게 취할 수 있다는 것이다.[19] 이에 따라 가사는 기행, 논변(論辨), 만필(漫筆), 비망(備忘), 송찬(頌讚), 애제(哀祭), 잠계(箴戒), 전상(傳狀) 등[20] 산문의 다양한 문체를 포괄하면서 풍부한 내용을 서술할 수 있었다.

그런데 가사가 지닌 양식적 탄력성은 조선 후기의 문화풍토와 만나면서 그 잠재성이 증폭되었다고 할 수 있다. 조선 후기 가사의 특성을 이야기할 때 거론되는 서사적 지향과 사실적 지향은 이질적이고 새로운 공간체험과 문화충격을 담아내려는 지향과 분리하여 생각할 수 없다. 즉 경험의 편폭이 확장되고 그에 따라 시야가 넓어지면서 가사가 담아내야할 내용 또한 풍부해질 수밖에 없다. 이는 필연적으로 장형화라는 결과로 이어진다. 여기에 지금, 이곳의 경험을 현재화한 표현으로 담아내려는 의도가 더해지면서, 1인칭 화자의 정연한 진술로 일관하는 담론화 방식에도 변화를 초래하게 마련이다. 따라서 가사의 장형화, 다양한 진술방식의 수용, 이야기의 수용은 일차적으로 가사를 주재하는 작가(화자)의 경험의 차이에서 비롯된다고 할 수 있다.

다면화된 경험은 필연적으로 이의 재현을 위한 진술방식의 모색으로 이어지게 마련이다. 이렇게본다면 타 문화권의 성과를 수용하는 조선

17) 최강현, 『가사문학론』, 새문사, 1986, 58면.
18) 김학성, 「가사의 본질과 담론 특성」, 『한국문학논총』 28집, 한국문학회, 2001, 204면.
19) 김학성, 앞의 책, 204~205면. 가사가 발화의 중심을 어디에 두느냐에 따라 화자 중심의 발화, 청자 중심의 발화, 지시 대상물에 중심을 두는 발화로 담론 양상이 다르게 나타난다는 것이다.
20) 최강현, 앞의 책, 59~61면.

후기의 개방적 문화풍토는 가사의 변화를 매개하는 강력한 요인으로 작동하였다고 볼 수 있다. 따라서 가사의 장형화, 서사화는 조선 후기의 문화 풍토, 작가(화자)의 의지를 실현할 진술방식과 담론화 방향의 모색이 합쳐진 결과라 할 수 있다. 즉 가사에 인접 장르의 성과와 요소가 침투하면서 서사적 진술과 기록의 수단, 이념의 전언 등 모든 담론 방식을 포괄할 뿐 아니라 스스로 서사적 변전을 이루어내기도 하였다. 가사를 수용한 소설이 유통되는 등 가사와 소설의 교섭이 진행되면서 가사와 소설의 경계가 모호해지는 현상은 가사의 진로와 관련하여 의미심장한 변화라 할 수 있다. 이는 가사가 다양한 진술 방식을 수용하면서 스스로 외연을 넓히는 동시에 다 문화권에 침투했다는 유력한 근거로 삼을 수 있기 때문이다. 가사의 외연을 확대하고, 가사가 포괄할 수 있는 영역을 넓힌 '록자류'가사는 이렇듯 개방성을 지향하는 19세기 문화 풍토가 가사 본래의 개방성을 적극적으로 호출해낸 결과로 해석할 수 있다.

## 3. '록자류' 가사의 존재양상과 자료적 가치

### 1) '록자류' 가사의 존재양상

본 연구자가 파악한 '록자류' 가사는 58종이다. 파악된 작품 목록과 주제를 제시하자면 다음과 같이 정리해 볼 수 있다.

01 가사잡록―언어유희
02 가정경계녹―복선화음녹의 이본

34 셔편불셜왈만장경복녹－불교

35 소수록－자전

36 시문쇄록－계몽

37 스시풍경녹－景物

38 오륜선유록－교훈

39 오륜행록－교훈

40 옥용자유산록－기행, 불교

41 용부록(용부가의 이본)－교훈

42 유일록 (디일본유람가의 이본)－기행 및 풍물

43 이정양가록－회고, 자전

44 자녀훈계록－교훈

45 정상공회방기록－기록

46 조화녹이라－불교계

47 지은녹이라－불교계

48 진정록－자탄

49 청량산탐선녹－기행

50 최씨유산록－기행

51 충효록－기행

52 텬하힝녹－기행

53 평안도묘향산유산녹－기행

54 해방후환희녹－계몽

55 향산록－기행

56 후일경계록 (초당문답가의 이본)－교훈

57 힝실록－교훈

　　총 57종의 작품 중 〈복선화음가〉와 〈초당문답가〉의 이본을 제외하고
도 53종 가량의 작품이 남는다.21) 이는 지금까지 파악한 가사의 총 종

---

21) 〈복선화음가〉의 이본 중 몇편을 특별히 별개의 종으로 처리한 이유는, 〈복선화음
가〉라는 내용을 암시하는 원작과는 다른 제목으로 소설 등 다른 문화권에 편입되어
원작과 유통과 기능 면에서 확연히 거리가 생겼기 때문이다.

수와 대비하면 1.2%를 상회하는 정도이다. 대상 작품이 19세기 중엽 이후에서부터 20세기 초반에 걸쳐 분포되었다는 점도 특기할 만한 일이라 할 수 있다. 이는 '록자류' 가사가 가사의 일반적 분포와 궤를 같이하는 동시에, 가사와 소설 등 산문 문화권과 광범위하게 교섭하는 19세기 문화의 산물임을 입증하는 것이라 할 수 있다. 또한 언어유희에 그친 〈가사잡록〉,『대한매일신보』의 시평을 대신한 계몽가사 〈시문쇄록〉과 〈동창만록〉, 서정적 술회에서 크게 벗어나지 않은 〈진정록〉을 제외하면 100행 이상의 장형을 유지하고 있다는 점도 주목할 부분이라 할 수 있다.

총 57종의 '록자류' 가사 중 가장 많은 부분을 차지하는 것은 기행 및 풍물을 소재로 한 작품이다. 전체 작품 중 총 22종의 작품이 이에 해당된다. 이는 '록자류' 가사의 출현이 경험의 확대와 밀접한 관련을 맺는다는 점과 자연스럽게 합치된다. 여기에서 특히 주목할 부분은 중국 체험을 다룬 〈서행록〉, 일본 체험을 다룬 〈유일록〉과 〈동유감흥록〉, 영국을 중심으로 서구 체험을 다룬 〈서유견문록〉이라 할 수 있다. 이 네편의 작품은 공통적으로 이국 체험과 문물, 여기에서 느낀 감흥을 그렸을 뿐 아니라 가사가 어디까지 서술을 확장할 수 있는지, 장형화할 수 있는지를 살필 수 있는 귀중한 자료라 할 수 있다. 이중 고종 조에 지어진 〈서유견문록〉22)과 일제 초기 일본 체험을 그린 〈동유감흥록〉23)은 '근

---

22) 이 작품은 1902년 영국 에드워드 7세의 대관식 사절단이었던 의양군(義陽君) 이재각(李載覺) 특명대사의 수행원 이종응의 세계견문기록이다. 작가 이종응은 철종 4년인 1853년 경기도 수원에서 태어나 1896년 9월 궁내부 소속 시종원의 서어(侍御)에 임명되어 관직 생활을 하던 1902년 이재각 부영 특명대사의 수행원에 발탁되어 영국사행을 수행했다. 현재 전하는『서유견문록』은 이종응의 장손 이우용(李宇鎔)이 1922년에 베껴쓴 필사본이다. 가로 21.5cm, 세로 30cm 크기의 책자에 1행당 21자 12행 총 68면으로 된『서유견문록』은 이종응이 1902년 4월 7일 인천을 출발, 8월 20일 인천으로 돌아올 때까지 4개월 15일 간 총 136일 간 세계 일주 여행을 일기식으로 상세히 기록한 각국 순방기이다. 그의 순방국은 일본·캐나다·미국·영국·프랑스·이탈리아·콜롬보·싱가포르·홍콩·중국의 상해(上海) 등 10개국에 이르고 있다. 이렇듯 세계 순방기를 통해 낯선 외국문물과 근대화의 충격과 경험을 풀어낸 이 작품은 그 사료적 가치가 무

대 체험과 충격'까지 그려내고 있다. 이는 가사가 새로운 공간 뿐만 아니라 새로운 시대와 대면한 상황을 바로 현장의 언어로 기록하였다는 것을 증명하고 있다. 이국 체험을 그린 가사의 존재는 가사가 새로운 가치의 수용에 적극적이었을 뿐 아니라, 문화충격에 순발력있게 대응하였다는 것을 단적으로 드러내고 있다.

'록자류' 가사 중 분량은 적지만 주목할만한 하위 유형으로 생애담적 성격의 가사를 들 수 있다.[24] 개인 삶의 내력과 역사를 단일한 화자의 진술과 시선으로 포착한 생애담적 성격의 가사는 기행과 풍물을 다룬 가사와 더불어 '록자류' 가사가 개척한 대표적 성취라 할 수 있다.[25] 기행과 풍물을 그린 가사가 새로운 가치의 유입에 유연했다는 것을 상징적으로 보여준다고 한다면, 생애담적 성격의 가사는 인간의 삶, 그 자체에 대해 성찰하기 시작한 징후를 보여주고 있기 때문이다.[26] '록자류' 가사 중 〈소수록〉과 〈이경양가록〉은 여성이 자신의 언어로 자신의 생애를 정감적으로 재현한 생애담적 성격의 가사이다. 두 편의 존재는 규

척 높다고 할 수 있다. 김원모, 「李鍾應의 西槎錄과 『셔유견문록』 解題」, 『東洋學』 32집, 단국대 동양학연구소, 2002.

23) 1910년대 충청남도 보령 출신의 유지로 보이는 심복진(沈福鎭)이 시찰단의 일원으로 일본을 유람하고 돌아와 쓴 기행가사. 일본의 동화정책에 의해 이루어진 시찰의 체험을 그린 이 가사에서는 공장·병원·학교 등 근대적 제도와 기관 여기에서 받은 문화충격을 생생히 그리고 있다. 일본의 풍물, 재일교포의 실상을 자세히 그려냈을 뿐 아니라 피식민지 백성의 자발적 복종의 메커니즘을 파악할 수 있다는 점에서 주목할만한 자료이다. 1926년 東昌書屋에서 간행되었다.

24) 여성작가에 의한 생애담적 성격의 장편가사에 대해서는 다음의 논의를 참조할 것. 박애경, 「조선 후기 장편가사의 생애담적 성격에 관하여」, 『열상고전연구』 18집, 열상고전연구회, 2003.

25) 박애경, 앞의 책.

26) 물론 규방가사에서도 가사를 향유한 여성의 삶에 대한 관심이 드러난다. 그렇지만 규방가사 안에서는 생애 전반을 담기 보다는 인생 중 의미있는 대목, 인상적인 국면을 중심으로 생을 재현하고 있다. 즉 규방가사에서는 자신의 삶을 구체적으로 서술하되, 시간적 순서에 따른 순차적 서술이라기보다는 개인적이고 특수한 에피소드를 중심으로 자신의 경험을 표현함으로써, 자신의 생애를 에피소드화하는 '구술생애'에 가깝다. 규방가사가 지닌 구술생애의 면모에 대해서는 다음의 논의를 참조할 것. 백순철, 「규방가사의 작품세계와 사회적 성격」, 고려대 박사논문, 2000.

방가사에서 부분적으로 나타난 여성 삶과 관련된 에피소드가 독자적 서술의 대상으로 부각한 현실을 반영하는 동시에, '록자류' 가사가 경물과 인사를 두루 포괄한다는 점을 보여주고 있다. 이렇듯 자신의 삶을 정감적으로 서술한 두 편의 가사는 가사가 서술 영역을 확대하면서, 구체적인 삶의 기록, 다양한 가치와 시선, 다양한 진술방식을 수용하였다는 것을 드러내고 있다.

　'록자류' 가사의 세 번째 유형으로는 교술의 틀을 유지한 교훈가사와 종교가사를 꼽을 수 있다. 〈초당문답가〉 이본, 오륜가 계열의 가사 그리고 불교가사가 여기에 해당된다. 교훈가사와 종교가사는 전언의 설득력을 높이기 위해 가사의 진술방식을 수용한 대표적 사례로 꼽을 수 있다. 4 · 4조 4음보로 정연하게 이어지는 가사의 진술방식은 기억과 전승에 용이하다는 강점을 지니고 있다. 또한 청자를 발화의 중심으로 하는 담론 지향은 교훈과 종교의 교리를 화자의 의도로 바꾸어 전달하는데 최적의 조건이라 할 수 있다.[27] 가사가 원형의 훼손 없이, 근대전환기에도 계몽의 이념을 설파한 개화가사, 동학가사, 천주가사로 다양한 변종을 파생할 수 있었던 요인은 이렇듯 가사 안에 내재되어 있다고 볼 수 있다.[28] '록자류' 가사의 세 번째 유형인 교훈가사와 불교가사는 가사 본래의 진술방식, 이의 적용 가능성을 두루 가늠할 수 있는 하위 유형이라 할 수 있다.

---

27) 김학성, 앞의 책, 204면. 가사는 작가와 분리되지 않는 화자의 진술로 이루어지고, 화자의 의도와 미의식을 강하게 담아내지만, 명백한 청자를 대상으로 한 청자 지향의 담화도 구성도 하나의 공식을 이루고 있다. 가사의 이러한 담론 지향은 '어와 벗님네야 이내말씀 들어보소'라는 서두의 표현이 관용어구로 굳어진 데에서도 확인해볼 수 있다.

28) 근대전환기 이후 종교가사의 중심이 불교가사에서 동학 등 신흥종교 가사로 넘어간 것도 눈여겨 볼 대목이라 할 수 있다. '가사'로 설파한 신흥 종교의 교리는 가사가 새로운 가치의 유입에 유연하다는 것, 가사체가 전언의 설득력을 높일 수 있다는 것, 집단적 기억과 전승에 용이하다는 점을 단적으로 보여주고 있기 때문이다.

## 2) '록자류' 가사의 특수성과 자료적 가치

가사의 전체 가사 작품 중 '록자류' 가사는 총량의 1.2%를 상회하는 정도이지만, 그 가치는 만만치 않다. 왜냐하면 '록자류 가사'를 통해, 조선 후기 가사가 실현한 다양한 영역의 주제, 이를 구현하기 위한 담론 구성 방식을 실제 작품을 통해 확인할 수 있기 때문이다. 뿐만아니라, 낭송물, 교양적 독서물, 정보 전달의 통로로 다양하게 활용되었던 가사의 다양한 존재 양상 및 향유 방식의 실상을 확인할 수 있다.

앞서 '록자류' 가사에 대한 개괄을 통해 이것이 작품의 내용과 담론 구성 방식을 고려한 작명의 방식임을 시사하였다. 특히 '가'와 '록'를 오가는 이본의 존재는 가사의 작명이 작품의 성격, 내용과 관련하여 이루어졌다는 것을 보여준다고 할 수 있다. 즉 작품에 나타난 인간사의 편린들이 광범위한 공감 속에서 전승되고, 이것이 독서물로 자리잡으며 '록'으로 인식되기 시작되었다는 것을 의미하기 때문이다. '록자류' 가사에 대한 정밀한 분석은 이러한 가설을 검증한다는데 일차적 의의가 있을 것이다.

'록자류' 가사에 대한 연구의 필요성과 의의는 다시 몇가지로 나누어 볼 수 있다. 먼저 가사와 한글로 이루어진 고전 산문과의 경계를 확정지을 수 있다. '록자류' 가사 중 사족 여성의 파란만장한 일대기를 회고한 생애담적 성격의 〈이정양가록〉이나 기녀의 전반생을 회고한 〈소수록〉은 〈규한록〉, 〈자긔록〉, 〈한중록〉 등의 회고류 여성 산문과 비교하여 볼 수 있다.[29] 반면 장편 연행가사인 〈서행록〉은 사신들의 연행기록

---

29) 박혜숙 등은 이런 류의 글을 '자기서사'라는 개념으로 범주화하였다. 이는 전통시대 여성에게 자신의 삶을 화제로 글을 쓰고, 이를 통해 여성적 정체성을 탐색한다는 사실에 주목한 결과로 보인다. 따라서 가사나 한글 산문이냐는 굳이 구분되지 않는다고 할 수 있다. 박혜숙·최경희·박희병, 「한국여성의 자기서사(1)」, 『여성문학연구』 7집, 한국여성문학학회, 2002; 박혜숙·최경희·박희병, 「한국여성의 자기서사(2)」, 『여성문학연구』 8집, 한국여성문학학회, 2002.

과, 장편 기행가사는 노정기류의 글과 경계를 이루고 있다. 이는 실체하는 역사적·문학적 장르로서의 가사와 가사체로 이루어진 문학의 경계와도 중첩되는 문제이기도 하다. 왜냐하면 '록자류' 가사를 범주화하고, 이의 담론 구성방식을 정교하게 검토하다 보면, 가사체를 광범위하게 수용한 타 장르와의 경계선이 드러날 것이기 때문이다. 둘째, 가사의 장르적 포용성과 다양한 담론 구성 방식을 확인할 수 있다. '록자류' 가사가 문화적 개방성을 매개하는 조선 후기의 문화적 산물이라는 점은 앞서 지적한 바 있다. '록자류' 가사는 장르 간의 고정적 경계가 사라지는 조선 후기의 문화적 풍토를 배경으로 가사가 지닌 개방성을 최대한 실현한 결과라 할 수 있다. 타 장르의 성과를 개방적으로 수용하고 그에 따라 진술방식의 다양화를 꾀하면서 가사는 다양한 가치와 시선을 포착할 수 있었다. '록자류' 가사에 빈번히 등장하는 대화체, 이야기의 수용은 가사의 개방성이 타 장르의 인상적인 국면이나 구절 뿐 아니라 담론 구성의 원리에까지 걸쳐있음을 드러낸다 하겠다. 셋째, 가사의 다양한 존재 양상 및 향유 방식의 실상을 확인할 수 있다. '록자류' 가사는 가사가 독서문화권에 광범위하게 유포되었음을 입증하고 있다. 넷째, 주로 19세기 중반 이후에 집중적으로 산출된 '록자류' 가사를 통해 가사의 조선 후기 가사의 진로를 실증적으로 확인할 수 있다. 이는 가사 장르의 외연 확대, 그에 따라 가사가 포괄하는 영역이 넓어지는 사실과 상통한다고 할 수 있다. 다섯째, '록자류' 가사 역시 여타 가사 자료와 마찬가지로 지역별 특색을 보여주고 있다. 예를 들면, 소설 문화권의 영향에 놓였던 서울과 경기 일원에서 풍부한 이야기를 갖춘 생애담적 성격의 가사가 출현하고,[30] 규방가사의 본산인 영남 일원에서 교훈가사와

---

30) '록자류' 가사 중 생애담적 성격을 대표하는 두편의 작품은 서울·경기 지역을 중심으로 전승된 흔적이 보인다. 〈이정양가록〉은 서울의 벌열 가문 출신 여성에 의해 창작되어 친정을 중심으로 유통되었으며, 〈소수록〉은 해주 기생 명선이 창작하여, 주로 그곳의 교방을 중심으로 전승된 후, 서울로 유입된 것으로 보인다. 박애경, 앞의 책.

계녀가사가 집중적으로 분포된 것은 가사가 지역문화권과 결합하며, 다양한 형태로 향유·전승되었다는 증좌로 삼을 수 있다. 따라서 '록자류' 가사를 통해 가사의 지역별 향유 실상과 경향성을 파악하는 단초로 삼을 수 있다.


## 4. 나오는 말 – 록자류 가사의 문학사적 의미


조선 후기 가사는 양적으로 풍부할 뿐 아니라 다양한 방식으로 분화하여 여러 문화권에 걸쳐 존재하게 된다. 또한 문화권에 따라 가창, 음영, 낭송, 독서 등 다양한 향유 방식을 낳는 것도 특기할 만하다고 할 수 있다. 본래 장르 복합적인 가사는 조선 후기로 들어가 개방성을 조장하는 문화 환경과 만나며, 타 장르의 성과까지 광범위하게 수용한다. 그 결과 서정·교술·서사 등 가사의 어느 한 장르적 국면을 극대화하여 가사의 분화라는 결과로 이어진다. 물론 이 과정은 가사의 외연 확대와 동시에 이루어진다.

'록자류' 가사는 가사의 장형화, 담론 구성방식의 다변화, 개방성 증대라는 요인을 배경으로 출현했다고 할 수 있다. 물론 그 이전에 경험의 편폭이 확대되고, 대상에 대한 관심, 자신의 삶에 대한 관심이 증대되는 변화의 과정이 전제되어 있다. 이는 조선 후기 문화사의 일반적 변화와 궤를 같이하는 것이다. 요컨대 '록자류' 가사는 인정·세태·경물·인간사의 단면 등 인사(人事)와 경물(景物)을 폭넓게 수용하는 방식으로 가사가 선택되었던 저간의 사정을 보여주고 있다. 이 글은 이러한 사실을 확인하는 시작인 셈이다.

결론은 남는 문제를 제시하는 것으로 대신하고자 한다. 먼저 이 글에서 추출한 '록자류' 가사의 하위 유형 별로 담론화 방향과 이것이 구성되는 방식을 면밀히 살피고 비교할 필요가 있다. 이는 일차적으로 '록자류' 가사에 대한 담론 구성 방식이 정리되는 계기가 될 것이다. 그렇지만 '록자류' 가사에 대한 정밀한 정리의 필요성은 여기에만 머무르지 않는다. 이는 역사적, 개별 문학 장르로서의 가사와 가사체를 수용한 무가·판소리·국문소설·국문수필 등 타 장르와의 경계를 확정짓는 계기를 마련해 줄 수 있다. 가사와 인접 장르의 경계 확정은 가사의 범주라는 문제와도 이어진다고 할 수 있다.

개별 문학 장르로서의 가사는 아직까지 확정된 목록조차 구비하지 못한 형편이다. 이는 근본적으로 가사 연구가 연구자 개인의 열정에만 의존해오면서, 가사의 수집과 정전 확정이 조직적으로 이루어지지 못한 그간의 연구 사정에 기인하지만, 가사 본래의 모호한 정체성에 기인하는 점도 크다고 할 수 있다. '록자류' 가사는 역사적 장르로서 출발한 가사가 마지막으로 택한 담론화 방식인 동시에 가사의 외연을 극대치까지 확산한 가사의 하위 범주라 할 수 있다. 19세기 이후 가사가 택한 여러 진로 중 한 방향이 서사화, 장형화라고 한다면 '록자류' 가사는 조선 후기 가사의 진로를 가장 선명하게 보여주었다고 할 수 있다.

# 화이관의 동향과 일본 기행가사의 계보

## 1. 들어가는 말

조선 후기 들어 대외 관계가 활발해짐에 따라 외교 사절의 파견이 빈번해지기 시작했다. 외교 사절로서 이국을 다녀온 경험을 그린 사행록과 사행가사는 달라진 대외 관계와 경험의 확장을 가시적으로 보여주는 기록이자 문학이라 할 수 있다. 이중 정연한 한글로 사행의 경험을 그려낸 사행가사로는 연행가류 가사 4편과 일본 기행가사 2편이 일려져 있다.[31] 2편의 일본 기행가사는 일본을 다녀온 기행가사는 계미통신사 김인겸(金仁謙, 1707~1772)의 『일동장유가(日東壯遊歌)』와 조선 공사관 참서관 자격으로 일본에 거주했던 이태직(李台稙)이 1895년 7월~1896년 4월까지 거주했던 경험을 바탕으로 쓴 「유일록(游日錄, 일명 디일본유람

---

31) 최강현, 「使行 歌辭의 比較 考察 (1)—일동장유가와 디일본유람가를 중심으로」, 『홍대논총』 9집, 홍익대, 1997.

가)」[32]이다. 여기에 두 작품보다 앞선 시기인 17세기 말 통신사와 연행 사절로 일본과 중국을 두루 경험한 남용익(南龍翼, 1623~1692)의 〈장유가 (壯遊歌)〉를 사행가사에 포함할 수 있다.[33]

일본 기행가사는 18세기 이후 지식인의 해외 체험과 이를 그린 문학 이 다양하게 출현하는 당대의 상황을 반영하고 있다. 이는 일본 기행가 사가 당대의 문화적 조류를 공유한 바탕에서 생성되었다는 의미일 것 이다. 세 편의 가사는 지식인의 해외 체험이 다양한 방식의 글쓰기로 나타나는 당대의 문화적 동향을 반영하고 있을 뿐 아니라, 조선 후기에 서 한말에 이르는 역동적 시기를 배경으로, 동일한 대상을 서술한 시대 의 기록이라는 점에서 비교의 대상이 될 만하다. 이를 통해 대일관 뿐 아니라 유자(儒者)의 정신을 계승한 나라라는 자부심을 유지하고 있던 조선 후기 지식인들이 다양한 가치가 혼류하는 전환기를 어떻게 사유 하고 있었는지를 알 수 있기 때문이다.

이렇듯 일본 기행가사는 말할 것도 없이 조선 후기 활발해진 대외 관 계, 대일 관계의 산물인 동시에 확장된 경험의 산물이라 할 수 있다. 대 일 관계는 고대로까지 거슬러 올라가지만, 국가적으로 외교 사절을 파 견한 것은 고려 말 충정왕 년간부터라 한다.[34] 그러나 양국 교류의 목 적이 일본을 평화적으로 회유하는 데 있었던 만큼, 적어도 적극적인 외 교는 이루어지지 않은 것으로 보인다. 양국의 관계는 임란(壬亂)으로 인 해 위기를 맞기도 하였지만, 17세기 이후 조선(朝鮮)은 전란의 후유증에 도 불구하고, 총 12번의 통신사를 파견하여[35] 조선 건국 초기부터 진행

---

32) 〈유일록〉의 자료 현황은 다음 논저를 참조할 것. 이태직 원저, 최강현 역주, 『조선시 대 외교관에 본 명치시대 일본』, 신성출판사, 1996.
33) 최근에 학계에 보고된 〈장유가〉는 20대에 일본, 30대에 중국을 다녀온 경험을 동시 에 기록했다는 점에서 특기할 만한 작품이라고 할 수 있다. 〈장유가〉의 자료 현황은 다음 논저를 참조할 것. 임형택, 『옛노래, 옛사람의 내면 풍경』, 소명출판, 2005.
34) 이혜순, 『일본 통신사의 문학』, 이화여대 출판부, 1996, 15면.
35) 12번의 통신사 파견 내역은 다음 글에 정리되어 있다. 심재완 校註, 「日東壯遊歌攷 －通信使節과 日東壯遊歌」, 『日東壯遊歌・燕行歌』, 한국고전문학대계 10, 교문사,

해왔던 대일 외교를 지속하였다. 1876년 '조·일수호조약' 이후에는 안팎의 요구에 부응하여 신사유람단이라 불리는 조사시찰단(朝士視察團)을 파견하기에 이른다.36)

국가 공식 외교사절과 시찰단의 일본 체험은 공식 보고문과 일기, 가사를 통해 그 실체가 알려지게 되었다. 기록을 남긴 주체가 조선을 대표하는 문사였던 만큼, 이러한 글에서는 이국의 문물과 풍속을 서술했던 주체인 지식인들의 세계인식의 일단을 엿볼 수 있다. 말하자면 이들이 남긴 기록은 확장된 개인의 경험인 동시에 동류의 지식인이 공유하는 가치와 태도의 총합이라고도 볼 수 있다.

이 글의 목적은 세 편의 일본 기행가사에 나타나는 일본관의 차이를 전통적 화이론의 변화와 당대 문화적 환경과의 변화와 관련하여 살펴보려는 것이다. 이를 위해 우선 공적 여행의 기록을 담은 가사가 출현하게 된 배경, 확장된 경험을 다루는 글쓰기 방식에 대해서도 점검할 필요가 있다. 왜냐하면 일본 기행가사에는 대외 관계의 확장이라는 역사적 사실을 반영하고 있을 뿐 아니라, 새로운 가치나 경험에 유연하게 대응하는 개방된 인식을 드러내고 있기 때문이다. 뿐만 아니라 이를 드러내는 방식 말하자면 가사라는 장르의 혁신, 이에 따른 글쓰기 방식의 변화가 이러한 인식의 변화를 매개하고 있다는 사실 역시 주목해볼 필요가 있다.

1984. 통신사 및 조·일관계에 대한 논의는 다음 논저를 참조할 것. 이원식, 『朝鮮通信使』, 민음사, 1991; 양승철, 『近世朝鮮의 韓日關係硏究』, 국학자료원, 1999.
36) 朝士視察團에 대해 다음의 논저를 참조할 것. 허동현, 『近代韓日關係史硏究─朝士視察團의 日本觀과 國家思想』, 국학자료원, 2000.

## 2. 다른 공간의 체험과 기행가사, 일본 기행가사

조선 후기 가사에서 특기할 만한 것은 기행과 풍물, 세태를 섬세하게 그린 장편의 기행가사가 출현하기 시작한다는 점이다. 현재 학계에는 30여 종 이상의 기행가사가 알려져 있는데[37] 이러한 장편의 기행가사는 가사의 양적 확대와 개방성 증대와 관련이 있다. 물론 이러한 변화는 가사와 4·4조를 기조로 하는 가사체가 경험적 현실을 담는 데 가장 유용한 도구로 활용되었던 사정과 무관하지 않다.[38] 말하자면 구체적 경험과 견문 등 새로운 내용을 담기 위해 가사의 장르적 성격이 바뀐 것이 아니라, 모든 장르를 담아낼 수 있는 가장 익숙하고 보편적인 표현도구로 가사체가 선택되었다는 것이다.[39]

기행가사에는 기행한 지역에 관한 정보가 풍부하게 나타나는데, 이역시 가사 장르의 변화와 관련해 볼 수 있다. 기행가사에 나타나는 풍부한 정보는 경험의 확장이 글쓰기의 변화를 불러오고, 이것이 가사 장르의 변화를 초래한 조선 후기 가사의 진로를 대표적으로 보여준다고 할 수 있다. 기행가사가 다른 형태의 가사에 비해 장형을 유지하고 있을 뿐 아니라 '기록성'과 '정보성' 또한 두드러지게 나타나는 것은 이러한 구도를 반영하는 것이라 할 수 있다. 이는 기행가사 중 다수가 '기(記)'라는 작명을 취한 데에서도 확인해볼 수 있다.[40] '기(記)'라는 작명

---

37) 최강현, 앞의 글.
38) 박애경, 「'·록자류' 가사의 존재 양상과 그 의미」, 『한국문학연구』 26집, 동국대 한국문학연구소, 2003, 179면.
39) 박연호, 「조선 후기 가사의 장르적 특성」, 『한국시가연구』 14집, 한국시가학회, 2003, 246~247면.
40) 조선 후기에서 근대 초기에 나온 기행가사 중 '기(記)'의 작명을 취한 작품 11종인데 자세한 작품은 다음과 같다. 〈경주관람기〉, 〈관동팔경유람기〉, 〈廣寒殿人物擇用記〉, 〈광화마니산참성단노정기〉, 〈금힝일기〉, 〈남행노정기〉, 〈박학사포쇄일기〉, 〈부여노정기〉, 〈여행기〉, 〈이향로정기〉, 〈회셔노정긔〉로 기행의 체험과 경물, 풍속을 그린 작품들이다. 11종의 작품은 '기'의 방식으로 씌어진 가사의 총량과 일치한다. 이는 기행가사가

은 물론 산문 한 갈래로서의 '기(記)'에서 비롯된 것으로 보인다. '기(記)'란 산문의 한 갈래로 사실을 기록한 기사(記事)의 문장 일체를 가리키는 것이다. 이러한 진술방식의 전범으로는 『좌전』의 산문을 꼽는데, 『좌전』의 문장은 장면 묘사, 서술과 의론의 결합, 측면 묘사, 설명, 조응, 대화 등의 표현기법을 창조적으로 운용함으로써, 이후 기사체 산문의 발전에 영향을 끼쳤다고 한다.41) '기'의 이러한 양식적 특징은 자연·경물의 묘사, 여기에서 촉발되는 심미적 감수성을 담은 여행기록을 담아내는데 주로 활용되었다고 볼 수 있다. 주로 외경을 묘사하던 '기(記)'의 방식은 점차로 인사에 대한 기술이 더해지면서 역사적 사실과 공적인 진술에 적합한 진술 양식으로 자리잡았던 것으로 보인다.42)

'정보성'과 '기록성'을 특징으로 하는 기행가사는 앞서 언급하였듯 조선 후기 가사의 전개 방향과도 일치하고 있다는 점에서 이 시기 가사의 기반과 공유할 여지가 넓어진다고 할 수 있다. 이렇게 본다면 이국 체험을 다룬 기행가사는 '정보성·기록성의 강화'라는 후기 가사의 한 진로를 대표적으로 보여주는 하위범주이자 새로운 문물에 적극적으로 대처했던 가사의 현실 대응력을 증명할 수 있는 글쓰기의 방식이라 할 수 있다.43)

기행가사 중 이국 체험을 그린 가사이자, 기행가사의 특수 형태라 할 수 있는 사행가사(使行歌辭)는 여행지에 대한 일차적 정보 외에 화이관(華夷觀)의 지속과 변모 양상을 보여준다는 점에서 시대의 징후로도 참고할

---

'기록과 정보'를 위주로 한 대표적 글쓰기 형식으로 자리잡았다는 것을 보여주고 있다. 기록과 정보를 위주로 한 가사의 작명 문제에 대해서는 박애경, 앞의 글을 참조할 것.

41) 진필상, 심경호 옮김, 『한문문체론』, 이회출판사, 1995.

42) 윤덕진, 「가사의 서경방식과 양식적 본질」, 『동방고전문학연구』 3집, 동방고전문학회, 2001, 42면.

43) 이국문물 체험을 그린 사행가사를 포함한 기행가사가 주제적 장르인 '기(記)'에 근접했다는 지적은 이미 여러 연구자들이 주목하고 있다. 박연호, 앞의 책; 윤덕진, 「가사의 서경방식과 양식적 본질」, 『동방고전문학연구』 3집, 동방고전문학회, 2001; 류준필, 「박학사 포쇄일기와 가사의 기록성」, 『민족문학사연구』 22호, 민족문학사학회, 2003.

수 있다. 중국, 일본 등 이국 체험과 타자에 대한 인식을 장형의 글로 재현한 사행가사의 존재는 가사가 새로운 가치의 수용에 적극적이었을 뿐 아니라, 문화충격에 순발력있게 대응하였다는 사실을 보여주고 있다.[44]

기행이란 본질적으로 낯선 외부 세계, 즉 타자와의 대면을 의미한다. 더구나 외국 기행, 그것도 근대화를 선점하였거나, 선점하려 준비 중인 나라로의 기행은 '근대문명'이라는 낯선 시·공간과의 만남까지 의미하게 마련이다. 이렇듯 기행가사를 포함한 기행문은 주체가 외부를 바라보는 시선을 전제로 하고 있고, 이로인해 구성되는 자기 정체성을 필연적으로 반영하기 때문에 당대의 시대 상황이 민감하게 반영되는 글[45]이라 할 수 있다.

이처럼 사행가사에는 기행을 하는 작가의 상황 인식이 광범위하게 개입되어 있을 뿐 아니라, 그들이 대개 지식인이자 국가를 대표하는 공식 사절이라는 점에서 그가 속한 집단에 대해 성찰할 계기를 마련해준다 할 수 있다. 그렇기 때문에 사행의 경험을 그린 글들은 종종 국가의 공식 입장으로 받아들여지기도 하였다.

물론 사행가사는 보고를 위한 기록의 글보다는 자유로운 방식으로 기술되었고, 그런 만큼 여기에 사적인 소회가 개입될 여지가 크지만, '공적인 여행'의 기록이라는 본질에는 큰 차이가 없다 할 수 있다. 따라서 기행가사의 경우 견문이나 소회가 오롯이 작가 개인에게로 귀속될 수 있지만, 공적인 여행의 기록이라 할 수 있는 사행가사에 나타나는 견문이나 대외 인식은 작가 개인의 것인 동시에, 당대의 식자층들이 외부를 바라보는 관점이기도 하다. 말하자면 사행가사에는 작가 개인의 심회와 공인으로서의 면모가 착종되어 있는 것이다.

일본 기행가사는 '경험과 견문을 담은 장형의 가사'라는 점에서 기행가사, '공적인 외국 여행의 기록'이라는 점에서 사행가사의 특성을 공유

---

44) 박애경, 앞의 책, 179~180면.
45) 이동원, 「기행문학 연구―1910~20년대를 중심으로」, 연세대 석사논문, 2002, 2면.

하고 있다. 여기에 일본을 문명적으로 열등하다고 생각하면서도, 화평 외교를 위해 일본과 교유할 필요성을 느꼈던 역사적 사정이 반영되어 있기도 하다. '야만스러운 왜국'과 '현실적인 위협을 주는 (지리적으로 가까운) 나라'라는 양가의 감정은 3편의 일본 기행가사에서 기저를 이루고 있다. 이러한 양가의 감정은 근대 이후에도 일본을 인식하는 기본 관점이 되었고, 현재의 대일관 역시 이와 본질적으로 크게 다르지 않다고 할 수 있다.

이렇게 본다면 일본 기행 경험을 그린 세 편의 가사는 창작 시기는 다르지만, 다른 공간에 대한 사유가 자연스럽게 경험의 확대를 불러오고, 이것이 곧 가사의 장형화로 이어지는 조선 후기 가사의 한 방향을 명백하게 보여주고 있다는 점에서 조선 후기 가사 자료로서의 가치가 크다고 할 수 있다. 뿐만 아니라, 조선 후기 지식인들의 일본관, 나아가 우리의 일본관이 형성·강화되었던 기원과 전개 방향을 알 수 있다는 점에서 시대 기록으로서의 가치도 크다고 할 수 있다.

## 3. 화이관의 지속과 변화—〈장유가〉와 〈일동장유가〉

### 1) 인식과 시각의 균열—〈장유가(壯遊歌)〉에 나타난 일본, 일본관

일본 기행가사의 가장 앞머리에는 남용익(南龍翼, 1623~1692)의 〈장유가(壯遊歌)〉가 놓인다. 이 작품은 작가 남용익이 일본과 중국을 다녀온 경험을 엮은 가사로, 일본 뿐 아니라 해외 체험을 그린 가사 중 최초의 작품으로 알려져 있다.[46] 이 작품은 남·북으로 향한 두 번의 여행을

---

46) 임형택, 앞의 책, 9~10면.

'장유(壯遊)'로 명명하고, 여행의 체험을 회고적인 어조로 소개하고 있다. 그는 효종 때 을미 통신사의 수행원 자격으로 일본을 다녀왔고, 그 기록을 『부상록(扶桑錄)』으로 남기기도 하였다. 당시 일본에 대한 조정의 인식은 "燕行과 너도하나 보니기 依然ᄒ다"라는 말에 압축되어 있다. 대청 외교와 대일 외교의 비중이 엄연히 달랐음을 보여주는 이 말 속에는 전쟁 이후 남아있던 양국 간의 앙금까지 짐작케 한다.

남용익 일행은 부산 동래에서 출발하여 대마도(對馬島)─구주(九州)─대판(大坂)─경도(京都)─명고옥(名古屋)를 거쳐 당시의 실질적 수도인 강호(江戶,.지금의 토쿄)에 도착하여, 연향(宴饗)과 수창(酬唱)을 벌인다. 이 작품에서 가장 주목할 만한 부분은 일본의 번성함에 대해 작가가 놀라움을 표한 대목이다. 악천후로 대마도에 잠시 머물렀던 통신사 일행은 대판성(지금의 오오사카)에 하륙하면서 일본과 본격 대면하게 된다. 남용익은 대판(大坂)의 첫인상을 다음과 같이 그리고 있다.

> 大坂城 비를 믹고 처음으로 下陸ᄒ니
> 人民도 繁華ᄒ고 景槪도 긔특홀샤
> 閭閻이 撲地ᄒ야 四十里예 버려는디
> 坊坊曲曲의 華屋이 對起ᄒ니
> 집마다 寶貝요 뎔마다 錦繡로다
> 紅氈을 두로펼텨 온길히 輝映ᄒ니
> 矜誇하거니와 奢侈도 그지업다

大坂의 번화함은 즐비한 여염의 풍경과 화려한 가옥의 모습으로 전경화되고 있다. '금수(錦繡)와 보패(寶貝)'는 대판에 대한 찬탄으로 볼 수 있다. 이러한 놀라움은 당대 막부의 실세들이 있던 강호(江戶)에서도 이어진다. 작가는 여기에서도 강호의 지형과 화려함에 놀라움을 표한다.

> ᄀ올이 다진흐디 江戶에 다ᄃ르니

地形은 天作ᄒ고 ᄒᆞ편은 바다히라
　　겹겹 內外城으 宮室이 뎌여시니
　　ᄒᆞ곗틀 못보거든 戶數를 어이알니
　　天守臺 七層閣의 대궐이 여긔로다
　　執政 第宅의 金碧이 燦爛ᄒ니
　　이런 큰나라히 셥가온대 어이잇ᄂᆞᆫ고

　일본에 대한 인상은 이렇듯 '압도적인 시각'으로 나타나고 있다. 그러나 작가는 일본의 화미한 풍광 사이에 당시 천황이 있던 경도(京都)의 고적함을 적음으로써, 일본 실세의 교체에 대한 소회를 남기기도 한다.[47] 실세를 잃은 천황의 처지를 바라보는 작가의 인식은 '이적유군(夷狄有君)이 제하(諸夏)도곤 나은작가'라는 언술로 이어진다. 경도에서 목격하고 느낀 모습과 인상은 권력의 위엄이 엿보이는 강호의 모습과 화려한 연향과 확연히 대비되고 있다.[48] 실제로 통신사 일행은 국서(國書)를 전하는 의식을 포함한 공식 일정을 강호에서 소화하고 있어, 일본 실세의 교체가 조선의 대일 외교 방식에도 영향을 미쳤던 것으로 보인다.

　그렇지만 일본의 번화함에 대한 놀라움이 일본에 대한 적대감의 해소로 이어지지는 않는다. "秀吉이 滅亡ᄒ고 廟山이 得宜 로되 壬辰年 羞辱은 ᄒᆞ마엇지 이것ᄂᆞᆫ고"라는 대목에서는 전쟁의 상흔을 짐작케 한다. 또한 일본을 이적(夷狄), 일황(日皇)을 왜황(倭皇), 일본인을 만이(蠻夷)로 지칭한 데에서 보이듯 일본을 야마시하는 화이관(華夷觀)을 여전히 드러내고 있다. 인식의 대상으로서의 일본과 관찰의 대상으로서의 일본 간의 괴리는 "사ᄅᆞᆷ은 蠻夷로디 보기ᄂᆞᆫ 神仙ᄀᆞᆺ다"라는 말에 압축되어 있다.

---

47) 伏見城 뎌만보고 倭京으로 드러가니 城池 人物을 예와야 더알괘라 竹林을 허혀고 本國寺의 下處홀ᄉᆡ 佛像을 츼우고 榻우에 자리ᄒ니 尊敬도 太過ᄒ고 寢處도 不安ᄒ다 倭皇은 無事ᄒ야 담의놀라 구슬보니 權威는 다일허도 身世은 閑暇ᄒ다

48) 國書를 뫼시고 날바다 傳令홀시 鼓吹를 다ᄀᆞ초며 冠帶을 못다ᄒ고 七重門 다드라셔 轎子ᄂᆞ려 드러가니 六十六州 太守드리 ᄒᆞ줄의 버러셧고 彩袍 三尺童이 쟈근榻의 안ᄌᆞ거눌 株樓 第二層의 一時의 行禮홀시 제님금 잔자바눌 나아가 酬酌ᄒ고 宴享을 大君이 押宴ᄒ다

문명적으로 열등한 왜국(倭國), 번화한 도시의 모습으로 상징되는 일본의 발전상이라는 양가적 감정은 임란의 후유증이 엄연히 남아있던 시절임을 감안하면 '일본에 대한 긍정적 시선'으로 읽힐 여지도 있다.49) 적어도 화이관이 일본의 실상에 대한 의도적 왜곡으로는 이어지지 않았다는 의미로 해석해볼 수 있다. 화이관의 전통과 그 미묘한 균열을 보여주는 〈장유가〉는 양란 이후 증대되는 변화의 요구, 견문 확대가 지식인의 인식에 어떻게 작용했는 지를 보여주고 있다.

### 2) 왜의 재발견─〈일동장유가(日東壯遊歌)〉에 나타난 일본, 일본관

〈일동장유가〉는 1764년 대규모로 파견한 계미통신사의 삼방서기(三房書記) 자격으로 일본을 방문한 김인겸이 쓴 장편의 기행가사로, 사행의 기록을 자세한 노정기에 담았을 뿐 아니라, 사이사이 이국의 풍물과 문물, 여행 중의 에피소드까지 생동감 넘치는 필치로 그려내고 있어 기행가사 중에서도 대표작으로 거론되고 있다. 현재 가람본과 연민본(淵民本), 두 종류의 필사본이 전해지고, 두 이본(異本)을 대조하여 교주한 심재완의 교주본이 전해지고 있다.50)

작가 김인겸의 가계에 관한 사항은 작품에 스스로 제시하고 있다. 그의 본관(本官)은 안동으로 김상헌(金尙憲)의 현손이었으며, 수행원으로 선발 될 당시에는 충남 공주에 거주하는 향촌의 문사에 불과했다. 작품 모두에서 스스로 고백했듯이 김인겸은 벼슬에는 인연이 없이 은일(隱逸)의 삶을 택하다, 뒤늦게 통신사의 수행원으로 선발되었는데 이는 서얼(庶孽)이라는 신분적 한계 때문인 것으로 보인다. 그가 수행원으로 선발

---

49) 임형택, 앞의 책, 10면.
50) 〈일동장유가〉의 이본 현황과 이본에 따른 서술상의 특징은 다음 논의를 참조할 것. 이성후, 『日東壯遊歌의 異本 硏究』, 『금오공과대학 논문집』 12집, 금오공과대학, 1991.

되었던 이유는 그의 뛰어난 시재(詩才) 때문이었다. 당시 조정에서 뛰어난 문사를 서기(書記)로 파견하였는데, 그 이유는 17세기 후반 이후 일본인들이 조선 문화, 특히 시문(詩文)에 대한 욕구가 커져, 이에 부응할 수 있는 문사(文士)가 절실히 필요했기 때문이었다.[51] 서얼 출신의 문사들은 자신의 시재(詩才)를 대외적으로 알리고 관직에 진출할 수 있는 기회였기 때문에 통신사행에 적극적으로 참여하였다.[52]

이렇듯 〈일동장유가〉는 서얼 출신 문사들이 통신사로 참여하여 견문을 넓히고, 이를 기록으로 남겼던 당대 문화 조류를 반영한 것으로 볼 수 있다. 해외 체험은 사대부 문화의 주변인에 불과했던 서얼들이 새로운 경험과 가치를 수용하여, 인식의 틀을 넓히는 계기가 되었다. 또한 타 문화권과의 접촉은 화이관의 성찰과 극복, 자국 문화에 대한 재발견으로 이어졌다는 점에서 그 의의가 더 커진다고 할 수 있다.

이렇게 본다면 김인겸의 작품에 나타나는 일본관은 그만의 것이 아니라, 재능을 지니고도 관직 진출에는 한계가 있었던 자신과 동류의 서얼과 향촌의 문사, 중인(中人) 등 소외된 지식인과 공유하는 것이기도 하다. 또한 국가의 공식 외교사절로 참가하여 귀환 후에, 가족들에게 읽히기 위해 남긴 기록이라는 점을 감안해보면, 김인겸 개인의 입장이 비교적 자유롭게 드러난 작품이라고도 할 수 있다. 따라서 〈일동장유가〉는 서얼이자 향촌의 문사가 바라본 일본과 명의(明) 멸망 이후 중화문화(中華文化)의 전통을 잇고 있다고 자부하는 조선의 지배층들이 바라본 일본의 모습이 착종되어 있다.

작품은 총 4장으로 구성되었는데, 주 내용으로 ① 사행에 참여하기까지

---

51) 김경숙, 「서얼 문학의 위상—疏外의 문학에서 先驅的 문학 담당층으로」, 『고전문학연구』 29집, 한국고전문학회, 2006, 158~163면.

52) 〈일동장유가〉 창작의 계기가 되었던 계미사행의 경우만 살펴보아도, 김인겸 외에 남옥, 원중거, 성대중 등 서얼 출신의 문사들이 참여하여 기록을 남겼고, 사행문학의 대표 저작으로 뽑히는 『海遊錄』을 남긴 신유한 역시 서얼 출신이다. 김경숙, 앞의 책, 158~163면.

의 과정, ②국내 노정, ③선상 경험과 일본 노정, ④귀환 후 작품을 짓게 된 내력이 담겨 있다. 국내에서의 노정은 공주−한양−경기−충청−경상도−부산으로 정리해 볼 수 있고, 부산−강호(江戶)−부산으로 이어지는 주요 노정은 대마도(對馬島)−일기도(壹岐島)−구주(九州)−축주(筑州)−대판(大阪)−경도(京都)−원강주(遠江州)·황정(荒井)−강호(江戶)−경도(京都)−대판(大阪)−대마도(對馬島)로 정리해 볼 수 있다. 노정기를 날짜 별로 서술되어 있어 기록으로서의 정확성을 기하려 했던 것을 알 수 있다.

이 작품에서 일본을 바라보는 관점은 왜(倭), 왜인(倭人), 왜놈, 금수(禽獸)라는 말에 압축되어 있다. 〈일동장유가〉에는 이처럼 일본과 일본인을 비하하는 비속어가 50차례 이상 반복되고 있다.[53] 일본에 대한 비하는 임란과 시기적으로 가까운 때에 쓰여졌던 〈장유가〉보다 오히려 더 극심해 진 듯 보인다. 국가 사절로 뽑힌 문사(文士)이자 조선의 선비라는 자부심을 지녔던 작가 김인겸은 일본에 대한 적개심을 드러내며 이들의 미개함을 강조하고 있다. 김인겸의 이러한 태도는 '왜인(倭人)에게 배례(拜禮)하기 싫다'는 이유로 국서봉정식(國書奉呈式)에 불참하는 것에서 절정을 이룬다. 얼핏 국가 공식 외교사절이라는 신분과는 괴리된 행위의 이면에는 명의 멸망 이후 중화 문화의 전통을 이어가고 있는 우리나라에 대한 우월감과 일본에 대한 뿌리 깊은 적대감이 자리하고 있다. 김인겸의 내면은 국서봉정식에는 불참했던 그가 일본인들에게는 수천 수나 되는 시를 지어주었다는 데에서도·확인해 볼 수 있다. 그에게 외교란 어디까지나 자신의 재능을 발휘하여 시를 지어주는 것이고, 이를 통해 우리 문화의 우수함을 일본인에게 알리는 것이었다. 이는 사행을 수락한 동기에서부터 확연하게 드러나고 있다.[54]

대마도의 일본인들 통해 일본과 처음 대면한 김인겸에게 일본의 첫인상은 기이하고 낯선 일본인들의 모습으로 각인된 듯하다.

---

15) 이동찬, 『가사문학의 현실인식과 서사적 지향』, 세종출판사, 2002, 93면
54) 病들어 어려우나 나라에서 보낸 뜻이 이놈을을 制御하여 빛나게 하심이라

그 中에 사나이는 머리를 깎았으되
　　꼭뒤만 조금 남겨 苦草 상토 하였으며
　　발 벗고 바지 벗고 칼 하나씩 차있으며
　　倭女의 治粧들은 머리롤 아니깍고
　　밀기름 듬뿍발라 뒤으로 잡아매어
　　족두리 模樣처럼 둥글게 꾸며 있고 둥글게
　　그 끝은 두루 틀어 비녀를 꽂았으며
　　毋論 老少 歸天하고 얼레빗을 꽂았구나
　　衣服을 보아하니 무 없는 두루마기
　　한 동 단 좁은 소매 男女 없이 한가지요
　　넓고 큰 접은 띠를 느직이 둘러 띠고
　　日用凡百 온갖 것을 가슴 속에 다 품었다
　　남진 있는 계집들은 까맣게 이를 칠하고
　　뒤로 띠를 매고 寡婦 處女 간나희는
　　앞으로 띠를 매고 이를 칠치 않았구나
　　외총 낸 고운 짚신 男女 없이 신었구나[55]

　의복의 남·녀 구분이 없고, 발 벗고 바지를 벗은 모습이 내외법을 엄격히 준수하는 조선인들에게 해괴하게 비춰졌던 것같다. 낯선 이국인의 모습은 곧 일본인의 미개함에 대한 발견으로 이어진다.

　　제 형이 죽게되면 兄嫂를 계집삼아
　　데리고 살게 되면 작타 하고 기리지만
　　제 아운 길렀다고 弟嫂는 못한다네
　　禮法이 전혀 없어 禽獸와 一般일다

　물론 그 바탕에는 그들이 지닌 시문에 대한 자부심과 문명의 우월함에 대한 믿음이 깔려 있다. 다음 에피소드는 이를 잘 보여주고 있다.

---

55) 이하 작품 표기는 심재완 교주본을 따랐음.

우리를 보려하고 이삼천 리 밖의 놈이
糧食 싸고 여기와서 대엿달식 묵었으니
만일 아니 지어 주면 落望하기 어떠할고
무른 老少 貴賤하고 다물속 지어주니

무수한 일본인들이 수행원들에게 글을 받아가려는 광경을 다소 해학적으로 그린 이 대목은 일본에 대한 폄하의 근거가 시문(詩文)으로 대표되는 문화적 우월함에 있음을 보여주는 것이다.[56]

　그러나 일본에 대한 폄하가 자신이 눈으로 확인한 현실에 대한 외면으로까지 이어지지는 않는다는 점은 주목할 만하다. 대마도의 아름다운 자연 경관에 찬탄하고, 번화한 일본 도시 풍경의 번화함을 감탄하는 모습에서는 일본에 대한 선험적 지식에 의지하지 않고 실제 눈앞에 펼쳐진 상황을 충실히 그리는 기록자의 자세가 보이기도 한다.

人家가 連絡하여 거의 서로 닿았구나
육십 리 鳴護屋을 初更初에 들어오니
繁華하고 壯麗하기 大阪城과 일반일다
밤빛이 어두워서 비록 자세 못 보아도
산천이 광활하고 生齒가 번성하며
전답이 膏腴하고 家事의 奢侈하기
一路에 第一이라
中原에서도 흔ㅎ지 않으리
우리나라 三京을 갸륵다 하건마는
예 比하여 보게 되면 埋沒하기 가이 없네

---

56) 김인겸의 이러한 태도는 서얼이라는 신분적 불리함, 자신의 문재에 대한 믿음, 유자로서의 전통을 지키는 우리 문화에 대한 자부심이 복합되어 나타난 것으로 조심스레 해석해 볼 수 있다. 즉 김인겸은 뛰어난 문재를 지녔지만, 사대부의 주변적 존재에 불과했던 본원적 모순을 외부의 타자에게 우월함을 과시하는 방식으로 하려 했던 것으로 볼 수 있다.

이는 대상을 본 그대로 서술하려는 조선 후기 가사의 '기록성'의 한 측면을 드러내는 것이라 할 수 있다.

앞서 언급하였듯이 그의 일본관은 온전히 그만의 것이라기보다는 당대 혹은 그 이전 통신사들의 일본관과 공유하는 것이라 보는 편이 옳을 것이다. 대부분 유학자였던 통신사들은 임진왜란 이후 배일감정이 고조된 상태에서 조선의 우월함과 일본의 미개함을 강조한 기행문을 남겼다.57) 김인겸이 참여했던 계미통신사 이후 50년 가까이 통신사를 파견하지 않다가 1811년 마지막 통신사를, 그것도 일본 본토가 아닌 대마도에 보낸 것에서 알 수 있듯, 통신사들의 일본관은 거의 그대로 조선 조정으로 전달된 것으로 보인다. 이처럼 〈일동장유가〉는 일본에 대해 의도적 무시와 화평을 유지하기 위한 최소한의 외교적 조치를 기본으로 한 조선의 입장을 은연 중 드러내고 있다. 나아가 성리학적 명분에서 일본보다 우위에 있다는 지식인의 화이관이 어떤 방식으로 각인되었는지, 또 어디에서부터 균열되었는지를 보여주고 있다.

## 4. 한 말의 운명과 일본관의 추이

소성의 일본관은 일본의 압박에 인해 반강제적으로 체결된 강화도조약 이후 달라지기 시작했다. 〈유일록〉은 일본이 경쟁과 위협의 대상으로 부상한 개항 이후, 일본에 외교 사절로 거주했던 외교 관리의 일본 보고서라 할 수 있다. 이 작품은 지은 이태직은 주 일본 참사관을 지내

---

57) 김인겸과 같이 계미통신사로 참여한 서얼 출신의 원중거의 저술에서 이러한 면이 특히 드러난다. 원중거의 일본관은 박재금, 「원중거의 『화국지』에 나타난 일본 인식」, 『우리 한문학사에 나타난 해외 체험』(집문당, 2006)을 참조할 것.

며 이 작품을 지었다. 현재 전하는 이본은 두 종류로 필사본 〈뎌일본유람가〉(국립중앙도서관 소장)과 필사본 〈유일록(遊日錄)〉(손자 李胤求 개인 소장)이 있다. 그리고 이 작품의 원문과 현대역이 출판된 바 있다.[58]

이 작품은 새로운 가치가 유입되면서 전 근대적 가치와 근대적 가치가 혼류하고, 우리나라를 둘러싼 열강들의 각축이 본격화되는 한말에 씌여진 작품이다. 따라서 이 작품은 일본에 대한 견문이나 체험 뿐 아니라 시대적 격변기의 대외인식까지 반영하고 있다. 물론 여기에 나타난 대외 인식은 유자이자, 관리였던 전통적 지식인의 그것과 공유하는 바가 크다고 할 수 있다. 작품에 제시한 노정은 서울 마포-제물포-부산-신호(神戶)-경도(京都)를 거쳐 동경(東京)에 도착하는 것으로 요약해 볼 수 있다. 동경에 도착한 후 국서를 전달한 이태직은 외교 사절로서 임기를 마친 후, 본국으로 귀환한 후 〈유일록〉을 지었다.

〈유일록〉의 유자(儒者)이며 관리인 작가는 전대 통신사와 마찬가지로 일본에 대한 비판적 시각, 우리문화의 우월함에 대한 믿음을 오히려 더 확고히 견지하고 있다.

> 일본의 못된 풍속 점잖은 집 자식들도 시집 안간 색시는 음행하기 일등이며
> 사촌누이 혼인하기 예사로 한다하니 금수의 행실이라 말하기 더럽도다[59]

일본의 풍속 중 혼욕(混浴)의 풍습은 내외법을 따르는 유자(儒者)였던 작자에게는 엄청난 문화적 충격으로 다가왔다.

> 제일은 웃은 것이 꽃같이 젊은 계집
> 사나이 벗고 선데 타연히 들어와서
> 온 몸을 다 씻기고 온갖 시행 다 해주며
> 사나이 보는데도 저도 벗고 목욕하기

---

58) 최강현, 앞의 책.
59) 본문 표기는 최강현(앞의 책)의 것을 따랐음.

수치도 아니 알되 우리 보기 면괴하다
야만의 풍속이라 내외없긴 고사하고
이렇듯이 무례하니 돈견이나 다를소냐

　일본의 풍속을 돈견과 다름없는 야만의 습속이라 생각하는 시선은
〈일동장유가〉와 크게 달라진 바 없다. 여기에 작가는 일본 뿐 아니라
그때까지도 여전히 낯선 존재였던 서양인에 대한 인식까지 보이고 있
다는 점이다. 작가의 눈에는 서양 역시 기이한 풍속을 지닌 야만적 존
재일 뿐이다. 일본 뿐 아니라 내외(內外)하지 않는 서양의 문화까지 야만
시하는 작가의 태도는 무도회 광경을 묘사한 다음 구절에 극명히 나타
난다.

삼십여인 서양계집 일제히 모여서서
웃통을 벗어놓아 살을 다 들어내고
각국의 양인들이 삼 사십명 늘어서서
이놈의 계집 저놈 끼고 저놈의 계집 이놈 껴서
다 각각 상환하여 허리를 껴안고서
사방으로 돌아다녀 뛰놀며 춤을 추니
망칙하고 고이한 것 견융의 풍속이라

　그렇지만 그에게 일본은 '이적(夷狄)'에 불과한 멸시의 대상인 동시에
현실적인 위협의 대상이며, '넘어야 할 벽'이었다. 이는 '일본 근대 문물
과의 본격 대면'이라는 경험에 근거한 것이기도 하였다. 그만큼 이태직
에게 새로운 문물과 도시의 발전상은 인상적이었다. 따라서 그의 일본
체험은 다른 공간의 체험일 뿐 아니라, 근대라는 다른 시간과 만나는
경험이기도 하였다. 그가 인상적으로 본 것은 신호의 전기와 전화, 경도
의 박람회, 동경 화려함, 조선소의 기계문명이었다.

전기등 켜는 것은 집집이 줄을 이어
해가 져 황혼시에 기계 고동 한번 틀면
홀연히 백주되어 추호라도 불변하며
곳곳이 전어기계 십리며 백리라도
고동을 틀어놓고 기계통에 입을 대어
무슨 말을 거기 하면 저편에 가 들리어서
마주앉아 수작하듯 못할말이 없다하데

　전기와 전화는 말할 것도 없이 근대의 대표적 문명이라 할 수 있다. 밤과 낮이라는 시간의 차이를 무화한 전기와 공간적 거리를 극복한 전화는, 시·공간에 대한 감각과 인식을 전면적으로 재편한다는 점에서 이를 수용하는 사람들의 일상과 의식을 새롭게 조직한다고 할 수 있다.
　경도에서 목격한 박람회와 동경의 번화한 시가, 그리고 조선소와 제지소의 기계화된 작업 과정 역시 시각을 근대적으로 재편하는 '근대의 쇼 케이스'라 할 수 있다.[60]

박람회라 하는 것은 각국의 풍속들이
세상에 생긴 물건 갖추갖추 만들어서
사립리에 터를 잡아 집부터 지어 놓고
각처에 사람들이 다 각각 모이어서
물건을 만들어서 지명대로 패를 써서
어디 사는 어떤 사람 성명까지 달아 놓고
만 냥 짜리 천냥 짜리 물건에다 적어 붙여
장처럼 벌여놓고 백여일을 한다 하네 (…중략…)
물형으로 말하여도 형형색색 기기괴괴
구리로 잘 만들어 사람이 타고 가며
구리로 용만들어 저절로 물 뿜으며
금으로 사람 지어 천연히 웃는 모양

---

60) 요시미 순야, 이태문 역, 『박람회─근대의 시선』, 논형, 2004.

저절로 기계돌려 층층이 돌아가면
천백 가지 기교함을 이루 형언 못하겠다 (박람회)

밤에 길을 나가서는 전기등과 메기등이
백주나 다름없어 천지가 통명한데
야시날을 당하며는 더욱이 장관이라
권농장에 가서 보니 몇 백 간 넓은 집에
층층이 올라가며 완호지물 벌여놓아
세상에 생긴 물건 각색 것이 다 있으되 (동경 시내)

석탄을 가득 피워 그 속에 쇠를 넣어
잠시간 불려내면 독만한 쇠망치가
기계 한번 누르며는 저절로 두드려져
안반 같은 쇠조각을 간간이 금을 그어 (조선소)
조각조각 오려냄이 두부 베는 모양이라

일본의 근대적 문물을 경험한 충격은 근대화된 제도에 대한 성찰로
이어진다. 이 작품에서는 일본의 교육제도, 군사제도와 법제를 비교적
상세히 소개하고 있다. 특히 이태직은 귀천 없이 교육을 받을 수 있을
뿐 아니라 맹아와 농아를 교육하는 장애우 학교 시설에 대해 깊은 관심
과 동조를 보내고 있다. 교육을 통한 국운의 개척은 이태직뿐 아니라
이 시기 시찰단에 참여했던 보수적 인물들조차 동의했던 것으로 보인
다.[61] 또한 빈민을 돕기 위한 부인들의 지선 모임에 대해서도 우호적
시선을 보내고 있다.

일본의 제도에 대한 관찰은 곧 우리의 처지에 대한 성찰로 이어진다.

---

61) 고종 때 파견한 조사시찰단 가운데 어윤중, 홍영식 등을 제외한 일부 보수파들(심상
학, 박정양 등)이 쓴 보고서에 의하면 일본의 서양화와 발전된 모습에 대해서 대부분
비판적인 견해를 보였으나 교육 분야에 대해선 한결같이 긍정적으로 평가했다고 한
다. 송재용, 「디일본유람가」에 나타난 일본과 일본관」, 『동양학』 33집, 단국대 동양학
연구소, 2003, 105면.

"차희(嗟噫)라! 우리나라 당당한 예절(禮節)로서 일시(一時)에 분발(奮發)하여 부국강병(富國强兵) 못하여서 저러한 이적(夷狄)에게 이처럼 견욕(見辱)하니 한심(寒心)하고 분한 것을 말하여 무엇하리?"라는 구절에서 단적으로 드러난다. 그는 우리 공관이 사정이 궁색하다 보니 번번한 연회 한 번 개최 못하는 것에 대해 부끄럽게 생각하기도 하는 등,[62] 그 사이 달라진 양국의 현실적 처지에 굴욕감을 느끼며 개탄하는 모습이 나온다.

일본 풍속과 문화에 대한 멸시와 일본의 근대 문물과 제도에 대한 놀라움과 긍정이 교차된 이 작품은 새로운 가치가 유입되면서 전통적 가치와 외래의 이념이 충돌하는 구한말의 혼란상과 닮아 있다. 유학자이자 조선의 관료가 본 근대화한 일본은 이미 이질적인 가치와의 만남을 전제하고 있다. 그러나 그는 유학자이되, 계급제도에 관계 없이 교육을 받는 근대 교육제도와 정비된 법제에 대해 관찰하고, 평가하는 개방적 합리성도 보여주고 있다.[63] 이러한 중층성은 '기행가사로 표현한 근대 문물'이라는 이 작품의 존재 양상과도 조응하는 것이라 할 수 있다. 전통적 장르의 지속과 자기 혁신 과정을 보여주며, 개방적인 인식을 드러나는 통로였던 기행가사와 유자가 경험한 근대의 충격은 이 지점에서 합류할 수 있었다.[64]

---

62) 우리 공관 형세 없어 한번 연회 못해 보고 남의 것만 얻어 먹어 마음에 부끄럽다.
63) 이를 문화에 대한 합리적 인식을 보여주되, 유학자로서의 보수적 한계를 보인 것이라 평가하기도 한다. 유정선, 「18·19세기 기행가사의 작품세계와 시대적 변모양상」, 이화여대 박사논문, 1999, 111면.
64) 이 점은 국한문 혼용체로 서구의 제도와 문명에 대해 성찰했던 개화파 지식인 유길준의 『서유견문』과 갈라지는 지점이기도 하다. 유길준, 허경진 역 『서유견문-조선 지식인 유길준, 서양을 번역하다』, 서해문집, 2004.

## 5. 나오는 말

한 중앙 일간지의 창간 특집 국민의식 조사에서 매우 흥미로운 현상이 발견되었다. 한국인이 가장 싫어하는 나라 1위, 동시에 가장 본받아야 할 나라 1위에 모두 일본이 올랐던 것이다.[65] '가장 싫어하지만 가장 본받아야 하는'이라는 모순어법 속에는 물론 식민지의 경험이 강하게 투영되어 있다. 그러나 근대 이전 즉, 식민지의 경험 이전에도 일본은 '와신상담과 경계'의 대상이었던 것으로 보인다.[66]

일본 기행가사는 조선 후기 들어 활발해진 대외 관계에 그에 따른 인식의 확장, 가사 장르 자체의 혁신이 만난 결과라 할 수 있다. 동시에 현 일본관의 기원을 살필 수 있는 근거를 당대의 언어로 재현하고 있기도 하다.

양란 이후인 17세기 말부터 한 말에 걸쳐 씌어진 3편의 일본 기행가사는 이처럼 조선 후기 들어와 달라진 환경, 새로운 경험과 가치의 이입에 가사가 어떻게 대응하였는지를 잘 보여주고 있다. 특히 기록을 남긴 주체가 사대부와 사대부와 명분론을 공유하는 서얼 출신의 지식인이라는 점을 상기해보면 일본 기행가사는 문화적으로 선두적 입장에 서 있던 조선 후기 지식인의 대일관을 살필 수 있는 유력한 참고 자료라 할 수 있다.

이처럼 일본 기행가사는 '공식적 여행의 기록'이자 '다른 공간의 체험'이라는 글의 특성상, 목격의 고백의 주체인 개인의 내면과 동류의 지식층들이 공유하는 시선이 착종되어 있다. 더구나 기록을 남긴 이들이 조선의 문화적 가치를 내재화한 유자(儒者)라는 점을 감안하면, 일본 기행가사는 전환기에 처한 조선의 문화와 타 문화가 접변하는 지점이

---

65) 「창간 41주년 특집 국민의식 조사」, 『중앙일보』, 2006.9.21.
66) 박재금, 앞의 글, 237면.

라고도 해석해 볼 수 있다. 이는 일본 기행가사가 조선 후기의 문학적 성과를 담은 작품인 동시에 시대의 기록으로 다루어져야 하는 이유라 할 수 있다.

# '서양'이라는 낯선 타자와의 대면

## 1. 들어가는 말—대한제국기의 서양관

세기의 전환기에 출범한 대한제국은 조선왕조에서 제국으로의 전환, 그 이상의 의미를 지니고 있다고 할 수 있다. 대한제국이 출범한 시기는 전 근대적인 것과 근대적인 것, 전통적인 것과 외래의 것, 민족적인 것과 제국적인 것이 혼류하는 일대 혼돈의 장이었을 뿐 아니라, 전례 없는 도전과 시험에 직면한 격변의 시대였기 때문이다. 더구나 1894년 갑오개혁으로 촉발된 근대화 프로젝트와 왕실의 권위를 재건하려는 복고적 의지가 만나 이루어진 대한제국은 이미 그 안에 이질적인 가치가 충돌·병존하고 있었다고 할 수 있다. 즉, 안으로는 봉건적 잔재를 청산하고 근대화를 이루어내야 하고, 밖으로는 점증하는 열강의 위협에 맞서 주권 국가의 자주성과 종묘사직의 정통성을 수호해야만 했다.

'반외세', '반봉건', '충군보국'[67)]으로 대표되는 대한제국의 '국민국가

만들기 프로젝트'는 애국·계몽과 문명개화의 열망으로 집결되었고, 이는 문명과 계몽에 대한 다양한 수사를 낳는 원인이 되었다.[68] 그런데 이 과정이 전적으로 내적인 요구에 의해 이루어졌다기보다는 다분히 외적 충격에 의해 촉발되었다고 할 수 있다. 무력을 앞세운 서양의 문호 개방 요구, 반강제적으로 체결된 '강화도 조약'이 이를 여실히 보여주고 있다. 외압에 의한 개방은 조선 사회가 중세적 잔재를 미처 청산하지 못한 채, 자본주의적 국제 질서에 속수무책으로 편입되었다는 것을 의미한다. 여기에 일본의 승리로 끝난 청일전쟁의 결과는 중화주의적 세계관과 실질적으로 결별하는 계기를 마련해 주었다.

대한제국을 둘러싼 정세는 서양과 서양의 가치를 선점한 일본에 대한 이해와 적극적인 인식을 요구하게 되었다. 즉, 서양을 무조건 배척하던 척사론적 태도를 버리고, 보편 원리로서의 도(道)와 기술로서의 기(器)를 구분하고, 서양의 기술문화를 선별적으로 수용하자는 동도서기(東道西器)의 절충론적 단계를 거쳐, 서양의 문명을 보편 문명으로 인식하기 시작한 것이다.[69] 서구에 대한 인식은 서양 열강 중 최초로 수교한 미국에 보빙사(報聘使)를 파견함으로써 실질적인 교류로 이어졌다. 1882년에 체결된 조미통상조약의 후속 조치라 할 수 있는 보빙사 파견은 일본과 청을 통해 서양을 인식하던 방식에서 서양과 직접 대면하는 방식으

---

67) 이 시기 '忠君'의 개념은 봉건적 의미의 군주상이라기보다는 중화주의의 장에서 벗어난 독립국의 통치자라는 표상의미를 지니고 있다고 해석하기도 한다. 고미숙, 『한국의 근대성, 그 기원을 찾아서—민족·섹슈얼리티·병리학』, 책세상, 2001, 30면. 그런데 군주와 백성의 관계, 이를 궁극적으로 통어하는 제도에 이르면 논자에 따라 편차를 보인다. 이는 계몽에서 군주의 역할, 군주제의 모델에 대한 입장 차이로 가시화되고 있다. 이에 대한 논의는 다른 자리를 빌어 보충하고자 한다.

68) 대한제국기 문명개화에 대한 상론은 다음 논의를 참조할 것. 김도형, 「한말 친일파의 등장과 문명개화론」,『역사비평』 23, 역사문제연구소, 1993; 길진숙, 「『독립신문』·『매일신문』에 수용된 '문명 / 야만' 담론의 의미 층위」,『국어국문학』 136호, 국어국문학회, 2004; 정용화,『문명의 정치사상—유길준과 근대 한국』, 문학과지성사, 2004.

69) 길진숙, 앞의 글, 321면. 고종 조 집권층의 '동도서기론'에 입장을 확인하려면 다음 논의를 참조할 것. 백승철, 「개항 전후 執權層의 西歐認識의 변화」,『전통의 변용과 근대개혁』(연세대 국학연구원 편), 태학사, 2004.

로 바뀌었다는 것을 의미한다. 견미 사절로는 당국의 책임있는 관료가 가담한 만큼 이들의 서양 인식은 조정에도 전달되었다.[70] 물론 당시 집권층과 지식인의 서양에 대한 생각, 서양을 모델로 하는 근대화의 이상과 방향이 동일한 것은 아니었다. 그 차이는 이념적 기반에서 비롯된 것이기도 하고, 경험의 편차에서 연유하기도 하였다.

서양 체험을 담은 기행문은 서양에 대한 인식, 지향이 구체화되어 나타난 만큼, 서양에 대한 다양한 인식 층위를 만날 수 있는 장이라 할 수 있다. 기행이란 스스로 타자가 되어 외부를 응시하는 것인 만큼, 그 안에는 다른 공간에 대한 인식, 상황에 대한 인식을 담을 수 밖에 없고, 이는 궁극적으로 주체에 대한 성찰로 이어지게 마련이다. 더구나 근대화를 선점한 서양으로의 기행은 '근대'라는 다른 시간, 이질적인 시대와의 대면을 의미하기도 하는 것이다. 말하자면, 서양으로의 기행은 '선험된 미래로서의 근대'를 경험하는 셈이다. 따라서 이 시기 서양을 여행하고, 체험한다는 것은 다른 시·공간과 대면하는 경험일 뿐 아니라, 중국을 대신하는 문명의 표준으로 부상하고 있던 서양에 대한 지식을 축적하는 과정이기도 했다. 나아가 이는 서양으로 표상되는 근대, 근대 국가, 근대 문명에 대한 시선과 의지가 드러나는 통로이기도 하였다. 최초의 서양 기행문이라 할 수 있는 『서유견문』이 서양에 대한 지식을 축적하고, 전시하는 백과전서식 글쓰기를 택했던 것[71]은 이 시기 서양 기행이 지녔던 특수성을 반영한 것이라 볼 수 있다.

이 글에서는 서양을 기행한 경험을 그린 두 편의 가사 〈셔유견문녹

---

70) 서양을 경험한 지식인의 보고가 조정에 전달되고, 이것이 시무책의 일부로 기능했음은 국가, 국민, 법제, 교육, 과학, 기술 등 서양의 모습을 성찰한 유길준의 『서유견문』이 저자 서문에서 밝혔듯 민영익의 명에 의해 씌어지고, 궁극적으로 고종에게 바쳐졌다는 데에서도 확인해 볼 수 있다. '우리나라 사람들이 살펴보게 하기 위하여 민공이 나를 유학케 하고, 또 (이 책을) 기록하게 명하였으니……' 유길준, 허경진 옮김, 『서유견문』, 서해문집, 2004, 26면.
71) 김현주, 「근대 초기 기행문의 전개 양상과 문학적 기행문의 '기원'—국토기행을 중심으로」, 『현대문학의 연구』16집, 한국문학연구학회, 2001, 108면.

(西遊見聞錄)〉과 〈해유가(海游歌)〉를 중심으로, 이 시기 가사에 나타난 서양의 형상과 서양 체험의 의미를 살펴보려 한다. 정연한 율조로 이루어진 전통적 글쓰기 방식인 가사로 그린 서양 체험은 '동양이 서양을 만나는' 문화 충격의 실상을 가장 압축적으로 보여주기 때문이다. 기행문을 남겼던 이들은 향촌의 유자, 대한제국기의 관료로 유자의 가치를 내면화한 이들이다. 전통을 형성해왔던 유가적 가치관과 서구적 근대화의 지향이라는 이중적 의지와 욕망에 노출된 이들의 내면은 '가사'라는 글쓰기 방식과 절묘하게 조응을 이룬다고 할 수 있다. 한문으로 기록된 필사본 일기를 바탕으로 하여,72) 정연한 율조로 써 나간 기행 가사는, 한문과 정형률이라는 틀을 버린 『서유견문』이나, 신문 매체에 실린 정보와는 근본적으로 갈라지는 지점이라 할 수 있다.

두 편의 가사는 이국의 문물을 묘사하고, 성찰했다는 점에서 조선 후기 사행가사의 전통을 명백히 계승하고 있다. 또한 '목적 있는 기행'이라는 글의 동기 또한 사행가사와 공유하는 특징이라 할 수 있다.73) 조선 후기 사행가사는 이국의 체험과 문화 충격의 실상을 다양한 진술 방식을 동반한 장형의 형식에 담아냄으로써, 가사 장르가 포괄할 수 있는 영역을 확장한 바 있다. 따라서 두 편의 가사는 조선 후기 가사의 장르적 변화에 의지하여, 새로운 시대와 다른 문화를 대면하는 경험과 시선을 그려내었다고 할 수 있다. 당연히 이 안에는 다양한 가치와 욕망과 의지가 충돌하는 개화기 지식인의 내면이 개입되어 있다. 조선 후기의 문화적 전통을 계승하면서 개항 이후 급변하는 대외관계와 시대인식의 일단을 보여주는 서양 체험 가사는 전통과 근대, 계승과 단절의 경계에 서있던 시대의 운명과도 닮았다고 할 수 있다.

---

72) 〈셔유견문록〉은 일지식으로 기록한 〈서사록〉을 바탕으로 쐬어진 가사이고, 〈해유가〉 역시 한문으로 필사된 일기식의 〈노정기〉를 바탕으로 쐬어진 것으로 추정된다. 박노준, 「『해유가』와 『셔유견문록』 견주어 보기」, 『고전시가 엮어읽기』 하권, 태학사, 2002, 362~363면. 두 작품의 형성 과정에 대해서는 다음 장에서 상론할 것이다.
73) 황실 수행원의 자격으로 참여한 공적 여행의 기록을 담은 〈셔유견문록〉에서 이러한 성격이 특히 두드러진다 할 수 있다.

## 2. 〈셔유견문록〉과 〈해유가〉의 서지 사항과 존재양상

〈셔유견문록〉은 1902년 영국 에드워드 7세의 대관식 사절단으로 참가한 이재각(李載覺) 특명 대사의 수행원 이종응(李鍾應, 1853~1920)이 남긴 한글 장편가사이다.[74] 작가인 이종응은 중종의 11대손으로 왕실 가문의 일원이었던 것으로 알려지고 있다.[75] 그가 이재각 특명대사수행원의 자격으로 영국을 방문한 때는 1902년이다. 그는 1902년 4월 5일 인천항을 출발하여 두달 뒤 영국에 도착한 뒤 임금의 친서를 전하는 임무를 수행하고 8월 20일 귀국하기까지의 과정을 〈서사록(西槎錄)〉이라는 필사본 일기에 기록해놓았다. 장편가사 〈셔유견문록〉은 귀국 후, 〈서사록〉을 참고하여 창작한 가사로 보인다. 작품 말미에는 탈고 일자를 분명히 밝히고 있어 창작의 창작 시기를 정확히 알 수 있다.

〈셔유견문록〉은 총 422행의 순 한글로 씌어진 장편가사로, 한 면에 댓글로 8행씩 일정하게 배열하고, 해독이 어려운 한자어의 경우, 공란에 작은 글씨로 작가가 직접 원주(原註)를 단 점이 이채롭다. 시작하기에 앞서, '이 칙(冊)을 졍(淨)히 보고 졍(淨)히 간슈(看守)할 ㅅ(事)'이라 직시하고 있고, 작품 말미에는 '임인 팔월 이십팔일 이 칙이 다른 칙과 다르니 타닌은 번역ㅎ야 가든 못할 ㅅ'라고 하여 필사하거나 번역해가지 못하도록 하고 있다. 즉 이 작품의 독자를 가족 등 가문 내의 사람들로 한정하고, 이들이 졍히 간직하기를 당부한 것이다. 그 결과 이 작품은 100년 가까이 후손들이 소장하고 있다가 2002년에야 비로소 공개되었다. 이로보아 〈셔유견문록〉은 작품 창작 당시부터 공적인 기록이나 보고를 염두에 두고

---

74) 김원모, 「李鍾應의 『西槎錄』과 『셔유견문록』 資料」, 동양학 32집, 단국대 동양학연구소, 2002. 이하 인용은 자료의 표기를 따랐음.
75) 작가의 전기적 사실은 작가 이종응의 후손으로부터 이 작품을 입수하여 소개한 김원모의 글 「李鍾應의 『西槎錄』과 『西遊見聞錄』 解題」(『동양학』 32집, 단국대 동양학연구소, 2002)에 제시되어 있다.

썼다기보다는 이국 문물과 낯선 나라를 만난 느낌과 소회를 피력하려는 사적인 목적으로 시작되었다고 보는 편이 옳다. 또한 '통정'이라 하여, 작품의 창작 동기와 내력을 밝히는 후기 형식의 글을 따로 두고 있다.

> 셔양 영국 황뎨 디관녜식에 황뎨펴하 조측을 봉승ᄒ고 갓실쩌에 보고 듯난 디로 디강 긔록ᄒ며 만일 듯고 보난 거슬 난낫치 긔록ᄒ면 도로혀 풍셜이 만를 듯 십불존일ᄒ노라 오즈 마늘 듯 ᄒ나 디강 쯧만 보난 거시 칙 난 법일 듯.

이 짤막한 후기만으로도 작품을 창작하게 된 내력, 공적 여행을 다녀온 관료의 조심스러운 태도 등을 한눈에 알 수 있다. 즉 그는 여행의 경험과 여기에서 얻은 정보를 광범위하게 공유하거나 세세히 전달하려 하기보다는, 견문과 감흥을 인상적인 장면을 중심으로 그리려 했던 것으로 보인다.

〈셔유견문록〉이 미주 일부와 영국에 다녀온 경험을 그린 장편가사라고 한다면, 〈해유가〉는 하와이, 미국 본토 경험을 그린 총 471행의 장편가사이다.76) 〈셔유견문록〉이 순 한글 가사로 한글 표현의 묘미를 최대한 살린 것에 반해, 이 작품은 한문 고사성어와 관용어에 한글 토씨 정도만 붙인 국·한문 혼용체에 가까운 가사이다. 〈셔유견문록〉과 마찬가지로 후손이 보관하고 있던 이 작품은 박노준교수에 의해 학계에 소개되었다.77) 〈해유가〉의 작가는 경북 영덕 출신의 김한홍(金漢弘, 1877~1943)으로, 자는 경일(敬逸), 호는 하산(河山) 또는 수계(隨溪)라고 한다. 작가의 행적이나 미국행에 대한 동기는 조금씩 다르게 나타난다. 문중의 공식적인 견해에 따르면, 작가 김한홍은 1894년 향시(鄕試)에서 장원을 한 바 있고, 26세 되던 1903년 한말의 국운이 기우는 암울한 시대를 맞자 고향

---

76) 이 작품은 〈서유가〉 혹은 〈해유가〉로 논자마다 달리 부르고 있다. 이 작품을 처음 소개한 박노준은 필사본 〈해유록〉 표지의 제목을 따라 〈해유가〉로 부르는 반면, 필사본 작품을 현대 활자본으로 소개하고 주석한 최강현은 본문 가사가 시작되는 첫머리에 〈서유가〉로 기록되어 있다는 점을 중시하여 〈서유가〉로 부르고 있다.

77) 박노준, 「'海游歌' (一名 西游歌)의 세계 인식」, 『한국학보』 64집, 일지사, 1991.

을 떠나 울분을 안고 전국을 유람하다 진주에서 하와이 사탕수수밭 노동자 모집 광고를 보고 그 길로 상경, 인천에서 배를 타고 하와이로 향했다고 하고 있다. 하와이에서 농장 노동자로 잠시 일하다가 당시 하와이에 있던 대한제국 영사관 서기로 발탁되어 일하였다. 1905년 을사조약으로 외교권을 박탈당하자 그 길로 샌프란시스코로 건너가 장사를 하면서 3년간 미국의 문물을 섭력하고 1908년 귀국, 향리에서 칩거했다고 한다.[78] 하와이 영사관 협회부 서기를 지냈다는 것은 〈해유가〉 중 '領事館(영사관) 協會部(협회부)에 書記名色(서기명색) 參與(참여)로다'라는 구절에 근거한 것이다. 그런데 대한제국 시대에 하와이에 한국 영사관이 개설된 사실이 없다는 것을 들어, 작가의 신분의 신빙성에 의문을 표하는 주장이 제기되기도 하였다. 즉 1903년 하와이 이민이 시작된 후 건너간 교민들이 한인을 법적으로 보호해줄 영사관을 설치를 요청하였으나 이미 외교권이 친일파에게 넘어간 상태이기 때문에 영사관 설치 요청은 무산되었다고 한다. 따라서 주 하와이 영사관 서기를 지냈다는 말은 노동이민이 아니라 관료의 자격으로 하와이에 거주했다는 것을 드러내기 위한 픽션으로 해석하고 있다.[79] 실제로 1904년 4월에는 주한 미국 공사가 윤치호를 하와이 영사로 천거하였으나, 부임하지는 않고, 1904년 7월 7일 외부대신 이하영(李夏榮) 명의로 교민 보호를 위한 공사관·영사관, 비용령 개정에 대한 청원이 발송되었으나,[80] 역시 영사관 설치는 이루어지지 않았다. 마침내 을사조약 체결 전인 1905년 5월 하와이 주재 일본 총영사인 薺藤幹을 韓國名譽領事로 임명하였다.[81] 이에 대해 이

---

78) 김녕 김씨 인터넷 종친회. www.kim0.net.

79) 김원모, 앞의 책, 4면.

80) 開國五百四年 勅令 第四十三號外交官及領事官官制를 定ᄒ얏ᄉ오나 尙此未遑設實ᄒ얏습더니 現下에 美國屬地布哇島에 我國民人이 前往作業ᄒᄂ 者 寔繁有徒ᄒ오나 地在絶遠에 無人保護ᄒ야 受 制外人이 殊甚矜悶이옵기 該地領事를 不日派駐ᄒ야 該民等生命財産을 設法保護ᄒ깃습기 同年 勅 令第六十一號公使館領使館費用令別表第二號紐育下에 布哇二字를 添入ᄒᄋᄂ 勅令改正案을 另付 하와 會議에 提出事.〈公使館領事館費用令中改正에 關ᄒ 請議書 第二十九號〉光武八年七 月七日. 국사편찬위원회 한국사 데이터 베이스 www.history.go.kr.

작품을 처음 학계에 소개한 박노준 교수는 역사적 사실과 작가의 진술을 모두 존중하여, 작가 김한홍이 교민들의 권익 옹호와 친목 및 교류를 위한 교민단체에서 지도적 역할을 했으리라는 의견을 제시하고 있다.[82] 그가 하와이에서 관직을 역임했든, 역임하지 않았든 이 작품이 초기 하와이 이민의 실상을 반영하고 있다는 것은 분명해 보인다.

이 작품은 하와이 이민 초기인 1903년 고국을 떠나 일본을 거쳐 하와이, 미국 본토를 거쳐 1908년 귀국하기까지 6년 간의 경험은 담은 것이다. 특기할 만한 것은 작품의 중심을 이루는 일본, 미국 기행 앞뒤로 고향에서 서울로의 노정, 영남 일대를 유람한 기록을 배치하여 국내여행 기록, 해외여행 기록, 국내여행 기록이 교대로 등장하도록 구성되어 있다는 점이다. 작품을 지은 시기는 을사조약 이후 영사관이 폐쇄되면서 귀국한 이후 시점, 즉 1908년 이후로 추정하고 있다.[83] 작품의 창작 시기는 추정하기 어려우나, 기행과 미국 체험이 대한제국기에 이루어졌고, 쇠락해가는 국가의 운명을 바라보는 작가의 소회가 곡진하게 피력되었다는 점으로 미루어 보아, 이 작품을 대한제국기의 서양 체험과 관련하여 보는 것은 무리가 없을 듯하다.

두 작품은 한문 필사본 일지를 바탕으로 씌어진 가사라는 점에서 한문 기록과 국문의 가사를 함께 남겼던 사행가사의 글쓰기 전통을 계승

---

81) 舊韓國外交文書 第7卷 日案 8635號 光武 9年 5月5日. 국사편찬위원회 한국사 데이터베이스. www.history.go.kr.

82) 박노준, 앞의 글, 386면. 당시 하와이 한인들은 1905년 8월 교민 대표인 이동호(李東鎬)를 본국에 보내 영사 파견과 교민의 지위 향상을 위한 노력을 당부하기도 하였고, 外部協辦 윤치호가 1905년 9월 하와이 이민의 실태를 조사하고, 이들을 보호할 방안을 구상하기 위해 하와이와 멕시코를 방문하기도 하였다. 김원모, 『근대한국외교사 연표』, 225~227면. 이로 보아 당시 교민 조직의 활동이 활발했던 것으로 보인다.

83) 박노준 교수는 첫째, 이 작품이 귀국 후, 6년 간의 해외 경험을 기억에 의존하여 쓴 회고록 형식의 작품이라는 점, 둘째, 이 작품을 필사한 종이가 일제시대 작자의 향리 면사무소 프린트 서류 종이의 이면지라는 점을 들어 한일합방 이후의 작품으로 추정하고 있다. 창작 시기 추정을 두고 혼란이 생기는 이유는 작자가 여행을 시작한 시점과 종료한 시점은 분명히 밝힌 반면, 창작·필사한 시기는 따로 기록해두지 않았기 때문이다.

하고 있다. 또한 한문본 기록이 일정과 사실 위주로 간략하게 서술된 데 반해, 가사에서는 내적 고백이나 풍부한 묘사를 담고 있는 점도 상 행록/사행가사의 전례를 따랐다고 할 수 있다. 그러나 목적 있는 여행의 기록이자 표현이라는 점은 사행가사와 공유하고 있지만, 보고와 기록으로 활용되지 않고 작자의 사적 소회에 그쳤다는 점에서 전대의 사행문학과 갈라진다고 할 수 있다. 이는 일종의 시무책으로 기능했던 유길준의 『서유견문』이나 서양에 대한 인식을 촉구하는 신문의 논설과도 갈라지는 지점이라 할 수 있다.


## 3. 〈셔유견문록〉과 〈해유가〉에 나타난 서양의 표상적 의미


〈셔유견문록〉과 〈해유가〉는 각각 근대화를 선점한 영국, 미국 여행 체험을 그리고 있다. 영국과 미국은 '다른' 공간인 동시에, 다른 문명, 다른 시대를 복합적으로 표상하고 있다고 할 수 있다. 특히 기록의 주체가 구 지식으로 분류되었던 한학과 유학에 능한 관료와 향촌의 문사라는 점에서 서양 체험은 이질적인 가치와의 만남도 전제되어 있다.


### 1) 낯선 타자로서의 서양

이들에게 서양은 간접적으로 접해왔던 대상이거나 미지의 대상이었다. 미지의 대상을 대면했을 때의 심경은 일단 '낯설음'이라 할 수 있다. 특히 외양부터 다른 서양인과의 만남은 그 자체만으로도 문화적 충격이라 할 수 있다.

人物(인물)은 엇써턴고? 鼻高毛黃(비고모황) 白人(백인)니요, 〈해유가〉

　여기에서 드러나듯 서양인의 모습은 높은 코, 노란 머리, 흰 피부라
는 시각적 인상으로 제시되고 있다. 외양의 다름은 곧 언어의 차이와
소통의 어려움에 대한 성찰로 이어지고 있다.

人心(인심)은 엇써턴고? 極良寬厚(극량관후) 淳俗(순속)니라.
書同文(서동문) 先儒言(선유언)니 觀於今日(관어금일) 浪說(낭설)니라.
此地文法(차지문법) 달나쓰니, 乙字本文(을자본문) 卄六字(입륙자)라.
言語(언어)가 辨異(판이)ᄒ니, 交接(교접)니 非便(비편)ᄒ고,
文字(문자)가 相殊(상수)ᄒ니, 通情(통정)니 尙難(상난)ᄒ다.
니곳서 韓國(한국) 가기 里數(이수)가 얼마런가? 〈해유가〉

　글이란 모두 통하는 것이라는 선인의 말씀이 이제야 틀린 것을 알았
다는 고백은, 중화주의 문화 전통에 기초한 유자의 믿음이 서양인과의
직접 대면으로 깨어지는 광경을 보여주고 있다. 하와이에 발을 들여놓
는 순간부터 '차이'를 느낀 작가는 새삼스레 객회를 느낄 뿐, 그 의미에
더 천착하지는 않는다. 이러한 모습은 낯선 서양인과 서양 풍속과의 대
면에서 오는 충격을 야만시했던 태도와도 구별되는 것이다.[84]
　〈셔유견문록〉에서는 낯선 서양인과의 대면이 놀라움을 동반한 우호
적인 시선으로 바뀌는 광경을 보여주고 있다.

쌍마부(雙馬夫) 치레 보소 홍방복(紅章服) 금(金) 벙거지

---

84) 대한제국기 주일 참사관을 지낸 이태직의 〈유일록〉에서 서양인을 문화적으로 열등한
　야만인으로 바라보는 시선을 찾아볼 수 있다. 유자로서의 가치를 확고하게 내면화한
　그에게 서양은 일본과 마찬가지로 문화적으로 열등한 '야만'의 상태로 보였던 듯하다.
　'삼십여인 서양계집 일제히 모여서서 웃통을 벗어놓아 살을 다 들어내고 각국의 양인
　들이 삼사 십명 늘어서서 이놈의 계집 저놈 끼고 저놈의 계집 이놈 껴서 다 각각 상환
　하여 허리를 꺼안고서 사방으로 돌아다녀 뛰놀며 춤을 추니 망칙하고 고이한 것 견융
　의 풍속이라'

산호편(珊瑚鞭) [최직] 길게 잡어 쌍마필(雙馬匹)을 어거ᄒᆞ니
　　우의(威儀)를 정졔(整齊)ᄒᆞ고 거상(距床)에 단좌(端坐)ᄒᆞ니
　　하날 갓튼 디도상(大道上)에 호호탕탕(浩浩蕩蕩) 가는고나
　　오난 스람 가는 스람 여화여월미인(如花如月美人)더라
　　구름쳐럼 미야 셔셔 타국(他國) ᄉᆞ신(使臣) 구경ᄒᆞ다
　　거리(去來) 종횡(縱橫) 인히즁(人海中)에 길이 막혜 갈슈 업ᄂᆡ 〈서유견문록〉

　영국 수도 런던의 첫 인상은 단연 끄는 근위병의 복장과 행차, 사신
행렬을 보기 위해 모여든 인파로 가사화되고 있다. 동양에서 온 사신을
보기 위해 모인 인파와 놀라움 반, 환희 반으로 대하는 낯선 손님과의
만남은 '피차 낯선 상대와의 대면'이라는 이국 체험의 본령을 보여주고
있다. 다음 구절에서는 서양인 뿐 아니라, 역시 외양부터 낯선 타자였던
남방인에 대한 시선이 보이고 있다.

　　귀신(鬼神)일셰 귀신(鬼神)일셰 셔양(西洋) 스람 귀신(鬼神)일셰
　　밧비 밧비 힝션(行船)ᄒᆞ야 셕난도(錫蘭島) [쌍일홈]에 다다르니
　　이짜히 어듸미요 혹인종(黑人種)에 거지(居地)로다
　　이곳 풍속(風俗) 볼작시면 활작 버신 검은 살에
　　머리도 싹거시며 북상토도 트러난디
　　손목에난 금환(금고리) 발목에난 은환(은고리)일셰
　　녀인(겨집) 모양 볼작시면 긔긔히 귀에 고리
　　그 즁에 졀도할 일 두 코구녁 치쑤러셔
　　금강식 은강식온 우습고 이상ᄒᆞ디 〈서유견문록〉

　이 장면은 영국에서의 일정을 소화한 후, 귀국 길에 들른 스리랑카에
서의 경험을 그린 것이다. 악천후를 뚫고 대해를 건너는 경험을 하면서
작가는 다시금 문명의 이기에 감탄하게 되고[85], 이를 이루어낸 서양인

---

85) 작가는 이미 밴쿠버에서 철로를 놓는 모습을 보고, '귀신인가 사람인가'라며 감탄한
　　바 있다. 문명의 놀라움에 대한 논의는 다음 장을 참조할 것.

의 정확함과 합리성에 '셔양(西洋) 스람 귀신(鬼神)일셰'라는 찬탄의 말로 동감을 표하고 있다. 반면, 남방 원주민의 낯선 모습을 보고는 '우습고 이상ᄒ다'고 일축해 버리고 만다. 서남아시아의 흑인 거주지를 찾았을 때에도, '일골 검고 몸도 검어 옷칠혼 모양(模樣)이니 일신(一身)에 의복(衣服) 업시 평싱(平生)을 벗고 살지'라며 은연중 흑인을 야만시하는 시선을 드러내고 있다.

이종응의 이러한 시선은 얼핏 서양을 표준으로 하여, 지역 간 문명을 위계화하려 했던 개화 지식인의 시선과 가까운 듯 보이기도 한다. 당시 개화 지식인의 시선은 이들이 주도한 언론의 논조에 빈번하게 등장하고 있다.

> 현금 동서양 각국이 다 등슈가 잇스니 뎨일등은 문명국이요 그 다음에는 기화국이요 그 다음에는 반기화국이요 그 다음에는 기화 못혼 야만국이라 대개 세계에셔 말ᄒ기를 영길리와 미리견과 불나셔와 덕국과 오디리 등 나라는 뎨일등 문명국이라 ᄒ며 일본과 이타와 아라샤와 뎡말과 하란 등은 나라는 기화국이라 ᄒ며 대한과 쳥국과 셤라와 파사와 면전과 토이긔와 이급 등 나라는 반 기화국이라 그 외에도 여러 나라이 잇고 야만국들은 긔록 홀 것 업거니와 (…후략…)86)

〈나라 등슈〉라는 『독립신문』의 논설은 문명과 야만의 이분법, 서양 열강을 표준으로 삼고 약소국을 타자화하는 시선, 서양인의 세계 질서를 내면화하여 문명 간 위계를 당연시하는 태도를 단적으로 보여주고 있다. 여기에서 야만국은 일일이 나열하지 않았지만, 열강의 식민지로 전락한 아시아나 아프리카의 약소국이 대부분을 차지했을 것이다.

그러나 〈서유견문록〉에서는 개화 지식인의 논설이 유포하고 있는 위계화의 논리와는 다른 시선이 포착된다. 이종응은 위 논설의 시선으로 보면 분명 '야만국'으로 분류되었음직한 인도에 도착해서는 석가세존과

---

86) 「논설—나라 등슈」, 『독립신문』, 1899.2.23.

서역으로 떠났던 당나라의 삼장법사를 떠올리며, 불교 종주국에 대한 예우를 갖추고 있다. 뿐만 아니라, 미주에서는 소가 아닌 말로 밭을 가는 농부를 보고는 '이상(異常)ᄒ다 이상(異常)ᄒ다 서양(西洋) 풍속(風俗) 이상(異常)ᄒ다'라고 의아해한다. 요컨대 흑인을 바라보는 그의 시선은 시각적 인상의 상이함, 경험의 다소에서 비롯되는 것일 뿐, 이를 문명의 질서와 결부하려는 의도는 보이지 않는다.

이렇듯 비록 드러나는 방향이 동일하지는 않지만, 〈해유가〉와 〈서유견문록〉에서는 공통적으로 낯선 상대와 처음 대면했을 때의 반응이 주로 시각적 인상으로 재현되고 있다. 그들에게 서양을 이해하는 첫 관문은 '보는 것' 그리고 '느끼는 것'이었다고 할 수 있다.


## 2) 문명의 선험지로서의 서양

> 君言(군언)도 亦復佳(역부가)ᄒ나, 知其一(지기일) 未知一(미지일)니라.
> 坐井觀天(좌정관천) 일너쓰니, 海外遊覽(해외유람) 宜一(의일)니요,
> 各國相通(각국상통) ᄒ얏쓰니, 東西遊學(동서유학) 宜一(의일)니오.
> 風磨雨濕(풍마우습) 닐너쓰니, 天涯苦悶(천애고열) 宜一(의일)니라. 〈해유가〉

배 안에서 만난 미국인[87]이 '니거슬 다 버리고, 萬里域外(만리역외) 니 왼일고.'라고 문사 김한홍은 이딯게 내답하였다. 그의 이러한 대답은 '여행은 진정한 지식의 대근원'이라 하며 세계 여행을 열망했던 최남선의 의지와 상통하는 것이라 할 수 있다.[88] 그에게 여행은 다른 공간의 체험을 통해 자신을 규정해오던 틀을 깨고, 자신을 돌아보고, 궁극적으

---

87) 작가 김한홍이 '貌樣(모양)은 米人(미인)이나, 言語(언어)는 韓人(한인)나라'라고 했던 이 미국인은 한국에 육년 간 체류한 경험이 있어, 한국어와 한국 문화에 익숙한 것으로 소개되고 있다.
88) 김현주, 앞의 글, 104~105면.

로 자신을 정체성을 구성하는 과정이었던 것이다. 작품의 서두를 향촌의 문사로 살아온 자신의 삶에 대한 고백으로 시작했던 것89) 역시 이와 무관치 않다 할 수 있다.

이 시기 서양에 대한 관심은 고조되기 시작하였으나, 정작 서양을 체험한다는 것은 극히 예외적인 경험에 속했다. 그런만큼 이들이 만난 서양은 경이 그 자체였던 듯하다. 목적지에 도달한 이들의 첫 인상부터 살펴보자.

> 여관(旅館) 비포(排布) 둘너보니 굉장(宏壯)ᄒ고 화려(華麗)ᄒ다
> 빅옥셕(白玉石) 층계상(層階上)에 십녀층(十餘層)이 화란(華欄) [집 난간]이요
> 유리창(琉璃窓) 분벽상(粉壁上)에 비단장(帳)을 드리우고
> 팔션상(八仙床) [밥 먹난 상 일홈] 비단 교위(交椅) 규모(規模) 잇게 버려녹코
> 진화쵸(珍花草)며 가화쵸(佳花草)를 빅옥분(白玉盆)에 심어 잇고
> 쵸인종(超人鐘) [사람 부르난 종] 전긔등(電氣燈) [결노 케지난 등]은 가지가지 긔이(奇異)하다 〈셔유견문록〉

> 琉璃鏡(유리경) 窓門(창문)밧기 芭蕉實(파초실) 箇箇(개개)ᄒ고,
> 金玉樓(금옥루) 石階下(석계하)에 枯草(고초)나무 落落(낙락)ᄒ다.
> 自衝車(자충차) 電動車(전동차)는 街路(가로)에 絡繹(낙역)ᄒ고,
> 電語線(전어선) 電報絲(전보사)난 半空(반공)에 亘滿(긍만)니라.
> 東金屋(동금옥) 西玉樓(서옥루)난 帝鄕(제향)니 依俙(의희)ᄒ고,

---

89) 草堂(초당)에 혼ᄌ 누워 自家事(자가사) 生覺(생각)ᄒ니, 心神(심신)니 默亂(묵란)ᄒ고, 意思(의사)가 不平(불평)ᄒ다. 나도스 이를 망녕 士夫窟澤(사부굴택) 嶺以南(영이남)에 故家世族(고가세족) 後裔(후예)로서 年令(연령) 將近三十(장근삼십)토록 事業(사업)니 무어시며, 行色(행색)니 무어신가? 寒士珮號(한사패호) ᄒ얏쓰니, 安貧守道(안빈수도) ᄒ기 슬코, 靑雲之路(청운지로) 未開(미개)ᄒ니, 未 繼家聲(미계가성) 羞恥(수치)롭고, 廟堂安危(묘당안위) 全昧(전매)ᄒ니, 國民資格(국민자격) 慚恥(참치) ᄒ고, 蒼生困難(창생곤란) 未濟(미제)ᄒ니, 壯夫行色(장부행색)니 안일쇠. 夏之日(하지일) 冬之夜(동 지야)에 抱枕思慮(포침사려) 不昧(불매)로다. 宇宙中間(우주중간) 一丈夫(일장부)로, 무슨 事業(사업) 宜 當(의당)할가?

空中樓閣(공중누각) 海上臺(해상대)난 玉京(옥경)니 如似(여사)호다.
安期赤松(안기적송) 主人(주인)넌가? 爛柯山(난거산)니 彷佛(방불)호다.
枕上春夢(침상춘몽) 잠깐 니뤄 槐安國(괴안국) 드롸떤가? 〈해유가〉

〈셔유견문록〉의 작가 이종응 일행이 영국에 내려 처음 본 것은 영국 여관의 화려함과 웅대함이었다. 이들에게 십여 층으로 이루어진 고층 건물의 위엄은 곧 제국의 위엄으로 보였던 것이라 하겠다. 하와이 땅에 내린 작가 김한홍이 처음 본 것은 바로 자동차·전차·전신·전화로 이루어진 근대의 쇼 케이스였다. 이들은 두 말할 나위 없이 근대를 대표하는 문명의 이기라 할 수 있다. 뿐만 아니라 이들은 궁극적으로 시간과 공간에 대한 감각을 전면적으로 재편하는 데 영향을 미친다는 점에서 신문물의 경험이 의식의 재편과 변화로 이끄는 과정을 대표적으로 보여주고 있다.

철도와 배 등 탈거리의 진보에 대한 놀라움은 〈셔유견문록〉에도 보이고 있다. 이미 그는 서양에 도달하기 전에 일본에서 승선한 배의 속도에 놀라움을 표한 바 있다.[90] 그것은 시·공 차를 무색케 하는 속도 감각에 대한 놀라움이었고, 이를 가능케 한 서양의 과학·기술에 대한 신뢰라 할 수 있다.

반졉관(伴接官) [버실 일홈]이 거릭(去來) [엿쑤난 말]ᄒ되 본국(本國) 셔울
뉵빅니(六百里)를
긔차(汽車) 타고 힝즛(行次)ᄒ년 ᄉ시산(四時間)에 도달(到達)이요
의관졍졔(衣冠整齊) 츌문(出門)ᄒ야 긔차(汽車)에 올나 타니
풍우(風雨) 갓치 가는 긔계(機械) 졍거장(停車場)에 발셔 왓닉 〈셔유견문록〉

이 구절에 이르면 본국 서울(런던)까지의 거리 육백리를 네 시간 안에

---

90) 주야불식(晝夜不息) 긔계운동(機械運動) [배엉장] 화륜선(火輪船)이 살 갓도다 일본(日本) 장긔(長崎) 슈쳔니(數千里)를 [쌍일홈] 삼일(三日)만에 득달(得達)ᄒ니[다 왓단 말] 조화(造化)로다 조화(造化)로다 화륜선(火輪船) 조화(造化)로다

주파한다고 하여, 속도의 다름을 구체적인 수치로 제시하고 있다. 서양의 발전된 과학·기술에 대한 놀라움은 철로를 건설하는 과정에도 여지 없이 보이고 있다.

> 어렵도다 어렵도다 일만여리(一萬餘里) 철노(鐵路) [화륜거 가는 길]로다
> 철노(鐵路) 공녁(公役) 볼작시면 귀신인가 사람인가
> 산(山)을 쑤러 길을 닉고 강(江)을 건너 다리 놋코
> 산은 놉고 골은 깁퍼 안고 돌고 지고 도닉 〈서유견문록〉

철로와 다리를 건설하여 지도를 바꾸는 노동의 과정을 바라본 후, 느낀 놀라움은 '귀신인가 사람인가'라는 말 속에 압축되어 있다.

이들의 눈에 비친 서양은 이렇듯 인간의 일상과 감각을 재구성하는 근대의 과학·기술을 선취한 곳이었다. 이제 이들의 시선은 문명의 핵심을 구성하는 제도의 성찰에까지 미친다.

> 方言(방언)도 略通(약통)ᄒ고, 風俗(풍속)도 디강(大綱) 아라,
> 할 일이 바히 업서 商業(상업)으로 開路(개로)ᄒ니,
> 士農工商(사농공상) 平等(평등)ᄒ니, 行世(행세)ᄒ기 從便(종편)ᄒ고,
> 與受上(여수상)이 有規(유규)ᄒ니, 賣買(매매)ᄒ기 尤好(우호)로다.
> 人間(인간)에 別天地(별천지)가 正是(정시) 此米國(차미국)니라.
> 古人(고인)의 傳(전)한 마리 海中神仙(해중신선) 니싸던니,
> 니 고즐 뉘가 보고, 人間(인간)에 誤傳(오전)닌가? 〈해유가〉

세계 각국을 네 부류로 차등화한 『독립신문』 논설에서는 문명을 법률과 제도의 공명정대함, 교육 받은 각성된 백성, 이 두 가지로 압축한 바 있다.[91] 관찰자의 입장에서 대상을 응시하던 작가 김한홍은 하와이에서 미 본토로 이주한 뒤, 현지의 생활인으로 살아가면서 점차 미국의 합리

---

91) 「논설 ― 나라 등슈」, 『독립신문』, 1899.2.23.

적인 법률과 제도를 시인하기 시작한다. 이 대목은 미국으로 오는 선상에서 만난 미국인이 '韓國風俗(한국풍속) 大綱(대강)이오. 士農工商(사농공상) 貴賤(귀천) 두고, 上中下(상중하) 分間(분간)닌더……'라고 했던 말과 대비를 이룬다. 유자이자 선비였던 작가는 미국에서의 타자 체험을 통해 비로소 '차이'의 의미를 성찰하기 시작한다. '二千萬(이천만) 저 人事(인사)가 長夜昏夢(장야혼몽) 깁피 드러 禮義東方(예의동방) 自稱(자칭)ᄒ고, 世界大勢(세계대세) 拒絶(거절)ᄒ야 去舊從新(거구종신) 甚理致(심이치)지. 口以誦而不行(구이송이불행)ᄒ니, 滿腔鬱鬱(만강울울) 此所懷(차소회)을 向何人(향하인)니 傳說(전설)할가?'라는 탄식은 개방을 거부하고, 국제 정세에 둔감했던 것이 불행의 원인이라는 작가의 인식이 드러나고 있다.

여전히 짜여진 일정에 따라 영국에서의 공식 일정을 소화하고 있던 〈셔유견문록〉의 작가 작가 이종응은 왕실의 의전 행렬을 보며 제국의 힘을 가시적으로 확인하게 된다.

> 황티자의 거동 보소 집치 갓튼 말을 모라
> 군장복식 [군복하단 말]션명ᄒ디 풍치가 늠늠ᄒ다
> 구경ᄒ난 천만빅셩 황후티자 경츅[축슈]ᄒ야
> 환셩[쩌드난 소리]이 여뢰ᄒ고 긔상이 티평이라
> 방포 삼셩 호각 일셩 바다 갓튼 군악이라
> 각디 병정 운동ᄒ야 [조련한단 말] 연무조련ᄒ난 거동
> 위의가 슉슉ᄒ고 효령이 분명ᄒ다
> 부국강병 분징시에 셔양에 졔일이라 〈셔유견문록〉

마침내 그는 '부국강병 분징시에 셔양에 졔일이라'라 하며 영국으로 대표되는 서양을 우월한 지위에 두기에 이른다. 그러나 이는 영국의 화려한 모습의 묘사와 마찬가지로 삽화처럼 제시되고 있다.

두 작품에서 표상하고 있는 서양의 이미지는 이처럼 과학 · 기술, 합리적인 법률과 제도, 부국강병으로 요약할 수 있다. 이는 대한제국기 계

몽 언론에서 지속적으로 설파하고 있는 문명의 내용과 크게 다르지 않다.[92] 그러나 이들은 서양의 우월함을 인정하되, 우리의 것 나아가 동양을 야만시하고, 서양/동양, 문명/야만으로 문명을 위계화하는 논리에는 동의하지 않는다.

於彼於此(어피어차) 生覺(생각)ᄒ면, 寧欲老於那邊(녕욕노어나변)니되,
向日葵之吾心(향일규지오심)으로, 豈久作於淮橘(기구작어회귤)가? 〈해유가〉

긔ᄎ(汽車) 타고 입경(入京)ᄒ야 복명후(復命後)에 근친(覲親)ᄒ니
쳔덕(天德)일셰 쳔덕(天德)일셰 황뎨폐하(皇帝陛下) 만셰팅평(萬歲泰平)
경ᄉ(慶事)로다 경ᄉ(慶事)로다 부모임(父母任)과 슈복강녕(壽福康寧)
쳐ᄌ(妻子)가 무탈(無頉)ᄒ니 경스로다 경ᄉ(慶事)로다
셔양국(西洋國) 죳타한덜 고국산쳔(故國山川) 갓틀소냐
동방뎨국(東方帝國) [우리나라] 만쳔년(萬千年)에 일월(日月)이 명낭(明朗)
ᄒ다 〈셔유견문록〉

물론 인용한 대목은 귀국을 앞둔 의례적 감정의 소회로 보일 여지도 있다. 특히, 왕실의 공식 사절로 파견된 〈셔유견문록〉의 저자 이종응은 자국의 지위를 반문명 혹은 야만시하는 논리에 애초에 동의하기 힘들 것이고, 이를 피력하기는 더욱 어려울 것이다. 이러한 입장은 유자의 가치를 확고히 지니고 있었고, 한문을 버릴 수 없었던 김한홍의 경우도 크게 다르지 않았을 것으로 보인다. 바로 이 점 때문에 두 작품은 글쓰기 방식의 차이,[93] 경험의 편폭의 차이에도 불구하고 이 둘을 하나로 사유할 수 있다고 할 수 있다.

---

92) 대한제국기 계몽 언론에 나타나는 문명의 이미지는 길진숙, 앞의 책, 332~334면을 참조할 것.
93) 글쓰기의 차이에 대해서는 박노준, 앞의 글을 참조할 것.

## 4. 나오는 말

서양체험을 그린 두 편의 가사 〈셔유견문록〉과 〈해유가〉는 일본·중국에 머물렀던 사행가사의 시야를 미국·영국 등 서구에까지 확대한 드문 작품이다.[94] 이 두 작품의 궁극적 의미는 가사의 문학적 전통, 동시대의 사회·문화적 맥락을 고려할 때 더욱 명료하게 드러나리라고 생각한다. 그만큼 〈셔유견문록〉과 〈해유가〉 주위에는 수많은 선이 교차하고 있다. '다른' 공간을 체험한 기록을 담은 조선 후기의 기행가사와 사행가사가 뚜렷한 문학적 전통을 이루며 종으로 교차한다면, 새로운 매체 환경과 전통적 양식이 타협하면서 치열한 시대인식을 보여준 개화가사가 이들과 병존하고 있다. 그리고 더 시선을 확장하면 그 주위에는 개화파 지식인들의 서구체험과 문명에 대한 인식을 집약한 유길준의 『서유견문』과 『독립신문』, 『대한매일신보』, 『제국신문』, 『황성신문』 등 동 시대 신문의 논설이 포진하고 있다. 따라서 두 작품에서 그린 서양 형상의 의미는 이러한 큰 그림을 염두에 두고 모색할 때 비로서 온전하게 드러날 것이다. 이는 가사라는 양식이 어느 지점까지 나가고 멈추었는지, 중세적 장르로서 근대까지 생존한 가사의 위상은 과연 어느 지점인지 밝히기 위해 거쳐야 할 관문이기도 하다.

---

94) 현재 전하는 가사 작품 중 서양체험을 그린 작품으로 이 두 작품만 보고되었을 뿐이다.

# 규방가사의 지역별 변주와
# 글쓰기 방식의 다양화 1
경화사족 여성의 규방가사 창작과 향유 — 〈이정양가록〉을 중심으로

## 1. 들어가는 말

〈이정양가록(李鄭兩家錄)〉은 이판서의 딸로 태어나 정정승의 둘째 아들에게 출가한 이씨 부인이 자신의 전반생을 회고한 장편가사이다.[95] '인간성쇠흥퍠(人間盛衰興敗)'라는 부제에서 보이듯 이 작품은 명문가 출신 한 사족 여성의 파란만장한 삶과 그 삶의 고비마다 느끼는 심회가 자세하게 피력되어 있다. 작품의 작명과 부제는 이 작품이 지닌 양면적 성격을 압축적으로 제시하고 있다고 할 수 있다. 즉 〈이정양가록〉이란 작명은 친정과 시댁 양 가문의 내력을 기록한다는 뜻으로 다분히 공적

---

95) 이 글에서 다루고 있는 〈이정양가록〉은 강전섭에 의해 발굴·소개되었다. 강전섭, 「〈이정양가록〉에 대하여」, 『배달말』 16호, 배달말학회, 1991. 이 글에서 발굴자는 작품의 간략한 서지사항 해제와 아울러 본문 전문을 소개하고 있다.

의도가 담겨 있다. 이는 작품이 〈녀ᄌ교훈 젼 녀힝녹〉이라는 여성 교육용 독서물과 합본되어 전승되었다는 점과 관련지워 생각해볼 수 있다. 한편 부제에 해당되는 '인간셩쇠흥픽(人間盛衰興敗)'는 이 작품의 구성과 실질적 내용을 반영하고 있다고 할 수 있다. 본문 뒤에는 '임진 중추 초오일'이라는 필사 시기[96]가 부기되어 있어, 필사한 시점인 1892년 이전, 즉 19세기 중엽에서 말 사이에 창작된 작품임을 알 수 있다. 이 작품은 이소저라는 동일인에 의해 약간의 시차를 두고 필사된[97] 〈녀ᄌ교훈 젼 녀힝녹〉과 합본되어 『여ᄌ교훈』이라는 제목의 책자로 전하고 있어, 시집가는 여아를 위한 교훈서로 이 작품이 쓰였음을 알 수 있다.

〈이졍양가록〉은 19세기 중엽 이후 양적으로 늘어난 여성의 자전적 술회의 글로[98] 사족 여성의 존재 방식과 내면의식의 일단을 보여주고 있다. 뿐만 아니라 삶의 고비에 주요하게 등장하는 상례와 혼례의 풍속, 유흥 등에 대해서도 자세하고 풍부하게 서술하고 있어, 상층의 생활과 풍속을 전해주는 텍스트로서의 가치도 높다고 할 수 있다. 특히 규방가사 문화권에서 사각지대로 여겨졌던 서울·경기 지방의 벌열 집안에서 산출되고, 이것이 친정 가문을 중심으로 전승되었다는 점은 주목을 요하는 부분이라 할 수 있다. 물론 이 작품의 존재만으로 이왕에 유포된 규방가사의 영남 지역 편중설을 뒤집을 근거를 삼기는 미약하다. 그렇지만 이 작품이 이왕에 소개된 타 지역의 규방가사와 함께 규방가사 문화권의 분포와 지역직 변이양상을 추직해 볼 단서로 삼아볼 수는 있을

96) 님진(壬辰) 즁츄(中秋) 초오일(初五日) 십일셰(十日歲)의 기록(記錄)ᄒ노라
97) 〈녀ᄌ교훈 젼 녀힝녹〉은 임진년 윤유월 십삼일에 〈이졍양가록〉은 같은 해 즁츄 초오일에 필사되었다. 강전섭, 앞의 책.
98) 여성들의 자전적 술회는 주로 탄식가류 규방가사와 내간체의 수필을 통해 드러난다. 19세기 이후 늘어난 사족 여성의 자전적 술회의 성격과 표출양상에 대해서는 다음의 글을 참조할 것. 최기숙, 「자서전, 전기, 역사의 경계와 언술의 정치학―〈한중록〉에 관한 제안적 독법」, 『여성이론』 1호, 여성문화이론연구소, 1998; 박혜숙, 「여성적 정체성과 자기서사―〈ᄌ긔록〉과 〈규한록〉의 경우」, 『고전문학연구』 20집, 한국고전문학회, 2000; 최규수, 「〈홍씨부인 계녀사〉에 나타난 자전적 술회의 글쓰기 방식의 의미」, 나정순 외, 『규방가사의 작품세계와 미학』, 역락, 2001.

것이다.99)

이러한 자료적 가치에도 불구하고 〈이정양가록〉에 대한 연구는 발굴자의 소개 이외에 전무한 실정이다. 이는 비단 이 작품뿐만 아니라 가문을 단위로 전승되어 왔던 규방가사 전반의 연구 경향과 실상을 보여주는 것이라고 할 수 있다. 즉 규방가사의 수집과 연구 성과는 꾸준히 축적되었지만, 개별 작품에 대한 섬세한 독해보다는 규방가사 전체, 특정 유형, 특정한 작품군을 중심으로 그 존재 의의를 해명해왔기 때문이다.100)

이 글은 장편가사 〈이정양가록〉에 대한 본격적 작품론이라기보다는 이 작품이 창작·전승된 내력, 작품 자체가 담고 있는 풍부한 정보를 소개하는데 일차 목적이 있다고 할 수 있다. 나아가 이 작품을 통해 사족 여성이 살아가는 법, 그들이 내면화했던(혹은 해야만 했던) 정체성에 대한 진지한 질문의 계기를 마련하고자 하였다는 점도 아울러 밝혀 둔다.

---

99) 영남 지방 이외 지역의 규방가사에 대해서 다음의 논의를 참조할 것. 강전섭, 「홍씨부인계녀사에 대하여 - 기호지방 내방가사의 일규로서」, 『어문연구』 5집, 충남대, 1967; 사재동, 「충남지방의 내방가사연구」, 『어문연구』 8집, 충남대, 1972; 박요순, 「호남지방의 여류가사 연구」, 『가사문학연구』(국어국문학회 편), 정음사, 1979; 박애경, 「〈즌별가〉, 〈효열가〉와 규방가사의 전통」, 『민족문학사연구』 22집, 민족문학사학회, 2003.
100) 작가가 알려진 규방가사를 대상으로 한 작품론을 모은 『규방가사의 작품세계와 미학』(역락, 2001)은 개별 작품에 대한 정밀한 독해를 통해 규방가사의 미적 가치를 재구하려는 시도의 일단으로 보인다.

## 2. 〈이정양가록〉 구성과 창작 · 전승 경위

### 1) 이정양가록의 구성과 서술의 기본 특성

〈이정양가록〉은 자신의 전반생을 회고하는 작품인 만큼 단락 역시 흥망성쇠에 따라 뚜렷이 구분되어 있다. 여기에 작품의 서사에 해당되는 이별타령이 짤막하게 들어가 있고, 작품의 창작 경위를 기록한 후기가 논평처럼 붙어 있어, 발화의 주체와 시점이 동일하지 않다는 것을 조심스레 짐작해볼 수 있다. 이렇듯 다중적 목소리가 한 작품 안에 공존하는 이유는 〈이정양가록〉이 여타 규방가사와는 다른 경로로 완성되었기 때문이다.[101] 도입부와 후기를 포함한 작품 전문을 주요 사건별로 구분하면 다음과 같다.

㉮ 도입 – 이별의 유형에 대한 나열
㉯ 평양감사를 지낸 부친이 낙향하여 가족과 여생을 보내다 노환으로 사망
㉰ 부친상을 당한 오라버니 이한림이 지극히 애통해하는 가운데, 친척의 도움으로 삼년상을 무사히 치루고 비로서 부친을 여읜 슬픔에 잠김.
㉱ 17세 윤칠월 칠일에 정정승의 둘째 아들과 혼례를 치룬 후 행복한 신혼 시절을 보냄
㉲ 졸지에 구고상을 한꺼번에 당한 후 다정하던 남편이 방탕한 생활에 빠지기 시작하고, 기세역시 급격히 기울어 극심한 빈곤에 시달림.
㉳ 대오각성한 남편이 학업에 힘쓴 끝에 과거에 급제하여 벼슬이 이조 참판에 이르고, 이부인은 정부인 직책을 얻음
㉴ 경상감사로 부임하던 중에 친정에 들러 노모 슬하 남매들이 각자의 영귀함을 자랑함.
㉵ 후기 – 기록과 전승 경위

---

101) 이 점에 대해서는 이후 단락 2)에서 상세히 짚어볼 것이다.

이 중에서 ㉯는 부모의 낙향과 오라버니 내외의 효성, 친상으로 ㉰는 친상을 당한 오라버니의 슬픔과 상례 절차로 ㉱는 혼례 절차와 신혼생활로 ㉲는 구고 상사와 남편의 타락, 빈곤의 고통으로 ㉳는 남편의 과거 급제와 순탄한 관로로 더 세분해 살펴볼 볼 수 있다. 서술의 대부분은 ㉰ 상례 절차, ㉱ 혼례와 신혼 생활, ㉲ 구고 상사 후 남편의 방탕한 생활과 연이어 닥친 빈곤, ㉳ 내조의 공을 쌓아 남편이 승승장구 하는 대목에 치중되어 있다. 이 부분은 흥-망, 성-쇠, 낙(樂)-비(悲), 비(否)-태(兌)가 교차되는 고비이며, 이씨 부인의 생에서 가장 중요했던 사건, 그때마다 등장하는 의미있는 존재 즉 오라버니와 남편이 부각되는 대목이기도 하다.

아버지의 죽음은 이씨 부인에게 처음으로 닥친 시련이라 이를 만하다. 평안감사와 이조판서를 지낸 후, 고향 용인으로 내려와 아들 내외와 슬하 남매의 효도를 받으며 평안한 여년을 보내던 아버지는 노환으로 끝내 세상을 뜨게 된다. 여기에서 주목할 부분은 아버지의 죽음보다 이를 맞이하는 오라버니에 중심을 두어 서술하고 있다는 것이다. 아버지의 회생을 위해 눈물겨운 노력을 펼치던 오라버니는 끝내 친상을 당하자, 혼절하고 만다

> 불상허다 할림학ᄉᆞ(翰林學士) 효성(孝誠)도 거룩ᄒᆞ다
> 부모(父母)의(를) 위한마음 사람마다 잇건만[는]
> 이할님(李翰林)과 갓틀손가 거(그)누가 보앗난가
> 인간(人間)의 ᄒᆞᆫ번죽엄 넷성인(聖人)도 못면(免)커든
> ᄒᆞ물며 이판셔(李判書)야 더욱일너 무엇ᄒᆞ리[102]

이씨 부인은 아버지의 죽음과 오라버니의 혼절을 지켜본 주위 사람들의 목소리를 빌어, 아버지의 죽음은 돌이킬 수 없는 자연의 섭리로

---

102) 괄호 안의 한자 단어와 교정자, 문맥에 맞게 [ ] 안에 보충한 구절은 발굴·소개자의 것을 따랐다.

이해하는 반면, 오라버니의 망극지통에 대해서는 한없는 동정과 연민의 눈길을 보내고 있다. 이러한 태도는 삼년에 걸친 장례 절차를 그린 ③ 대목에서도 일관되게 이어지고 있다.[103]

오라버니는 이후 누이의 혼인과 작품의 창작·기록 과정에도 적극 개입하여, 이씨 부인의 삶에 큰 흔적을 남긴 사람임을 알 수 있다. 남다른 형제애는 물론 이씨 부인이 일찍이 부친을 여의고, 오라버니가 부형의 역할을 계승했다는 데에서 찾아볼 수 있다. 그러나 누이동생의 '궁달부귀(窮達富貴)'를 기록한다는 작품 후기에서 보이듯, 누이동생의 남다른 인생 역정이 형제애를 더욱 다지게 한 요인이었음을 알 수 있다.

이부인의 생에서 또 하나 빼놓을 수 없는 인물은 그에게 극과 극을 두루 경험케 만든 남편이다. 정정승의 둘째 아들인 남편은 문벌과 재력과 풍채와 문필을 두루 갖춘 신랑감으로 그려지고 있다. 혼례날 남편을 처음 마주하는 장면에서는 내외법을 내면화된 사족 여성의 일원이 아니라, 17세 신부의 마음으로 돌아와 들뜬 심경을 피력하고 있다.

혼슈(婚需)을 갓춘후의 칠일(七日)을 기다려셔
뎡낭(鄭郞)을 마즐적의 옥(玉)갓튼 고은얼골
칠보(七寶)로 단장(丹裝)ᄒ고 팔자청산(八字靑山) 고흔터도(態度)
홍도(紅桃) 한가지가 봄바람의 썰쳐는듯
ᄉ랑옵다 졍신낭(鄭新郞)은 초례쳥(醮禮廳)의 넘으는양
쟝퇴(將臺)의 이린비들 곳바림의 흿드닛듯(횟드ᄂᆞ 듯)

이어 사위를 바라보는 친정 어머니의 흡족함까지 다소 수선스럽게 더해지면서, 처음 낯선 남자를 대했을 때 느끼는 서먹함은 어디에도 나

---

103) "불상(不祥)ᄒ다 오라바님 [불상ᄒ다 오라바님] / 이연(哀然)이 우는소리 초목(草木)이 스러한다 / 근력(筋力)이 즈진(自盡)하여 우름인들 엇지울나" "불상ᄒ다 오라바님 망극(罔極)히 우난소리 / 힝노(行路)의 가난ᄉ람 뉘아니 낙누(落淚)하리 / 초목(草木)의 셔른눈물 옷깃슬 젹셔넌다 / 장ᄉ(葬事)날을 당(當)하여셔 너셔너셔 나갈젹의 / 니즉(內子)의 우리마음 쎠꼴이 다녹거든 / 흣물며 효셩(孝誠)잇난 오라바님 더욱일너 무엇ᄒ리"

타나지 않는다. 이러한 설레임은 친영(親迎)날 비로소 친정 어머니와 이별하는 순간까지 지속된다. 남편으로 인해 자애로운 시부모의 총애, 번화부귀, 행복한 신혼생활을 모두 누렸던 이씨 부인은 또 그 남편으로 인해, 지금까지 누렸던 행복을 송두리째 날리는 아픔을 맛보게 된다. 일시에 시부모의 상사를 당한 이후, 계속해서 어긋나기만 한 남편을 바라보는 심정을 '절통(切痛)'이라는 말로 표현했던 것은 그의 생에서 남편이 차지하는 존재감을 생각하면 당연한 귀결이었다고 할 수 있다.

이렇듯 이 작품은 유년기부터 중년기까지 흥망성쇠가 교대하는 자신의 생애를 인상적인 몇 개의 에피소드와 고비마다 등장하는 주요 인물을 중심에 놓는 방식으로 재구하고 있다. 각각의 에피소드는 대부분 기억에 의존하여 서술되고 있지만, 놀라울 정도로 구체성을 획득하고 있다. 에피소드마다 등장하는 주변 인물들의 발화, 인상적인 국면의 자세한 묘사는 표현의 구체성을 획득하는 동시에 과거지사를 현재화된 표현으로 드러내는 데에 효과적으로 기여했다고 할 수 있다. 그 결과 기본적으로 일인칭 서술을 유지하면서도, 삶의 구체적인 정황, 다양한 가치와 시선을 포착할 수 있었다. 이 작품이 거둔 성취는 가사 문학의 다양화로 설명할 수 있을 듯하다. 4·4조, 4음보, 일인칭 화자의 일관된 발화로 정연하게 이어지는 가사 문학이 이념지향적 교술성, 일방적 담화에서 탈피하여, 생활의 정취를 풍부하게 담아내고, 순간순간 떠오르는 정감과 에피소드를 유연하게 펼쳐보일 수 있을 정도로 저변화된 사정을 반영하고 있다고 할 수 있다.


2) 창작·전승 경위를 통해본 〈이정양가록〉의 성격

〈이정양가록〉은 남편이 경상감사로 부임하던 길에 오랜만에 용인 친정에 들르게 된 이씨부인이 노모 슬하 형제들과 모여 각자 사는 이야기를 주고 받는 가운데, 이부인의 삶이 화제가 되어 자연스럽게 가사 창작으로 이어진 것으로 보인다.

> 스우(祠宇)의 단인 후(後)의 주모슬하(慈母膝下) 남미(男妹) 안주
> 이왕스(已往事)을 말솜ᄒ며 즉금(則今) 영귀(榮貴) 주랑ᄒ며
> 친안(親顔)을 앙쳠(仰瞻)ᄒ미 일비일희(一悲一喜) ᄒ시도다

작품의 말미에 가사를 짓게 된 내력과 정황을 밝히는 것은 가사의 익숙한 작법 중 하나로 그다지 특별하지 않다. 그러나 전문 뒤에 부기된 다음 기록은 이 작품이 보통의 규방가사와는 다른 경로를 거쳐 전승되었음을 보여주고 있다.

> 모년(某年) 모월 모일(某月某日) 우형(愚兄) 보국숭녹디부(輔國崇祿大夫)
> 힝니조판셔모(行吏曹判 書某)ᄂ 스미(舍妹) 뎡부인(貞夫人) 주유소시(自幼少
> 時)로 궁달부귀(窮達富貴) 기록(記錄)ᄒ니 디 체(大體) 여주(女子)되여 출가
> (出嫁)헌후 승슌군주(承順君子) 졔일(第一)이라

이 작품을 소개한 강전섭은 오라버니인 이판서가 동생인 정부인 이씨를 위하여 한문으로 지은 행록을 국문 가사체로 번역한 것이 세상에 유포되어 사본으로 전해졌을 것이라 보았다.[104] 그러면서도 작품의 기본 성격을 이판서의 따님인 정부인 이씨가 전반생 고행담을 술회한 장편가사로 규정하여[105] 원본 재구와 원작자 추정에 약간의 혼선을 노정하고 있다. 작품 전문과 부기에 나타난 정황만 놓고 볼 때, 이 작품은 구연자(이씨 부인)─기록자(이씨 부인의 오라버니 이판서)─전승자 (이씨 가문 여성들)─필사자(이씨 가문의 혈손으로 보이는 이소저)로 이어지며, 이들이 각각 텍스트 구성에 관여한 적층성 작품으로 보이기도 한다. 그러나 장편

---

104) 강전섭, 앞의 책.
105) 위의 책.

임에도 불구하고 유년시절부터 창작 당시까지의 생애를 비교적 일관된 호흡과 단일한 일인칭의 목소리로 풀어낸 것으로 보아 적어도 작품의 중심을 이루는 회고 부분에 관한 한 누대에 걸친 적층의 가능성은 그다지 높아 보이지 않는다.[106]

따라서 작품의 창작·전승 경위는 어떤 경우든 가설에 불과할 수밖에 없다. 먼저, 발굴자의 추정대로 이씨 부인의 구술과 본인의 관찰을 바탕으로 이판서가 한문 행록(行錄) 형태로 내용을 기록한 후, 이것이 국문 가사체로 번역되어 유포된 경우를 상정해 볼 수 있다. 두번째로는 이씨 부인의 구술을 이판서가 장편의 가사체로 옮긴 후 전승과정에서 장편 가사로 정착되어, 계녀의 내용을 담은 가사 〈녀ᄌ교훈 젼 녀힝녹〉과 합본·필사되었을 가능성을 생각해 볼 수 있다. 세 번째로는 이씨 부인의 원작이 친정을 통해 전승되는 과정에서 기록자가 그의 오라버니인 이판서로 바뀌었을 가능성을 생각해볼 수 있다. 마지막으로, 이부인의 가사와 이를 한역한(혹은 별도로 집필한) 이판서의 행록이 친정을 통해 동시에 전승되는 가운데 가사와 행록의 부기가 합본되어 필사되었을 경우도 상정해 볼 수 있다.

이 가운데에 가장 가능성이 높은 가설은 두 번째, 즉 이씨 부인의 구술을 오라버니가 장편의 가사체로 옮겨 적은 후, 전승과정에서 장편가사로 정착한 경우이다. 친정 어머니를 중심으로 자녀들이 모여앉아 자신의 삶을 이야기하는 창작 정황은 생애담을 구술하는 이야기판의 모습과 닮아 있다. 생애의 고비를 대표할 수 있는 에피소드 중심으로 전개되는 이씨 부인의 회고담은 한 개인의 기억에 의해 구성된 서사라는 구술 생애담의 성격[107]을 지닌다 할 수 있다. 이 경우 구술자인 이씨 부

---

106) 작품 초입의 부모님의 낙향과 그들의 여생을 묘사하는 부분은 감정을 격정적으로 노출하기도 한 이후 대목에 비해 객관적이고 다분히 상투적인 어조로 표현되어 있어, 작품 내에 어조의 차이는 분명 보이고 있다. 그러나 이러한 어조의 차이는 '체험과 기억의 다름'에서 오는 정서적 반응의 차이로 해석할 수 있다.

107) 천혜숙, 「여성생애담의 구술사례와 그 의미분석」, 『구비문학연구』 4집, 한국구비문

인을 이 작품의 원저자로 상정하는 것이 무리가 없어 보인다. 생애담의 경우 어디까지나 구술의 주도권을 화자가 가질 뿐 아니라, 이를 통해 자발적인 자기 표현과 자기 확인이 가능하기 때문이다.[108] 따라서 이 작품은 이씨 부인이 자기 생을 바라보는 관점, 자신의 삶에 대한 동의를 구하는 과정을 보여준다고 할 수 있다.

이렇듯 이 작품은 어느 경우든 이씨 부인의 체험과 관점이 작품의 근간이 되었으므로, 이씨 부인의 작품으로 상정할 수 있다. 다만 앞서 잠시 언급하였듯이 생애를 회고한 본문과는 동떨어진 후기는 기록·전승 과정에서 첨가되었을 가능성을 제기해 볼 수 있다. 즉 후기는 기록자이자 논평자 격인 오라버니 이판서의 시선을 담아내고 있다고 할 수 있다.

여기에서 또 하나 특이한 부분은 작품의 도입부에 열거된 갖가지 이별에 대한 상념을 노래한 대목이다.[109] 이 대목은 '친정에서의 해후'라는 창작 정황, 이어지는 부모의 낙향이라는 에피소드와도 동떨어져 의미의 불연속마저 자아내고 있다. 물론 이별에 대한 상념은 파란만장한 자신의 생애를 펼치기에 앞서 호흡을 고르기 위한 장치일 수도 있다. 그러나 이 작품이 여아 교훈을 위한 교훈서로 전승되었던 내력을 생각하면 이 대목의 의미는 사뭇 달라진다. 여아용 교훈서는 결혼을 앞둔 딸에게 주는 것이 일반적이다. 따라서 창작 정황과는 무관한 이별타령은 결혼을 앞둔 딸의 심경, 혹은 그를 바라보는 친정 부모의 회포를 그린 것이라고도 할 수 있다. 그렇다면 서두의 이별타령은 작품의 전승과 합본 과정에서 기문 내 여성 필사자에 의해 덧붙여졌을 가능성을 제기

---

학회, 1997.

108) 천혜숙, 위의 글.

109) 갖가지 이별의 경우를 노래한 서두와 본문 처음을 인용하면 다음과 같다. "천황씨(天皇氏) 스람닐제 이별(離別)키난 무숨일고 / 고당(高堂)의 부모이별(父母離別) 간운(看 雲)의 형제이별(兄弟離別) / 운쥬(雲州)의 붕우이별(朋友離別) 청춘(靑春)의 낭군이별(郎君離 別) / 이별(離別)이 만타한들 너이별과 갓틀손가 천지(天地)갓튼 우리부모(父母) 국은(國恩)니 망극(罔極)하스 / 평안감스(平安監司) 가라온후 니조판셔(吏曹判書) 스은(謝恩)후의 / 용인(龍仁)을로 나려와셔 여년(餘年)[을] 보닉실졔"

해볼 수 있다. 물론 이 가능성에 대해서는 더 치밀하게 고구해야겠지만 창작·전승과정의 적층성이 다중적 목소리의 공존, 나아가 작품 성격의 변화를 초래하였다는 점은 충분히 감안해야 하리라 생각한다.

〈이정양가록〉은 이렇듯 기록과 전승 과정을 거치며 작품 성격에 변화를 수반하였다. 애초에 이씨 부인의 회고는 자신의 전반생을 정감적으로 술회한 것으로 사적 발화의 영역을 크게 넘어서지 않는다. 그러나 여기에 '승순군자(承順君子)'라는 계녀의 항목이 논평처럼 추가되고, 계녀의 항목을 나열한 〈녀ᄌ교훈 젼 녀힝녹〉과 합본되어 『여ᄌ교훈』이라는 필사본 서책으로 전승되면서, 이 작품이 시집가는 여아를 위한 교훈서로 기능하였다는 것을 알 수 있다. 『여ᄌ교훈』류의 동일한 주제 아래 산문 기록과 가사가 합본되는 방식은 규방가사 문화권에서 어렵지 않게 발견된다.[110] 이는 교양적 독서물로 기능했던 규방가사 향수의 일단을 보여주는 것으로 보아도 무방하다.

기록·전승의 과정을 거치면서 〈이정양가록〉은 사적 발화와 공적 담론의 경계에 위치한 텍스트로 탈바꿈하게 되었다. 서사화된 구술 생애[111], 계녀라는 외피, 사적 발화의 공적인 향유, 가문을 통한 가사의 전승과 향유는 규방가사 일반의 특성, 존재방식과 정확하게 부합하고 있다. 그러나 이 작품이 규방가사의 존재방식을 따랐지만 영남 지역에서 주로 발견되는 여타의 규방가사와 구분되는 점 또한 분명히 드러내고 있다. 먼저 작명의 관습을 들 수 있다. 친정과 시댁 두 집안의 내력을 의미하는 〈이정양가록〉이란 작명은 가사보다는 가문과 가문 구성원

---

110) 산문기록과 가사가 동일한 주제 아래 합본되어, 정보전달과 교훈, 자유로운 정감 표출이라는 양면을 효과적으로 분리한 경우는 다음의 사례를 참조할 것. 박애경, 앞의 책. 특히 산문기록과 가사를 동일한 주제 아래 합본하여 필사본 서책의 형태로 전승하던 사례가 주로 기호지방에서 발견되는 것은 눈여겨 볼 부분이라 할 수 있다.

111) 〈이정양가록〉은 생애 중 의미있는 부분, 인상적인 국면을 중심으로 재현하여, 구술 생애를 반영하면서 서사화되는 규방가사의 서술 특성을 전형적으로 보여주고 있다. 규방가사의 서술 특성이 서사화된 구술생애를 견인한다는 논의는 백순철, 「규방가사의 작품세계와 사회적 성격」(고려대 박사논문, 2000)을 따랐다.

의 내력을 밝힌 가문소설의 그것과 흡사하다. 또한 가사라고 하기에는 상당한 분량의 장편이라는 점, 동일한 주제 아래 산문 기록과 합본되어 서책의 형태로 전하는 점은 여타의 규방가사와 구분되는 이 작품의 특성이라 할 수 있다.


## 3. 사족 여성의 존재 방식과 〈이정양가록〉


〈이정양가록〉은 한 사족 여성의 생생한 체험과 정감적 술회가 담긴 삶의 기록이라 할 수 있다. 여기에는 자신의 존재 방식, 가치, 내면의식을 포함한 정체성 일체가 담기게 마련이다. 이씨 부인의 사적인 전기가 공적인 담론의 장에 놓이는 과정에서 보이듯, 한 사족 여성의 존재 방식은 사족 여성 일반 나아가 여성 일반의 존재 방식에 대한 물음과 연관될 수밖에 없다.[112] 따라서 삶의 결이 묻어나는 장면, 가족을 바라보는 시선, 정서의 미묘한 편폭 등 이 작품이 성취한 미덕은 그 자체로 여성, 특히 사족 여성의 삶에 대한 통찰의 계기를 마련하고 있다.

이 작품은 우리에게 19세기 여성으로 살아가는 법, 그 중에서 분명 축복받은 축에 속했던 명문가의 여성으로 살아가는 법에 대해 포괄적으로 제시하고 있다. 이를 '사속 여성의 정체성의 표현'이라 바꾸어 보아도 무방할 것이다. 사족 여성의 정체성은 신분제 사회에 편입된 여성 일반과 마찬가지로 타인 특히 가족과의 관계성 속에서 규정된다. 이러한 관계성을 최후로 통어하는 것이 가부장제의 지배담론이라고 한다면, 사족 여성은 자의반, 타의반으로 지배담론을 내면화하고, 이를 통해 자

---

112) 박혜숙, 앞의 책.

신의 존재를 승인 받는 방식을 취했다고 할 수 있다. 이렇게 획득한 정체성은 개인의 존재방식에서부터 내면의식에 이르기까지 강력하게 작동하면서 일종의 집단 무의식을 형성해 낸다.

그런데 〈이정양가록〉의 주인공이자 원저자인 이씨 부인은 대도시 생활의 양과 음을 두루 경험한 도시 출신 사족 여성이며, 친정과 시가가 모두 판서 이상의 고위직을 지낸 벌열 출신의 여성이다. 따라서 규방가사를 주로 창작하고 즐겼던 향촌의 사족여성과는 공유하는 부분이 있는 반면, 갈라지는 부분 역시 분명 존재할 수밖에 없다.[113) 따라서 이 작품에서 사족 여성의 삶과 정체성을 해명하기 위해서는 사족 여성의 삶에 유입된 대도시 벌열층 특유의 감각과 가치를 동시에 읽어내는 섬세한 독해가 필요하다. 즉 관심의 초점을 대도시에 두느냐, 사족에 두느냐, 여성에 두느냐에 따라 논의의 초점이 조금씩 달라질 수 있다는 것이다.


## 1) 사족 여성과 가문의식

사족 여성의 정체성이 가족 간의 관계를 통해 드러난다는 것은 이미 지적하였다. 이들의 관계를 선험적으로 규정하는 것으로 가문이라는 귀속 지위를 빼놓을 수 없다. 사족 출신에게 가문이란 남·녀 공히 개인의 정체성을 형성하는 근간인 동시에 배타적 우월성을 담보할 수 있는 배경이라 할 수 있다. 그나마 남성의 경우 공적인 영역에서 자신의 이

---

113) 19세기 서울의 도시화는 상업화와 더불어 눈부시게 진행되어, 도시 특유의 생활 감각을 담은 문예물이 대거 생산되는 계기를 마련하였다. 이러한 서울의 변화와 이로 인해 파생된 가치관, 감각의 변화는 서울의 최상류층인 벌열 가문에게도 침투하였다. 벌열 가문의 구성원들은 가부장적 질서에 입각한 가문의 유지와 공고화에 힘쓴다는 점에서, 사족 일반의 가치 지향을 보여주지만, 현실적 이해 관계에 민감하다는 점에서 명분을 최우선 가치로 생각하는 향촌의 사족과는 다른 면모를 보여주고 있다.

상과 가치를 펴보고, 실현할 기회가 있었지만, 여성에게 가문이란 공·사의 영역을 망라하는 장이었기에 스스로를 철저히 가문의 일원으로 규정하려는 태도를 보이게 마련이다. '계녀가'에서 부덕으로 빠지지 않고 거론하는 '봉제사(奉祭祀) 접빈객(接賓客)', '치산(治産)'의 항목은 윤리적 주체로서의 여성이라는 의의 못지 않게(혹은 그 이상으로) 가문의 관리자[114]로서의 여성의 역할을 강조하고 있다.

자발적인 자기 확인의 장이라 할 수 있는 이 작품 역시 가문에 대한 관점이 두드러지게 나타난다. 개인의 술회문에 굳이 가문소설의 익숙한 작명법을 빌어 〈이경양가록〉이란 제목을 붙였을 만큼 가문에 대한 자긍심과 우월성을 드러내고 있다.[115] 우월함의 바탕은 가문 구성원의 자질이나 품성이라기 보다는 가족과 친척이 역임했던 화려한 관직 경력이다. 그의 유년기와 성장기에 커다란 영향을 미쳤던 젊은 시절의 오라버니를 '한림학사(翰林學士) 오라버님'이라 지칭하고, 그 배우자인 형님에 대해서도 '병조판서(兵曹判書) 따님이요 디〈셩(大司成)의 족하로다'라하여 역시 품성보다는 문벌을 앞세우고 있다.

가문에 대한 자긍심은 집안의 위세를 한껏 보여줄 수 있는 부친의 상례 때 뚜렷하게 나타나고 있다. 화성유수(華城留守)와 예조판서가 장례에 가담하고, 평안감사와 호조로부터 부의가 답지한다. 원근 친척의 도움으로 상례를 치루는 다음 장면을 잠시 살펴보자.

허디(許多)흔 우리족친(族親) [모두들 츳즈온다]
경상감사(慶尙監司) 친촌족장(七寸族丈) 손신졔(山神祭) 담당(擔當)ᄒ고
나쥬목사(羅州牧使) 이종〈촌(姨從四寸) 빈혼졔〈(殯魂祭祀) 담당ᄒ고

---

114) 정창권, 『한국 고전여성소설의 재발견』, 지식산업사, 2002, 40면.
115) 〈이경양가록〉이란 제목은 원저자인 이씨 부인이 아니라 기록자인 오라버니 이판서가 지었을 가능성이 높다. 따라서 가문의식을 온전히 이씨 부인의 것으로만 돌릴 수 없다. 그러나 원저자의 생애담이 집안의 이야기로 확대되고, 다시 가문 내 여성의 교훈서로 전승되는 과정은 가문의식의 개입으로 설명할 수 있다. 장편 가문소설의 주 독자층이 벌열층 여성이라는 것 역시 우연으로만 넘길 수 없을 듯하다.

동닉부ᄉ(東萊府使) 오촌당숙(五寸堂叔) 제슈제ᄉ(祭需祭祀) 담당한다

　상례를 돕는 일가친척의 면면을 관직명으로 대신하는 대목에서 가문에 대한 자부심은 극에 달한 듯 보인다. 가문에 대한 남다른 소속감은 남편의 방탕한 생활로 인생 최대의 위기를 겪을 때에도 자기 검열의 기제로 어김없이 작동하고 있다.

　　이ᄂᆡ몸 혜아리니 사부(士夫)의 명실(正室)이요
　　지상(宰相)의 소교이(所嬌愛)요 ᄃᆡ신(大臣)의 총부(冢婦)로셔
　　졍ᄉᆡᆼ(鄭生)의 먹은마음 투ᄉᆡ(기)(妬忌)ᄒᆞᆫ 부녀(婦女)보면
　　음난픽악(淫亂悖惡)ᄒᆞᆫ 일인쥴 아라시니 투긔지심(妬忌之心)이야
　　일호(一毫)나 잇슬손가

　여기에서도 투기는 부덕을 거스르는 품성의 문제라기 보다는 자신의 가문, 그로 인해 가문의 일원으로 규정지워진 자신의 존재에 누를 끼치는 행위로 이해하고 있어, 가문의식이 자신의 존재를 규정하는 정체성의 일부로 내면화하고 있음을 알 수 있다. 이씨 부인에게 있어 가문과 여기에서 파생된 숱한 관계는 자신을 지탱하는 힘이자, 정체성을 확인하는 통로이며 내면의식의 근간이었던 것이다.
　가문의식을 드러내며 자기 존재를 확인하는 방식은 사족 여성의 규방가사에서 어렵지 않게 발견할 수 있다.116) 여행·화전놀이 등 비일상의 영역은 가문의식을 촉발하는 대표적 장이라 할 수 있다. 이 경우 가문의식의 표출은 일상으로의 순조로운 복귀를 돕는 역할을 담당한다고 볼 수 있다. 그러나 〈이졍양가록〉은 자신을 중심에 둔 생애담에서 가문의식을 적극적으로 드러내고 있다는 점에서 다른 작품과 차이를 보인다. 사족여성에게 가문의식이란 자기 정체성과 분리하기 힘들 정도로 착종되어 있다는 것을 여기에서도 확인해 볼 수 있다.

---

116) 김수경, 앞의 책; 백순철, 앞의 책.

## 2) 내면의식을 이해하는 세가지 통로-친정(親庭), 혼인(婚姻) 그리고 창기(娼妓)

〈이정양가록〉에서는 사족 여성의 글쓰기에 일반적으로 나타나는 가문의식, 특히 가문에 대한 자긍심과 이를 내면화하는 과정이 보이고 있으나 미약하게나마 여기에서 벗어나 '개인'을 사유하는 모습 또한 나타나고 있다. 가문의식을 내면화하고, 동시에 여기에서 벗어나는 조짐은 이씨 부인에게 가문의식의 근원이며 작품 창작의 모태가 되었던 친정, 가문의 유지와 강화·번성을 위한 공적 행위였던 혼인, 평탄한 가정 생활에 끼어든 창기에 대한 태도에서 찾아볼 수 있다.

대개의 경우, 규방가사에서 친정은 '가고 싶어도 가지 못하는' 그리움의 대상으로 그려져 있다. 그런만큼 친정은 가부장제의 규범과 제도 일체를 내면화한 사족 여성이 도덕과 교양으로도 억제할 수 없는 정감을 호소하는 거의 유일한 통로이기도 했다. 따라서 친정은 사족 여성에게 주입된 지배 담론과 그 이면을 가장 정직하게 보여주는 일종의 심리적 중립지대와 같은 대상이었다.

이 작품의 경우, 이씨 부인의 친정은 원작자의 가문의식을 이해하는 출발점이자 가장 중요한 관문이라 할 수 있다. 앞서 이야기하였듯이 부모, 오라버니 내외, 원근 친척의 화려한 관직은 이씨 부인에게 자부심의 근원이었고, 동일시의 대상이었다. 오라버니 내외의 지극한 효성도 좋은 문벌의 자제들에게 부수되는 자질로 이해할 만큼 이씨 부인에게 친정의 시위는 설대석이었다. 이씨 부인이 오라버니의 동생으로서, 노모의 여아로서 자신의 위치를 규정한 것은 이로 보아 당연한 수순이었다. 오라버니에 대한 우호의 시선은 그가 부친 사후 집안의 중심으로 자리했던 사정을 감안하면 '친정에 대한 동일시'라는 차원에서 이해할 수 있다.

그렇지만 친정 어머니와의 관계로 돌아오면 자부심의 근원으로서의 친정은 정서적 귀의처로 탈바꿈하게 된다. 홀로 되신 친정 어머니는 혼

인한 딸이 친영(親迎)하는 날, 시집가는 여아에게 주는 경계의 말을 남기
나 그 말은 지극히 소략하고 상투적이다.117) 어머니는 계녀의 항목을
설파하지만 그 모습조차도 유교 이념의 훈육자로서가 아니라 그 순간
이 지나면 시집으로 들어가는 딸과 잠시라도 더 시간을 보내고 싶은 안
타까운 모성의 발휘로 비춰질 뿐이다. 이씨 부인 역시 어머니의 전언보
다는 이별하는 순간의 심회와 이를 바라보는 주변인의 반응을 더 인상
적으로 그려내고 있다. 남편의 방황, 이어 닥친 극심한 빈곤으로 한없이
나락으로 떨어지는 경험을 하는 순간에도 친정 어머니가 행여 마음 상
할까 염려하여, 자신의 처지를 알리지 못하는 심경을 안타깝게 호소하
는 장면에서는 노모에 대한 혈연의 정을 살뜰하게 드러내고 있다.

　작품에서 주요하게 서술되고 있는 혼인 역시 내면 의식의 미묘한 추
이를 감지하는데 중요한 단서를 제공하고 있다. 사족층에게 혼인은 가
문 간의 결합을 통해 그 지위를 유지·번성하기 위한 중대사인 만큼 여
기에 가문의식이 개입될 수밖에 없다. 이씨 부인은 17세에 친정의 지위
에 걸맞게 대제학의 증손이며, 영의정의 자제인 정정승의 둘째 아들과
혼인을 한다. 풍채 좋고, 문필이 뛰어나고, 문벌도 화려한 남편에게 인
물 곱고, 처신이 조신하고, 문벌 역시 화려한 이씨 부인과는 그야말로
'군자호구'였던 것이다. 그런데 혼인을 결정하는데, 문벌과 본인의 자
질·품성 못지 않게 집안의 경제력이 판단의 근거로 제시되고 있다는
점은 눈여겨 볼 대목이라 할 수 있다. 혼담이 오가는 도중 시집 될 집안
의 경제 규모를 장황하게 서술한 다음 대목은 이러한 사정을 명백하게
보여주고 있다.

　　　물베타작(打作) 일천석(一千石)은 과동양식(過冬糧食) 유족(裕足)하고
　　　당디일천(唐大一千) 팔빅근(八百斤)은 과동의복(過冬衣服) 넉넉하고

---

117) 오아(吾兒)난 주모(慈母)의 말을 숨길(감)지어다 / 효봉구고(孝奉舅姑) 승순군자(承順
　　君子) 우 우제스(虞于諸事) 하며 / 유쥬스시(遊走四時) 하여 계지무위(戒之無違) 하라

피오리쏠 칠빅셕(七百石)은 과하양식(過夏糧食) 푼푼ᄒ고
황저포(黃苧布) 일천필(一千疋)과 빅져(白苧)모시 일천필(一千疋)은
하졀의복(夏節衣服) 걱졍업고 노복(奴僕)으로 볼작시면
슈쳥(守廳)하님 열둘이요 반빗하님 스물다섯
층층(層層)이 버러셧고 집치례로 볼죽시면
슴층젼(三層殿) 너른다락 노젹고(露積庫)로 옵님(壓臨)ᄒ고
십이간(十二間) 너른마로 큰사랑(舍廊) 스니(散移)ᄒ고
안팟즁문(中門) 소슬더문(大門) 왕방울 거러두고
송듁취병(松竹翠屛) 집흔속의 죽졍(竹亭)을 쑤며시며

　노골적이다 싶을 정도로 예비 시가의 재산 정도를 꼼꼼히 따지는 이 부분은 경제적 부가 문벌에 버금가는 가치로까지 격상된 19세기 서울의 인정·세태를 흥미롭게 보여주고 있다. 이러한 태도는 이념적 명분에 관한 한 한결 경직된 태도를 고수했던 향촌의 사족과는 다른 가치 지향을 보여주는 것이라 할 수 있다. 경제력이 이렇듯 문벌을 든든하게 받치는 기반으로 부상했던 현실을 감안하면, 재산 규모에 대한 관심은 가문의식의 확장으로도 볼 수 있다.

　혼인은 이처럼 이씨 부인에게 흡족한 남편과, 자애로운 시부모와 부귀번화한 삶을 동시에 가져다 주었다. 한마디로 친정에서 누렸던 지위가 혼인을 계기로 유지·강화되었다고 할 수 있다. 그러나 흥미로운 것은 이씨 부인이 시댁에서 자신의 위치를 며느리보다는 '아내'로 규정하는 부부 중심의 태도를 보이는 것이다. 그녀에게 시부모는 은애(恩愛)를 일방적으로 베풀고, 부귀한 삶을 제공해 주는 존재였다. 시부모와 남편에 대한 이씨 부인의 태도는 노부모를 효성스럽게 봉양하는 것으로 자신의 존재를 드러내고, 그로써 오라버니의 인정을 받았던 형님의 경우와 대조를 이루고 있다.

　이씨 부인에게 남편은 가문의 계승자이자, 자신의 공적 욕망을 실현해줄 수 있는 통로였으며, 가장 가까운 이성이기도 했다.[118] 따라서 학

업을 멀리하고 파락호들과 어울리며 유흥에 탐닉119)하는 남편의 방황은 이씨 부인에게 공·사의 영역이 한꺼번에 무너지는 시련으로 다가왔던 것이다. 독수공방, 풍우조차 막을 수 없을 정도로 초라한 집, 삽시간에 사라진 재산과 비복, 기갈(飢渴) 등 비참한 생활상은 이전에 누려왔던 지위가 남편으로 인해 완벽하게 소멸되었음을 보여주는 것이라 할수 있다.

남편의 급변에 대해 이씨 부인은 명문가의 후손임을 재삼 다짐하며의연하게 넘기려 하나, 현실적인 어려움이 잇달아 닥치자 원망과 염려와 연민이 교차하는 복잡한 심사를 드러내고 만다. 이씨 부인의 착잡한내면은 자신의 가정사에 불청객처럼 침입한 창기(娼妓)에 대한 묘사를통해 드러나고 있다.

> 상의원(尙衣院) 침선비(針線婢)며 양방의(藥房醫) 니의여(內醫女)라
> 춤잘츄고 노리명창(名唱) 얼골을 볼죽시면
> 일지희당(一枝海棠) 반기화(半開花)가 혜풍숨월(蕙風三月) 아츰날의
> 초로(草露)을 머금은듯 후억하고 아리쌉고
> 천만교틱(千萬嬌態) 먹금은것 누구누구 유명(有名)ᄒ다
> 그다아니 구미호(九尾狐)가 어이하여 몰나보고
> 쥬야침익(晝夜沈溺)하여 흔흔불상(欣欣不祥)ᄒ단 말가

---

118) 남편에 대한 공적 기대는 다음 구절에 요약되어 있다. "바라나니 우리낭군(郎君) 긔
구지업(箕裘之業) 힘을씨(쓰)고 / 가셩(家聲)을 이으시기 이쪼한 소원(所願)이라 / 성경현
전(聖經賢傳) 빅가셔(百家書)을 융회관통(融會貫通) 하오셔[서] / 소년등과(少年登科)
하시기을 일념(一念)의 바라더니"
119) 이 작품에서는 인왕산 자락, 목멱산 명승처에서 펼쳐지는 경화사족, 파락호, 유협객의
유흥이 자세하게 묘사되어 있어, 19세기 번성한 도시 유흥의 실상을 보여주고 있다.
"열양[十兩]나기 장긔(將碁)두기 닷양[五兩]나기 방튜뎐(方錐箋)과 / 바둑두기 골픽
(骨牌)하기늦놀기며 가구(佳句)하기 / 갑죽골 뉵먹두기 싱긴노름 다할젹[의] / 돈도쪼한
물이로다 졔기츠기 장치기며 / 샹원이(일)(上元日) 연(鳶)날리기 단오가졀(端午佳節) 펴
사움(편싸움)과 / 틱견(跆拳)하기 씨름하기 편쏨ᄒ기 춤츄기며 / 노리ᄒ기 동풍삼월(東
風三月) 빅화시(百花時)와 낙목규츄(落木九秋) / 단풍졀(丹楓節)의 인왕손하(仁王山下)
명승쳐(名勝處)와 목멱순중(木覓山中) / 뉴명(有名)한곳 남북한(南北漢) 여러디츨(大刹)
/ 기악쥬춘(妓樂酒饌) 싯고가셔 예셔놀며 졔서놀며"

창기에 대한 묘사는 순전히 상상에 의해 재구된 것인 만큼 환시(環視)에 가깝다고 할 수 있다. 아리따운 창기의 모습은 꿈인 듯 홍안을 잃어버린 자신의 처지와 극명히 대비되면서 어느덧 남편을 훼손하고, 평온한 결혼 생활을 무너뜨린 위협자의 모습으로 다가온다. 비참한 생활상을 토로하면서도 의연함을 잃지 않으려 하고, 몰락한 자신의 처지를 연민하고 냉소하기도 하는 여유를 보였던 이씨 부인이 창기에 빠져 돌아올 줄 모르는 남편을 상상하는 대목에서는 환시와 남편에 대한 원망이 교차하며 일순 동요하는 모습을 보여주고 있다.

이씨 부인의 심리적 동요는 내면화한 유교적 교양, 명문가의 영애라는 자기다짐과 확인으로도 억누를 수 없는 정감의 일단을 토로한 것으로 보인다. 이씨 부인이 겪었던 심리적 고충은 여성의 몸을 철저하게 통제하고 대상화했던 가부장제의 지배 장치의 이면을 보여주는 것이라 할 수 있다. 부권중심의 사회가 자리잡은 후, 여성의 몸은 '아이를 낳고 가문을 잇는 도구'이거나 '욕망을 해소하기 위한 대상'으로 기능해왔다.[120] 어머니로, 창녀로 극단적으로 분리된 성적 정체성은 모든 여성을 '절반을 상실한' 불완전한 존재로 만들어 버린다. 이씨 부인이 창기에 대해 다소 불안전한 심사를 노출시킨 것을 두고, 천민 여성에 대한 배타적 우월성을 드러낸 것이 아니라 사족 여성 역시 어느 면에서는 불완전한 존재일 수밖에 없다는 것을 보여주는 것이라는 해석은 그래서 가능하다 하겠다.

---

120) 박애경, 「기생—가부장제의 경계에 선 여성들」, 『여성이론』 4호, 여성문화이론연구소, 2001.

## 4. 나오는 말 – 여성문화권과 〈이정양가록〉

〈이정양가록〉은 벌열 출신 한 여성의 자전적 진술이 가문 내 여성들을 통해 필사의 방식으로 전승되면서 사적 발화가 공적 담론화하는 과정을 전형적으로 보여주고 있다. 작품의 창작과 전승 과정은 가문 단위로 전승되며 여아의 교육용으로, 가문 결속용으로 꾸준히 생명력을 유지해왔던 규방가사 문화권의 특성을 전형적으로 보여주고 있다. 그러나 '록'자로 범주화된 이 작품의 외형, 가문의 내력을 보여주는 듯한 작명, 그리고 작품에서 드러나는 내면의식이 규방가사 문화권의 그것과는 온전히 일치하지 않는다는 점 또한 이미 살핀 바 있다. 이는 〈이정양가록〉이 규방가사 문화권의 중심에서 떨어진 서울·경기 지방, 벌열 가문에서 산출되고, 전승된 작품이라는 사실로 어느 정도 설명이 가능할 듯하다. 서울의 벌열 가문은 여성문화권이라는 지역적 분포로 볼 때 가사 문화권이라기보다는 가문소설 문화권에 가깝기 때문이다.[121] 이 작품의 특성은 이렇듯 특정 문화권의 성격을 전형적으로 드러내기 보다는 여성문화권의 상이한 전통을 통합한 데에서 찾을 수 있을 것이다.

〈이정양가록〉은 삶의 흥망성쇠를 두루 경험한 한 사족 여성이 자기의 일생 사적을 기술한 일종의 자전적 가사이며 생애담이다. 전반생이라는 긴 호흡, 장편이라는 규모에 걸맞게 이 작품에서는 다양한 국면,

---

121) 향촌의 사족이 가사를 통해 가문의 결속을 확인하는 반면, 서울의 벌열 가문은 가사에 그다지 관심을 기울이지 않는다. 반면 이들은 족보, 행장, 행록, 묘비명 등 다양한 담론 형식으로 가문의 결속과 유지를 성취해 낸다고 할 수 있다. 한문으로부터 소외된 벌열 여성들은 장편 가문소설을 통해 그들의 문화권을 만들어내었다고 할 수 있다. 〈이정양가록〉이 가사의 외형을 띠었지만, 가문소설의 작명법을 빌린 것은 벌열 가문의 여성문화의 관습을 수용한 것으로 보인다. 향촌의 가문 결속과 가사 수용에 대해서는 김창원, 「18~9세기 향촌 사족의 가문결속과 가사의 소통」, 『19세기 시가문학의 탐구』(고한연 편, 집문당, 1995)를, 벌열 가문의 가문소설 수용에 대해서는 정창권, 앞의 책을 참조할 것.

시선, 가치를 화자의 목소리로 통합하여, 생활의 정취가 풍부한 텍스트를 만들어내었다. 자전적 술회는 자신의 삶에 대해 할 말은 많지만, 공적 담론의 형태로 드러낼 기회는 지극히 제한되었던 여성에게는 매우 유효한 말하기 방식이며, 글쓰기 방식이라 할 수 있다.

이렇듯 자전적 술회의 전통, 규방가사 유통의 방식, 가문소설의 독서와 수용 등 여성문화권 각 영역의 성과가 교차하는 〈이정양가록〉을 여성문화권의 형성과 지역적 분포라는 측면에서 적극 고찰해야 할 필요성을 마지막으로 제기하며 작품에 대한 소개를 마치고자 한다.

# 규방가사의 지역별 변주와
# 글쓰기 방식의 다양화 2
기호·근기 지방의 규방가사─신출가사 〈즌별가〉, 〈효열가〉를 중심으로

## 1. 들어가는 말─논의의 방향

〈즌별가(餞別歌)〉와 〈효열가(孝烈歌)〉[122)는 여성을 명시적 독자로 설정하고, 여성의 생활과 관심사를 적극 반영하였다는 점에서 규방가사 문화권에서 창작·유통된 작품군에 포함해볼 수 있다.[123) 이 두 작품은

---

122) 〈즌별가〉와 〈효열가〉는 성균관대 임형택 선생님에 의해 수집된 가사 자료 중 여성을 대상으로 한 2종의 신출 가사 작품이다. 귀중한 자료를 열람케 해주신 것에 대해 이 자리를 빌어 감사드린다.

123) 규방가사란 '여성이 창작과 전승의 주체로 활동한' 가사의 하위 갈래를 통칭하는 말이다. 즉 여성 작자, 여성 생활 체험이 규방가사를 설정하는 일차적 기준이 된다는 것이다. 그러나 넓은 의미의 규방가사란 '규방'이라는 여성들의 공간에서 창작·전승·향유된 작품을 포괄적으로 일컫기도 한다. 작가가 남성이라는 것이 명백히 드러나는 작품이 규방가사의 범주에 포함되는 것은 규방가사를 단순히 창작 주체의 문제 즉 여성이 창작한 작품뿐만 아니라 여성이 주체가 되는 문화권에 포섭된 작품을 광범위하

규방가사의 본산인 영남 지방 정확히 말하면 안동과 성주와 경주를 중심으로 한 경북의 규방가사 문화권이 아닌 기호 지방의 규방가사로 규방가사의 분포와 지역적 변이를 가늠해볼 수 있는 귀중한 자료라 할 수 있다.124) 작품 전승 방식에서도 두루마리 형태의 필사 단본으로 전하는 대개의 규방가사들과는 달리 각각 〈효행록〉, 〈여ᄌᆞ관감〉이라는 산문 기록과 합본되어 편집된 책자의 형태로 전하고 있어 이채롭다. 이러한 존재방식은 가사의 창작·전승 환경과도 무관하지 않은 것으로 규방가사 전승과 향수 방식의 다양함을 보여주는 것이라 할 수 있다. 뿐만아니라 산문 기록과의 합본 형태가 가사 작품의 구성 및 표현 방식, 정서의 편폭 등 작품이 거둔 미적 성취와도 일정 정도 연관된다고 할 수 있다.125)

이 두 작품은 크게 보아 규방가사 중에서 여성으로서 지녀야 할 부덕을 설파한 계녀가의 틀 안에서 논의될 수 있다. 계녀가는 규방가사 중 양적으로 절대 우위를 점하고 있을 뿐 아니라 규방가사가 전승·소통되는 맥락을 가장 전형적으로 보여준다는 점에서 명실상부한 규방가사의 주류라 할 만하다.126) 계녀가는 대개 『소학(小學)』이나 『효경』, 『예기』의 내측편(內則篇)』, 『주자가훈(朱子家訓)』, 『여사서(女四書)』 등 유교의 규범서에 의거하여 계녀의 항목127)을 나열하고, '당부와 금지' 사항을 명백

---

게 일컫기 때문에 가능하다고 할 수 있다. 규방가사의 범주 설정에 대한 두 가지 접근 방법은 다음의 논의를 참조할 것. 백순철, 「규방가사의 작품세계와 사회적 성격」, 고려대 박사논문, 2000.

124) 〈즌별가〉는 충청도 천안 부근의 전의현 소서면에서 창작되었고 〈효열가〉는 작품에 작품의 배경이 명시되어 있지만 않으나 방언의 사용과 가사의 배치와 구성으로 판단해 보건대 기호지방 소작으로 보인다.

125) 이 점은 다음 장부터 본격적으로 논의할 것이다.

126) 규방가사의 총량은 아직까지 파악이 불가능하고, 이본 포함 대략 6,000종일 것이라 추정만 하고 있는 실정이다. 규방가사를 꾸준히 수집·소개해온 권영철 교수에 의하면 소장 자료 700여 편 중 480편 가량이 계녀가에 속한다고 한다. 권영철, 『규방가사 연구』, 이우출판사, 1980, 167면.

127) 계녀의 항목은 전형계녀가의 경우 사구고(事舅姑), 사군자(事君子), 목친척(睦親戚), 봉제사(奉祭祀), 접빈객(接賓客), 태교(胎敎), 육아(育兒), 어노비(御奴婢), 치산(治産), 출입(出入), 항심(恒心)의 13조목으로 이루어져 있다. 경우에 따라 한두 가지 정도가

히 구별하여 전달하는 것을 목적으로 하는 만큼, 비교적 안정된 형태를 후대까지 유지할 수 있었다.

그런데 〈즌별가〉와 〈효열가〉는 교훈과 정보 전달이라는 계녀가 창작의 원리를 따르면서도 계녀의 항목을 다루는 와중에 섬세한 정서, 세세한 생활 체험, 작가가 익힌 교양과 독서의 수준을 다양하게 드러내고 있다. 특히 〈효열가〉와 합본된 〈여ᄌ관감〉에서는 여아의 교훈을 위한 전거까지 자상하게 밝히고 있어, 그 자체가 독서물인 동시에 보다 높은 단계의 독서와 교양을 지침서 역할까지 수행하고 있다

이렇듯 두 작품은 규방가사의 전통을 보여주는 동시에 그 안에서 산출된 다양한 이형태의 실상 역시 보여주고 있다. 주지하다시피 규방가사는 여성에게 생활 그 자체이면서, 여성이 창작·전승·향수에 주도적으로 참여할 수 있는 여성들의 하위문화였다.[128] 이러한 규방가사의 창작과 전승은 대개 가문 단위로 이루어지며 이것이 여아의 교육용으로, 가문 결속용으로 꾸준히 생명력을 유지해왔던 것이다.[129] 그러나 이러한 공적 역할 못지 않게 규방가사는 자기 표현의 기회를 제한당해 왔던 여성이 자신의 체험과 정서를 피력하고, 이를 비슷한 처지의 다른 여성과 공유할 수 있는 장이기도 했다. 요컨대 규방가사는 자신의 내면, 자신의 가치, 자신의 생활을 자연스럽게 드러낼 수 있는 사적인 통로인 동시에, 지배 담론이 요구하는 여성다움을 내면화하고 이를 전승하는 공적 담론이라는 양면을 지니고 있었다.

그러나 이 모든 특성이 규방가사라는 이름으로 묶이는 순간 개개 작

---

빠지기도 하지만, 대개 이 틀을 벗어나지 않는다. 권영철, 위의 책, 173~177면

128) 규방가사를 창작하고 전승하는데 주도적 역할을 담당했던 영남 출신 사족 여성은 물론 어느 정도의 교양과 지위를 갖추었지만, 중앙과 지방, 남성과 여성의 관계에서는 여전히 주변인이었고, 그들의 삶은 철저히 안채에 한정되어 있었다. 이러한 주변인의 지위를 바탕으로 파생된 규방가사는 일종의 하위문화라 할 수 있다.

129) 가사와 향촌 가문의 결속에 대한 논의는 다음의 글을 참조할 것. 김창원, 「18~9세기 향촌 사족의 가문결속과 가사의 소통」, 『19세기 시가문학의 탐구』(고한연 편), 집문당, 1995.

품에 담긴 삶과 사연은 여성 고난의 형상화, 여성 간의 연대, 지배 이데올로기의 내면화라는 말로 환원되어 버리고 개별 작품의 특성은 사장되고 만다. 이러한 사정은 규방가사의 수집과 연구 성과는 꾸준히 축적되었지만, 개별 작품에 대한 섬세한 접근보다는 규방가사 전체 혹은 특정 유형, 특정한 작품군을 중심으로 그 존재 의의를 해명해왔던 연구 경향과도 무관하다 할 수 없다.[130] 이는 무수한 익명의 필자들에 의해 이루어진 규방가사의 위상과도 조응하는 것이라 할 수 있다.

이 글은 '즌별가'와 '효열가'가 지닌 자료적 가치와 개성을 밝히고, 이것이 규방가사의 전통 속에서 어떤 면을 계승하고, 변화시켰는지를 살피려 한다. 이러한 작업을 통해 개별 작품들이 모여서 규방가사 문화권을 풍요롭게 가꾸고, 규방가사의 변이와 다양화에 기여했다는 점을 밝혀보는 것이 궁극적 목표라 할 수 있다.

## 2. 〈즌별가〉, 〈효열가〉의 서지 사항과 자료적 가치

두 작품은 앞서 언급하였듯이 산문 기록과 합본된 서책의 형태로 전해지고 있다. 〈즌별가〉는 산문 기록인 〈효행록〉과 합본되어, 『전별가 효행록 전(餞別歌 孝行錄 全)』이라는 제목의 서책으로 묶여 있다. 비단으로 곱게 장정된 표지를 열면 단정한 반흘림체의 줄글로 〈효행록〉이 총

---

130) 이러한 문제의식은 다음의 구절에 함축적으로 제시되어있다. "규방가사를 규정짓는 위의 요소들은 끊임없이 규방가사 작품들을 개성있는 개개 작품이 아닌 '엇비슷한 전체'로 인식하게 만든다. 우리의 눈을 고정시키는 이러한 규방가사에 대한 선지식의 정당성에 대한 질문으로부터 출발하여, 규방가사의 작품적 의의를 다시 설정함으로써 개개 작품이 '하나의 의미'로 살아날 수 있게 하는 것이 본고의 희망이다." 신경숙, 「규방가사, 그 탄식 시편을 읽는 방법」, 『국제어문』 28집, 국제어문학회, 2003.

26장에 걸쳐 순 한글로 필사되어 있고 다음 면에는 〈즌별가〉가 총 13장에 걸쳐 역시 순 한글로 필사되어 있다. 작품의 보관 상태나 필사 상태는 썩 양호한 편이다. 가사의 필사 방식을 살펴 보면 작품을 구와 행 단위로 구분하여 적었을 뿐 아니라, 처음부터 끝까지 한 면에 8행씩 일정하게 배열하여, 필사자가 가독성(可讀性)을 다분히 배려했던 것으로 보인다. 작품 말미에는 작품 창작의 내력과 저자이자 필사자의 신상을 노출하는 후기가 붙어 있고, 같은 면에 〈효힝녹 즌별가 죵〉이라는 기록과 '열녀는 불경이부 츙신은 불ㅅ이군'이라는 추신이 부기되어 있다. 후기에는 '병신년 삼월 초사일'이라는 창작 시기도 밝혀놓아, 1896년 무렵의 작품임을 알 수 있다. 표지의 뒷면 즉 첫면과 마지막 면의 여백에 해당 면의 일부 구절을 다른 필체로 베낀 부분이 보이는데, 이는 소장자가 글씨 연습 등을 목적으로 덧붙여 쓴 것으로 보인다.

〈효열가〉는 〈여ㅈ관감〉이라는 산문기록과 합하여 『여ㅈ관감』이라는 서책의 형태로 전하고 있다. 표지의 좌측에 〈여ㅈ관감〉이라는 제목이 붙어 있고, 표지의 우측 상단에 그보다 조그만 글씨로 〈효열가〉가 부제처럼 붙어 있다. 〈여ㅈ관감니라〉라는 제목의 글은 정자의 줄글로 필사되어 있고, 이어 별도의 제목 표기 없이 〈효열가〉가 뒤를 잇고 있다. 〈효열가〉는 한 면에 총 15행씩 세필로 촘촘하게 필사되어 있다. 모두 순 한글로 필사된 점은 〈즌별가〉와 동일하다. 작품 말미에는 역시 작품 창작의 동기와 창작 시기, 필사의 내력, 작품의 효용을 전하는 후기가 부기되어 있다. 작품의 창작 시기는 임자년 즉 1912년이고, 필사 시기는 그보다 2년 후인 1914년 즉 갑인년이다. 표지는 약간 낡았지만 낙장이나 결자(缺字)가 없어 작품의 전모를 이해하는 데에는 어려움이 없다.

〈즌별가〉와 〈효열가〉 두 작품은 규방가사 문화권의 중심에서 벗어난 기호지방에서 창작·유통된 작품이라는 사실만으로도 주목을 요하는 부분이라 할 수 있다. 기호지방이나 호남지방에서 창작·전승되었던 규방가사는 이미 강전섭·사재동·박요순에 의해 소개된 바 있다.[131] 또한 서울 벌열 가문 출신 여성의 가사가 친정 가문을 중심으로 소통되었던 흔적도 보고되고 있다.[132] 물론 이왕에 부분적으로 소개된 작품과 이번에 소개하는 두 작품만으로 규방가사의 영남 지역 편중설을 뒤집을 근거로 삼기는 미약하다. 그러나 규방가사가 혼인이나 반가(班家) 간의 교류, 관리의 이동 등을 통해 타 지역에 전파되었고, 이것이 지역 문화권과 결합하여 다양한 이형태를 낳았다는 점은 부인할 수는 없을 듯하다. 뿐만아니라 〈복선화음가〉, 〈노처녀가〉와 같이 대중적 독서물로 자리잡은 규방가사는 지역과 관계 없이 다양한 형태의 이본이 고루 존재하고 있는 것을 확인해 볼 수 있다. 두 작품은 규방가사의 전파와 변이에 대한 추정 및 가설을 실제 작품으로 확인할 수 있다는 점에서 자료로서의 가치가 높다고 할 수 있다.

또 하나 특기할 만한 점은 두 작품 모두 '여성을 대상으로 한 남성 창작의 가사'라는 점이다. 〈즌별가〉는 신행 온 누이가 시댁으로 돌아갈 때 오라버니가 준 작품이라는 것이 작품 전면에 나타나 있다. 〈효열가〉는 이미 돌아가신 아버지가 지어놓은 여아용 교훈서와 가사를 아들이 필사한 후 가문을 통해 전승되었던 드문 사례에 속한다.[133] 이는 창작에서부터 필사·향유·전승에 이르기까지 여성이 주도했던 규방가사의 전형적 성격에서는 물론 이탈한 것이다. 그러나 앞서 이야기하였다시피

---

131) 강전섭, 「홍씨부인계녀사에 대하여-기호지방 내방가사의 일규로서」, 『어문연구』 5집, 충남대, 1967; 사재동, 「충남지방의 내방가사연구」, 『어문연구』 8집, 충남대, 1972; 박요순, 「호남지방의 여류가사 연구」, 『가사문학연구』(국어국문학회 편), 정음사, 1979

132) 강전섭, 「〈이정양가록〉에 대하여」, 『배달말』 16호, 배달말학회, 1991; 박애경, 「장편가사 〈이정양가록〉에 나타난 사족여성의 삶과 내면의식」, 『고전여성문학연구』 6집, 한국고전여성문학회, 2003.

133) 이러한 사정은 다음의 후기에 자세히 나타나 있다. "오회라 부군니 규문에 교훈흐기로 근심흐ᄉ 옛날 현부인으 가언과 션힝을 모와셔 흔칙을 지으이 니쎠는 임ᄌ연 봄니라 칙일홈은 여ᄌ관감이오 이여 롤리를 지으시니 효열가라 이칙을 릴뢰지 못흐고 후성이 무록흐야 부군이 몰커시을 불초지 감히 부군으 기룩홈을 벗겨 칙을 릴우니 글장마다 슈탁이오 글귀마다 가언이라 우리 부군으 규문의 후셩도ᅦ니는 반다시 부군을 닛지 안는게 안니가 오회라 갑닌연 동예 불초ᄌ는 읍혈근지흐롤라"

규방가사는 창작의 주체로서 여성이라는 측면 외에 여성이 주도하는 규방이라는 문화권에 포섭된 가사 일체를 일컫는 것인 만큼 명백히 여성 독자를 대상으로, 여성을 위한 교훈을 담은 두 작품을 규방가사에 포섭하는 것이 무리가 없어 보인다. 물론 이 두 작품 외에도 작품에 노출되는 정보나 후기로 보아 남자가 창작하였거나, 남성을 작중 화자로 한 규방가사가 존재하고 있어, '남성 화자 혹은 남성이 창작한 규방가사'라는 경향성을 이룰 정도다.[134] 따라서 규방가사에서 남성 작가와 전승자의 참여가 어느 선까지 이루어지는지 가늠할 수 있고, 이들이 창작과 전승에 가담한 내적 동기를 밝히는 과정에서 규방가사의 효용과 파급력을 다각도로 짚어볼 수 있다는 점에서 〈즌별가〉와 〈효열가〉는 흥미로운 자료라 할 수 있다.

두 작품은 여성을 대상으로 하고 계녀 모티브를 공유한다는 점에서, 유사한 편재를 보이지만 대비되는 부분도 뚜렷하다. 두 작품의 차이는 곧 계녀가라는 틀 안에서 다양한 모색과 변이를 꾀했던 흔적이라 보아도 무방할 것이다. 두 작품은 공통적으로 '사구고(事舅姑)'에서부터 '치산(治産)'의 항목에 이르기까지 일목요연하게 서술한 소위 전형 계녀가의 틀에서는 벗어나 있다. 전형 계녀가는 유교적 교훈서의 가르침을 전형적인 구성에 맞추어 전달하는 것에 주력하기 때문에 비교적 일정한 형태를 유지한다고 앞서 이야기한 바 있다. 그러나 계녀가의 전형적인 틀에서 벗어난 소위 변형 계녀가는 교훈을 삶의 체험에 비추어 전하거나, 계녀의 항목 중 특히 강조하고 싶은 부분을 풍부한 사례와 전고를

---

134) 규방가사는 대개 작자 미상으로 전해지는 것이 많다. 따라서 규방가사의 남성 작가는 대개 작품 문면이나 후기에 나타나는 정보를 근거로 추정하거나, 남성을 화자로 하여 남성 의식을 표방한 작품의 작자를 설정한 것이다. 남성화자 규방가사에 대한 논의는 다음의 글을 참조할 것. 박경주, 「남성화자 규방가사 연구」, 『한국시가연구』 12집, 한국시가학회, 2002. 남성 화자의 규방가사는 여성 작가가 굳이 남성을 가장하여 발화를 주도한 특수한 경우는 제외하면 남성 작가의 작품으로 보아 무방하다. 그러나 우의적 방식으로 가기 가치를 드러내기 보다는 생활 체험을 드러내는 규방가사의 창작 관습상 의도적인 '남성되기'의 가능성은 현저히 줄어든다고 할 수 있다.

들어 전달하기에 작가별, 작품별 편차가 존재하게 마련이다. 즉 작품 창작의 내적 동기, 창작 당시의 정황, 체험의 폭과 깊이, 작자와 독자의 관계에 따라 풍부한 변이형이 나타날 수 있다는 것이다.

따라서 두 작품의 차이점을 살핌으로써 계녀의 주제를 다루는 방식, 이 안에 나타난 삶의 내력을 살필 수 있을 것이다. 두 작품 중 효(孝)와 열(烈)을 강조하고, 이에 곁들여, 친척 간의 화합을 강조한 〈효열가〉가 그나마 전형 계녀가에 가까운 작품이라고 할 수 있다. 반면, 삼종 형제 간인 오라버니가 누이동생을 위해 지어준 〈즌별가〉에서는 '이별'이라는 정황에서 우러나오는 사적 정감과 소회가 주를 이루고 있다. 이 차이는 기본적으로 작품 창작의 동기와 정황의 다름에서 비롯된 것이라 할 수 있다. 여기에 작가의 위치, 작가와 독자의 관계까지 복합적으로 작용하면서 의미있는 차이를 만들어내고 있다. 즉 전자가 계녀, 부덕(婦德)이라는 공적 교양의 실체를 자세하게 보여준다면, 후자는 계녀가가 개인 삶의 기록, 정서적 소통의 방식으로 다양화되는 모습을 보여준다고 할 수 있다. 이처럼 두 작품은 '효'와 '열'을 중심으로 계녀의 항목을 설파했다는 점에서 규방가사의 전통을 약여하게 보여주고 있지만 그 못지 않은 개성을 드러내고 있다는 점에서도 의의를 찾아볼 수 있다. 규방가사 연구에서 공동의 아우라를 찾아내려는 작업 외에 '차이와 다름'을 추적하고, 이를 범주화하려는 노력 역시 요구된다고 한다면, 이 두 작품은 이를 실현하는 데 분명 진전을 가져디 줄 수 있는 의미있는 자료라 할 수 있다.

## 3. 〈즌별가〉와 〈효열가〉의 기본적 구성과 서술상의 특성

### 1) 〈효행록〉과 〈여즈관감〉의 구성과 〈즌별가〉, 〈효열가〉와의 관계

〈즌별가〉와 〈효열가〉는 각각 〈효행록〉, 〈여즈관감〉이라는 산문 기록과 합본되어, 산문기록과 가사가 독립적으로 존재하면서도, 전체 주제로 통합되는 독특한 구성을 취하고 있다. 산문기록에는 규방가사에 주로 등장하는 전거를 노래와 별도로 제시하여 여성 교육, 정보 전달이라는 의도를 명백하게 보여주고 있다. 교훈서와 가사의 합본은 여성 교육과 교양을 위한 독서물로서도 일정한 기능을 발휘했던 규방가사 향수의 일단을 보여주는 것이라 할 수 있다. 이처럼 규방가사가 여성을 위한 교훈서와 합본·제책되거나, 가사와 교훈서를 병행하여 암송하거나 독서하는 관습은 규방가사 향수에서 일반적이었던 것으로 보인다.135) 특히 두 작품의 중요한 전거가 되는 『소학(小學)』이나 『열녀전』, 『예기』의 내측편(內則篇)은 다른 계녀가에서도 거듭 거론되는 것을 생각해보면,136) 가사를 통해 유교적 교양과 품성을 함양하고, 나아가 사족 여성의 배타적 우월성을 끊임없이 확인했던 저간의 사정을 알 수 있다.

그러나 두 작품에서 산문 기록과 가사가 결합하는 방식은 엄연히 다르다고 할 수 있다. 〈즌별가〉와 〈효행록〉은 과거지사에 대한 회고의 내용을 담은 가사와 가언과 고사가 담긴 산문 기록이 병렬적으로 연결된 반면, 〈효열가〉와 〈여즈관감〉은 산문기록의 내용을 가사에서 압축·반

---

135) 또 다른 기호지방 규방가사로 알려진 〈홍씨부인계녀가〉에서도 『규곤의칙』을 참조할 것을 권하고 있다. 〈홍씨부인계녀사〉와 『규곤의칙』의 관계에 대해서는 다음의 논의를 참조할 것. 최규수, 「〈홍씨부인계녀사〉에 나타난 자전적 술회의 글쓰기 방식과 의미」, 『규방가사의 작품세계와 미학』(나정순 외), 역락, 2001. 이 논의에서도 교훈서와 가사가 병행하는 존재방식이 〈홍씨부인계녀사〉의 글쓰기 방식에 영향을 미쳤을 것이라 추정하고 있다.
136) 계녀를 위한 교훈서는 〈규문전회록〉, 〈규방정훈〉 등의 계녀가에도 보이고 있다.

복하는 구성을 취하고 있어, 전자에 비해 산문기록과 가사의 내용이 긴밀하게 얽혀있다고 할 수 있다.

〈여ᄌ관감〉에는 계녀가의 전거가 되는 여성 교훈서의 목록과 그 안에 담긴 선행을 차례로 제시하고 있다. 이 작품에 등장하는 전거로는 『열녀전(烈女傳)』, 『내측(內則)』, 『곡예(曲禮)』, 『명심보감(明心寶鑑)』, 『사혼례(士婚禮)』, 『예기』, 『소학』, 『맹자』 『안씨가훈(顔氏家訓)』 등 당대에 광범위하게 유포된 교훈서가 망라되어 있다. 그 중 『소학』이나 『맹자』와 같이 남녀 공히 지정된 필독서도 보이지만 『열녀전』, 『예기』의 내측편(內則篇)과 같이 특히 열녀의 선행 혹은 규문 안 여성의 예절이나 의식을 담은 교훈서의 인용이 풍부하게 나타나고 있다.

〈여ᄌ관감〉에서 특기할 만한 것은 각 전거를 명시하고, 그 안에 담긴 내용을 소개한 뒤, 인상적이거나 강조하고 싶은 전거 뒤에 가사체의 짤막한 평어가 덧붙여 있다는 것이다. 제일 먼저 등장하는 『열녀전』 대목을 살펴보자.

> 열여젼(烈女傳曰)의 갈오디 예젹의 부인니 아들을 비은더 긔울너 잠자들 안니ᄒ고 가이 안쓸 안니ᄒ고 긔울게 셔들 안니ᄒ고 간사혼 마슬 먹지 안니ᄒ고 발으기 비들 안니 ᄒ거든 멉지 아니ᄒ고 자리가 바으들 안니 ᄒ거든 안씨 말고 눈으로 간사혼 비쳘 보들말고 귀로 음탕혼 소리을 듯지말고 밤인즉 눈판쇠로 ᄒ여금 시얼 오으고 발은니 열말 ᄒ던니라 ○ 니 갓턴즉 아들을 나으미 얼골리 단졍ᄒ고 지조가 ᄉ람으게 지닌리라 ○ 열여젼을 닛기발라 잉티분여 조심ᄒ소 아기지죠 익기업기 그엄이게 안인는가

태교의 덕목을 강조하는 『열녀전』의 내용에 이어지는 짤막한 평어는 『열녀전』의 교훈을 압축적으로 반복하는 한편, 그 기록을 대하는 필자의 소감과 당부의 말을 피력하고 있다. 전거 뒤에 붙은 짤막한 노래는 이처럼 ① 산문의 기록을 압축하여 제시하거나, ② 소개한 전거에 대한 필자의 해석을 곁들이거나, ③ 전거에서 미처 다루지 못한 세부적 실천

윤리나 당부의 말을 덧붙이거나, ④ 고사에서 받은 필자의 소감이나 인상을 덧붙이고 있다. 이로보아 가사체의 평어는 산문 기록에 대한 요약, 해석, 부연의 기능을 담당하고 있음을 알 수 있다. 이러한 배치는 가사 창작의 정황과 내적 동기를 짐작케 해주는 동시에 기록과 노래, 정보와 느낌이 명백히 분리되는 모습을 보여주는 것이라 해석해 볼 수 있다.

산문 기록과 평어 간의 관계는 〈여ᄌ관감〉과 〈효열가〉의 관계에도 거의 동일하게 적용된다고 볼 수 있다. 즉 〈효열가〉는 효부, 열녀의 가언과 선행이 중심이 된 〈여ᄌ관감〉에서 미처 펼치지 못한 소회를 피력하면서, 지시와 당부의 말을 곁들인 노래라 할 수 있다. 노래 자체가 부연이고, 강조인 셈이다. 특히 〈여ᄌ관감〉에서 소개한 열녀들의 선행이 가사에서 되풀이되어 나타나는 대목은 산문기록과 가사의 내적 연관성을 대표적으로 보여준다 할 수 있다.137)

효부·효자·열녀의 고사를 전거(典據)에 따라 배열하고, 인상적인 전거마다 짤막한 가사를 덧붙인 〈여ᄌ관감〉과 달리 〈즌별가〉와 합본된 〈효행록〉은 서술의 대상을 점차로 좁혀나가며, 주제에 접근하는 하향식 구성 방식을 취하고 있다. 〈효행록〉에 담긴 내용은 다음과 같이 나누어 볼 수 있다. 먼저, 중국 상고시대부터 송나라에 이르는 역사와 공자와

---

137) 〈여ᄌ관감〉에서 소개한 선행이 가사에 되풀이되는 대목은 다음과 같다. "우쥬(宇宙)의 비거서서 옛사람 싱각호이 / 무왕(武王)모친 틱사씨는 갈담시를 놀의호니 // 위치위격 하던길숨 복지무엇 이복니요 / 윗날아 공강이는(衛共康) 빅쥬시을 밍삭호니 // 범피빅쥬 슘장시의 글귀마다 절기노다 / 이업는 늘근시모 당부인이 졈어기네 // 최살남으 곤졔ᄌ손 일음으로 홍셩호야 / 봉천고울(奉天郡) 두씨여는 초야의 싱장호나 // 강포욕을 두려호야 졀벽의 쎗져죽고 / 한날아 진효부(漢陳孝)는 나이게우 십육셰예 // 군ᄉ쌈음 무삼일노 부사불환 악축호다 / 방적직임 가간사을 더욱더옥 부질언케 // 이십팔연 오니도녹 시모봉양 극진호니 / 황금상 사십근과 종신토녹 잡역감희 // 날아의서 샹쥬신니 효부일음 기장호다 / 초군짯의 물영여는 이도단비 불상호다 // 철셕갓흔 이니마음 부모엇지 요양호리 / 긔가말삼 다시마소 듯기도 누취호다 // 금슈가흔 저힝실을 이사람의 안홀 뵈라 / 강쥬진시(江州陳氏) 칠빅구는 소솔도 만투마은 // 정무간언 조혼가도 그집분여 이상호다 / 긔도쫏흔 감화호야 한울리의 밥슬머겨 // 한기도 안이오면 모든기가 다안먹네 / 분여(婦女)으 착한힝실 효열박기 쏘인는가 / 옛사람(古人) 싱각호야 나도쏘한 힝희 보시."

자사·맹자·주자 등 성현의 자취를 나열하고 있다. 그리고 시선을 우리나라로 옮겨 단군과 기자 이래 조선에 이르기까지 우리의 역사를 소개하고, 조선의 문덕(文德)을 예찬하고 있다. 이어서 조선의 문물과 인륜의 핵심이라 할 수 있는 삼강오륜(三綱五倫)의 윤리를 설파하고, 삼강오륜의 으뜸으로서 부부의 윤리를 거론하고 있다. 부부 윤리를 전달하는 중심에 삼종지의(三從之義)와 칠거지악(七去之惡)이 놓이고, 『소학』과 『열녀전』에 나타난 효부와 열녀의 사례를 집중적으로 소개하고 본받기를 당부하는 것은 다른 여아용 교육서와 크게 다르지 않다.

그러나 주로 사구고(事舅姑)에 치중하는 여아용 교육서와는 달리 〈효행록〉에서는 유독 부부 간의 의리와 화합에 중점을 두어 서술하고 있다.[138] 어찌 보면 이는 〈효행록〉이라는 작명과도 거리가 있는 것이다. 그 이유는 〈효행록〉의 일차 독자가 다름아닌 자신의 아내라는 사실에서 찾아야 할 듯하다. 남성 작가의 계녀가와 계녀서가 주로 시집가는 딸을 명시적 대상으로 하면서, 자연스레 여성 일반을 겨냥한 것임을 감안하면, 아내에게 주는 교훈서라는 존재는 집필 동기와 정황만을 놓고 보아도 주목할 만하다. 필자는 세 번째 맞이하는 17세의 어린 아내를 염려하는 마음에서 〈효행록〉을 지었노라고 후기에 스스로 밝히고 있다.

> ㉮ 세상의 남편된지 누가 이 갓치 ᄌ상ᄒ게 인도ᄒ리요마는 닉 십칠셰 아녀 ᄌ를 만나시니 아모리 슉셩ᄒ다기로 이십겨 아희가 무어시 능난ᄒ리요 몌사의 어둑 미상ᄒ고 부모 공냥과 남편 셩기는 법과 샹하 명분의 두셔를 모를ᄀ 념여ᄒ여 효힝녹 한 권을 지어 ᄌ셔이 보게 ᄒ노라

> ㉯ 졍ᄌ로 긔록ᄒ여 졍으로 쥬는 거시니 남편이라도 이더지 이휼 부탁ᄒ난 맘을 불안 고맙게 싱각ᄒ여 날마도 슉독ᄒ고 밤마도 긔역ᄒ여 눈의 벌게ᄒ고

---

138) 부부 간 의리와 정의 중요성은 다음 구절에 압축되어 나타난다. "부부라 ᄒ난거시 금실이 ᄌ약ᄒ면 일실의 화긔가 가득ᄒ고 분별이 후ᄒ 거시오 만일 불화ᄒ여 힝낙이 읍슬진더 평싱의 업원이요 초월인만 못ᄒ니라."

귀예 익히며 마음의 삭이고 챵즈의 긔록ᄒ여 한가지도 잇지말고 언어동작과 힝실 숨가기를 이와갓치 힝할지여다

    ㉰ 니 신슈을 니 싱각ᄒ니 우습고 이상하다 병슐 슘월 초구일 장가라 드러더니 그히 육월의 상쳐ᄒ고 졍히 슘월의 ᄯᅩ 후취ᄒ엿더니 위인이 극히 용열ᄒ여 가도을 증할슈 읍ᄂ지라 두 번 복숭ᄒ나 ᄯᅩ혼 쇠원치 못혼지라 셰번치 ᄯᅩ 복숭ᄒ엿시나 십칠셰 아녀즈라 범빅ᄉ을 인도ᄒ여 사람을 만들야 ᄒ고 이 칙을 지엇더니 누의가 듯고 보기를 원ᄒ기에 되지못한 글시나마 번역ᄒ여 쥬니 즈셔이 구경ᄒ고 누의도 이와갓치 쳔만ᄉ을 힝할 공부ᄒ여 후셰까지 일홈을 유젼ᄒ면 그아니 다힝혼가

  ㉮에서는 이십 전의 어린 아내가 부덕에 밝지 못할 것을 염려하여, 〈효행록〉을 지었노라는 창작 동기를 밝히고 있다. ㉯에서는 〈효행록〉을 건네주는 남편의 심정과 정성을 헤아려, 숙독하고, 마음에 새겨 실천에 힘쓸 것을 당부하고 있다. ㉰는 두 번의 거듭된 결혼 실패 이후 세번 째로 아내를 맞아야 했던 자신의 사연, 어린 아내를 위해 〈효행록〉을 지었던 집필의 변, 〈효행록〉이 한글로 번역되어 누이에게 건내지게 된 내력을 보고하고 있다. 따라서 ㉰는 ㉮와 ㉯를 총괄하는 〈효행록〉의 후기인 동시에 〈즌별가〉를 지었던 내적 동기를 짐작케 할 수 있는 부분이라 하겠다.

  비교적 상세히 밝힌 창작과 전승 내력으로 보건대, 〈효행록〉은 애초에 필자의 어린 아내를 위해 한문으로 지었고, 후에 이를 보고 듣기를 원하는 누이를 위해 한글로 번역하여 〈즌별가〉과 합본하여 선물한 것으로 보인다. 이 책을 보는 사람마다 조심하고 경계하여 괄목상대할 수 있도록 부덕을 실천하라는 당부의 말이 있지만, 〈효행록〉이 여성들 사이에 광범위하게 읽혀지라는 것을 염두에 둔 언술이라기 보다는 교훈적 내용을 전달할 때 의례 붙는 수사로 보인다. 오히려 교훈과 정보의 전달이라는 집필 동기 못지않게 〈효행록〉에서 눈길을 끄는 대목은 어

린 아내와 누이를 대하는 애틋한 마음, 혼사에 유독 고난이 많았던 자신에 대한 연민과 자탄이라 할 수 있다. 이로 보아 〈효행록〉과 이와 합본된 〈즌별가〉는 '아내와 누이라는 두 여성 독자를 위한 교훈서'라는 장치를 빌어 복잡한 심회의 일단을 드러낸 것으로 보인다. 이는 〈즌별가〉에도 그대로 이어진다. 〈효행록〉과 〈즌별가〉에 두드러지게 나타나는 내면의 고백은 여성 일반으로 독자가 쉽사리 확산될 수 있는 다른 교훈서와는 성격을 달리하는 부분이라 할 수 있다.

두 작품은 이렇듯 이러한 규방가사 문화권의 전통과 관습을 수용하면서도 '정보'에 해당되는 부분을 별도의 산문 기록으로 전면에 배치함으로써 '정보 전달의 통로로서의 교술'과 '정감 표출로서의 노래'를 분리하는 모습을 보여주고 있다.

### 2) 〈즌별가〉와 〈효열가〉의 창작 동기와 구성, 서술상의 특징

앞서 〈즌별가〉와 〈효열가〉가 여성을 대상으로 하고, 느슨하게나마 계녀가의 틀을 공유한다는 점에서 유사한 부분이 있지만 그 못지 않게 대비되는 측면이 있다는 점을 이야기한 바 있다. 작품의 개성은 우선 창작 동기와 대상에서부터 찾는 것이 순서일 듯하다. 〈즌별가〉가 시집가는 누이에게 주는 가사로 특정 개인을 독자로 설정하고 서술해나간 반면, 〈효열가〉는 작게는 규문의 후생, 나아가 여성 일반을 독자로 설정하고 작품을 써내려갔다. 두 작품의 후기는 그 차이가 어디에서부터 시작되는지 비교적 소상하게 보여주고 있다.

㉮ 병신 숨월 초스일 산창의 안져시니 원중 도화는 츈식을 자랑ᄒ고 산간 조셩은 회포을 돕ᄂ지라 나도 근본 번쵹ᄒ게 ᄌ라는 사람으로 타향의 우거ᄒ미 진소위 승문고종이라 화슈지스와 고묘지스가 미양 간졀 ᄒ던 초의 누의

즌별 흥기을 당호미 더옥 심회 산란호여 이 노리을 지엇노라

    ㉯ 오회라 부군니 규문예 교훈호기로 근심호스 옛날 현부인으 가언과 션힝
을 모와셔 훈칙을 지으이 니써는 임즈연 봄니라 칙일홈은 여즈관감이오 이여
롤리를 지으시니 효열기라 이칙을 릴뢰지 못호고 후성이 무룩호야 부군이 몰
커시울 불초지 감히 부군으 기녹홈을 빗겨 칙을 릴우니 글장마다 슈탁이오
글귀마다 가언이라 우리 부군으 규문의 후성도ᅦ니는 반다시 부군으 갈침을
바다 각각 힘씨거든면 올은 사람될분 아니라 우리 부군을 넛지 안는게 안니
가 오회라 갑닌연 동예 불초즈는 읍혈근지호롤라

    ㉮는 〈즌별가〉의 후기이고 ㉯는 〈효열가〉의 후기이다. 후기에서 보이
듯, 〈즌별가〉는 봄날 고향 생각에 마음이 울적하던 차에 누이와의 이별
까지 겹쳐 산란해진 마음을 담아 지은 노래이다. 사향(思鄕)과 석별의 정
은 이 작품의 방향과 정조를 이끌고 나아가 작품의 개성을 이루어내는
데까지 관여했다고 할 수 있다. 반면 〈효열가〉는 애초에 집안의 부녀자
들을 위한 교훈을 염두에 두고 지었음을 알 수 있다. 또한 조상이 지은
교훈서와 계녀가를 통해 자연스레 조상을 추모하고, 가족 간의 단합을
꾀하려는 의도도 보이고 있다.

    작품이 겨냥하는 대상과 창작 동기의 차이는 작품의 성격을 결정하
고, 이는 전체 구성이나 서술에도 그대로 이어지고 있다.


### 회고의 정과 계녀의 말─〈즌별가〉

    누이 동생의 신행 때 지어준 〈즌별가〉에서 가장 특기할 것은 회고의
정서와 탄식의 말이 계녀의 모티프와 무리없이 병존한다는 점일 것이
다. 작품은 '즌별이야 즌별이야 우리남민 즌별이야'라는 탄식의 말로 시
작하고 있다. 탄식의 말이 작품 전체에서 세 차례에 걸쳐 반복되면서
전별의 안타까움을 배가하는 동시에 회고의 정과 계녀의 말, 과거와 현

재를 자연스레 경계짓고 있다. 첫 번째 탄식의 말 뒤에는 이 가사를 쓴 병신년 한 해에 겪은 세 차례의 이별을 회고하고 있다. 세 차례의 이별 중 가장 서운한 누이동생과 이별 대목에 이르면서 서술의 중심은 누이동생에게로, 시점은 급격히 과거로 향하고, 작가와 누이 간의 구구한 정과 세세한 사연이 본격적으로 펼쳐진다.

누이동생에 대한 각별한 마음의 바탕에는 어린 시절 아버지를 영결한 누이동생에 대한 측은함이 자리하고 있다. 누이에 대한 회고는 주로 손아래 누이의 자상한 배려를 인상적으로 보여주는 에피소드의 나열로 이루어지고 있다. 에피소드는 순간순간 떠오르는 기억에 의해 재현되고 있다. 이처럼 개인적이고 특수한 에피소드를 중심으로 경험을 구성하고, 이를 인상적 순서에 따라 배열하는 것은 규방가사 서술에서 특징적으로 나타나는 구성상의 관습이라 할 수 있다.[139]

두 번째 탄식의 말 뒤에는 신행 온 누이와 이별하게 되는 현재의 정황을 소개하고, 떳떳한 의리에 따라 이제 시집으로 돌아가려는 누이에게 주는 계녀의 말로 채워져 있다. 계녀의 말은 사사로운 정과 명분 사이의 간극, 이를 넘어서려는 태도의 일단을 드러낸 것이라 할 수 있다. 이별의 정황을 표현하기 위한 전고의 유장한 배열은 이별의 아쉬움을 인간사의 한 단면으로 그려냄으로써 정서를 고르는 수사적 역할을 담당하고 있다.[140] 시적 정황과 원작의 맥락에 부합하는 전고는 시의 분

---

[139] 백순철은 이를 '경험화된 서사의 삽입'이라 불렀다. 즉 작가가 실제로, 체험한 사건을 일정한 구성 요건을 갖추어 이야기로 재구성하는 것이다. 규방가사에서는 이러한 경험적 서사가 시간의 선후 관계나 인과관계에 따라 배열되기보다는 인상적인 반응에 따라 나열하고 있는 것이 특징이다(백순철, 앞의 책). 이를 여성적 글쓰기의 방식으로 보아야 할지, 아니면 부분적으로 구술생애담의 기능을 담당하는 규방가사의 장르적 관습이 견인한 결과인지는 좀 더 면밀히 살펴야 할 문제로 판단된다.

[140] 이별의 아쉬움을 전고로 드러낸 부분은 다음과 같다. "즌별이야 즌별이야 우리남미 즌별이야 / 텬지기벽 억만년의 즌별한이 얼마련고 // 쳑괴호 쳠빙졍은 부모쩌나 즌별이요 / 망미인혜 쳔일방은 인군쩌나 즌별이요 // 억례간운 빅일면은 형뎨쩌나 즌별이요 / 회교부셔 먹봉후는 니외쩌나 즌별이요 // 휴휴입실 쥬영쥰은 ᄌ식쩌나 즌별이요 / 셔츌양관 무고인은 친구쩌나 즌별이요 // 풍진ᄌ미 누욕고는 누의쩌나 즌별이니 / ᄌ고급

위기를 일층 고조하는 동시에 점층되는 서운함을 효과적으로 통어하는 상반된 역할을 탁월하게 수행하고 있다. 『시경』에서부터 두보, 왕유, 왕창령, 소동파의 시에서 고루 차용한 전고는 작자의 교양과 독서를 짐작케 해준다. 그러나 전고가 분위기 조성, 정서의 조절에 관여하면서 관습화한 전고, 작자의 교양과 학식을 드러내기 위한 현학적 전고의 사용과는 와는 구분되는 개성을 보여주고 있다.

전고에 이어 현재 시점으로 돌아오면서, 계녀의 항목이 뒤를 잇는다. 이 대목에서 작가인 오라버니는 분명 부덕을 역설하고 그 덕목을 나열하고 있지만, 교훈과 경계가 주목적이라기보다는 누이를 영영 시집으로 보내야 하는 서운함과 슬픔을 달래고, 지금, 누이와 작가 앞에 닥친 현실을 새삼스럽게 환기하기 위한 자기 다짐의 장치로 보인다. 이는 누이를 시집으로 보내는 서운함과 슬픔을 피력하다가 계녀의 말로 넘어가는 다음 부분에서 뚜렷하게 나타난다.

> 섭섭ᄒ다 섭섭ᄒ다 이날즌별 섭섭ᄒ다
> 드러보소 드러보쇼 우리누의 드러보쇼
> 오날즌별 섭섭ᄒ믄 일시구구 ᄉ졍이요
> 싀딕으로 드러감은 녀ᄌ의 당당 의리로다
> 츌가ᄒ면 외인이라 평싱갓치 지닐손가
> 구구ᄉ졍 져바리고 당당의리 좃ᄂ거시
> 부인의 도리여날 섭섭한들 엇지할가
> 근닉시속 부여들은 쳐신범졀 우습도다

이렇게 이어지는 계녀의 말은 경계와 당부를 넘어 앞서 전고의 사용에서 보이듯 호흡을 고르고 정감을 조절하기 위한 수사의 일부로까지 그 기능이 확장되었다고 할 수 있다. 계녀의 말을 전달하는 방식 역시

---

금 작별ᄒ미 아조야 읍슬리요마는 // 작별이라 잇셔거든 맛날도리 마련ᄒ쇼 / 철셕갓튼 장부간장 이ᄂ맘도 섭섭ᄒ던 // 연약ᄒ 누의마음 엇지아니 그러할가."

눈여겨 볼 만하다. 사구고(事舅姑)에서 항심(恒心)에 이르는 계녀의 항목을 주욱 나열하거나 어느 대목을 특히 확장하여 이야기하기보다는 바람직한 부덕의 소유자와 반면 교사의 사례를 실제 행동을 들어 대비하면서 누이가 현처(賢妻)・효부(孝婦)의 길을 걷기를 소망하고 있다.

이렇듯 〈즌별가〉에서는 누이를 향한 애틋한 마음과 착잡한 내면을 자연스럽게 전달하기 위한 통로로 계녀의 모티브를 수용하였다는 것을 짐작할 수 있다.141) 이는 유교 이념을 전달하고, 이를 후대로 확대・재생산하는 데 일조하는 계녀가의 일반적인 틀을 벗어났을 뿐만 아니라 생활 체험에서 우러나온 훈계와 당부의 말이 담긴 계녀가에서도 벗어난 모습이다. 계녀의 말조차 정서적으로 수용된 이 작품은 '계녀가의 틀을 빈 술회가'라는 이 작품의 개성을 보여준다 할 수 있다.

세 번째 탄식 뒤에는 나, 누이, 누이의 모친 이렇게 세 사람이 응당 느낄 만한 아쉬움의 깊이를 작가의 시선에서 보여주고 있다.

회고의 정과 계녀의 말이 결합되면서 누이를 보내는 정을 각별하게 그린 〈즌별가〉의 개성은 남성 작가(혹은 화자) 규방가사의 관습 속에서 생각해 볼 수 있다. 남성화자의 계녀가가 여성화자의 계녀가에 비해 개인적이고 비공식적인 경향을 띠며 이는 남성들이 규방가사를 개인적이고 내면적인 감정을 표출하기 위한 통로로 택했기 때문이라는 논의는142) 이와 관련하여 특히 주목을 요한다. 이 작품은 누이와의 이별이라는 정서적 정황 못지 않게 순탄치 않았던 결혼 생활, 고향을 떠난 심

---

141) 계녀의 모티프가 교훈과 정보 전달의 목적이 아니라 다분히 정서적 차원에서 수용되었다는 추정은 다음 구절로도 확인해 볼 수 있다. "늬말이 아니기로 어런이 힝하겟느 / 이여러 부탁흐게 도로혀 긥담일셰마는 // 용인누의 쩌나갈졔 타향의와 〈난고로 / 작별못한 이늬마음 지금것 셥셥흐기 // 일후의 아모쩌고 누의마져 쩌나갈졔 / 혹시보기 미신흐여 작별이나 다름읍시 / 이노릭 한곡죠로 만단정화 긔록흐니 / 쥬져넘다 말을말고 깁히깁히 너엇짜가 / 쇠퇴의 가지고가셔 감지지냥 틈을타셔 / 상막한 일잇거든 늬여보고 경계흐소 // 노릭도 늬노릭요 글시도 늬글시라 / 나본이나 다름읍시 〈조〈조 반기우게"

142) 박경주, 앞의 책.

---

사 등이 복잡하게 얽혔기 때문에 작품 속에 자기 설움, 탄식이 자연스레 배어나온 것으로 보인다.

물론 〈즌별가〉만으로 규방가사 문화권에 침투한 남성 작가의 전모를 예단할 수는 없겠지만 남성 작가가 군이 여성에게 익숙한 문화를 택한 내적 동기는 충분히 헤아릴 수 있을 듯하다. 나아가 〈즌별가〉는 성차를 넘어 가사가 정서적으로 수용되었던 것을 보여주는 사례라 할 수 있다.

### 의도적인 '여자되기'-〈효열가〉

〈효열가〉는 제목 그대로 '효'와 '열'과 관련된 내용이 주를 이루며, 교훈의 항목에 따라 서술의 단위 역시 나뉘는 구성을 취하고 있다. 서술방식은 '효' 부분에서는 직접적인 당부와 경계의 말이, '열' 부분에서는 주로 『열녀전』의 선행이 우세하게 나타나 양자 간에 뚜렷한 차이를 보이고 있다. 이 작품에서 특기할 만한 것은 주로 시부모와의 관계에 치중하여 효의 이념을 역설하는 다른 계녀가와 달리 인간의 으뜸 윤리로서의 효를 거론하고, 혈육의 부모 즉 친정 부모에 대한 효 역시 중요하게 서술하고 있다는 점이다. 요컨대 이 작품에서는 시가의 일원으로 승인받고, 가문을 유지·번성하기 위한 규범으로서의 효가 아니라 보편적인 인간 덕목으로서의 효를 전면에 내세우고 있다고 볼 수 있다.

이 작품의 서술에서 특히 주목할 부분은 남성 작가가 여성 화자에 빗대어 작품을 서술하여, 의도적인 '여자되기'의 흔적이 보이고 있다는 점이다. 이 작품은 '여즈유힝'의 어려움을 토로하는 것으로 작품을 시작하고 있다. 의도적인 '여자되기'의 흔적은 〈여즈관감〉에서 〈효열가〉로 이어지는 대목에서부터 찾아볼 수 있다.

"니우니 다 옛 효즈열여으 가언 션힝니라 비록 니제 스람닌나 옛스람의 달으리오 니 세상의 니셔셔 옛스람을 본바든즉 효도되고 열도될 겨신니 닉몸니

여지라 여즈으 힝실을 극지ᄂ즉 옛ᄉ람 효부열여의 밋치거신니 롤이 지어보시
롤의히 갈로더"

여기에서 그치지 않고 규방가사에 빈번히 등장하는 여자로 태어난
한탄까지 보이고 있다.

슬프다 여즈몸이 남즈와 쎗쳬달ᄂ   십연이 계우되여 문외출입 삼괘ᄒ고

이는 남성 작가 계녀가에서는 좀처럼 찾아보기 힘든 작법이다. 대개
남성이 서술의 주체가 되는 계녀가에서는 아비가 시집간 딸에게 주는
경계와 당부의 말이라는 것이 작품에 소상히 노출되어 있다. 〈효열가〉
의 의도적인 '여자되기'는 작품만으로 작가의 신상을 전혀 짐작할 수
없는 규방가사의 작가층에 익명의 남성이 참여했으리라는 추정마저 가
능하게 한다.143)

그렇다면 왜, 하필이면 여성의 목소리일까? 그 이유로는 먼저 일반적
인 계녀가 계열 규방가사의 창작과 전승 관례를 중시했다는 점을 찾아
볼 수 있다. 계녀가 계열 가사는 문장과 유교적 교양을 숙지한 사대부
가 여성이 시집가는 딸에게 전해주는 것이 가장 일반적인 전승 경로라
할 수 있다. 계녀가를 짓는 어머니와 이를 받아보는 딸 사이에는 혈연
적인 모녀 관계를 넘어, 동일한 생존 조건에 노출된 여성이라는 연대감
이 형성된다. 이때 어머니는 이런 과정을 교육과 체험으로 먼저 거쳐간
인생의 선배인 것이다. 이들에게는 누구의 여식 이전에 가문의 일원으
로서 이를 유지하고, 재생산하는 역할이 부과되어 있다.

여성에게 계녀가란 당대의 지배담론이 여성에게 요구하는 부덕과 교
양을 훼손없이 전달하는 통로이다. 여기에 여성 스스로 오랜 삶의 경륜

---

143) 실제로 규방가사의 작자층에 이름을 숨긴 남성이 개입했으리라는 주장이 제기된 바
있다. 한시구나 전고, 여성으로서 발설하기 힘든 어구를 들어 남성대작설을 제기한 이
재수의 논의가 대표적이라 할 수 있다. 이재수, 『내방가사연구』, 형설출판사, 1976.

으로 터득한 생존 전략까지 보태지는 것이다. 따라서 계녀가를 사이에
두고 유교 이념의 훈육자로서의 어머니와 딸, 같은 경험을 먼저 거친
인생 선배로서의 어머니와 딸, 출가외인(出嫁外人)이라는 동일한 조건에
노출된 어머니와 딸이라는 내적 연대가 성립되는 것이다.

의도적인 '여자되기'는 이러한 맥락에서 살펴볼 수 있다. 작가는 여
성을 대상으로 한 교훈서와 가사를 창작하면서, 계녀가 계열 가사가 놓
이는 가장 전형적인 전승 방식을 택함으로써 한층 더 설득력을 얻을 수
있었다. 이 작품이 계녀가 창작의 관습과 전통이 확고하게 자리잡은 시
기 즉 1900년 이후의 작품이라는 사실을 고려하면 이러한 추정의 가능
성을 더욱 높여준다고 할 수 있다. 전언의 설득력을 높이기 위한 장치
는 생활과 교양의 지침서 역할을 하며 공적 교양의 한 축을 담당했던
가사의 위상을 보여주는 것으로 볼 수 있을 것이다.


4. 나오는 말─〈즌별가〉와 〈효열가〉를 통해본 규방가사 문화권의 전통과 변이


〈즌별가〉와 〈효열가〉는 교훈서와 가사가 합본되어 정보 전달 통로로
서의 독서물과 정감표출의 통로로서의 노래가 분리되는 모습을 보인다.
규방가사에는 한 작품 안에 교훈과 정보, 체험과 정서가 혼재되어 있다.
이 작품은 별도의 산문 기록에 교훈과 정보를 담아냄으로써 가사에는
좀 더 자유로운 표현이 가능했던 것으로 보인다. 개인적 소회를 섬세하
게 피력한 〈즌별가〉, '의도적인 여자되기'로 전언의 설득력을 높인 〈효
열가〉는 이 점을 분명히 보여주고 있다.

두 작품은 또한 공적 담론과 사적 술회의 경계를 보여주고 있다. 규
방가사는 주로 가문의 결속과 여아의 교육을 위해 창작·수용되었다는

점에서 쉽사리 공적 담론으로 전화된다. 그러나 동시에 규방가사는 자신의 삶에 대해 할 말은 많지만, 이를 드러낼 기회는 지극히 제한되었던 사족 여성에게는 매우 유효한 말하기 방식이며 글쓰기 방식이라 할 수 있다. 이는 사족 여성뿐 아니라 사족 여성의 문화와 그들의 글쓰기 방식을 수용한 사족 남성에게도 해당되는 대목이라 할 수 있다.

두 작품은 규방가사 문화권의 분포와 관련해서도 주목해볼 필요가 있다. 규방가사에 관련해서는 시기적으로는 18·19세기, 지역적으로는 영남, 계층적으로는 사족이라는 공식이 의심없이 받아들여졌다. 그러나 꾸준한 발굴과 소개로 규방가사가 전국에 걸쳐 존재한다는 사실은 확인되었다. 물론 양적으로나, 창작의 지속성 면에서 영남 지방이 중심이고, 그 비중 역시 압도적이라는 사실은 부인할 수 없다. 따라서 영남지방 이외의 지방에서 발견되는 작품들만으로 규방가사 문화권의 지역적 분화를 설정하기에는 현실적으로 어렵다고도 할 수 있다. 그러나 영남 이외의 지방에서 꾸준히 발견되고 있는 규방가사가 그 지역 여성의 공·사 영역에 침투하여 여성 생활과 규방문화의 일부를 구성하였을 가능성은 분명 존재했을 것으로 보인다. 따라서 사대부 가사와 마찬가지로 규방가사 역시 지역 문화권과의 교섭 여부에 따라 창작과 전승에서 지역적 편차가 존재하리라는 가능성을 놓지 말고 이를 꾸준히 추적해볼 필요가 있다고 생각한다.

# 제3부

# 식민지 근대와 시가 장르의 동향

# 대중문화의 성립과 시가의 위상

## 1. 들어가는 말—근대의 변방에서 근대문화 바라보기

　대중문화는 자본과 기술에 의해 여가와 일상이 조직되는 과정을 명백하게 보여준다는 점 때문에 근대의 산물, 곧 근대문화로 간주되어왔다. 이 글의 목적은 19세기 도시문화의 중심을 이루었던 판소리·잡가·통속민요(Urban Folk Song) 등 전근대 시절의 통속적 시기가 일제 강점기 이후 유입된 미디어와 테크놀로지에 정착되는 과정을 살피려는 것이다. 이를 통해 전근대 문화가 '식민지 근대'라는 새로운 환경에 적응하는 과정과 전통문화가 근대 대중문화로 전환하는 방식을 드러내고자 한다.

　전근대 문화가 대중문화로 전환하는 과정을 살피는 이 글은 필연적으로 '문화의 근대성'이라는 문제적 영역을 거칠 수밖에 없을 것이다. 그 동안 문학·예술에서 근대를 논할 때에는 주로 공공 영역의 형성과 합리성·공공성·주체(민족을 포함한)에 대한 자각, 현실성의 실현 여부를 거론하여왔다.[1] 근대에 대한 이러한 인식은 이 글에서 주된 논의 대상으로 삼은 시가의 경우에도 크게 다르지 않다. 특히 중세 시대에 존속했던 시가의 경우는 중세 극복의 의지와 방식을 곧 근대성의 징후로 판단하였고, 이는 고전문학과 근대성을 고민하는 연구자들이 공유하는 부분이기도 하였다.[2] 따라서 시가에서 근대성을 거론할 때에는 사설시조 등 민간의 양식에서 중세 극복의 의지를 읽어내어, 근대문학의 기점을 끌어올리려는 시도를 강화하거나, 애국계몽의 이념을 담고, 문명개화와 교육입국을 적극적으로 독려하는 작품을 통해 근대의 내면을 해명하여 왔다. 따라서 연구의 초점은 『대한매일신보』 소재의 가사나 애국계몽 이념을 담은 시조·의병가사에 집중되었다. 당연히 통속적인 잡가나 민요는 이러한 논의에서 원천적으로 배제되어 왔다. 이러한 시각의 밑바탕에는 근대를 궁극적으로 도달해야 할 이념적 충족체로 인식하거나, 문화적 근대를 계몽주의자·유학파 등 문화 엘리트와 관련하여 생각해 왔던 오랜 신념이 자리잡고 있다.

그런데 근대 이후를 반성적으로 고찰하기 시작하면서, 진보·해방과 예속·억압이라는 양면이 공존하고 있는 근대의 중층성·모순성에 초점이 맞추어지기 시작하였다.[3] 식민 통치라는 역사적 경험을 통해 근대를 받아들이고, 체험해야 했던 식민 조선의 경우, 특히 이러한 모순이

---

1) 근대문학의 기점과 근대성에 대한 논의는 다음 글을 참조할 것. 김명호, 「근대문학론의 기본 쟁점」, 『근대문학의 형성과정』, 문학과지성사, 1983; 근대와 근대 이후에 대한 반성적 성찰은 민족문학사연구소 편, 『민족문학과 근대성』, 창작과비평사, 1995; 고미숙, 『한국의 근대성, 그 기원을 찾아서-민족·섹슈얼리티·병리학』, 책세상, 2001.
2) 고전문학과 근대성 논의에 대한 회고와 전망은 다음 논의가 자세하다. 정출헌, 「고전문학에서의 근대성 논의, 그 반성의 자리와 갱신의 계기」, 『국제어문』 35호, 국제어문학회, 2005. 중세와의 결별 징후를 찾아 근대의 기점을 끌어올리려는 자생적 발전론 역시 서구적 열패감에서 비롯된 이식론과 인식적 결별을 이루지 못했다는 필자의 문제의식은 이 글의 방향에도 시사하는 바가 크다.
3) 근대에 대한 반성적 성찰이 이어지면서 근대의 양면성에 대한 논의 역시 꾸준히 제출되고 있다. 근대의 양면성은 다음 논의를 참조할 것. 안토니오 네그리·마이클 하트, 윤수종 역, 『제국』, 이학사, 2001; 김경일, 『한국의 근대와 근대성』, 백산서당, 2003.

중첩되고 심화될 수밖에 없었을 것이다. 문화를 통해 근대가 지닌 양면성을 해석하려는 논의는 최근 활발해진 일제 강점기 풍속사 연구에서 집중적으로 제기된 바 있다.[4] 그러나 이러한 연구 역시 근대의 문화를 모던보이·모던걸 혹은 산책자와 같이 선별된 자들의 경험으로 재구한다는 비판을 면하기 어려울 것이다.

전근대 시절에 형성된 전통 시가가 초창기 대중문화로 정착하는 과정을 살핀 이 글은 '문화의 근대성'을 계몽주의자·유학생·엘리트·모던보이나 모던걸의 눈으로 해석해왔던 논의와는 다른 방향에서 출발하는 것이다. 오히려 근대성 논의에서 소외되었던 도시의 한량, 향촌의 부호 등 근대의 변방에 속했던 익명의 대중들이 그들의 취향을 고수하는 모습을 통해, 근대 초기 대중문화가 지닌 지속과 단절의 실상을 살펴 보려는 것이다. 이를 위해 이 글에서는 19세기에서 1930년대 초반에 이르는 시기에 걸쳐 존재했던 통속적 시가의 존재 양상을 살펴보고자 한다.

주지하다시피 대중문화의 기원을 바라보는 기존 입장은 크게 이식론과 자생론, 이 두 갈래로 나눠볼 수 있다. 이식론자들이 주로 자본과 테크놀로지, 새로운 양식의 유입에 초점을 맞춘다면, 자생론자들은 잡가와 판소리 등 전근대 예술에서 근대적 요소를 찾아내어, 조선 후기 문화 내부에 이미 근대의 징후가 충분히 잠재되어 있음을 증명하려 한다. 그런데 이식론자들의 시각에서 보면, 대중문화의 형성과 전개 과정에는 한결같이 일제의 의지가 결정적으로 개입되어 있다는 것이나.[5] 이러한

---

4) 근대성의 양면성과 관련하여 일제 강점기 풍속사를 다룬 대표적 논의로는 다음 논저를 들 수 있다. 김진송, 『서울에 딴스홀을 許하라─현대성의 형성』, 현실문화연구, 1999; 신명직, 『모던보이, 京城을 거닐다』, 현실문화연구, 2003; 이경훈, 『오빠의 탄생─한국 근대문학의 풍속사』, 문학과지성사, 2003; 천정환, 『근대의 책읽기』, 푸른역사, 2003; 권보드래, 『연애의 시대』, 문학과지성사, 2004.

5) 대중음악을 중심으로 대중문화의 형성 과정을 논의한 김창남, 이영미의 연구가 여기에 해당된다. 김창남, 「유행가 성립과정 및 그 성격에 관한 연구」, 서울대 석사논문, 1984; 이영미, 『서울─한국대중가요사』, 시공사, 1998. 미디어 관련 학자들은 대중문화를 '대량 생산, 대량 보급 구조를 갖추면서 생겨난 새로운 양상의 문화'라고 보아, 대중문화를 전통문화와 단절된 문화, 이식된 문화로 보고 있다. 강현두, 「대중문화의 주

시각은 대중문화의 원천적 식민성, 불완전한 근대성이라는 문제의식으로 이어진다. 반면, 자생론자들은 대중문화의 싹을 조선 후기 문화에서 찾고, 이 시기에 이미 대중문화의 형태가 갖추었다고 주장하고 있다.[6]

이 글에서는 이식과 자생이라는 이분법을 지양하고, 전근대 시대에 소통되었던 시가 장르가 이질적인 시기를 거치며 존재했던 양상 그 자체를 추적하려 한다. 여기에는 몇 가지 전제가 따른다. 조선의 대중문화는 식민지 시대라는 낯선 환경에서 본격 형성되었다. 따라서 대중문화의 형성과 발전에 자본과 기술의 힘 그리고 이를 조정한 일제의 의지가 크게 작동했다는 사실은 부인할 수 없다. 그런데 자본과 권력의 의지는 일방적으로 주입되는 것이 아니라, 이왕에 형성된 문화권, 대중의 취향과 끊임없는 협상의 과정을 거칠 수밖에 없다는 사실 또한 강조하고 싶다.

이 글에서는 먼저, 19세기 시가가 도시 유흥공간에 자리잡을 수 있었던 환경을 점검하고, 이것이 이후 어떠한 방향으로 전개되었는지 살필 것이다. 또한 대중적 문예 양식을 둘러싼 당대 지배층의 시선을 살피고, 대중들이 자율적으로 그들의 기호를 만들어갔던 사실을 밝히려 한다. 마지막으로 20세기 초에 통용되었던 시가 각 장르가 새로운 미디어에 적응하는 과정에서 겪었던 변용의 맥락을 살피려 한다. 시가 장르는 대중문화에 냉담했던 수용층의 요구에 부응하고, 새로운 테크놀로지에 성공적으로 적응하기 위해 이입된 외래 양식과 혼성화(Hybridization)를 적극적으로 시도하였다. 이 글에서는 전통 시가가 일본 음악, 일본을 거쳐 온 서구 음악과 혼성화되는 과정과 그 양상을 살피고, 이러한 혼성화 양상이 일제 강점기 대중문화의 한 측면임을 드러내려 할 것이다.

요개념」, 강현두 편저, 『대중문화론』, 민음사, 1984.
6) 국사학계의 내재적 발전론에 부합하는 이 논의는 주로 국문학계를 중심으로 제출되었다. 미디어 관련 연구에에도 자생적 발생론의 입장에서 대중문화의 기원을 설명하려는 논의가 보인다. 유선영, 「한국 대중문화의 근대적 구성과정에 대한 연구-조선 후기에서 일제시대까지를 중심으로」, 고려대 박사논문, 1992.

## 2. 19세기 도시문화의 형성과정과 전통 시가의 동향

조선 전통문화의 중심은 사대부 문화라 할 수 있다. 주류 사대부 문화와 구술로 전승되는 민중문화로 양분되었던 구도는 18세기 이후 도시를 기반으로 한 문화가 성장하면서 달라지게 되었다. 그 시작을 알린 것은 유흥문화의 출현과 이를 주도한 새로운 문화 향유층의 부상이라 할 수 있다. 18세기 이후 서울에는 다양한 유흥공간이 발달하게 되었다. 이 시기 대표적 유흥공간으로는 사대부 문화를 모방한 시사(詩社)와 풍류방 그리고 상업적 수요에 맞추어 새로 등장한 기방과 주가 · 색주가 등을 꼽을 수 있다.[7] 다양한 유흥공간의 성장은 도시 공간의 확대와 상업의 발달과 관련이 깊다. 즉 상업과 교역으로 생긴 잉여의 재화와 인력이 여가를 소비하는 곳으로 흘러가면서 자연스럽게 유흥문화가 발달했던 것이다. 그 결과 유흥문화의 주 요소가 되는 시가와 음악 등 예술의 각 분야가 상업적 이윤의 대상이 되기 시작했다. 유흥문화가 상업화와 관련이 깊은 만큼 유흥가는 자연스럽게 사람과 돈이 모이는 지역에 집결하게 되었다. 기방(妓房)은 상인들이 집단적으로 거주하는 육조(六曹)의 거리에 집중되었고, 수상 교통의 중심지였던 경강(京江) 지역을 중심으로 술집과 음식점 · 색주가 등 다양한 유흥가가 발달하기 시작했다.[8]

유흥공간이 구성되기 위해서는 가무(歌舞)와 성적 향락을 제공하는 기생이 필요하다. 그렇지만 유흥공간의 운영에 개입하고, 기생들의 매니저 겸 패트론 역할을 한 이들은 주로 별감(別監)을 비롯한 무반(武班)층

---

7) 강명관, 「조선 후기 서울의 중간계층과 유흥의 발달」, 『조선시대 문학예술의 생성공간』, 소명출판, 1999, 162면.
8) 경강(京江) 지역을 중심으로 상업과 유흥가가 발전했다는 사실은 18세기 후반 삼강(三江)에 설치된 주가(色酒家)가 600~700여 곳이었고, 여기서 술을 만드는데 소비되는 미곡만도 1년에 수만석을 넘는다는 기록을 통해서도 알 수 있다. 고동환, 「18 · 19세기 서울 경강지역의 상업발달」, 서울대 박사논문, 1993, 153면.

이었다. 무반층을 비롯한 중간 계층은 기방뿐 아니라, 19세기 유흥문화 전반에 걸쳐 중심적 인물이었다. 이들은 흔히 '왈자 무리'라 불리기도 했는데, 여기에는 하급 무반층과 별감, 기술직 중인, 평민 부호들까지 망라되어 있다. 이들의 유흥에 관심이 많을 뿐 아니라, 유흥에 소비할 정도의 경제력을 지니고 있다는 공통점을 지녔다.

이 시기 도시유흥에서 중심을 이루었던 것은 단연 가악이었다. 예악 (禮樂)의 이상, 사대부의 절제된 정신세계를 표현하던 가악은 상업적 수요의 대상이 되었고, 이는 자연스럽게 시가 장르의 변화를 초래했다. 가장 큰 변화는 시가에 현실의 쾌락을 긍정하는 내용이 나타나기 시작한 것이다. 또다른 변화는 새로운 작품의 발굴과 창작으로 인한 레퍼토리의 확대라 할 수 있다. 도시유흥을 주도하던 왈자 무리와 그 주변에 모인 예능인들은 먼저 사대부의 시조와 가사를 그들의 취향과 욕구·관심사에 맞게 취사선택하고, 다듬었다. 이들의 행위는 새롭게 부상한 경제적 실력자들의 문화적 수준을 반영하는 것이라 할 만하다. 이들은 문화에 대한 욕구는 있었지만, 스스로 문화전통을 만들어나갈 만한 역량은 아직 갖추지 못했다. 따라서 그들의 신작을 창작하기보다는 이왕에 존재하고 있던 작품의 수용과 개작에 치중하였다. 또한 가악이 상업문화와 굳건히 결합했던 현실은 참신함보다는 익숙한 것을 선호하는 경향을 더욱 조장하였다고 볼 수 있다. 수용과 개작 다음 단계는 도시유흥의 관습에 걸맞는 새로운 레퍼토리를 만들어내는 것이다. 이를 위해 새로운 레퍼토리를 발굴하거나, 도시유흥에 걸맞는 작품들을 만들어내기 시작했다. 19세기 가집에 두드러지게 나타나는 유사작·아류작의 존재는 이러한 흐름과 관련하여 설명해볼 수 있다.

유흥의 수요가 커지면서, 문화가 서울로 집중되는 현상도 보이기 시작했다. 문화의 서울 집중을 알리는 징조는 지역 예능인들이 상경이었다. 지역 예능인들의 집단적 상경은 18세기 중엽 영조 때부터 시행된 선상기 제도에서 비롯되었다. 선상기로 뽑혀 올라온 지역 기생들은 행

사가 끝난 후에도, 본읍에 내려가지 않고 서울에 남아 있는 경우가 종
종 있었는데, 이들을 통해 지역 문화가 서울로 자연스럽게 유입될 수
있었다. 지역 예인들의 상경은 고종 시대 경복궁 중건 당시 서울과 각
지역의 예능인들이 총동원되어 역부(役夫)들을 위로했던 연희에서 절정
을 이룬다. 경복궁 중건은 조선 왕조의 위엄을 세우려는 권력자 대원군
의 의지에서 비롯된 대형 국책 사업이지만 문화적으로도 일대 '사건'이
었다.9)

　19세기에 서울로 상경한 대표적 지역 예능인으로는 평양 기생과 평
양의 날탕패, 남도의 판소리 광대들을 꼽을 수 있다. 이들은 20세기 이
후 극장의 시대가 열리면서 극장 공연의 총아로 부상하게 되었다. 이렇
듯 문화가 서울로 집중되면서, 지역에 기반한 향토문화가 유흥에 걸맞
는 세련된 도시문화로 탈바꿈하는 양상이 광범위하게 지속되었다. 그결
과 서울과 지방의 문화적 격차는 한층 심화되었다.

　지역 문화의 서울 유입은 하층민을 기반으로 한 하위문화가 부상하
는 계기가 되었다. 지역 문화 전파의 주역 중 하나는 전국을 유랑하는
하층 연예인 집단이었다. 하층의 연예인 집단으로는 위에 언급한 판소
리 광대와 날탕패 외에도 서울 외곽을 본거지로 삼는 삼패와 잡가패들
이 있었다. 이들은 출신 지역의 향토예술을 오락에 적합한 도시의 노래
로 바꾸어 불러 인기를 끌었다. 이들이 주로 불렀던 판소리·잡가·통
속민요는 19세기 중엽 이후 유흥에 관심이 많은 왈자 부류와 부상(富商)
에게도 각광을 받게 되었다.

　이렇듯 19세기에는 도시유흥을 통해 다양한 장르의 시가가 오락을
위한 공연물로 공존할 수 있었다. 또한 공연 현장은 기원이 다른 이질
적인 장르와 텍스트가 자연스럽게 넘나드는 혼성의 장이기도 했다. 타
장르나 타 텍스트의 인상적인 에피소드나 구절·표현법을 차용하여 혼

---

9) 이능화, 「논설―조선향토예술론」, 『삼천리』, 1941.4.

합하는 혼성화 양상은 19세기 도시문화의 유연함과 개방성을 드러내는 징표로 거론되기도 하였다. 혼성화 양상은 이를 향유했던 수용층 내부에서도 동일하게 나타나고 있다. 즉 왈자 부류가 중심이 되어 위로는 사대부들을 포섭하고, 아래로는 저변에서 향유되던 하층민의 오락을 수용하여, 신분에 따른 문화적 경계가 점차 약화된 것이다. 공연의 규모나 질적 수준은 돈의 투입 정도에 따라 달라지지만, 공연의 레퍼토리가 비슷해져 가는 현상 역시 주목할 만하다. 중간층을 중심으로 하고 상·하로 폭을 넓히는 평준화 현상이 나타나기 때문이다. 19세기 문화의 특징적 양상으로 거론되는 상·하위 장르 간의 상호 모방, 혼성화는 이처럼 도시문화의 저변 확대와 도시유흥의 확산과 관련이 있다.

유흥문화의 확산은 신분에 따른 문화 향유라는 중세적 문화 향유 방식에 균열을 일으키는 계기가 되었다. 이는 도시유흥이 중세의 문화, 중세의 미학적 이상과 결별하기 시작했다는 의미가 된다. 물론 경제적 여유와 활력을 향락적인 놀이에만 소모하여 국가적인 격변기에 당면한 사회문제를 외면했다는 비판론이 제기될 수도 있다. 그러나 이러한 체험이 여가를 문화적으로 표현하는 방식의 하나였다는 점, 그 결과 문화 향유의 대중화 경향을 보이기 시작했다는 점은 의미있는 일이라 할 수 있다. 특히 전환기 세태와 삶, 욕망을 담아내면서, 20세기 초에 근대 대중문화로 전환할 수 있었던 기반을 마련한 점은 19세기 도시문화에서 가장 주목할 만한 부분이라 할 수 있다.[10]

---

10) 19세기 도시유흥에 대한 자세한 논의는 다음 글을 참조할 것. 박애경, 「19세기 도시유흥에 나타난 도시인의 삶과 욕망」, 『국제어문연구』 27집, 국제어문학회, 2003.

## 3. 신 매체의 등장과 전통 시가의 운명

20세기 초는 국가의 운명이 주권을 가진 왕조에서 식민지로 전락하는 격변의 시기였다. 문화적으로는 전근대적인 유산과 근대의 문물, 전통적인 양식과 이입된 외래의 양식이 혼류하는 시기였다. 또한 이 시기는 근대 매체가 도입되면서, 대중문화의 전승과 수용을 결정하는 물적 기반이 본격 구축되는 시기이기도 했다. 이러한 외부 환경의 변화는 곧 전통 시가에도 영향을 미치게 되었다. 20세기 들어 전통 시가가 겪었던 변화는 유통방식의 변화, 예능인 집단의 재편, 일본을 통해 들어온 외래 음악의 유입으로 정리해볼 수 있다.

특히 근대 자본에 의해 성립된 대중매체가 등장하면서 전통 시가의 전승 범위는 한결 넓어졌다. 20세기 들어 새로 등장한 매체로는 극장, 유성기 음반, 라디오 방송을 대표적으로 들 수 있다. 관에 의해 1902년 협률사, 1903년 광무대가 성립되었고 1907년 민간 자본에 의해 연흥사와 단성사가 차례로 생기면서,11) 전통 시가는 곧 극장 공연물로 정착하게 되었다. 이는 시가가 '듣는 문화'에서 '보고 듣는 문화'로 탈바꿈하게 되었다는 의미가 된다. 극장은 무대와 객석이 분리된 공간이다. 객석과 분리된 무대 위에서 이루어지는 연행은 관객들에게 볼거리를 제공하며 텍스트가 구현하고자 하는 세계를 스펙터클하게 재현한다. 볼거리를 강조하는 극장공연은 근대의 산물인 동시에, 시각을 특권적 지위에 배치하는12) 근대문화의 특성을 대표적으로 보여주고 있다. 유성기와 음반, 라디오 방송의 등장은 대량 생산과 대량 소비를 근간으로 하는 매

---

11) 근대 극장의 등장과 역사적 성격에 관한 논의는 다음의 저서를 참조할 것. 유민영, 『한국근대극장변천사』, 태학사, 1998.
12) 근대문화가 시각을 중심으로 구성된다는 것은 다음 저서에 대표적으로 나타나 있다. 마셜 맥루언(Marshall McLuhan), 김성기·이한우 역, 『미디어의 이해(Understanding Media)』, 민음사, 2002.

스 미디어가 본격적으로 유입되었음을 의미한다. 따라서 19세기 도시문화에서 보였던 지역색의 탈피, 문화 수용의 평준화 양상은 20세기 들어 일반적인 현상으로 굳어졌다.

매체의 변화는 향유층 내부의 사회적 관계의 변화로 이어지고, 향유층 집단의 변화로 이어졌다. 또한 매체의 변화는 음악가 집단의 재편을 촉진했고[13], 그들의 위상을 바꾸었으며 음악가와 수용자와의 관계를 바꾸었다. 물론 음악가 집단의 재편에는 1894년 신분제가 폐지되면서 예능인들이 천민의 신분에서 벗어난 것이 크게 작용했지만, 매체의 위력이 이를 가속화했다는 점은 부인하기 어려울 것이다. 서양음악과 일본음악 역시 이 시기 전통 시가의 진로에 영향을 미쳤다. 일본음악과 서양음악은 한동안 전통 시가와 공존하다가 각자 한계를 느낀 순간, 혼성화라는 방식을 선택하였다.

여기에서는 20세기 이후 새롭게 등장한 매체, 여기에 전통 시가가 배치되는 양상을 살펴본 후, 환경의 변화가 초기 대중문화의 창조와 수용에 어떻게 관여했는지를 살필 것이다.


## 1) 20세기 전통 시가와 신매체의 만남

20세기 벽두에 설립된 극장은 근대적 여가문화를 가장 전형적으로 구현하는 장이기도 하다.[14] 최초의 극장은 1902년 설립된 전통 연희장 희대로 알려져 있다. 이것이 1903년부터 협률사로 불리게 되었다.[15] 협률사는 고종의 왕위 등극 40주년을 기념하는 칭경예식을 위해 고종의 칙허를 얻어 설립된 극장인 만큼 근대적 자본에 의한 극장과는 조금 거

---

13) 음악가를 위시한 전통 예능인의 변화를 이해하려면 다음 저서를 참조할 수 있다. 권도희, 『한국근대음악사회사』, 민속원, 2004.
14) 박재환·김문겸, 『근대사회의 여가문화』, 서울대 출판부, 1996, 61~68면.
15) 유민영, 앞의 책, 21~23면.

리가 있었다. 협률사에서는 주로 전통무용과 전통음악을 공연하고, 가끔 활동사진을 상영하기도 하였다. 그중 가장 인기를 끈 것은 단연 판소리와 잡가였다. 이러한 사정은 사설극장이었던 광무대의 경우도 크게 다르지 않았다.

극장은 볼거리를 제공하는 공간일 뿐 아니라 관리가 회동을 하고, 젊은 남녀가 자연스럽게 모이는 사교장이기도 하였다.

> 최근 협률사라는 것이 생긴 이후로 호탕한 봄바람 부는 날에 춘정을 탐하는 젊은 남녀들이 풍류를 즐기러 맹렬히 모여 음탕한 유락을 일삼는데 탕자야녀의 춘흥을 도발함은 예사이거니와 각 학교 학생들도 우르르 따르기에 이르니 매일 저녁이면 협률사로 공원으로 알고 심지어 야학교 학생의 수효가 감소한다니 과연인지 상세히 알지 못하나 협률사 관계로 야매한 풍기가 한층 증진함을 확실히 알겠더라16)

위 기사는 젊은 남녀뿐 아니라 학생들까지 극장에 모여들어 풍기가 심각하게 문란해진 세태를 비판하고 있다. 남녀 구분 없이 모이는 극장은 내외법을 엄격히 지켜왔던 어른들의 눈으로 볼 때 그 자체가 도덕적 문란을 부추기는 장소였던 것이다. 실제로 이 기사가 실리기 한 달 전에는 군인과 순사가 극장에서 싸우는 불미스런 사건이 일어나기도 하였다.

따라서 극장과 극장공연은 전통적 지식인과 계몽적 언론, 양자로부터 모두 호된 질타를 받게 되었다. 전통적 지식인은 협률사의 공연이 교화론적 전통과 어긋난다는 점을 분명히 하였다. 유학자인 이필화는 상소에서 협률사의 연희가 나라를 망국으로 이끈 음악인 鄭聲(정성)과 같을 뿐 아니라, 학생들의 교육에도 유해하다고 주장하며 협률사의 폐지를 주장하였다.17)

---

16) 『황성신문』, 1906.4.13.
17) 『황성신문』, 1906.4.19. 이필화의 상소는 받아들여져, 곧이어 정부는 협률사 폐지령

또한 계몽적 지식인 역시 젊은 세대를 미혹하게 하고, 나쁜 영향을 미친다는 이유를 들어 극장 폐지의 목소리를 높였다.

협률사나 단성사 등을 세워 수많은 음탕한 연희로 수많은 청년자제를 유인하여 그 심사를 심란케 하며, 그 지기를 손상케 하며 그 사상을 미혹케함으로써 학문에 유의하던자가 이곳에 가면 학문배우기를 던져버리며, 실업에 유의하던 자가 이곳에 가면 실업하기를 던져버려 무수한 인재를 모두 이곳에서 버려주니 오호라 현재 한국의 소위 연화장이라는 것은 한치의 의심 없이 타파할 것이거니와 이런 연회장은 사람의 마음을 현란케 하며 풍속을 피란케하여 사회에 피악한 영향을 끼치게 하는 고로 의심없이 타파할것이라 (…후략…)[18]

이들이 극장공연을 비판하는 이유는 극장이 풍기문란을 조장하는 퇴폐적 장소이며, 그곳에서 공연되는 연희가 올바른 정기나 미풍양속을 해친다는 것이다. 다음 기사는 그 비판의 중심에 극장의 공연 내용, 즉 전통 시가가 위치하고 있다는 것을 보여주고 있다.

우리나라의 소위 연희라 하는 것은 조금도 자국의 정신적 사상이 없고 단지 그 음란한 춤과 추태로 춘향가니 심청가니 박첨지니 무동패니 잡가니 타령이니 하는 기기괴괴한 음탕하고 황당한 기예를 공연하며 (…후략…)[19]

극장과 전통 시가에 대한 비판이 꾸준히 이어졌다는 것은, 이를 배척하는 목소리가 높았음에도 불구하고, 극장을 찾아 전통문화를 즐기는 자발적·능동적 관객이 많았음을 보여주고 있다.

전통 시가가 극장 무대에 오르면서 생긴 가장 큰 변화는 공연이 볼거리를 중심으로 구성되고, 무대에 오른 예능인을 특권화했다는 것이다.

을 내렸다. 그러나 이는 극장의 폐쇄가 아니라 정부가 운영에서 손을 떼었다는 것을 의미한다. 폐지령 이후에도 협률사의 공연은 계속되었다는 것을 알 수 있다. 협률사 폐지와 관련된 사실은 다음 글을 참조할 것. 유민영, 앞의 책, 30~31면.
18) 「연회장을 기량할것」, 『대한매일신보』, 1908.7.12.
19) 『황성신문』, 1907.11.29.

이는 문화의 중심이 '보는 문화'로 전환되기 시작하였다는 것을 의미한다. 실제로 광대 일인의 예술이었던 판소리는 보다 풍부한 볼거리를 제공하기 위해 많은 배우와 창자가 출연하는 창극의 형태를 적극적으로 도입하기 시작했다. 또한 무대 위의 공연자를 관객보다 우월한 위치에 놓는 스타덤의 초보적 형태가 마련되었다는 점도 주목할 부분이다. 이는 공연자와 수용자가 동일한 관계에 있거나 수용자가 공연자보다 우위에 있던 전시대 연행의 관습을 근본적으로 바꾼 것이라 할 수 있다. 사설 극장이 설립된 이후에는 극장 간에 흥행 경쟁이 붙으면서, 예능인의 지위는 더 높아지게 되었다. 극장은 흥행 경쟁에서 우위를 점하기 위해, 대중이 선호할만한 레퍼토리를 적극적으로 모색했고, 유능한 예능인을 전속으로 두려 하였다. 전속제의 도입은 극장의 흥행을 가늠하는 주요소가 스타 시스템이라는 사실을 명백히 보여주고 있다.

음반은 제작과 유통 과정에서 대규모 자본과 테크놀로지가 개입하므로 음반화는 곧 상품화와 동의어로 쓰인다. 또한 음반은 초창기 대중가요의 식민지적 성격을 드러내는 증거로 거론되기도 하였다. 그 이유는 조선의 소위 육대 음반사[20]가 일본 음반사 혹은 일본 합작 음반사의 한국 지부 형태로 운영되고 있었기 때문이다.

음반의 시대는 미국 콜롬비아사의 국내 진출과 함께 시작되었지만, 유성기 도입과 녹음 행위는 더 일찍 시작되었던 것으로 보인다.

외부에서 전에 유성기를 사서 노래 곡조를 불러 유성기 속에다 넣고 해부대신 이하 여러 관인이 봄 경치를 구경하려고 삼청동 감은정에다 잔치상을 차려놓고 서양 사람의 모든 기계를 운전하여 쓰는 데 먼저 명창 광대의 춘향가

---

20) 육대 레코드사는 콜롬비아, 빅타, 포리돌, 시에론, 태평, 오케이다. 「육대회사 레코드전」, 『삼천리』, 1933.5. 이중 콜롬비아와 빅타는 미국·일본 합작회사의 한국지부였고, 포리돌은 독일·일본 합작회사의 한국지부였다. 또한 시에론·오케·태평은 일본 현지법인의 한국지부였다. 식민지 시대 음반사의 성격에 관한 논의는 다음 글을 참조할 것. 장유정, 「일제 강점기 한국 대중가요 연구」, 서울대 박사논문, 2004, 418~422면.

를 넣고, 그 다음에 기생의 화용과와 금랑가사를 넣고 마지막에 진고개 패 계 집 산홍과 사나이 학봉 등의 잡가를 넣었는데 기관되는 작은 기계를 바꾸어 꾸미면 먼저 있었 던 각항의 곡조와 같이 그속에서 완전히 나오는지라 보고 듣는 이들이 구름같이 모여 모두 기이하 다고 칭찬하며 종일토록 놀았다더 라.[21]

1899년 독립신문에 실린 위의 기사는 외국 음반사가 우리나라에 들 어오기 이전에 유성기에 녹음하고, 이를 재생하여 듣는 광경을 묘사한 것이다. 이 기사는 신문물을 대하는 이들의 놀라움과 호들갑스러운 반 응을 소개하고 있다. 이때 유성기에 담은 노래는 광대의 판소리, 기생의 가사, 삼패기생과 잡가패의 잡가다. 이로 보아 19세기의 만들어진 음악 적 취향과 선호도가 이 시기까지 달라지지 않았다는 점을 알 수 있다.

전통 시가에 대한 선호는 1907년 미 콜롬비아 레코드사가 조선에 진 출한 뒤 제작한 음반의 수록곡에서도 확인해볼 수 있다. 첫 음반을 취입 한 이는 관기 출신의 최홍매였는데, 그녀는 시조와 잡가 · 가사를 녹음 했다. 전통 시가에 대한 선호는 녹음기술의 혁신으로 음반의 대량 생산 이 가능해진 1920년대 후반기까지 지속되었다. 뿐만 아니라 식민지 시 대 대중가요의 전성기라 할 수 있는 1930년대에도 전통 시가는 베스트 셀러의 명맥을 유지하였다.[22] 전통 시가가 대중문화로 각광받을 수 있 었던 요인으로는 이왕에 형성된 수용자 집단을 우선 꼽을 수 있을 것이 다. 또한 1920년대까지는 흥행을 보장할 수 있는 유행가나 유행가 가수 를 찾기 어려웠던 사실[23]도 감안해야 한다. 반면 전통 시가의 경우, 오 랜 시간 대중의 검증을 거쳐온 레퍼토리가 구비되어 있었고, 이를 부르 는 예능인 집단도 조직화되어 있었다.

21) 「만고명창」, 『독립신문』, 1899.4.2.
22) 1930년대에도 베스트셀러는 임방울 명창이 부른 판소리 〈쑥대머리〉였다.
23) 1926년 윤심덕이 취입했던 유행가 〈사의 찬미〉의 인기는 예외적인 경우라 할 수 있 다. 〈사의 찬미〉의 흥행은 현해탄에서 애인 김우진과 동반자살했던 스캔들에 힘입은 것이다.

음반의 보급은 전통 시가 향유방식에도 변화를 불러왔다. 하지만 1910년대까지는 유성기의 가격이 매우 비쌌기 때문에 유성기와 음반은 도시에 거주하는 경제적 유력자층만 향유할 수 있었다.[24]

1920년대에는 라디오의 시대가 시작되었다. 1926년에는 사단법인 경성방송이 개국하였고, 1927년에는 JODK라는 호출부호로 방송을 송출하기 시작했다. 1933년에는 조선어 전용 방송인 제2 방송이 개국하면서, 청취자층을 확대하였다. 이때 전통 시가는 라디오 방송에서도 큰 비중을 차지하였다.

경성방송은 출범 초기부터 국민적인 정서와 취향에 부합하기 위해 전통 문화양식을 대폭적으로 수용하였다. 이러한 기조는 1937년 중일전쟁 이후 총력전 체제로 돌입하기 전까지 지속되었다. 1933년 제2 방송 편성표를 보면, 하루에 두 차례, 각 30분씩 음악·연예 방송을 내보낸 것을 확인할 수 있다. 음악·연예 방송의 주류는 대개 방송극과 전통음악이었다.[25] 그렇지만 라디오의 수용층이 도시 중산층이나 상류층이었던 관계로, 기존의 레퍼토리를 반복하는 과정에서 오히려 정서적 차원에서 배척되는 효과를 내기도 하였다.[26]

라디오의 보급 댓수가 10만 대에 이르고, 1928년 전기 녹음 방식 도입과 함께 음반이 대량 생산 체제에 본격 돌입하면서, 대중가요를 위한 물적 기반은 완벽하게 구축되었다. 라디오 방송과 전기 녹음 방식은 미국·일본과 약 3~4년 정도의 시차를 두고 실시된 것이다. 이는 대중문화의 테크놀로지가 조선에 거의 동시대적으로 도입되었다는 것을 의미한다. 그런데 테크놀로지의 진보는 전통 시가 면에서 볼 때는 위기적

---

24) 1911년 유성기 한 대의 가격은 25원이었다. 당시 판임관 5급의 월급이 30원이었다는 사실을 감안하면 유성기는 고가의 상품이었다고 할 수 있다. 장유정, 앞의 글, 14~15면.
25) 한진만, 「일제시대의 라디오 프로그램 편성」, 『매체·역사·근대성』(임상원·김민환·유선영 외), 나남출판, 2004.
26) 유선영, 「한국 대중문화의 근대적 구성과정에 관한 연구―조선 후기에서 일제시대까지를 중심으로」, 고려대 박사논문, 1992, 348~352면.

상황이었다. 전기녹음 방식의 도입과 함께 주요한 기기로 부상한 마이크로폰은 통성을 사용하는 전통 시가의 음질과는 어울리지 않았다. 또한 대량 생산 체제로 전환한 이후 급증하는 수요에 걸맞는 새로운 레퍼토리를 지속적으로 생산할 수 없다는 것 역시 약점이 되었다. 한마디로 전통 시가는 대량 생산 체제의 상품으로 존재하기 위해 필수적으로 거쳐야 하는 산업화·표준화에 한계가 있었다는 것이다.[27] 따라서 전통 시가는 근대 초기에는 대중문화로 성공적으로 정착하였지만, 대량 복제가 가능한 매체가 확산되면서 유행가 등 신종 장르에 비해 열세에 놓이게 되었다. 그렇지만 테크놀로지가 조선 대중의 기억에 각인된 선율과 선호도를 송두리째 바꿀 수는 없었다. 이렇게 본다면 1930년대 이후 본격화된 혼성화는 조선 대중의 취향과 새로운 기술 환경 간의 접점을 찾기 위한 노력이었다고도 볼 수 있다.


### 2) 예능인 집단의 재편과 조직화

20세기 초 전통 시가의 위상과 관련하여 가장 특기할 만한 일은 조선시대 대표적 하층예술이었던 판소리와 잡가·통속민요가 초기 대중문화를 주도했다는 점이다. 하층예술의 위상 변화는 이를 담당했던 천민 예능인의 지위 상승과 관련하여 생각할 수 있다. 예능인 집단에 닥친 가장 큰 변화는 1894년 단행된 갑오개혁이었다. 갑오개혁의 결과 신분제가 폐지되면서 기생·광대·삼패 등의 천민 예능인들은 천민의 신분을 면할 수 있었다.

더구나 1900년 이후 관기제도가 실질적으로 폐지되면서, 관기인 일급 기생과 삼패 사이의 차별도 점차 사라지게 되었다. 본래 기생과 삼패

---

27) 권도희, 앞의 책, 282~291면.

간에는 질적 숙련도, 레퍼토리, 역할의 차이가 엄연히 존재하고 있었다. 그런데 조선 후기 들어 일급 기생과 매춘을 겸하는 창기의 역할이 점차 혼란스러워지자 대원군 때에는 기녀 개혁을 단행하였다. 대원군은 화류계의 여성을 관기 출신의 일패(一牌), 예능 활동을 위주로 하나 매춘도 하는 이패(二牌), 창기 출신의 삼패(三牌)로 구분하였다.[28] 일패 기생은 관기 출신의 일급 기생이었던 반면, 삼패는 창기 부류로 매춘집단 혹은 기생의 아류 집단 정도로 취급받았다. 일패 기생이 가곡·시조·가사를 부른 반면, 삼패는 잡가를 불렀다고 한다.[29] 그런데 안민영과 교유하였던 일급 기생 금향선이 가곡·가사를 부르고 판소리를 부른 기록[30]이 있는 것으로 보아, 기생과 삼패 간의 레퍼토리 구분은 이미 19세기에 붕괴되고 있었다. 노래를 부르는 폼새는 기생보다 삼패가 더 멋졌다는 말도 있듯이, 삼패들은 질적 숙련도는 떨어졌지만 대중의 취향은 잘 포착하였던 것같다. 잡가와 이를 부르는 삼패의 인기는 삼패의 지위 상승으로 이어졌다. 협률사 무대에 기생과 삼패가 함께 섰던 것은 삼패의 높아진 위상을 반영하는 것이라 할 수 있다.

천민의 신분에서 벗어난 기생들은 1910년 한일합방을 전후하여 기생조합이라는 조직을 만들기 시작했다. 또한 기생으로 취급받지 못하던 삼패들도 기생조합 허가를 받아 활동하였다. 기생조합의 결성은 관기제 폐지 이후 자신들의 활동을 안정적으로 보장 받으려는 기생의 의지와 기생의 현황을 파악하여 이들을 효과적으로 통제하려는 일제의 의지가 합쳐진 결과였다. 기생소합은 1920년대 들어 일본식 주식회사 체제인 권번으로 바뀌었다. 기생의 교육과 관리를 담당했던 권번은 식민지 시대 전통 예능인의 대표적 산실이었다. 아울러 관기제에서 권번제까지 이르는 기간의 변화는 기생제도를 움직이는 공권력에서 자본으로 바뀌

---

28) 이능화, 이재곤 역, 『조선해어화사』, 442~444면.
29) 이능화, 이재곤 역, 앞의 책, 443면.
30) 안민영, 『금옥총부(金玉叢部)』(중앙국립도서관 소장) 157번 후기.

었음을 의미한다.

지역 예능인의 상경도 예능인 지위 변화와 관련이 깊다. 19세기에 부분적으로 이루어지던 지방 예능인들의 상경은 20세기 들어 더욱 확산되었다. 19세기에 이미 평양의 예능인들이 서울로 모였고, 20세기 이후에는 남도의 예능인들이 대거 상경하였다. 지방 예능인들을 서울로 불러 모을 수 있었던 요인은 극장 공연이었다. 극장 무대에서 판소리가 크게 인기를 끌자, 뛰어난 재능을 지닌 남도의 명창과 기생들이 서울로 모여들기 시작했다. 남도의 예능인 역시 그들의 연예활동을 원활히 하기 위해 조직을 만들어 활동하였다. 남도 기생이 중심이 된 한남기생조합, 남도의 명창과 기생이 모인 조선성악연구회는 대표적 남도 예능인 집단이었다. 지역 예능인의 상경은 문화의 도시 집중화 현상을 한층 더 심화시켰다. 또한 지역문화가 서울로 집결되면서, 문화의 전승 범위도 전국으로 확대되었다.

예능인의 상경과 조직화는 조선 후기 상업적 가창공간에서 활동하던 예능인들이 수요의 증가와 새로운 환경에 적응하기 위해 적극적으로 대처했음을 보여주고 있다. 이들은 조직화를 통해, 상업적 수요에 꾸준히 응할 수 있었고, 능력있는 신예를 발굴하고 육성할 수 있는 시스템을 갖추어 갔다. 근대 초기 기생이나 창우들이 대중예술의 총아로 부상할 수 있었던 저력은 이렇듯 오랜 기간에 거쳐 검증된 숙련된 예능인 집단의 존재와 무관하지 않다고 할 수 있다.

### 3) 전통 시가의 혼성화와 신민요

시가의 혼성화는 이미 19세기에도 시도된 바 있다. 시와 노래의 복합체로 연행을 통해 장르의 실체가 완성되는 시가의 속성상 시가에서 혼성화란 피할 수 없는 관문이기도 하다. 그런데 20세기에는 혼성화의 범위가 외래 양식으로까지 확산되었다. 이는 시가의 소통을 둘러싼 환경이 이전 시기와는 근본적으로 달라지기 시작했다는 의미로도 읽을 수 있다. 20세기 이후 혼성화의 대상이었던 서양음악과 일본음악은 식민통치라는 일본의 우월한 지위와 엘리트의 지지를 배경으로 한 만큼, 특권적 위치를 확보할 수 있었다. 그러나 우월한 지위가 곧바로 조선의 대중을 움직인 것은 아니었다. 1930년대 이전, 대중문화의 자리를 대부분 전통 시가가 차지했던 것은 그 예라 할 수 있다. 물론 이러한 현상은 대중문화가 대중의 기호와 선호도를 반영하기는 하나, 적극적으로 대중의 수요를 예측하고, 생산할 정도로 성숙하지 않았던 사정에도 기인한다고 할 수 있다.

전통 시가와 외래 음악의 혼성화는 이처럼 조선인의 기억에 남아있는 전통 시가, 특권적 지위를 지닌 외래 음악이 공존하고, 충돌하는 구도 속에서 이루어졌다. 따라서 토착문화와 외래 문화의 혼성화는 전근대와 근대, 전통적인 것과 이입된 것이 충돌·혼류하는 식민지 시기 문화의 특징적 양상이라고도 할 수 있다.

전통 시가와 외래 음악의 혼성화는 1920년대부터 부분적으로 시도되었다. 그러나 이는 〈양산도〉와 같이 잘 알려진 통속민요에 양악 반주를 붙이거나, 번안가요를 기생들이 토종의 창법으로 부르는 정도였다.[31] 따라서 전통 시가와 외래 음악의 본격적 혼성화 양상은 1930년대 대중가요의 주요 양식[32]으로 자리잡은 신민요에서 찾아볼 수 있다. 신민요는 '전문 작사가·작곡가가 조선민요에서 선율이나 형식을 취해 만든 창작민요'로 정리해 볼 수 있다.[33]

---

31) 번안한 유행창가였던 〈청년경계가―이 풍진 세월〉을 기생 박채선과 이류색이 부른 것을 대표적으로 들 수 있다.
32) 1930년대 대중가요의 양식 분류는 장유정, 앞의 글, 39~66면을 참조할 것.
33) '新民謠라는 것은 古來로 전승되어 오든 民謠에 대하여 새로이 창작된 民謠를 말함이나……'(김사엽, 「신민요의 재인식―아울러 일본민요운동의 작금」, 『조선일보』, 1935.12.11)

신민요의 제작과 보급을 담당한 일선 레코드 업계에서는 신민요의 대중성을 '조선적인 느낌'과 '비빔밥', 이 두 가지로 정리하고 있다.

> 다시 말하면 朝鮮의 민요에다 양악반주를 맞춘 그러한 중간층의 비빔밥식 노래가 많이들 유행하게 되었다. (…중략…) 다음에는 신민요라는 새로운 형식의 노래가 많이 유행하게 되엿다. 이 신민요는 두말할 것도 없이, 유행가보다는 조선의 내음새가 들어잇고 우리들의 마음에 반향할 만한 노래이면서 역시 서양곡에 맞춰 불러넣은 것이다.34)

빅타의 문예부장35) 이기세는 전해인 1935년 최고의 인기를 누렸던 신민요의 성공 원인으로 '조선적인 냄새'를 꼽았다. 신민요는 선율이나 화성이 민요에 기반을 두고 있었을 뿐 아니라, 주로 기생이 불렀기 때문에 전통적인 시가에 익숙한 대중에게도 쉽게 전달될 수 있었다. 조선색이 짙은 노래가 대중적이라는 주장은 오케의 문예부장이었던 김능인도 제기하였다.36) 대중들의 수요를 예측하고, 음반의 제작 방향을 결정하는 유력 음반사 문예부장들이 이러한 진단을 내린 것을 보면, 조선의 대중은 여전히 익숙한 조선적인 선율과 정조를 선호하고 있었다고 할 수 있다.

신민요의 음계와 박자는 통속민요, 그 중에서도 경기민요와 서도민요의 영향을 많이 받았다. 그러나 앞서 언급하였다시피 1930년대 들어 본격 대량 생산 체제에 돌입하면서, 전통 시가의 입지는 위축되었다. 따라서 전통 시가가 생존하기 위해서는 대량 생산 체제에 지속적으로 부

---

34) 「대담−신춘에는 어떤 노래가 유행할까」, 『삼천리』, 1936.2.
35) 당시 레코드사의 문예부장은 대개 언론인, 문필가를 겸하는 지식층이자 문화 엘리트들이 담당하였다. 언급한 이기세, 콜롬비아의 문예부장을 역임한 이하윤, 시에론레코드사의 이서구가 대표적이라 할 수 있다. 동시에 이들은 대중의 수요를 가장 정확히 예측하고, 시장의 요구를 제작에 반영해야만 하는 위치였다. 따라서 주요 레코드사의 문예부장은 대중과 지식층을 잇는 중개 역할을 담당했다고도 볼 수 있다.
36) 위의 글. 김능인은 조선적인 정취가 풍기는 노래를 발굴하기 위해 향토민요의 수집과 발굴에 직접 참여하기도 했다.

응할 수 있는 신곡의 보급과 표준화한 연주 방식이 필요했다. 전문적 창작자에 의해 보급되는 신민요는 신작에 대한 필요성을 충족해주었고, 양악기로 편곡을 함으로써 악보에 의한 연주가 가능해졌다. 이로 보아 신민요는 잡가와 통속민요 등 전통 시가가 새로운 매체 환경에 맞추어 변용을 꾀하는 과정에 등장했다고 할 수 있다.

신민요의 등장과 관련하여 의미심장한 부분은, 신민요의 창작과 전승에 지식인이 적극 가담했다는 점이다. 당시 지식인들은 민요를 포함한 전통 시가를 풍기를 문란하게 하는 주범으로 보아, 배척의 태도를 분명히했다. 그런데 전통 시가의 저속성에 대해 개탄하던 지식층들이 1920년대 말, 1930년대 초반을 기점으로 민요·판소리·잡가·고소설 등 전통문화 양식의 파급력에 대해 일제히 관심을 기울이기 시작했다. 1920년대 말 카프(KAPF) 진영에서 벌어진 '대중화 논쟁'의 중심에는 〈홍타령〉과 같은 잡가와 『춘향전』·『심청전』 등의 고소설이 있었다. 전통문화의 가치를 인정하지는 않으나, 대중적 파급력만은 인정하지 않을 수 없을 정도로 그 위세는 대단했기 때문이다.

1929년 2월에 결성된 조선가요협회의 활동에서도 대중문화에 대한 지식인들의 관심을 살필 수 있다. '건전한 조선가요의 민중화'를 내걸었던 조선가요협회의 동인은 이광수·김억·김동환 등 주로 문화적 민족주의자들이었다. '건전한 조선가요의 민중화'라는 명분 속에는 조선적인 정조, 조선 민요의 발굴과 재해석이라는 내용도 포함되어 있다. 전통문화의 대중적 파급력을 인정하는 선에서 그쳤던 카프 진영과 달리 조선가요협회 동인들은 작사·작곡·가요 담론 생성에까지 관여하였다.

비슷한 시기 좌·우익을 대표하는 지식인들이 대중적 양식에 대해 관심을 기울였던 사실에서도, 오랫동안 지녀왔던 취향을 고수하려는 대중의 의지가 강했다는 것을 알 수 있다. 이들은 민족적 각성을 최고의 가치로 삼는 계몽 지식인의 이념이나 외래 양식의 이입을 주도한 지식층들이 유포하는 엘리티즘, 어디에도 포섭되지 않았다. 이는 이념이나 명분에 포섭되지 않고, 자신들의 문화적 기호나 취향을 유지하려는 수용층이 엄연히 존재하고 있었다는 의미로 해석할 수 있다.

신민요는 이렇듯 대중의 기호, 신민요의 상업적 가능성을 간파한 레코드 업계의 기민한 대응, 전통적 양식을 근대화하려는 지식인의 의도가 교차하는 영역이라 할 수 있다. 지식인의 움직임은 '조선가요협회' 동인들 사이에서 특히 두드러지게 나타났다. 이들은 유행가의 무국적성과 향락성, 잡가와 통속민요의 저열함을 모두 배격하면서, 건전하고, 진취적인 조선 노래를 만들고 부르자고 주장하였다. 새로운 가요를 찾아내려는 이들의 의도는 자연스럽게 민요에 대한 관심으로 이어졌다. 이들은 민요를 변화하는 시대의 미감에 맞춰 개작하고, 개창작할 것을 촉구하였고, 실제 신민요를 창작하기도 했다.[37]

엘리트 작가 집단의 민요 창작은 익명의 비전문가 집단에 의한 창작이라는 민요의 존재 기반을 전유(appropriation)한 것이다. 이들은 민요를 창작하고, 변개함으로써 궁극적으로 민요를 근대화하고, 조선적인 미감을 창조하려 하였다.

그러나 이러한 시도는 출발부터 모순된 지점에 놓여있었다. 신민요의 창작을 주도하고, 민요의 발굴을 위해 애썼던 문화 엘리트들은 '조선다운 정조를 찾기 위해, 조선의 전통문화를 열렬히 배격했던' 딜레마를 애초에 지니고 있었기 때문이다.[38] '조선의 것을 추구하고, 조선의 것을 배격하는' 이중성은 식민지 시기 지식인이 지녔던 정체성의 불안과 조응하는 것이라 할 수 있다. 이들은 서구 음악과 일본 음악을 표준화된 형태로 생각하고, 우리의 전통 시가를 풍속을 위해 개량할 대상으

---

37) 작사를 담당한 김억 · 유도순이나 작곡가 안기영과 이면상을 꼽을 수 있다.
38) 신민요의 이론과 창작을 주도한 지식인의 이중성은 이미 선행 연구에서 지적된 바 있다. 유선영, 「식민지 대중가요의 잡종화─민족주의 기획의 탈식민성과 식민성」, 『언론과사회』, 2002년 가을호. 그러나 이 연구에서는 신민요를 오역된 민족성 혹은 식민성과 탈식민성이 충돌하는 장으로 해석하여, 신민요를 기본적으로 전통 시가의 변용 과정으로 바라본 이 글의 논의와는 방향을 달리하고 있다.

로 보았지만, 전통 시가를 배태한 조선문화에 대한 강렬한 지향성은 지니고 있었다.

지식인의 의도적 개입과 대중의 선호도, 음반사의 마케팅이 만나며 신민요는 상업적으로 성공을 하였지만, 그 성공은 말그대로 동상이몽의 결과였다. 따라서 신민요의 등장과 성공은 역설적으로 이중적 욕망에 노출되었던 지식인과 대중과의 괴리를 드러내는 징후이기도 했다. 아울러, 신민요는 식민지 시대라는 이질적 시기에도 강고하게 존재하고 있던 전통 시가에 대한 기억을 반추하는 동시에 의도적인 혼성화에 노출될 수 밖에 없었던 전통 시가의 입지를 드러내는 거울이기도 하였다.


## 4. 나오는 말 – 남는 문제를 대신하여


19세기 도시 유흥의 장에 모습을 드러내었던 통속적 시가들은 20세기 이후 가장 각광받는 대중문화로 자리잡았다. 도시문화에서 대중문화로의 변화 과정은 전근대 시절의 문화적 경험이 새로운 시대와 환경에 어떻게 대면하고, 대응하였는지를 선명하게 보여주고 있다. 또한 이 과정은 '중세 해체기의 문학·예술은 근대를 어떠한 방식으로 맞이하고, 체험하였는가?'라는 포괄적 질문에 대한 답을 구하는 데에도 유효하리라고 생각한다.

조선 후기의 문화적 환경 속에서 배태된 통속적 시가가 대중문화로 정착하고 변용되는 과정을 살핀 이 글은 20세기 이후 시가의 진로와 존재 방식을 탐색하기 위한 시론적 성격의 글이라 할 수 있다. 대개 1910년대를 전후하여 역사적 장르로서의 전통 시가 양식의 시효는 종료된 것으로 알려져 있다. 그러나 이러한 문학사적 선언과는 달리, 시조는 자체 혁신을 겪으며 그 생명력을 지속하고 있었고, 가사 역시 경험의 확장에 비례하여 대상 영역을 꾸준히 넓히면서, 향촌을 중심으로 여전히 유력한 글쓰기 방식이자 문화적 표현의 통로로 기능해왔다. 잡가는 말할 것도 없이, 1910년대 이후 전성기를 맞이하면서, 1940년대까지 그 외연을 꾸준히 확장하였다. 즉, 고전의 시효가 만료되었다고 하는 일제 강점기에도 시가의 창작과 향유는 지속되었고, 여전히 유력한 문화적 표현의 통로였던 것이다. 다만, 이들을 위한 자리가 마련되지 않았다고 할 수 있다. 말하자면 시가의 근대성을 해명하기 위한 논의는 간헐적으로 제기되었지만, 정작 근대에도 엄연히 존재하고 있던 시가는 '비속한 것' 혹은 '중세 이념의 변주'로 취급되면서 외면 당해왔던 형국이라 할 수 있다. 그 사이 20세기 이후 창작된 익명 작가의 시가 작품은 잊혀지거나, 조선 후기 시가의 변모상에 부수되어 논의되어 왔다.[39]

　20세기 이후 '현재형'으로 창작되거나 향유되었던 시가에 대한 의미 탐색은 '근대'라는 거대한 기획 아래 잊혀지거나, 와전되어왔던 시가사를 본래 있던 자리로 돌리기 위해서도 반드시 필요한 작업이라 할 수 있다.

---

[39] 필사기나 작품에 쓰인 어휘로 보아, 일제 강점기의 소작임이 분명한 〈덴동어미화전가〉가 조선 후기 하층 여성의 현실을 다룬 가사 작품으로 자주 거론되는 것이 대표적 사례라 할 수 있다.

# 내지 시찰단이 바라본 일본

시찰단 보고문 『東遊感興錄』을 중심으로

## 1. 들어가는 말

식민정책의 일환으로 기획된 일본 시찰의 경험을 그린 『동유감흥록 (東遊感興錄)』은 중세적·전통적 장르로만 알려진 가사가 근대적 환경 속에서 어떻게 대응하고 존재해왔는지 살필 수 있는 작품으로, 20세기 이후 가사의 운명과 진로를 가늠해볼 수 있는 자료라 할 수 있다. 일본 의 근대 문명을 관찰한 기록을 담은 『동유감흥록』은 일본 시찰단의 일 원의 자격으로 쓴 보고문이라는 작품의 특성상 친일 시비로부터 자유 로울 수 없다. 작품의 원문을 영인한 자료집40)과 20세기 가사 자료로 작품의 존재를 간략하게 소개한 글41) 외에 이 작품에 대한 연구가 전무 했던 것은 이러한 사정과 무관하지 않을 것이다. 그러나 윤리적 판단

---

40) 임기중, 『역대가사문학전집』 36·37권, 아세아문화사 영인.
41) 임형택, 앞의 책, 30~31면.

여부를 떠나 『동유감흥록』에 주목하는 이유는, 이 작품이 다른 시·공간의 체험을 가사로 표현했던 조선 후기 가사의 진로를 계승하는 한편 일본의 근대 문명이라는 이질적인 시·공간 체험을 담아내었기 때문이다. 더구나 시찰의 과정을 소상히 기록한 이 작품이 1920년대 일제의 식민정책을 증언하고 있다는 점 역시 주목할 필요가 있다.

이 작품이 출판된 1920년대 중반은 전통적인 것과 외래의 것, 근대적인 것과 전 근대적인 것, 식민 치하의 저항과 순응의 담론이 혼류하는 시기였다. 동시에 일본의 우월함, 식민통치의 정당함을 조선인이 자발적으로 수용하도록 조장하기 위한 소위 '문화정책'을 전국적으로 시행한 시기이기도 하다. 중앙으로부터 소외되었던 향촌 출신의 필자, 그가 택한 '가사'라는 매체, 전통적 장르인 가사에 담아낸 새로운 문물 체험, 식민 정책에 포섭된 개인이라는 이 작품의 기본 설정은 이질적인 가치들이 혼류하고, 재배치되는 시대의 단면을 포착하고 있다고 할 수 있다. 따라서 이 작품에 대한 접근 역시 그 바탕 위에서 이루어져야, 그 의미가 드러나리라고 본다.

물론 『동유감흥록』이 20세기 이후 달라진 매체 환경 속에서 전승되어왔던 전통적 시가 양식을 대표하는 작품은 아니다. 그러나 20세기 이후 가사의 진로를 가늠할 수 있는 단서를 제공하는 작품인 동시에 일제 초기의 시대적 동향을 포착할 수 있는 정보를 제공하는 작품이라고 할 수 있다.

일본 근대문명을 대면한 경험을 그려낸 『동유감흥록』은 이국체험과 문화충격을 담아낸 사행가사의 '일제시대 판'이라 할 수 있다. 따라서 『동유감흥록』은 다른 공간에 대한 사유가 자연스럽게 경험의 확대를 불러오고, 이것이 곧 가사의 장형화로 이어지는 조선 후기 가사의 한 노선을 계승하고 있다고 할 수 있다. 한말에는 근대화된 서양 체험을 그린 가사까지 등장하면서 가사라는 양식 안에 서양문명과의 조우뿐 아니라 근대라는 새로운 시대에 대한 사유까지 담아내게 되었다.[42] 이는 가사가 새로운 공간뿐만 아니라 새로운 시대와 대면한 상황과 여기에서 촉발되는 감흥까지 기록하였다는 것을 증명하고 있다.

이국 체험을 그린 가사의 존재는 가사가 새로운 가치의 수용에 적극적이었을 뿐 아니라, 문화충격에 순발력있게 대응하였다는 사실을 보여주고 있다.[43] 가사가 보여주는 포용력은 19세기 이후 가사가 당대의 가장 보편적인 표현체계로 자리잡았기 때문에 가능한 결과라 할 수 있다.[44] 이는 필연적으로 가사의 영역 확대와 성격 변화를 초래했다. 장르 복합적 성격을 지닌 가사가 조선 후기 들어 다양한 담론 방식을 포괄하며 분화된다는 것은 거의 정설이라 할 수 있다. 그 분화의 한 방향으로 '정보성과 기록성의 강화'를 꼽을 수 있다. 즉, 가사는 표현대상이 확장되면서 심미적 체험을 진술한 시가 장르에서 정보성을 중시하는 기록 담론, 즉 '기(記)'의 글쓰기로 영역이 확장되었다. 이국 체험을 다룬 기행 가사는 '정보성·기록성의 강화'라는 후기 가사의 한 진로를 대표적으로 보여주는 하위범주라 할 수 있다.[45]

개인의 내적 감흥과 사행 체험이라는 공적 기록이 교차하는 사행가사와 『동유감흥록』은 목적이 있는 여행, 공식적인 여정, 이국 문물의 체험을 장편의 가사로 담아내었다는 특징을 공유하고 있다. 특히 공적 여행의 기록을 굳이 '가사'라는 방식으로 남겼던 데에서 개인의 체험과 견문을 공유화하려는 의도를 엿볼 수 있다.[46] 가사에서는 풍속과 풍물,

---

42) 영국체험을 그린 이종응의 『西遊見聞錄』과 미국체험을 그린 김한홍의 『西遊歌』기 여기에 해당된다.

43) 박애경, 「'록자류' 가사의 존재 양상과 그 의미」, 『한국문학연구』 26집, 동국대 한국 문학연구소, 2003, 179~180면.

44) 박연호, 「조선 후기 가사의 장르적 특성」, 『가사문학장르론』, 다운샘, 2003, 267면.

45) 이국문물 체험을 그린 사행가사를 포함한 기행가사가 주제적 장르인 '기(記)'에 근접했다는 지적은 이미 여러 연구자들이 주목하고 있다. 박연호, 앞의 책; 윤덕진, 「가사의 서경방식과 양식적 본질」, 『동방고전문학연구』 3집, 동방고전문학회, 2001. 류준필, 「박학사 포쇄일기와 가사의 기록성」, 『민족문학사연구』 22호, 민족문학사학회, 2003.

46) 이동찬, 『가사문학의 현실인식과 서사적 형상』, 세종출판사, 2002, 128~129면. 이 논

문명의 기록을 현장의 언어로 재현함으로써 한문으로 쓴 사행 기록에서는 기대할 수 없는 표현의 구체성과 생동감을 획득할 뿐만 아니라 가사 특유의 말엮음 방식으로 인한 언어의 묘미까지 보여주고 있다. 그 결과 이국의 문물이라는 낯선 체험과 사행의 기록은 전통의 율조와 무리없이 조화될 수 있었던 것이다.


## 2. 『동유감흥록』의 서지사항과 구성


『동유감흥록(東遊感興錄)』은 충남 보령의 지역 유지 심복진이 문명시찰단의 일원으로 일본 일대를 여행한 기록을 담은 기행가사이다.[47) 이 글이 출판된 것은 1926년이나, 심복진이 왕년에 시찰한 내용을 돌아온 뒤 기록하였다는 서문의 내용[48)으로 볼 때 일본 기행은 그 이전에 이루어졌음을 알 수 있다.[49) 22.2cm×15cm 규격의 연활자본 책자로 되어 있으며, 총 129장 258면 규모의 장편가사이다. 제호 뒷면에는 정장 차림을 한 심복진의 근영이 자리잡고 있다. 뒤를 이어 사이토 총독, 이완

---

저에서 계 미통신의 체험을 그린 조엄의 『海槎日記』와 김인겸의 〈일동장유가〉를 비교하면서, 작가의 의도 에 따라 표현 매체가 달라지고, 그에 따라 구성 방식과 표현 방식 역시 달라진다는 점을 강조하고 있다.

47) 심복진, 『東遊感興錄』(大正 15년), 1926년, 京城 東昌書屋(연활자본, 국립중앙도서관 소장). 앞서 언급했듯이 이 책의 본문은 임기중 편, 『역대가사문학전집』, 아세아문화사, 36~37권에 영인되어 있다.

48) 往年, 以視察員出釜山萬里. 中略 君旣還, 能次其眺矚所及 釐二十一目(金完鎭, 『東遊感興錄』序).

49) 1926년 이전 충남 지역 시찰단과 관련된 기사는 동아일보에 2건이 보인다. 먼저 1920년 4월 14일자 동아일보 기사에는 충남도청 주최의 시찰단이 귀환했다는 단신이 보이고, 1925년 4월 20일자 기사에는 忠南管內 各郡의 優良面長 面書記 및 振興會長 等으로 組織된 日本視察團이 出發한다는 단신이 보인다.

용(李完用)·민병석(民丙奭), 내각 사회국장, 학무국장 리진호(李軫鎬), 충
남도지사 석진형(石鎭衡)의 휘호를 차례로 실은 것이 눈에 띈다. 이어
시찰단에 참여한 동료들이 쓴 짤막한 발문과 경학원(經學院) 사성(司成)
인 김완진(金完鎭)이 쓴 서문이 차례로 실려있다. 여행의 기록을 담은
본문은 한글 위주로 쓰여있으며, 필요한 경우 부분적으로 한자를 병기
하고 있다. 본문 뒤에는 후기와 여행의 감흥을 압축한 7언 절구의 한시
와 스스로 붙인 해설과 번역까지 싣고 있다.[50] 작품 말미의 자작 한시
와 '자태가 괴위하고 재주가 명달하다'는 김완진의 평[51]으로 보아 그
는 한학(漢學)에 조예가 있는 향촌 지식층이었음을 짐작할 수 있다.

이 글이 발표된 1926년 이전 심복진의 행적에 대해선 알려진 바가 없
다. 그러나 시찰단의 면면[52]으로 보아 지역의 유지급 인사였을 것으로
보인다. 그의 공직 기록은 이 글을 발표한 이후 시기인 1928년부터 나
타나기 시작한다. 1928년부터 1940년까지 재직했던 조선총독부(朝鮮總督
府) 및 직속 기관의 직원록 자료를 보면 심복진은 경성우편분장구역내
우편소 충청남도 웅천우편소장(熊川郵便所長)을 역임하였고, 직급은 12급
에서 시작하여 6급까지 승진한 것으로 보고되고 있다.[53] 그는 이밖에도
충남 보령에 소재한 웅천주조(熊川酒造)의 감사를 역임한 바 있다.[54]

---

50) 天涯勝狀擅東京 텬익승상츤동경 壯觀平生有此行 쟝관평싱유차힝 萬國舟車來會
地 만국주거리회디 九街風物大都盛 구가풍물디도셩 各工機械神難測 강공긔계신난
측 異樣樓臺見輒驚 이양루더견텹경 歸後混如經一夢 귀후혼여경일몽 悠悠客館遠人
情 유유긱관원인졍 히왈(解曰) 이글뜻은 ᄒᆞᄂᆞᆯ가에 승(勝)ᄒᆞᆫ 형상(形狀)은 동경(東京)을
츤단ᄒᆞ니 장관(壯觀)ᄒᆞᆫ 평싱(平生)의 이힝힝이 잇도다. 만국(萬國)의 비와 슈리가 모히
ᄂᆞᆫ ᄯᅡ이요 구가(九街)의 풍경(風景)과 물색(物色)은 큰 도읍셩(都邑成)일너라. 각공장
(各工場)에 긔계(機械)는 귀신(鬼神)도 측량(測量)키 어려웁고 긔이(奇異)ᄒᆞᆫ 모양(模樣)
의 루(樓)와대(臺)는 볼격마다 놀납도다. 도라간 후(後)에 혼연(渾然)이 한꿈을 지닌 듯
할 것시니 유유히 긱관(客舘)의 먼디 ᄉᆞ람 졍회(情懷)로다.
51) 青城, 沈君福鎭甫, 姿瑰偉而才明達. 金完鎭, 『東遊感興錄』序.
52) 기(其), 자격(資格)의, 히당(該當)ᄒᆞᆫ 자(者)ᄂᆞᆫ 즉(卽) 군수(郡守) 명쟝(面長), 유림령수
(儒林領袖) 인민디표(人民代表) 공직자(公職者) 디방덕망가(地方德望家) 급(及) 지산
가(財産家)로써 조직(組織)ᄒᆞ고 (…후략…)
53) 국사편찬위원회 한국사 데이터베이스(www.history.go.kr).

이렇게 일본 시찰단의 보고서에 불과한 저작이 서울에서 출판되고, 여기에 당시 중앙의 거물들까지 참여한 것으로 보건대 『동유감흥록』은 일본의 식민정책을 홍보하고, 문명개화를 독려하는 공적 기능을 담당했으리라는 추정이 충분히 가능하다.

본문은 시찰단의 여정에 따라 총 21장으로 구성되어 있다.

제1장 시찰단 출발
제2장 철도 연변 광경
제3장 연락선 창경환
제4장 하관해협
제5장 구주 북부의 공업지
제6장 팔번 제철공장
제7장 복강방면
제8장 환명여관
제9장 대일본 맥주 주식회사 박다공장
제10장 구주 제국대학 의과대학 부속병원
제11장 복강현립 농사시험소
제12장 엄도
제13장 오군항급 신호항
제14장 대판
제15장 내량공원
제16장 명고옥횡빈과 장야현의 편창제사주식회사
제17장 동경
제18장 일광
제19장 적지촌
제20장 경도
제21장 비파호와 도산어릉

---

54) 웅천주조는 '조선의 약주, 탁주, 소주의 제조·판매 및 누룩의 제조·판매 및 양돈 사업'을 목적으로 1928년 6월 23일 설립되었다. 동아경제시보사, 『조선은행회사조합요록』, 동아경제시보사, 1929(여강출판사 영인, 1986).

각 장은 시찰지에 대한 간략한 정보, 각 장의 서술 방향을 예고하는 내용을 담은 산문에 이어 가사가 정연하게 이어지는 동일한 구성을 취하고 있다. 각 장의 서문 내지 개요에 해당되는 산문과 이국의 견문과 감흥을 정연한 4·4조에 담아낸 가사가 한 장 안에 공존하는 모습은 가사의 존재방식과 관련하여 특기할 만한 부분이라 할 수 있다. 조선 후기 들어 가사가 포괄하는 내용이 풍부해지면서 기행, 논변(論辨)·만필(漫筆)·비망(備忘)·송찬(頌讚)·애제(哀祭)·권계(勸戒)·전상(傳狀) 등55) 산문의 다양한 문체를 포괄하면서 담화방식의 다양화를 꾀하고 결과적으로 가사의 (양식적) 외연을 확장한 것은 잘 알려진 사실이다. 반면, 정보 전달의 통로로서의 산문과 정감과 경험의 발로인 가사가 동일한 주제 아래 결합하는 양상 또한 경향성을 이룰 정도로 빈번히 나타나고 있는 실정이다.56) 물론, 이 경우 하나의 서책 안에 동일한 주제를 가진 산문과 가사가 구조적으로 결합되는 양상을 보인다는 점에서 한 작품 안에 산문과 가사가 공존하는 『동유감흥록』과는 차이를 보인다.

그러나 개화기를 거치며 가사가 도리어 교조적일 정도로 정연한 율조를 고수하고, 정보 전달통로로서의 산문과 '구조적으로' 분리되기 시작하는 양상은 분명 주목을 요하는 부분이라고 할 수 있다. 이것이 출판물의 등장이라는 매체환경의 변화에 부응하여 가독성(可讀性)을 높이기 위한 방법의 일환인지 아니면 감흥을 집약적으로 드러내면서도 기억하고 재현하기 용이한 방식으로 '가사체'를 선택한 결과인지는 좀 더 많은 사례를 비교한 후 결론을 내려야 할 듯하다. 이 문제는 비단 가사의 담화방식 혹은 존재방식이라는 차원에만 그치는 것이 아니라 개화기 이후 달라진 매체환경과 문체, 글쓰기 방식에 대한 사유까지 이어진다는 점에서 적극적으로 해명되어야 할 부분이라 할 수 있다.

---

55) 최강현, 『가사문학론』, 새문사, 1986, 59~61면.
56) 박애경, 「신출 가사〈즌별가〉,〈효열가〉와 규방가사의 전통」, 『민족문학사연구』 22호 민족문학사학회, 2003. 이 작품 외에도 동일한 주제를 가진 산문과 가사가 합본되어, 책자의 형태로 전하는 것은 가사 전승에서 경향성을 이룰 정도이다.

## 3. 주입된 근대와 착종된 시선

『동유감홍록(東遊感興錄)』은 한일합방 이후 소위 '동화정책'의 일환으로 행해진 시찰단에 지역유지 자격으로 참가했던 작가의 경험을 담아내고 있다. 시찰단의 경험을 그린 이 작품은 1920년대 이후 일제의 식민정책과 이것이 조선인들 사이에 내면화하는 과정을 보여준다는 점에서 시대의 기록으로서의 성격도 지닌다고 할 수 있다. 물론 '기획된 여행'이라는 기행의 성격과 '시찰 보고서'라는 이 글의 특성상 목적성이 개입되어있다는 한계는 분명히 존재한다. 그러나 이 작품이 일본이라는 거대한 타자, 근대 문명이라는 낯선 체험을 기록하고, 여기서 촉발되는 감흥을 가사라는 익숙한 글쓰기 형태로 그려내었다는 점까지 부인할 수는 없을 듯하다.

작가 심복진과 시찰단 일행은 서울에 모여 기차와 배를 번갈아 타고 일본 땅에 도착하여, 공장과 대학병원, 일본의 법률제도와 교육제도, 농업시험소 등을 차례로 시찰한다. 그의 시선이 가장 오래 머무르는 곳은 단연 일본의 수도이자 대도시인 동경(東京)이다. 이 작품에서 주목할 대목은 문명시찰단의 일원인 작가가 보고, 듣고, 경험한 내용의 실상이 근대라는 시·공간 체험과 정확히 일치하는 대목, 이로부터 야기되는 감흥과 내면의 변화라 할 수 있다.

낯선 시·공간 체험과 감흥이 교차하는 『동유감홍록』은 여정의 기록, 새로운 대상과의 대면, 여기에서 느껴진 감흥이라는 기행가사의 공식을 일단 따랐다고 할 수 있다. 물론 양자 간에 차이는 엄연히 존재한다. 기행가사는 자신의 의지로 여정을 정하고, 여정에 따라 표출되는 정서와 느낌 일체는 작가에게 귀속될 수 있다. 그러나 시찰단의 보고서라 할 수 있는 이 작품은 여정에서부터 작품의 창작 동기에 이르기까지 타인의 의도와 목적이 개입되어 있기 때문에 경험과 글쓰기의 주체인 작가와 시찰단을 구성하고 기획한 일제 정책 담당자의 시선이 착종될 수밖에 없다.

더구나 식민지 국민의 일원으로 일본의 문물과 제도를 시찰한 경험은 '주입된 근대'라는 식민지 근대성의 한 국면을 전형적으로 보여준 것이라고 할 수 있다. 시찰단의 일원인 작가는 일제에 의해 철저히 기획된 여정에 따라 움직이고, 그에 걸맞는 예정된 경이로움을 표현하는 동안 서서히 일본의 의도에 포섭되어 간다.

주지하다시피 '근대성', 그중에서도 '식민지 근대성'은 우리 학계의 해묵은 화두이기도 하다. 일반적으로 근대의 징표로는 국민국가(nation state)의 성립, 자본주의의 발달, 산업구조의 개편, 개인주의, 시민사회의 성숙, 합리주의적 정신과 이를 구현하는 의사소통의 장, 과학기술의 발달, 도시화 등을 거론한다. 즉 근대와 근대성이란 체제를 변화를 수반하는 상이한 인식론의 총합이라는 것이다.[57] 근대라는 것이 단지 체제 혹은 제도의 변화 등 거시 정치적 차원에서만이 아니라, 사유체계와 삶의 방식, 규율과 습속 등 구성원 개개인의 신체를 변환시키는 차원까지 아우른다는 말은[58] 그런 면에서 의미심장하다고 할 수 있다. 특히, 식민지 조선의 국민 그중에서도 근대화 과정에서 소외된 향촌 출신의 작가에게 근대란, 체제와 제도 혹은 시대이념 이전에 '새로운 문명과 대면하는 감각적 체험과 이를 내면화하는 과정'일 뿐이다. 이렇게 본다면 시찰단 일행이 경험한 공장과 병원과 학교는 곧 육화된 근대의 제도, 기구이며 시대이념이라 할 수 있다.

---

57) 박지향, 앞의 책, 27~28면.
58) 고미숙, 『한국의 근대성, 그 기원을 찾아서─민족·섹슈얼리티·병리학』, 책세상, 2001, 11면.

## 1) 근대의 '몸'과 문명 / 야만 담론

시찰단 일행은 부산항을 출발하는 순간부터 근대라는 것이 개인과 집단에게 부과하는 규율의 실체와 만나게 된다.

> 훈시사항 브다보니 다심ᄒ기 짝이읍다
> 치민힝졍 ᄒ눈으론 유치ᄒ게 보앗든지
> 어린신랑 쟝가갈졔 거문옷슬 지어입어
> 유모교훈 비슷ᄒ며 미탄그림 방비ᄒ고
> 박쥐우산 집고가서 자진비를 맛지말며
> 려관드러 잘젹에는 ᄒ녀ᄌ루 춧지말고
> 고초가루 쥰비힛다 구역날ᄶ 먹어보며
> 지리가미 가젓다가 코풀ᄶ예 긴이쓰고
> 슈쳡을낭 진엿다가 보눈디로 긔록ᄒ며
> 오줌눌ᄶ 쥬의ᄒ야 마루쳥에 누지말고
> 쏭눌ᄶ에 죠심ᄒ여 담비지를 털지말며
> 인히즁의 일키쉬니 자유힝동 가지말고
> 수레박휘 서루치니 한눈을낭 팔지말며
> 불뎐신사 드러가서 가리침을 빗지말고
> 공원안에 수목에다 코를푸러 닉지말라
> 식구나루 쎠러지자 단쟝이 썩나셔며
> 하나둘식 덤고ᄒ니 즁인소시 창피하다

시찰단 일행에게 내린 훈시사항은 크게 매너와 위생에 관한 지침으로 요약해볼 수 있다. 매너와 위생이란 말할 것도 없이 근대의 규율을 몸에 각인하고, 확인하는 과정이라 할 수 있다. 물론 그 배후에는 문명과 야만을 배타적으로 경계짓는 근대 특유의 이분법이 자리하고 있다. 과학적 태도, 합리주의, 이성에 대한 낙관에 기초한 근대적 사유는 스스로의 정당성을 입증하기 위해 무수한 타자를 배제하는 독특한 이분법을 낳았다.59) 근대와 전근대, 유럽(서양)과 비유럽(동양), 기독교도와 이교도, 과학과 미신 등이 이 목록 안에 자리잡았지만, 그 중에서도 가장 큰 위력을 지니며 꾸준히 유포된 담론은 단연 문명과 야만의 이분법이라 할 수 있다. 근대화 과정을 먼저 거친 서구에서 문명이라는 개념은 근대적 정치와 경제제체, 매너나 행동거지의 세련됨, 사회적 질서, 체계적 지식 및 과학과 동일시되었고, 진보, 발전, 시민적 자질을 지닌 개인 등이 더해지면서 그 내포와 외연은 꾸준히 확장되었다.60) 문명과 야만을 구획짓는 담론의 기원은 서양의 계몽사상과 사회진화론에서 찾을 수 있다. 인류 역사를 야만(Savagery)과 미개(Barbarism) 그리고 문명(Civilize)의 단계로 구획짓는 계몽사상은 근대가 표상하는 모든 미덕을 문명이라는 범주 안에 자연스럽게 포괄하는 계기를 마련했을 뿐 아니라, 진화한 나라가 미개한 나라를 개화토록 개입해야 한다는 논리로 식민 정책을 합리화하기도 하였다.61)

문명과 야만의 담론은 개화파 지식인들이 중심이 된 한말 계몽주의자들에 의해 문명개화론으로 집결되었다. 이들은 개인적 차원에서부터 국가적 차원에 이르기까지, 일상에서부터 제도까지 속속들이 서구화하는 것을 목표로 삼았고, 근대식 교육과 이를 실현할 신식 학교를 문명개화의 주요한 도구로, 매너와 위생은 이를 실현한 일상의 지침으로 인식하였다.62) 합방을 전후하여 일제와 친일적 개화 지식인에 의해 집중직으로 유포된 문명개화론63)은 자연스럽게 '일본에 의한 조선의 문명

---

59) 조형근, 앞의 책, 33면.

60) 박지향, 앞의 책, 62~64면.

61) 김경일, 『한국의 근대와 근대성』, 백산서당, 2003.

62) 한말 개화 지식인들의 문명관, 근대관, 서구에 대한 인식의 다양한 층위는 다음의 논의를 참조할 것. 장규식, 「개화 지식인의 서구체험과 근대관」, 『개항전후 한국전통사회의 변동과 근대화의 모색』, 연세대 국학연구원 332회 국학연구발표회 자료집, 2003.

63) 김도형, 「한말 친일파의 등장과 문명개화론」, 『역사비평』 23호, 역사비평사, 1993, 130면.

개화'라는 명분을 앞세운 일제 식민정책과 합치되었다. 이는 서양과 동양으로 구획된 문명과 야만의 이분법이 일본과 조선으로 각 항이 대치되었다는 것을 의미한다. 그리고 이러한 시선은 19세기 조선을 찾았던 서양인들의 시선과 크게 다르지 않다는 점[64]에서 '제국적'이라고 할 수 있다.

매너와 위생을 강조하는 훈시를 들으며 시찰단의 일원이었던 작가는 불쾌감과 모멸감을 느끼지만, 이것이 조선인을 야만시하는 배타적 우월감의 발로라는 것까지는 인지하지 못하고 있다. 오히려 견문이 쌓이면서 위생과 매너를 세련되게 드러내는 문명국의 우월함을 새삼 확인하고 동조하려는 모습을 보인다.

> 목욕실의 드러가니 사미ᄒ게 장식ᄒ야
> 오색화문 사긔쪼각 긔묘ᄒ게 ᄶ라노코
> 셰면소에 손씨스니 옥문방을 벌여논 듯
> 디리석과 화강석을 석박춰서 ᄭ라시며
> ᄒ미각기 양치솔을 마옴디로 쓰게ᄒ야
> 쏙지ᄒ번 눌우면은 맑은강물 쏘다지고
> 변소를 ᄎ자가니 분벽사창 미화틀에
> 셕탄산수 쇼독ᄒ고 비취울금 향덩어리
> 얼거미여 거러스니 졔반악취 나지안테

환명여관 목욕실 묘사에서 가장 눈에 띄는 부분은 '청결'과 '소독'에 반응하는 작가의 태도라 할 수 있다. 청결과 소독은 개인위생을 실천하는 방식일 뿐 아니라 공중위생의 근간이며 실체이기도 하다. 계몽기 지식인들로부터 꾸준히 전개된 청결운동은 청결한 몸이 건강한 몸이며, 문명화되 몸이라는 신념의 발로라 할 수 있다. 이는 깨끗한 몸, 철저한 소독과 병균 박멸이 건강한 몸을 만든다는 의료관과 이를 구현하기 위

---

64) 조헌범, 『문명과 야만─타자의 시선으로 본 19세기 조선』, 책세상, 2002.

한 의료 행정으로 이어졌다.

따라서 공중위생은 건강과 질병, 나아가 정상과 비정상에 대한 분할에 근거한 근대의 의료관,[65] 개인의 몸과 일상을 사회적 통제의 장으로 끌어들인 근대 의료 행정을 대표한다고 할 수 있다. 실제로 일제는 1924년 중앙 위생조합 연합회라는 기구를 통해 '불결한 한국의 이미지'를 돌이킬 수 없는 사실로 주지시키는 한편, 조선인의 일상까지 개입하는 감시와 통제의 체제를 구축하였다.[66]

근대 의료의 실상은 대학병원을 방문하는 다음 장면에서 더 명료하게 드러난다.

> 경력잇는 의사들이 쳥낭비결 헤쳐보며
> 쌍줄고무 층진긔를 두귀예다 박아노코
> 명문의다 붓치면서 툭툭치며 진믹ᄒ고
> 디증투졔 쳐방ᄒ니 외치닉복 젹당ᄒ다
> 슈술방법 볼작시면 각종긔계 버려노코
> 몽혼희부 용이ᄒ니 화타편작 이샹이오
> 민병회츈 시켜닉니 사닉인슐 그아인가
> 비가르고 긔끠닉기 창자쓴코 이어닉기
> 옥은심쓸 느려쥬고 부려진뼈 이서쥬며
> 골을켜고 쑤어미기 살을쓸코 자아닉기
> 쳥밍관이 보게ᄒ며 쌍어쳥이 씌워쥬고
> 이목구비 업는ᄉ람 만드러서 부쳐쥬네
> 사지형회 다만드니 못만들게 읍것더라
> 의과교실 드러가니 쥰비시셜 거더ᄒ다
> 각과분실 둘러보니 의학박ᄉ 교슈되야

---

65) 고미숙, 앞의 책, 150면.
66) 중앙위생조합연합회의 사업 항목은 위생 사업의 보급, 전염병 예방 및 치료, 전염병 이병자 중 빈곤한 가족의 생활 구제, 사망자 매·화장 등 다섯가지를 들고 있다. 위생 조합의 성격과 활동은 다음의 논의를 참조할 것. 조형근, 「근대 의료체계 속의 몸과 규율」, 『근대성의 경계를 찾아서』(서울사회과학연구소 편), 새길, 1997, 236~237면.

생리화학 모든과정 만권의서 쏘아노코
샹지에 물마시며 교편드러 가라치니
준수훈 우등싱도 활인성들 찍엿더라
긔계실을 잠간보니 각종긔계 다잇는디
수삼빅죵 독일식은 빗치쌧쳐 스긔ㅎ고
동명훈 금경쏘각 세균금사 편리ㅎ며
귀즁훈 에쓰광선 쎄속ᄭᆞ지 보인다네
싱리히부 참고실의 드러가서 ᄌᆞ셰보니
사오십간 너른마루 류치장식 ㅎ야노코
사지근골 피육쏘각 오쟝륙부 창ᄌᆞ도막
천참만륙 졈여노와 간뢰도디 ㅎ얏스니
그럭져럭 이곳에댜 인육시장 버렷고나
흉악ㅎ야 못볼거와 구역나서 못볼거와
쑴의뵐가 못볼거와 희괴히서 못볼너라
인도로 슝각ㅎ면 참아못훌 일이지만
슁리히부 연구ㅎ긴 지식확댱 되것더라

병인을 찾기 위한 의사의 진찰 장면, 병인을 제거하기 위한 수술 장면, 의학교육, 의료기기, 해부학 교실의 목격은 근대적 신체론, 질병론과 만나는 지점이기도 하다. 과학의 영역에 포섭된 근대 의료는 '분석과 조작'이 가능한 신체 즉 기계론적 신체관과 질병을 세균의 침입으로 인한 국소적 병리현상으로 파악하는 질병관에 기반하고 있다.[67] 수술과 각종 의료기기, 해부학은 인간의 몸 역시 관찰과 처치의 대상이 되어버린 근대 의료체계의 실상을 보여주고 있다면, 대학병원이라는 공간, 그 안에서 이루어지는 교육, 학습과 교과과정은 근대의 의료관을 순조롭게 실행하기 위한 제도적 장치라고 볼 수 있다.

그러나 낯선 의료환경을 대면한 작가는 놀라움 반, 찬탄 반의 심경으로 바라보기만 한다. 그에게 수술이란 온갖 것들 다 만들어내는 무소불

---

67) 근대의 의료관과 신체관은 조형근, 앞의 책을 참조할 것.

위(無所不爲)의 신기한 재주로, 해부학 교실에 놓인 뼈와 장기는 '꿈에 볼까 무서운 해괴한 광경'으로밖에 비춰지지 않는다. 그러나 신체에 대한 궁리가 지식확장에 도움이 되겠다고 결론을 내림으로써, '관찰과 처치'를 본질로 하는 근대 의료체계에 다분히 '예정된' 신뢰를 보이고 있다. 여기에 덧붙여 아직까지 남아있는 미개함에 대한 성찰도 빼놓지 않는다.[68]

이로보아 그에게 여행은 애초에 '타자'의 경험을 내면화하고, 식민지 국민의 일원으로 훈육되고 제국의 논리에 동화되는 과정이라 할 수 있다.[69] 말하자면 그에게 일본 기행은 '새로운 문명과 대면하는 감각적 체험과 이를 내면화하는 과정'일 뿐이며, 이는 주입된 근대라는 식민지 근대성의 한 징후였던 것이다.


## 2) 육화한 근대와 순응의 논리

근대화 과정에서 소외된 향촌 출신의 작가가 바라본 근대의 경이로움은 "동탁산야 보던안목 데일감상 이것일세"라는 이 한 구절로만으로도 쉽사리 확인해볼 수 있다. 시·공간에 대한 감각을 전면적으로 재편한 철도를 비롯한 교통 수단, 새로운 시대의 자부심인양 우뚝 솟아있는 공장의 굴뚝은 문명의 힘을 가시적으로 보여주는 근대의 대표적 표상

---

68) 일본부인 산과에는 아즉덜도 미기ᄒᆞ야 /구미각국 비교ᄒᆞ면 져런폐단 만타ᄒᆞ니 /조선부인 생산훌제 생죽임이 얼마던가

69) 식민지 시대(1920년대) 해외여행의 경험을 타자 경험과 주체 형성의 징후라는 관점에서 살핀 논의 역시 이 글의 방향과 관련하여 시사하는 바가 크다 할 수 있다. 차혜영, 「지역 간 문명의 위계와 시각적 대상의 창안」, 『현대문학의 연구』 24집, 한국문학연구학회, 2004. 이 논의에서는 식민지 근대의 문제를 한·일 관계를 넘어, 자본주의 세계 체제로의 강제 편입이라는 차원에서 접근하고 있으며, 유학생을 중심으로 한 지식인들의 해외 체험은 자본주의적 세계 체제 내의 지역 간 문명의 위계를 체험하고 내면화하는 것이고, 동시에 그 내면화된 시선을 통해 세계 체제 내의 약소국들을 타자화하는 시선을 배우는 과정이라 하고 있다.

이라 할 수 있다.

특기할만한 것은 공장 견학의 경험이 철저히 시각적 재현에 의존하여 재구되고 있다는 점일 것이다. 이는 근대적 공간의 속성, 공간을 구성하는 배치의 방식과 무관하지 않다. 공장은 말할 것도 없이 근대화·도시·산업화·문명을 대표하는 공간이라 할 수 있다. 건물·굴뚝·기계·상품 등 인위적 부산물은 인간의 시선을 단번에 장악하고, 이어 강렬한 기억으로 자리잡는다. 눈앞에 펼쳐지는 새로운 광경과 문물은 시야의 확대를 불러일으키고, 이것은 필연적으로 의식과 감성의 재편으로 이어질 수밖에 없기 때문이다.[70]

> 병속의다 슐을담는 귀신갓튼 전후절추 긔계박휘 도노터로 마음갓치 되는고나
> 한번돌면 병이나와 종려털이 속을닥고 두번도라 병이셔면 가쥭쪼각 거쥭닥고
> 세번도라 걱꾸르면 병속물끠 씨서너고 네번도라 맑은병이 사럴노 웃둑셔면
> 쏌쑤의서 가는줄기 전노혼병 치워노코 쏘혼번 두루면은 난더업는 풀귀알이
> 혼번슬적 시치면서 고무풀을 발은후에 달갓튼 샹표쪼각 얼는나와 선쯧붓고
> 쏘혼번 둘너니면 쏘리달고 나가는더

맥주 제조의 전 과정이 자동으로 이루어지는 광경을 인상적으로 포착한 위의 구절은 '근대는 시각을 특권화한다'는[71] 사실을 새삼스럽게 떠올리게 한다. 여기에서 드러나듯, 근대 체험이란 기본적으로 '보는 것'이고, '보는 만큼 믿는 것'이다. 지금, 내 눈앞에 펼쳐지고 있는 광경이 곧 진실이라는 믿음이 개인의 가치와 신념체계에까지 개입하는 과정은 시각이 어떻게 의식을 재편하는지, 동시에 어떤 방식으로 예속화하는지를 가시적으로 보여주고 있다.

문명시찰은 일본의 수도이자, 동양 최대의 대도시 동경(東京)에서 최

---

70) 박애경, 「19세기 도시유흥에 나타난 도시인의 삶과 욕망」, 『국제어문연구』 27집, 국제어문학회, 2003.
71) 고미숙, 앞의 책, 144면.

고조에 이른다. 동경에 대한 첫인상은 삼백만 인구의 거대도시 동경의 번화한 거리와 규모에 대한 놀라움이라 할 수 있다.[72] 그러나 시찰단이 동경에서 궁극적으로 발견한 것은 상상을 초월하는 경제규모, 총독부와 의회·경찰·군대·제국대학·도서관·재판소 등 근대화한 일본을 움직이는 제도와 기구였다. 관료제도에서부터 교육제도, 일상을 통제하는 억압기구를 망라하는 근대적인 제도와 시설은 시찰단원들에게 경제력과 권력이 집중된 수도 동경의 위상을 보여주는 동시에 식민지 종주국의 현재를 웅변하는 것으로 비춰졌음은 불문가지라 할 수 있다. 그들은 의회의 풍경에서 대의 민주주의의와 합리적인 의사소통이라는 것을 목격하고, 황궁을 호위하는 순사들의 모습에서 천황의 위엄을 새삼스레 확인하고, 포병공창을 보고난 후 '군비축소 힛다더니 일본위력 무섭도다'라는 고백을 한다. 이 과정은 마치 잘 짜여진 각본처럼 한치의 오차도 없이 이루어지고 있다.

그러나 약간의 예외도 보이고 있다. 동경에서 작가가 가장 집중적으로 관찰한 것은 재판정의 풍경이다.

> 탑상을 처다보니 법학스들 모혓도다
> 재판장은 주벽ᄒ고 좌우에 비셕판스
> 법건쓰고 법복입고 졔졔히 느러안져
> 소숑긔록 증거서류 이러져리 펴볼격에
> 수문수잡 필기서긔 그엽헤 등대ᄒ고
> 탑하에 원피고셕 의자노코 연상노와
> 스오명의 면경들은 당스자를 호명홀시
> 변론긔시 션언ᄒ고 일뎡신립 무른후에
> 스건문답 복잡ᄒ야 귓속말노 합의ᄒ고

---

72) 인가런졉 빅여리를 졈입가경 드러가니 / 동양쳣지 뎡거장인 동경역이 나닷는다 // 조금잇다 차가쉬니 졍신수습 못ᄒ깃네 / 쑤역쑤역 쏘다지자 와글와글 나가는더 // 잔교우에 구쓰소리 쳔병만마 지나는 듯 / 증긔쓸는 물소리는 만폭동에 드러온듯

허가ᄒᆞᆫ다 각하ᄒᆞᆫ다 결뎡ᄒᆞ고 명령ᄒᆞ니
ᄉᆞ실증거 뎨일이오 불간셥이 원측이라
궐셕판결 고장신립 불가항력 원장회복
일ᄉᆞ에ᄂᆞᆫ 불재라나 재심의ᄂᆞᆫ 리유잇고
특뎡시효 분명ᄒᆞ니 권리포기 홀수업고
불변긔간 직혀가니 슈속진행 영낙읍다
수명판ᄉᆞ 수탁판사 중간판결 리송판결
결심ᄒᆞ고 언도ᄒᆞ니 지공무ᄉᆞ 신셩ᄒᆞᆫ데
쌍방에 변호ᄉᆞ들 소숑대리 위임맛타
ᄉᆞ실됴ᄉᆞ 자셰ᄒᆞᆫ후 각기본인 보호ᄒᆞ야
서면쥰비 구부변론 권리신댱 ᄒᆞ야갈졔
물권치권 재산관계 리혼리연 인ᄉᆞ재판
보증련대 니힝쳥구 디위폐파 소숑행위
갑뎨일호 이호증과 을뎨숩호 ᄉᆞ호증을
ᄎᆞ뎨대로 펴들고서 증거방법 졔츌ᄒᆞ며
ᄉᆞ실진술 법률변론 파란번복 흥미잇다

그러나 재판과 판결의 메커니즘을 이해한 작가는 '최한관이 여긔잇네 염나국이 이곳이라'라는 말로 사람이 사람을 판결하는 것에 대해 불신과 회의를 표한다. 특히 변호사와 그들의 직무에 대해서는 극도의 냉소를 보내고 있다. 작가의 이러한 태도는 다른 방문지에서 놀라움으로 동의를 표하는 것과는 확연히 구분되는 태도이다. 즉 작가는 가시적으로 드러나는 근대의 문물에 대해선 경의와 동의를 표하지만, 단번에 파악하기 어려운 제도와 법 정신에 대해서는 동의를 유보하고 있다.

이 작품은 이렇듯 시찰단을 꾸리고, 여정을 제시한 식민지 정책자의 의도와 작가 자신이 내면화한 가치가 분리하기 어려울 정도로 착종되어 있다. 공장·병원·학교 등 근대 문물을 두루 경험한 작가는 경이로움으로 자신이 목격한 대상과 이를 가능케한 일본의 힘에 동의를 표한다. 시찰단 보고서라는 글의 성격상 이러한 감흥은 지극히 도식적이고 예측 가능한 반응이라 할 수 있다. 그러나 새로운 경험이 거듭되고, 이것이 기억으로 화하는 과정에서 경이로움은 찬탄으로, 감흥은 가치로, 동의는 신념으로 굳어진다는 점을 직시해야 한다. 조선인을 야만시하는 근대 문명의 논리에 거부감을 보였던 작가는 "소경단청 구경이오 주마관산 격"으로 목격한 일본의 문명과 문명의 논리에 그만 압도되어 버리고 만다.

동조와 순응의 태도에서 근대, 근대화와 근대체험이 지닌 양면성이 드러난다. '근대적으로 된다는 것은 진보적인 동시에 보수적으로 되는 것을 의미하며, 충분히 근대적으로 된다는 것은 반근대적으로 된다는 것'이라는 버만의 말은 근대화가 지닌 양면성과 상호모순적 성격을 단적으로 드러내고 있다.[73] 전통적인 삶의 양식은 부정했지만 그 댓가로 방향감각을 잃고 오히려 근대 문물의 위력에 굴복하여 스스로를 예속적 존재로 만들어버리는 모순은 '식민지 근대'라는 우리 역사의 딜레마를 극복하기 위해서도 반드시 짚고 넘어가야 할 문제라 할 수 있다. 근대 문물의 압도적 우위를 확인하고 그에 동화된 작가는 근대 체험을 했지만 자율적 의지와 시선, 민족적 정체성을 송두리째 상실했다는 점에서 반근대적이기도 하다.

『동유감흥록』은 이렇듯 식민지 시찰단의 일원으로 참여했던 작가 자신이 목격하고 체험한 신문명에 대한 보고서인 동시에 육화한 근대, 체험으로서의 근대가 개인의 의식과 감성을 어떻게 바꿀 수 있는지 보여주는 '근대체험에 대한 보고서'이기도 하다. 더구나 이것이 식민정책 기획자와 의도에 포섭되면서 '내선일체(內鮮一體)'의 근거가 되었다는 점은 근대화 논리와 친일의 내적 관계와 관련하여 주목할 부분이라고 생각한다.

---

73) 김경일, 앞의 책, 70면.

## 4. 일제의 식민정책과 『동유감흥록』

지금까지는 주로 일본 시찰단에 참여한 작가가 '무엇을 보았는가? 어떻게 보았는가?'에 주목하였다. 그러나 그 못지 않게 '왜 보았는가? 혹은 왜 보아야 했는가?' 역시 중요한 문제라 할 수 있다. 이 질문의 배후에는 다름아닌 일제의 식민정책과 이것이 식민지 백성들 사이에 내면화하는 기제가 작동하고 있기 때문이다. 식민정책의 목표는 물론 '내선일체'라는 명목으로 조선인의 자발적 복종을 유도하는 것에 맞춰져 있다.

『동유감흥록(東遊感興錄)』 1장의 서두에서도 일본 시찰단이 일제 동화정책의 일환임을 분명히 밝히고 있다. 시찰단이 출발한 1920년대 중반은 관료제도, 군대와 경찰·상점·회사·공장·학교 등 식민통치를 위한 제도와 기구가 갖춰진 시기이다. 그러나 식민지 조선은 여전히 전통적인 것과 근대적인 것인 혼류하는 변화의 도정에 놓여있었고, 저항세력의 일부는 급진세력으로 돌아서는 등 역동적인 시기였다.

시찰단 구성의 목적이 된 일제 동화정책의 의미는 물론 1920년대 중반 일제 식민정책의 변화와 관련하여 생각해볼 필요가 있다. '문화통치'로 대변되는 변화된 식민 정책 프로그램 안에는 당연히 한말 개화 지식인, 지배층 중심으로 조성되었던 문명개화론을 하부 조직, 지역까지 확산하려는 의도가 담겨있었다.[74] 이는 시찰단 구성의 목적과 참여한 면면에서도 확인해볼 수 있다.

---

74) 물론 시찰단은 한일합방 이전부터 파견되기 시작하여, 식민지 전 시기를 통해 꾸준히 파견되었던 것으로 보인다. 『매일신보』의 기사에 의하면 1909년에 이미 京城日報社 주최로 시찰단을 파견했던 것으로 보인다(子爵 조중응, 「內地 視察團에 對ᄒᆞ야」, 『매일신보』, 1914.3.8). 이후 1910년 작위를 받은 조선인을 중심으로 조선 귀족 시찰단을 파견하였고, 東洋拓殖株式會社가 주도한 시찰단이 1911년 이후 시행되었다. 시찰단을 꾸리는 주최는 조선총독부, 『매일신보』·『경성일보』, 동양척식주식회사, 각 도청 등 식민지 조선을 관할하던 기구였다. 초기 시찰단의 성격에 대해선 다음 논의를 참조할 것. 조성운, 「매일신보를 통해 본 1910년대 일본 시찰단」, 『일제의 식민지 지배정책과 매일신보』, 누리미디어, 2005.

시찰단(視察團)은 일혼합병(日韓合倂)이후로붓터, 조선총독부(朝鮮總督府)에서 동화정칙상(同化政策 上) 필요로 인뎡(認定)ᄒᆞ고 미년츈ᄒᆞ지교에 단원덜을 모집ᄒᆞ되 기(其), 자격(資格)의, 힁당(該當)ᄒᆞᆫ 자(者)ᄂᆞᆫ 즉(卽) 군수(郡守) 명쟝(面長), 유림령수(儒林領袖) 인민ᄃᆡ표(人民代表) 공직자(公職者) ᄃᆡ 방덕망가(地方德望家) 급(及) 직산가(財産家)로써 조직(組織)ᄒᆞ고 차(此)의 샹당(相當)ᄒᆞᆫ 려비(旅費)를 ᄃᆡ방비즁(地方費中)으로 보조(輔助)ᄒᆞ며 단쟝급수원(團長及隨員)이 령솔감독(嶺率監督)ᄒᆞ고 려비(旅費) 등 차션임등(車船賃等)은 일졀령솔자(一切領率者)이 공동(共同)으로 담임용하(擔任用下)ᄒᆞ면서 삼쥬일(三週日) 혹(或) 일월간(一月間) 일본각도시명승디로(日本各都市名勝地)로 주힝(周行)ᄒᆞ야 힝졍(行政) 산업(産業) 교휵(敎育) 풍속(風俗) 사졍(事情)을 시찰(視察)ᄒᆞ며 농촌공쟝(農村工場)의 작업샹황(作業狀況)을 실디관광(實地觀光)ᄒᆞ야 유신(維新)이리 오십년간(五十年間) 쟝족진보(長足進步)된 실젹(實跡)을 목격(目擊)케ᄒᆞ고 차(且) 소문소견(所聞所見)을 슈첩(手帖)에 긔록(記錄)ᄒᆞ야 회 환후(回還後) 즉시(卽時) 감상록(感想錄)을 도(道) 군텽(郡廳)에 졔츌(提出)케ᄒᆞ고 각기소거부근면리(各其所居附近面里)로 순회(巡廻)ᄒᆞ야 인민(人民)을 회집(會集)ᄒᆞ고 관광사항(觀光事項)을 샹셰강연(詳細講演)ᄒᆞ야 사지히득(使之解得)케홈이 기(其) 취지목뎍(趣旨目的)이니라

군수, 면장, 유림의 영수, 인민대표, 공직자, 지방의 덕망가와 재산가는 말할 것도 없이 지역에서 여론을 주도하는 집단이다. 이들은 목격한 것을 기록하여 감상문을 제출하고, 자신의 거주 지역에서 인민들을 모아놓은 뒤 대중강연을 열어 일본의 실상을 알릴 의무까지 부여받았다. 작품의 내용으로 판단해 보건대 강연의 내용이 어떤 방향으로 흐를지는 충분히 짐작할 수 있다. 이들은 일본을 근대화의 모델로 삼았지만 일본에 대한 지지와 함께 경계의 태세도 감추지 않았던 한말 지식인 중심의 시찰단과는 시찰의 목적도, 환경도 달랐던 것이다.[75]

서문의 증언만으로도 시찰단 구성의 목표, 이것이 궁극적으로 겨냥

---

75) 한말 시찰단의 역사적 의미와 평가는 다음의 저서를 참조할 것. 허동현, 『일본이 진실로 강하더냐』, 당대, 2002.

하는 지점은 분명히 드러나는 셈이다. '3 · 1 운동' 이후 폭력과 강제성을 동반한 위로부터의 근대화가 한계가 부딪혔다는 사실을 깨달은 일제는 정책의 초점을 지방의 청년층과 이들에 의해 조직된 수양회에 맞추었다.76) 이에 따라 지역의 교원과 관청 직원 · 순사 등을 동원한 강연회에서는 도덕관념의 고양, 지식의 보급, 체력 증진, 위생관념의 주입, 공공정신과 '국민'적 품격의 도야 등을 주창하였다.77)

시찰단 모집과 대중을 상대로 한 강연회는 일본 문명의 우월함을 알리고, 이를 강고히 주입하여 식민정책에 대한 자발적인 협조와 호응을 유도하는 장이었던 셈이다. 일제가 시찰단에게 주로 보여준 곳은 공장과 협동 농업소 등 산업시설, 학교와 병원 재판소 등 문명국임을 드러내는 근대적 제도와 기구였고 감옥 · 군대 · 경찰 등 근대를 지탱하는 억압시설 방문은 배제하거나 의도적으로 축소하였다. 여기에서 드러나듯 일제는 적어도 이 시기에는 강제성을 최대한 보류한 채, 일본의 우월함과 선진문명을 체험할 수 있는 기회를 제공함으로써 자발적 내선동화(內鮮同化)를 유도하려 했던 것으로 보인다.

일제 식민정책과 관련하여 주목할 만한 부분은 대판(大阪)의 경험을 그린 14장이다. 여기에서 작가 심복진은 조선인이라는 혈연적 정체성과 일제의 식민 통치에 포섭된 포섭된 개인 사이의 미묘한 균열을 보이고 있다. 식민지 근대화 과정에서 삶의 터전을 잃고 일본땅까지 흘러온 대판의 조선 동포를 만나 그들의 사연을 듣고 공감하는 장면은 이 작품에서 가장 인상적인 대목이라 할 수 있다. 저임금과 향수라는 이중고를 겪는 조선 동포를 만나 그들의 하소연을 듣고 객회를 나누며 반가워하는 모습에서는 시찰단의 일원이 아니라 객수에 젖은 일개 여행객의 모습을 보여주기도 한다.78) 동포에 대한 혈연적 · 정서적 유대감을 지닌 개인 심복진

---

76) 김경일, 앞의 책, 32면.
77) 김경일, 앞의 책, 32면.
78) 잇다러 나셔면서 슯음타령 흔이웁다 / 이루긔록 흔자흐면 시간관계 고만두고 / 본국

은 그러나 자신이 만난 조선 동포의 삶을 황폐화한 식민 정책에 대해선 어떤한 성찰도 보이지 않는다. 오히려 대판에서의 경험 이후 펼쳐진 동경의 번화함에 압도되어 문명개화의 당위성을 반복할 뿐이다.

이렇듯 시작은 달랐지만 시찰단이 목격하고, 기억하고, 내면화한 가치, 즉 문명개화의 당위성은 개화와 교육을 통한 인재함양을 역설했던 1920년대 민족주의 진영 일각의 문화운동과 결과적으로 비슷한 양태를 띠게 되었다. 문명개화의 열렬한 옹호자로 바뀐 작가 심복진이 보고 들은 것, 그가 겪은 거쳐온 여정, 그가 목격한 일본의 근대상 등 작품에 나타난 일체의 과정은 일제 식민정책이 끔찍할 정도로 치밀하게 진행되었음을 증명하고 있다. 소박한 동포애마저 보류케 하는 식민정책의 치밀함은 동경의 여정만으로도 확인할 수 있다. 재판정 이후 시찰단은 덕천가강(德川家康)의 신사와 박물관, 동양 최대 규모의 장서를 보유한 도서관을 방문한다. 번화한 동경거리에서 재판정까지의 여정에서 일본의 현재, 일본의 번영과 대면했다면, 이곳에서는 일본의 과거와 일본의 정신을 만났다고 할 수 있다. 동경의 청루가에서 대도시의 유흥문화를 경험하며, 지금까지의 여정을 추억으로 갈무리하는 광경 역시 '내면화'의 한 방식이라 할 수 있다.

여기에서 드러났듯이 시찰단을 기획한 일제는 일본의 번영을 눈으로 확인하게 하는 여정의 정점에 동양의 수도라 할 수 있는 동경(東京)을 두고, 그곳에서 일본의 정신을 확인하도록 기획한 것이다. 동경 시찰 이후, 명승지 적지촌, 고도인 경도(京都), 비파호와 도산어릉 등 회고적 정서와 향수를 자극하는 장소를 배치한 점은 '눈으로 확인하고, 가슴으로 느껴, 기억으로 저장케 하는 내면화 방식'의 전형을 보여주고 있다고 할 수 있다.

조선인으로서 최소한의 정체성을 지니려했던 향촌 지식인이 일제의

---

사롬 만이보니 반가운맘 측량읍다

의도에 속수무책으로 동화되어가는 과정을 그린 『동유감흥록』은 일제의 식민 정책이 한 개인의 내면에 어떻게 침투하는지, 그리고 어떤 방식으로 친일의 논리를 주입하고 자발적으로 복종하게 만드는지를 살필 수 있는 시대의 기록이라고 할 수 있다. 비록 일제의 의도에 따라 씌어진 보고문이라는 한계가 분명히 존재하지만, 이것조차도 일제 식민정책의 단면을 증언한다는 사실은 부인할 수 없을 듯하다.

## 5. 나오는 말–20세기 이후 가사의 운명과 관련하여

새로운 자료를 발굴하는 궁극적 목적은 자료가 제공하는 정보로부터 의미있는 결론을 이끌어내는 것이라 할 수 있다. 이 점은 아직 작품의 규모나 서지목록에 대한 최소한의 합의조차 이루어지지 않은 가사의 경우도 마찬가지이다. 대부분의 가사 자료 연구가 자료의 해제 수준에만 머무르고, 이것이 가사문학의 전반적 구도 설정과는 괴리되었던 것은 '가사를 문학적 연구 대상으로 삼는다는 것'이 여전히 지난한 과제임을 보여주고 있다. 더구나 근대적 문학의 분류 체계 속에서 어디에 속하기 힘든 잉여의 장르로 취급 받으며 문학성이 심하게 의심받았던 가사 연구의 실상을 감안하면 이러한 어려움은 연구자들이 계속 감당해야 할 부분이기도 하다.

가사의 문학성에 대한 시비는 보고문의 성격을 띤 『동유감흥록』의 경우에 더 첨예하게 재현될 수 있다. 앞서 언급하였듯이, 19세기 이후 가사는 대상 영역의 확대에 따라 자연스럽게 기록성과 정보성을 강화하였고, 이러한 경향은 이국의 문물과 풍속을 다룬 가사에서 더욱 두드러지게 나타났다.[79] 이는 가사가 19세기에서 근대 전환기를 거치며 심미적 표현보다는 정보성·기록성을 강화한 강화한 새로운 형태의 주제적 글쓰기로 광범위하게 자리잡았다는 의미로 해석할 수 있다. 문명개화와 애국을 독려하는 가사, 종교의 교리를 설파한 가사는 가사가 새로운 시대의 이념이나 가치를 설파하는데 여전히 유효한 글쓰기 방식임을 보여주고 있다. 인정·세태·이념·견문 등 인간사의 모든 영역을 포괄하며 대상 영역을 끊임없이 확장해왔던 가사의 역사를 고려하면, '기록과 정보의 보고로서의 가사'는 문학성의 후퇴 내지 사장이 아니라 문학성의 확장 내지 개척이라고도 볼 수 있다.

식민지 하의 근대 체험, 일제의 식민정책과 친일의 내면화 과정을 보여주는 『동유감흥록』은 자료 자체로도 많은 정보를 담고 있지만, 동시에 가사의 범주와 시기 설정, 전통과 혁신 등 가사와 관련하여 해결되지 않은 숱한 문제 역시 담고 있다. 이는 비단 이 작품 뿐만 아니라 근대 이후 달라진 환경과 매체 속에서 존재했던 동 시대 가사가 공유하고 있던 문제이기도 하다. 따라서 『동유감흥록』이 1920년대를 대표하는 가사 작품일 수는 없지만, 이 시기 가사가 당면한 문제를 전형적으로 보여주는 작품이라는 평가는 가능하다. 일반적으로 『동유감흥록』이 나온 1920년대는 '역사 장르로서의 가사'의 시효가 만료된 시기로 알려져 있다. 그렇지만 근대문학의 도래와 함께 가사의 시기는 종료되었다는 통념과는 달리 이 시기에도 가사는 꾸준히 창작·전승되었고, 지금까지도 가사 창작의 전통은 지속되고 있다. 문제는 이 시기 가사를 위한 성낭한 자리가 아직 마련되지 않았다는 점이다.

따라서 이 글에서는 성급하게 결론을 서두르기 보다는 20세기 이후 가사의 진로를 해명하기 위해 선결되어야 할 차후 과제를 언급하는 것으로 결론을 대신하려 한다. 첫째, 일본과 함께 강력한 타자였던 서구 체험을 그린 가사와의 비교를 통해 다른 시·공간 체험을 그린 가사의

---

79) 이국체험뿐 아니라 달라진 서울의 풍속도를 파노라마처럼 그려낸 장편가사 〈한양가〉에서도 표현보다는 기록과 정보가 우위인 조선 후기 가사의 경향을 살필 수 있다.

문제의식과 글쓰기 방식을 점검하고, 일본과 서구체험을 다룬 형태의 글씨기 방식과도 비교할 필요가 있다. 이를 통해 가사와 대면한 신문물이 어떻게 형상화되었는지, 인식의 깊이는 어느 수준인지 해명할 수 있을 것이다. 둘째, 의병가사를 비롯한 애국담론의 가사, 문명개화를 독려하는 가사를 한 범주로 보고, 『동유감흥록』과 비교하여 '가사에 나타난 근대 체험'의 양면을 고찰할 필요가 있다. 셋째, 20세기 이후 가사 중 양적으로 가장 다수를 점하는 규방가사의 시대적 위상을 '전통의 계승과 혁신'이라는 면에 집중하여 살필 수 있다.

전통적인 것과 외래의 문물, 근대적인 것과 전 근대적인 것이 혼류하는 20세기 초와 전통적인 방식으로 새로운 시대에 대한 성찰과 근대 문물에 대한 관찰을 담아내었던 가사의 운명은 서로 닮아있다고 할 수 있다. 물론 20세기 이후 가사와 관련된 문제는 '역사적 장르로서의 가사의 시기를 어디까지 설정해야 하는가?' 라는 근본적 문제와 얽혀있는 만큼 앞으로도 숱한 어려움에 봉착할 수밖에 없다. 이 글은 이러한 문제에 접근하기 위한 시작일 뿐이다.

# 일제 말 총동원 체제와 군국가요

## 1. 들어가는 말–군국가요와 젠더, 젠더 정치

1930년대 질적 · 양적으로 부쩍 성장했던 한국의 대중가요계는 1940년대 들어 일본이 본격적으로 전시체제에 돌입하면서 암흑기로 접어들게 되었다.[80] 물론 전시체제로의 전환은 1931년 발발한 만주사변으로까지 거슬러 올라가지만, 1937년의 중일전쟁, 1941년의 태평양 전쟁을 거치면서 전 국토의 병참기지화, 전 주민의 동원화 정책은 한층 강화되었다고 할 수 있다. 음반 산업의 급격한 위축, '전쟁 참여'라는 목적성을 노골적으로 드러내는 군국가요의 등장은 대중가요의 암흑기를 알리는 대표적인 징후라 할 수 있다. 이는 대중가요계가 본격적으로 정책의 통제 아래 놓여있다는 것을 의미하기 때문이다.

---

80) 박찬호, 『한국가요사』, 현암사, 1992, 472면. 이 책에서는 1940년경부터 해방까지의 5년여 동안을 역사적으로나 대중음악 내부로 보나 암흑기로 규정하고 있다.

군국가요란 대중가요의 하위 범주로, 일제의 침략 전쟁을 홍보하고 전시 동원을 독려하기 위해 만들어진 노래 가운데 상업적인 유행가의 생산, 유통 과정을 거쳐 유포된 것들을 이른다고 할 수 있다.[81] 군국가요는 일반 국민을 대상으로 하다는 점에서, 군 내부에서나 전장에서의 선무를 위한 군가와는 구별되고, 총력전 체제라는 특수 상황 하에서 제작되고 유통된 노래라는 점에서 일제의 식민 정책에 협력하고, 부응하기 위해 만들어진 범박한 의미의 친일가요와도 구분된다고 할 수 있다.

군국가요는 등장할 때부터 '유행가'로 분류되던 일반 대중가요와는 달리 '애국가', '시국가', '개병가', '국민가' 등의 곡종으로 분류되어, 당시에도 특수한 목적을 띤 노래로 별도로 관리되고 있음을 보여주고 있다. 그렇지만 군국가요가 집중적으로 나왔던 1942년 이후에는 소위 '신체제'[82] 선포 이후 유행가를 대신하는 말로 광범위하게 사용되었던 '신가요', '가요곡' 등으로도 분류되기도 하였다.

군국가요는 일제 식민정책의 변화, 총력전 체제 하의 문화정책과 주민 동원책, 총력전 체제가 문화적으로 표현되는 과정을 선명하게 보여준다는 점에서 시대의 징후를 읽을 수 있는 생활사의 자료라 할 수 있다. 그러나 군국가요의 자료적 가치에 비해 군국가요에 대한 연구 성과는 빈약하다고 할 수 있다. 일제 말 파시즘 지배의 문화선전 정책과 일상생활의 변화가 심도 있게 논의된 저서[83]에서도 유독 군국가요에 관한 연구는 빠져 있다.

---

81) 이준희, 「일제 침략전쟁에 동원된 유행가, '군국가요' 다시보기 1」, www.ohmynews.co.kr, 2003.

82) '신체제'란 1940년대 近衛文麿 내각 시기 전시 체제에 맞추어 나타난 정책과 이로 인해 나타난 일련의 변화를 일컫는 말이다. 이후 일본과 조선의 레코드 업계는 본격 통제 체제 아래 놓이게 되었다. 신체제 이후의 대중가요계에는 음반업계의 통폐합, 음반 번호 체제의 변화, 곡종의 변화 등이 나타나게 되었다. 장유정, 『오빠는 풍각쟁이야 —대중가요로 본 근대의 풍경』, 민음in, 2006, 337~338면.

83) 방기중 편 『일제 파시즘 지배정책과 민중생활』, 혜안, 2004; 방기중 편, 『일제하 지식인의 파시즘체제 인식과 반응』, 혜안, 2005.

군국가요 연구가 빈약한 원인은 우선 음반과 가사 등 일차 자료가 온전히 구비되어 있지 않았던 저간의 현실에서 찾아볼 수 있다. 그 결과 군국가요의 범주과 총량을 파악하는 데에서부터 난맥상에 봉착할 수밖에 없다. 그나마 음원과 가사가 전하는 노래의 경우는 사용하는 어휘나 주제의식으로 군국가요 여부를 판단할 수 있지만, 군국의 이념을 소극적, 우회적으로 드러낸 경우에는 그마저도 판단하기 어려운 경우가 비일비재하기 때문이다. 더구나 가사와 음원이 전하지 않는 작품은 제목과 곡종, 발매 당시의 정황으로 군국가요 여부를 판단해야 하는 현실적 어려움이 있다. 그런데 '애국가' 혹은 '시국가' 등으로 명백하게 구분되었던 초창기 군국가요와는 달리 신체제 이후 쏟아진 군국가요는 '신가요'나 '가요곡'으로 분류되면서 적어도 곡종만으로는 군국가요 여부를 판단하기 어렵게 되었다.

두 번째로는 군국가요의 창작과 전승에 관여한 이들이 대다수 사망했고, 이들이 생존했던 시절에도 여기에 가담했던 사실을 의도적으로 밝히길 꺼려하여 인터뷰에 의한 구술사적 접근도 용이하지 않다는 점을 들 수 있다. 마지막으로는 군국주의 이념을 노골적으로 드러낸 천편일률적 선전물이라는 통념이 연구자들의 군국가요에 대한 진지한 접근을 가로막았다는 점을 들 수 있다.

그 결과 군국가요에 관한 연구는 주로 대중가요사 중 암흑기 내지 수난기의 노래의 일부로 다루어지거나[84] 친일음악 연구 내지는 고발의 일부로 이루어졌다.[85]

군국가요의 역사적 배경과 자료는 박찬호에 의해 일차적으로 이루어졌다. 그러나 앞서 밝혔듯이 이 책이 군국가요에 관한 본격적인 연구서가 아니기 때문에 에서는 군국가요를 몇몇 유명 대표작 중심으로 소개

---

84) 박찬호, 앞의 책; 장유정, 앞의 책; 이영미, 『한국대중가요사』, 시공사, 1998.
85) 노동은, 「일제하 친일음반과 대중가요계」, 『한국음반학』 6호, 한국고음반연구회, 1996.

하고 있어, 군국가요에 관한 본격 연구라고 보기는 어렵다. 군국가요 목록 작업은 노동은에 의해 수행된 바 있다.[86] 이 연구는 군국가요에 관한 정보를 풍부하게 수록하고 있지만 원작자와 작가 추정 등 일차적 사실 규명에 많은 오류를 드러내고 있다. 또한 군국가요를 일제 시대 친일가요의 일부로 다루어, 일제 강점기 내에서도 군국가요가 지니는 위치를 밝히지 못할 뿐 아니라, 일제 문화정책을 전 시기에 걸쳐 단일하게 파악하고 있다는 점을 명백한 한계로 지적할 수 있다.

군국가요를 대상으로 한 본격 연구는 이준희에 의해 진행되었다.[87] 한 인터넷 매체에 1년에 걸쳐 연재한 이 연구는 자료를 위주로 군국가요의 실상에 접근했다는 점에서 현재로선 군국가요에 관한 가장 풍부한 정보를 담고 있다. 또한 장유정도 군국가요 목록화를 시도한 바 있다.[88]

이러한 선행 연구로 인해 잊혀졌거나 의도적으로 은폐되었던 군국가요의 실상과 실물의 일부가 드러나게 되었다. 이 글에서는 군국가요의 시대적 함의를 다각도로 검토하기 위해 군국가요에 나타난 젠더 이미지(Gender Image)를 젠더 정치(Gender Politics)라는 측면에서 밝히고자 한다. 이를 위해 유성기 음반 총 목록과 음원·가사·기사를 통해 군국가요로 판단된 작품 중 젠더 정치의 의도가 드러나는 작품을 일차적 대상으로 삼았다. 가사와 음원을 확인할 수 있는 작품의 경우, 작품 속에서 젠더를 배치하는 양상을 기준으로 연구대상을 분류하였고, 가사와 음원을 확인할 수 없는 작품은 제목과 광고, 당시의 정황과 기사를 참조하여 분류하였다. 또한 군국주의 이념을 전면적으로 내세우지 않더라도, 일제 말 통제정책의 핵심인 '황국신민화' 이데올로기에 부합하면서, 젠더적 정체성 구현의 의도가 담긴 작품도 주변 대상으로 포함하였다.

---

86) 노동은, 앞의 책.
87) 이준희, 앞의 책.
88) 장유정, 앞의 책.

군국가요를 젠더의 측면에서 접근하는 이유는 일제 말 총력전 체제의 산물인 군국가요야말로 문화정책과 젠더 정치가 교차하는 지점이라는 문제의식에서 출발한 것이다. 군국가요에는 어머니, 아내, 간호부 등 여성을 화자로 하거나 청자로 하여 군국주의 이념을 선전하는 노래의 비중이 높다. 또한 이들은 남국과 북방 등 전선에 나가 있는 전사를 내조하고, 보조하는 헌신과 희생의 가치를 내재화하고 있다. 이는 군국가요라는 대상이 '총력적 체제하에서 이데올로기 공세를 수행하기 위한 일제의 문화정책의 하나'인 동시에 내지와 식민지, 젠더, 세대, 계급, 인종 등 다양한 요소가 교차하는 문제적 영역이라는 의미가 된다. 말하자면, 군국가요에 나타나는 젠더 이미지는 그 자체로 일제 말기의 식민정책이 '황국신민화'라는 국가주의적 기획 안에서도 성별·세대·계급과 교육 정도에 따른 위계화가 존재하고 있었다는 것을 증명하고 있다고 할 수 있다.[89]

이 글에서는 군국가요가 총력전 체제하에서 젠더 정체성을 구현하는 지점이라는 점에 주목하고, 일제의 지배 정책과 이념이 상이한 집단에게 주입되고, 내면화하는 과정을 고찰할 것이다.


## 2. 군국가요에 나타난 젠더의 배치와 젠더 이미지


총력전 체제하의 젠더의 배치는 기본적으로 '전쟁하는 병사'와 '출산하는 어머니'[90]로 선명하게 압축된다. 이 글에서 젠더의 배치, 젠더 정치의 의도와 관련하여 주목한 군국가요는 다음과 같다.

---

89) 권명아, 『역사적 파시즘─제국의 환타지와 젠더 정치』, 책세상, 2005, 36~37면.
90) 若桑みとり, 『戰爭かつくる 女性像』, 筑摩書房, 1995, 28면.

| 곡목 | 곡종 | 작사 | 작곡 | 가수 | 음반사 | 음반번호 | 발매연도 |
|---|---|---|---|---|---|---|---|
| 남아의 의기 | 애국가 | 미상 | 미상 | 김용환 | 폴리돌 | 19446 | 193711 |
| 총후의 남 | 시국가 | 최남선 | 이면상 | 임동호 | 빅타 | KS2025 | 193711 |
| 총후의 기원 | 시국가 | 이하윤 | 손목인 | 박세환·정찬주 | 콜롬비아 | 40793A | 193712 |
| 종군간호부의 노래 | 시국가 | 김억 | 이면상 | 김안라 | 콜롬비아 | 40794A | 193801 |
| 승전의 쾌보 | 시국가 | 이하윤 | 정진규 | 박세환·정찬주 | 콜롬비아 | 40794B | 193801 |
| 지원병의 어머니 | 애국가 | 조명암 | 古賀政男 | 장세정 | 오케 | 31052 | 194108 |
| 백련홍련 | 신가요 | 이가실 | 古賀政男 | 이해연 | 콜롬비아 | 40876 | 194110 |
| 그대와 나 | 가요곡 | 조명암 | 김해송 | 남인수·장세정 | 오케 | 31084 | 194201 |
| 신춘엽서 | 가요곡 | 조명암 | 김해송 | 이난영 | 오케 | 31085 | 194201 |
| 진두의 남편 | 가요곡 | 김다인 | 박시춘 | 박향림 | 오케 | 31091 | 194202 |
| 조국의 아들 | 국민가 | 미상 | 미상 | 진방남 | 태평 | 5027 | 194202 |
| 지원병의 아내 | 국민가 | 미상 | 미상 | 진방남 | 태평 | 5027 | 194202 |
| 반도의 아내 | 가요곡 | 조명암 | 김해송 | 장세정 | 오케 | 31092 | 194203 |
| 애국반 | 가요곡 | 조명암 | 김해송 | 김정구 | 오케 | 31092 | 194203 |
| 아들의 혈서 | 가요곡 | 조명암 | 박시춘 | 백년설 | 오케 | 31093 | 194203 |
| 목단강 편지 | 가요곡 | 조명암 | 박시춘 | 이화자 | 오케 | 31093 | 194203 |
| 총후의 자장가 | 가요곡 | 조명암 | 김해송 | 박향림 | 오케 | 31097 | 194204 |
| 국민개로가 | 신가곡 | 미상 | 미상 | 남인수·장세정 | 오케 | 31101 | 194205 |
| 남쪽의 달밤 | 가요곡 | 조명암 | 박시춘 | 남인수 | 오케 | 31122 | 194208 |
| 아들의 최후 | 가요곡 | 처녀림 | 미상 | 하동춘 | 태평 | 5043 | 194208 |
| 마지막 필적 | 신가요 | 조명암 | 이봉룡 | 이화자 | 오케 | 31126 | 194209 |
| 위문편지 | 신가요 | 조명암 | 남방춘 | 백년설 | 오케 | 31126 | 194209 |
| 조선의 누님 | 가요곡 | 김다인 | 이재호 | 진방남 | 태평 | 5052 | 194211 |
| 소년초 | 가요곡 | 김다인 | 이재호 | 진방남 | 태평 | 5052 | 194211 |
| 모자상봉 | 가요곡 | 조명암 | 能代八郞 | 백년설 | 오케 | 31139 | 194212 |
| 군사우편 | 신가요 | 이가실 | 이운정 | 이규남 | 콜롬비아 | 40900A | 194212 |
| 결사대의 아내 | 가요곡 | 조명암 | 박시춘 | 이화자 | 오케 | 31145 | 194301 |
| 아가씨 위문 | 가요곡 | 조명암 | 이봉룡 | 장세정 | 오케 | 31145 | 194301 |
| 행복한 이별 | 신가요 | 이가실 | 한상기 | 고운봉 | 콜롬비아 | 40905A | 194301 |
| 열사의 맹서 | 신가요 | 이가실 | 古賀政男 | 이규남 | 콜롬비아 | 40905B | 194301 |
| 영동 아가씨 | 신가요 | 이가실 | 손목인 | 이해연 | 콜롬비아 | 40908B | 194304 |
| 참사랑 | 신가요 | 이가실 | 손목인 | 옥잠화 | 콜롬비아 | 40909B | 194304 |
| 보내는 위문대 | 신가요 | 함경진 | 손목인 | 이해연 | 콜롬비아 | 41911A | 194305 |
| 병원선 일기 | 신가요 | 함경진 | 한상기 | 남해성 | 콜롬비아 | 40911B | 194305 |
| 봄날의 화신 | 신가요 | 이가실 | 손목인 | 옥잠화 | 콜롬비아 | 40912 | 194305 |
| 목란의 자랑 | 신가요 | 함경진 | 손목인 | 김영춘 | 콜롬비아 | 40913B | 194305 |

| 곡목 | 곡종 | 작사 | 작곡 | 가수 | 음반사 | 음반번호 | 발매연도 |
|---|---|---|---|---|---|---|---|
| 부모이별 | 가요곡 | 조명암 | 김해송 | 백년설 | 오케 | 31172 | 194308 |
| 어머니의 기원 | 개병가 | 神木景祚 | 전기현 | 차홍련 | 태평 | 5079 | 194309 |
| 우리는 제국군인 | 개병가 | 김정의 | 김용환 | 최창은 | 태평 | 5079 | 194309 |
| 아들의 소식 | 신가요 | 함경진 | 한상기 | 옥잠화 | 콜롬비아 | 40919 | 194311 |
| 지원병의 집 | 가요곡 | 조명암 | 박시춘 | 장세정 | 오케 | 311211 | 194312 |

　제시한 목록은 군국가요 중에서도 젠더에 따른 정체성의 구성과 표현이 뚜렷이 나타나는 곡들로 전체 군국가요 중에서도 높은 분포를 보이고 있다. 이들 노래에서는 젠더에 따른 상이한 정체성을 전방의 전사, 후방의 조력자라는 공간적 배치로 가시화하고 있다.

　　1. 거룩한 은혜로 부르심 받아 / 새로 난 반도의 사나이들아 / 일장기 밑으로 발을 맞춰라 / 우리는 이 땅과 이 하늘을 / 굳세게 지키는 제국의 군인이다
　　2. 피 끓는 애국의 정성을 안고 / 일어선 반도의 사나이들아 / 불타는 희망에 발을 맞춰라 / 우리는 앞서간 군신들의 / 충혼을 이어 갈 제국의 군인이다
　　3. 동해의 아침 해 광명한 빛을 / 타고난 반도의 사나이들아 / 세계를 겨누어 대담히 가자 / 우리는 동아를 새로 세울 / 큰 사명 등에 진 제국의 군인이다
　　(…후략…)
　　　― 김정의 작사, 김용환 작곡, 최창은 노래, 〈우리는 제국군인〉(태평, 1943.9)

　　1. 상처의 붉은 피로 써 보내신 글월인가 / 한 자 한 맘 맺힌 뜻을 울면서 쓰셨는가 / 결사대로 기시던 밤 결사대로 가시던 밤 이 편지를 쓰셨네
　　2. 세상에 어느 사랑 이 사랑을 낭할손가 / 나랏님께 마친 사랑 달 같고 해와 같아 / 철조망을 끊던 밤에 철조망을 끊던 밤에 한 목숨을 바쳤오
　　3. 한 목숨 넘어져서 천병만마 길이 되면 / 그 목숨을 아끼리오 용감한 님이시여 / 이 아내는 웁니다 이 아내는 웁니다 감개무량 웁니다
　　　―조명암 작사, 박시춘 작곡, 이화자 노래, 〈결사대의 아내〉(오케, 1943.11)

　두 노래는 1938년 실시된 '조선인 지원병 제도'가 1943년 '조선인 징병 제도'로 강화되면서 전쟁 참여를 촉구하는 열기가 절정에 달했을 때

만들어진 것이다. 두 작품을 지배하는 것은 비감한 '피'의 이미지이다. 그러나 '피'를 통해 드러내는 정조는 전방과 후방의 차이만큼이나 선명하다고 할 수 있다. 〈우리는 제국군인〉은 '개병가'라는 곡종답게 제국의 국민, 황민의 자부심과 대동아공영의 기치, 여기에 참여하는 사나이의 감격과 승리의 의지를 밝히고 있다. 이에 반해, '전사'한 남편을 맞이하는 아내의 심경을 독백체로 그린 〈결사대의 아내〉는 '오열'로 끝을 맺고 있다.

'후방의 아내'가 '어머니'가 등장하는 작품에는 이처럼 '전사'를 소재로 하고, 전사자를 영웅시한 작품이 많다. 물론 이는 당대의 흐름과 무관하지 않다고 할 수 있다. 1940년 조선인 지원병으로 처음 전사했던 이인석의 죽음은 조선뿐 아니라 일본 전역에서도 방송되어 널리 알려졌고, 시·소설·인형극 등 전시 선전문화에 영감을 제공하는 주요한 원천이 되었다.[91]

군국가요에는 남편과 아내 뿐 아니라 어머니와 아들을 등장시켜, 혈연과 가족이라는 사적인 감성을 넘어선 결단을 칭송하는 작품이 많다.

> 1. 어머님 전(前)에 이 글월을 쓰옵노니 / 병정이 되온것도 어머님 은혜 / 나라에 바친 목숨 환고향 하올적엔 / 쏟아지는 적탄아래 죽어서 가오리다
> 2. 어제는 황야 오는날은 산협천리 / 군마도 철수레도 끝 없이 가는 / 너른 땅 수천리에 진군의 길은 / 우리들의 피와 뼈로 빛나는 길입니다
> 3. 어머님 전에 무슨 말을 못하리까 / 이 아들 보내시고 일구월심에 / 이 아들 축원하사 기다리실제 / 이 얼굴을 다시보리 생각은 마옵소서
> ─조명암 작사, 박시춘 작곡, 백년설 노래, 〈아들의 혈서〉(오케, 1942.3)

> 1. 한겨울 거리에 센닌바리로 / 일억의 감사를 모으고 섰는 / 용사의 어머니가 부럽더니 / 이제는 소원을 풀었나이다

91) 쓰가와 이즈미(津川泉), 김재홍 역, 『JODK, 사라진 호출부호』, 커뮤니케이션북스, 1999, 101~102면.

2. 꽃 피는 정국(靖國)의 신사 앞에서 / 아들의 충혼과 대면을 하는 / 영령의 어머니가 부럽더니 / 이제는 소원을 풀었나이다

3. 사나이 장부로 세상에 나서 / 내 품에 안기어 들던 자장가 / 오늘은 군가로 화답하오니 / 어머니는 웁니다 감격의 울음

4. 나서는 아들의 모습을 안고 / 묵묵히 그 뒤를 따르는 마음 / 돌아옴을 바라지 아니 하오니 / 군국의 어머니는 굳세나이다

— 神木景祚 작사, 전기현 작곡, 차홍련 노래, 〈어머니의 기원〉(태평, 1943.9)

죽음을 각오하고 지원병이 되어 떠나는 아들과 이에 화답하듯 살아서 돌아올 생각을 말라 기원하는 어머니는 '지원병'과 '군국의 어머니'로 나뉘어 있다. '굳센 군국의 어머니'는 총동원체제, 지원병 제도 하의 모범적인 젠더 정체성을 구현하고 있는 여성상이라 할 수 있다. 군국의 어머니의 미덕은 '자식을 훌륭한 군인으로 키우는 것 뿐 아니라 군인 유가족으로 꿋꿋하게 후방의 생계를 맡으며 살아가는 강인함'으로 요약해 볼 수 있다.[92]

남편의 전사에 감격하는 결사대의 아내와 지원병이 되어 떠나는 아들을 자랑스럽게 전송하는 어머니는 전방의 군사를 내조하고, 후원하는 '총후부인' 혹은 '애국부인'의 표상이라 할 수 있다. 이들이 보여주는 결단, 지원병이 된 가족에 대한 전폭적인 이해는 전시 체제에서 '가정'을 총동원의 기본 단위로 삼았던 일제의 정책[93]을 내면화한 인물이라 할 수 있다. 그리고 이 지점에서 아내와 어머니는 가정의 일원에서 비로소 '황민'과 제국의 '국민'으로서의 지위를 부여받는다. 아울러 가정은 더 이상 사적 영역이 아니라 국가의 주요 사업에 참여하는 단위이자 공적 영역으로 거듭나게 된다. 그러나 봉건제 하의 신민에서 식민지의

---

92) 이상경, 「일제 말기 여성 동원과 '군국의 어머니'」, 『페미니즘 연구』 2호, 한국여성연구소, 2002. 이 글에서는 이 외 군국의 어머니가 지켜야 할 미덕으로 가족에 대한 원호 사업, 물자 절약 및 헌납 때로는 여성 스스로 무기를 들고 군인이 되는 경우까지 '군국의 어머니'의 미덕에 포함시키고 있다.

93) 권명아, 앞의 책, 163~165면.

일원이 되었던 조선 민족에게 '제국의 국민'이라는 의식은 낯선 가치였다. 뿐만 아니라 '남편과 아들을 전장에 자랑스럽게 바치는' 행위는 전통적인 모성의 윤리나 가족주의와도 배치되는 것이다.

전시체제의 고도화와 더불어 황국신민화 정책이 노골화되면서 가정이 총력전의 수행 단위로 정착되는 과정은 이렇듯 조선인으로서의 민족의 정체성이 부정되고, 황민으로서의 의무가 강조되는 정체성 전환의 과정의 일부로 이루어졌다. 그런데 구체적인 작품을 통해 살펴보았듯이 '황민'이라는 정체성이 구현되는 방식은 동일하지 않다. 동일한 공간인 전장 내에서 전쟁을 보조하는 인물의 경우도 승전을 알리는 종군기자와 백의의 천사로 형상화된 종군간호부로 성역할을 뚜렷하게 분리하여 드러내고 있다.

> 총검은 안 가져도 전선에 나와 / 붓으로 적을 치는 종군기자다 / 오늘도 전사들과 정의의 행진
> 적진을 바라보며 공격의 나팔 / 호외로 알려 주는 종군기자다 / 날리는 깃발 아랜 승리의 만세
> 적탄을 헤치면서 정확한 보도 / 동포를 기쁘게 할 종군기자다 / 폭격의 우레 소리 하늘 울린다
> 목숨을 바쳐 버린 결사적 보도 / 지상에 꽃피우는 종군기자다 / 공적은 거리에서 읽는 신문에
> — 이하윤 작사, 정진규 작곡, 박세환·정찬주 노래 〈승전의 쾌보〉(콜롬비아, 1938.1)

> 1. 대포는 쾅 우레로 튀고 / 총알은 땅 빗발로 난다
> 흰옷 입은 이 몸은 붉은 십자의 / 자애에 피가 뛰는 간호부로다
> 전화에 흐트러진 엉성한 들꽃 / 바람에 햇듯햇듯 넘노는 벌판
> 야전병원 천막에 해가 넘으면 / 삭북천리 낯선 곳 벌레가 우네

> 2. 대포는 쾅 우레로 튀고 / 총알은 땅 빗발로 난다
> 흰옷 입은 이 몸은 붉은 십자의 / 자애의 피가 뛰는 간호부로다

쓸쓸한 갈바람은 천막을 돌고/ 신음하던 용사들도 소리 없을 제
하늘에는 반갑다 예전 보던 달/ 둥그러이 이 한밤 밝혀를 주네
— 김억 작사, 이면상 작곡, 김안라 노래, 〈종군간호부의 노래〉(콜롬비아, 1938.1)

중일전쟁 직후인 1938년 발매된 초기 군국가요에 해당되는 두 노래
에서는 전시 체제에서 군인이 되는 길 외에도 전쟁에 헌신하는 방식을
선전하기 위한 의도가 드러난다고 할 수 있다. 군인으로서의 각오보다
전쟁을 외곽에서 바라보는 시선을 부각한 것은, 두 노래가 '지원병제도'
가 전면화되기 이전에 만들어졌다는 사실과 관련하여 생각해볼 수 있
다. 그런데 종군기자의 의지를 그린 〈승전의 쾌보〉가 총검 대신 펜을
쥔 기자의 긍지, 결사의 항전 의지를 그린 반면, 〈종군 간호부의 노래〉
에서는 전장의 뒤안에서 느끼는 감상을 노래하고 있다.

〈종군간호부의 노래〉는 전장에 참여한 여성을 그리고 있다는 점에서,
전쟁을 선전하고 독려한 군국가요 내에서도 독특한 위치를 가진 노래
라 할 수 있다. 조선에서 종군간호부가 조직되고, 파견된 내력은 간헐적
인 기록만 보일 뿐 자세하게 알려진 바 없다. 일본의 경우는 일본 적십
자사 간호부 양성소를 통해 종군간호부를 양성하고, 1931년 〈만주사변〉
때부터 꾸준히 파견한 것으로 보인다.[94] 이들 종군간호부에게는 병사를
보조하고 후원하는 임무를 강조하면서, '여전사'로서의 자긍심도 고취
했나고 한다.[95] 〈종군간호부의 노래〉가 실제 조선인 종군간호부의 실상
을 그린 것인지, 일본 종군간호부의 이미지를 차용한 것인지 알 수 없
으나, 후방을 내조하고 지원병을 길러내는 아내와 어머니가 등장하는
군국가요의 주된 정서와는 동떨어진 노래라는 것은 분명하다고 할 수
있다.

젠더 배치의 차이는 정서적 질감의 차이로 이어진다. 지원병과 종군

---

94) 內藤泰子, 「戰爭と看護－從軍看護婦の位相」, 『軍國の女たち』(早川紀代 編), 吉川
   弘文館, 2005.
95) 內藤泰子, 앞의 책.

기자 등 청년 전사가 등장하는 작품이 결사항전의 의지와 승리의 환희, 제국의 국민이 된 감격과 충성을 장엄하게 노래하는 반면, 어머니와 아내, 종군간호부가 등장하는 노래는 처연함을 드러내며, 감상적인 정조마저 자아내고 있다.[96] 이는 군국가요의 젠더 배치와 젠더 이미지가 청년 전사와는 다른 상이한 젠더 이미지를 구축하는 동시에, 감성을 자극하려는 의도에서 기획된 것이 아닌지 의문을 갖게 하는 대목이라 할 수 있다.

## 3. 총력전 체제하의 젠더 정치와 군국가요

군국가요에 나타나는 젠더의 배치와 구획은 기본적으로 총동원 체제, 총력전 체제 하의 젠더 정치와 조응하는 것이라 할 수 있다. 젠더 정치는 기본적으로 국가라는 공적 영역에서 소외되었던 여성을 전쟁에 동원하려는 의도와 관련이 있다. 여성 동원 움직임의 본격적인 시작은 1938년 7월, '중일전쟁' 발발 1주년을 기해 가해진 '국민정신 총동원' 운동이라 할 수 있다. 이후 애국부인회 활동을 통해 말단에서부터 여성들의 실천과 전쟁 참여를 촉구하는 움직임을 강화하고, 이러한 분위기는 1940년대 들어 지원병 제도와 징병 제도가 확대되면서 더욱 노골화되었다.

이처럼 여성이 동원체제에 본격적으로 편입되면서, 가정은 국가의 대사를 실천하는 말단 단위로 기능하게 되었다. 그에 따라 근검절약과

---

96) 실제 음원이 남아있는 〈결사대의 아내〉, 〈지원병의 어머니〉, 〈마지막 필적〉, 〈총후의 자장가〉, 〈종군간호부의 노래〉 등 여성이 화자로 등장하는 노래를 들어보면, 고적함이나 애상적 분위기가 강하게 나타난다.

생산적인 활동을 통해 후방의 질서를 구축하고, 전방의 전사를 내조하는 총력전의 조력자인 여성, 자식을 전장에 바치는 헌신하는 모성을 독려하기 시작했다. 또한 국가와는 분리된 유교적 현모양처론은 가족과 국가가 결합된 군국적 양처현모론으로 탈바꿈하게 된다.[97] 이 안에는 서구적인 것에 대한 증오, 헌신과 복종이라는 동양적 미덕에 대한 찬사가 포함되어 있다.[98] 서구적 근대의 표상인 신여성에 대한 혐오와 전방의 전사를 보조하는 현모양처인 이른바 '총후부인(銃後婦人)' 담론의 부상은 가족주의를 가족국가주의로 확대하려는 군국주의의 의도를 극명하게 보여주고 있다.[99]

> 국가사회가 如何한 목적 밑에서 계획을 세울지라도 그것을 수행하는 장소는 가정이오 그 운용은 그 주부의 일함에 있기 때문에 부인의 원동력에는 위대한 것이 숨겨져 있습니다. 주부는 가정생활의 중심이므로 이때에 가정생활의 신질서를 수립하여 이를 수행하지 않으면 안됩니다.
> ― 淑明女子專門敎授 任淑宰(豊川淑宰), 「家庭의 新秩序」[100]

여성교육을 담당하는 필자의 기고는 가정과 주부가 동원 체제의 말단으로 거듭나야 하는 당위성을 선언할 뿐 아니라, 바람직한 여성의 정체성이 '신여성에서 애국부인'로 전환되었다는 것을 선명하게 보여주고 있다. 이 기고는 조선의 여성 지식인이 평범한 조선의 주부에게 당부하는 글이다. 이 장에서는 이렇듯 조선인과 일본인, 남성과 여성, 엘리트 여성과 비엘리트 여성이라는 상이한 정체성이 내면화하고, 조율되고 합류하는 양상을 살펴보려 한다.

---

97) 이상경, 앞의 글.
98) 권명아, 앞의 책, 177면.
99) 권명아, 위의 책, 172면.
100)「半島指導層婦人의 決戰報國의 大獅子吼!!」, 『대동아』 14권 3호, 삼천리사, 1942.3, 102면.

## 1) '총후부인' 담론과 국가주의의 표면과 이면

총후부인은 후방의 질서를 유지하고, 전방의 전사를 내조하는 총동원 체제 하의 여성을 의미한다. 총후부인에게 요구되는 덕목은 대개 근검절약과 소비자제, 저축, 군사의 재생산, 군인 위문, 군수용품 헌납과 헌금, 군수물자 조달을 위한 노동력 제공 등으로 요약해 볼 수 있다. 총후부인에게는 일상생활의 개선 뿐 아니라, 제국의 국민으로의 전환을 위한 정신 개조까지 요구받게 되었다. 정신 개조라는 덕목 안에는 '宮城遙拜(궁성요배)와 神社參拜(신사참배)는 물론, 신사 앞을 지날 때에는 경례할 일과, 愛國日(애국일)의 실행 등을 실천함으로써, 內鮮一體(내선일체)의 정신을 발휘하는 것'[101]을 포함하고 있다.

> 支那事變이후 우리 여성은 銃後를 지키는 자로서 미력이나마 다하여왔습니다. 출정군인의 餞送이며, 유가족의 위문, 혹은 국방헌금 등등, 이로 헤일수 없는 정도였으나, 지난 12월 8일 황송하옵게로 大詔가 渙發되시와 지금까지의 사변은 大東亞戰爭이라는 이름으로 되어 우리 忠勇한 육해군은 저 暴戾한 英米를 동양에서 구축하려고 분연히 이러난 그날부터는 우리돌 여성도 지금까지와는 또다른 의미의 새로운 출발을 하지 않으면 안되게 되였습니다. 즉, 우리들 생활은 지금까지와 같이 銃後를 지키고 있다는 소극적 관념으로부터 한걸음 나아가서 銃後에 있어서의 전사라 하는 기분을 가지고 있어야 할 것이라 생각합니다.
>
> — 김활란, 「여성의 武裝」[102]

후방을 지키고, 전방을 보조하는 총후부인은 전쟁이 확대되면서, 이렇듯 '전사'로 재호명되기에 이른다. 이는 마침내 '女性(여성)도 戰士(전

---

101) 許河伯, 「銃後婦人의 覺悟」, 「半島指導層婦人의 決戰報國의 大獅子吼!!」, 『대동아』 14권 3호, 삼천리사, 1942.3, 108면.
102) 「半島指導層婦人의 決戰報國의 大獅子吼!!」, 『대동아』 14권 3호, 삼천리사, 1942.3, 94면.

사)다'라는 도전적인 선언으로 이어진다.[103]

주로 여성 지식인이 중심이 된 총후부인 담론은 '일상을 전시 체제에 부응하도록 하고, 후방을 지키고 전사를 보조하는'[104] 전시 체제 하의 여성정책의 방향을 수용한 것이라 할 수 있다. 이는 국가와 국민이라는 영역에서 소외되었던 여성의 '국민화 프로젝트'라 할 수 있다.[105] 이 논리는 기본적으로 여성을 전쟁에 참여시킴으로써, 객관적인 전력의 열세를 만회하려는 제국주의적·군국주의적 발상에서 비롯되었지만, 여성이 국민이 일원으로 국가에 기여함으로써, 평등이 이루어지리라는 여성 지식인의 자기 욕망과 환상이 개입되었다는 점을 주목할 수 있다.[106]

여성이 전사가 될 것을 촉구했던 모윤숙의 글은 이 점을 선명하게 보여주고 있다.

> 어떻게 생각하면 우리 반도부인에게 큰 변이 이러난 셈입니다. 큰 어려움이 생긴 셈입니다. 그러나 다시 한번 잘 생각해보면 이런 변이 생긴 까닭으로 해서 이 시대에난 우리 半島婦人은 산 가치를 발휘할 수가 있지 않은가 합니다. 새 세계의 정문 앞에 모혀선 우리이기 때문에 아니 새 세기를 창조할 기둥이 되여야 할 우리이기 까닭에 과거 몇 천년을 살어온 반도부인보다 우리는 행복합니다.
>
> (…중략…)
>
> 그러나 지금은 여자나 아씨나 마님이나 양반이나 상인이나 가문 문벌 가릴 깃 없이 모두가 大日本帝國의 평등한 국민이면 그만입니다. 가문에서 쫓겨나느라도 나라에서 쫓겨나지안는 안해 며느리가 됩시다. 전쟁에 나간 남자들을 대신하여 공장이 비였으면 공장으로 회사가 비였으면 회사로 드러가서 일합시다.[107]

---

103) 毛允淑, 「女性도 戰士다」, 『대동아』 14권 3호, 삼천리사; 1942.3; 「半島指導層婦人
　　의 決戰報國의 大獅子吼!!」, 『대동아』 14권 3호, 삼천리사, 1942.3.
104) 이선옥, 「평등에 관한 유혹―여성 지식인과 친일의 내적 논리」, 『실천문학』 2002년
　　가을호.
105) 우에노 치즈코, 이선이 역, 『내셔널리즘과 젠더』, 박종철출판사, 1999, 69면.
106) 이선옥, 앞의 책.
107) 모윤숙, 앞의 책, 112~113면.

여성 지식인들에게 전시 체제는 여성이 공적 영역에 참여하고, 정치적 지위를 보상받을 수 있는 기회로 보였던 것이다. '가문에서 쫓겨나더라도 나라에서 쫓겨나지 않는 며느리가 되자'는 주장은 전통적인 가족주의의 미덕을 희생시키면서까지, '국민되기'와 '공적 영역에의 참여'를 욕망했던 여성 지식인의 내면을 읽을 수 있다.

국민의 역할을 강조하는 여성 지식인의 논리는 전시체제에 참여함으로써 여성의 지위를 얻고자 했던 일본 여성 지식인의 논리에 가까운 반면, 후방 관리의 실질적 추제이자 전사를 훈육하고 재생산하는 의무를 부여받았던 대다수 조선 여성의 인식과는 괴리되어 있다. 이는 젠더적 정체성을 내면화하는 과정이 식민지 여성 내에서도 동일하지 않았다는 의미로 볼 수 있다.

남성 젠더와 여성 젠더, 여성 지식인과 여성 대중 간 정체성의 차이는 군국가요에도 반영되어 있다. 주로 남성 기획자와 작가가 개입하고, 대중을 향한 군국가요에서는 총후부인의 모습이 주로 전사의 무운을 빌거나, 병사를 위문하는 여성으로 구상화되어 있다.108)

---

108) 여기에 해당되는 작품은 다음과 같다.

| 신춘엽서 | 가요곡 | 조명암 | 김해송 | 이난영 | 오케 | 31085 194101 |
|---|---|---|---|---|---|---|
| 백련홍련 | 신가요 | 이가실 | 古賀政男 | 이해연 | 콜롬비아 | 40876 194110 |
| 그대와 나 | 가요곡 | 조명암 | 김해송 | 남인수·장세정 | 오케 | 31084 194201 |
| 반도의 아내 | 가요곡 | 조명암 | 김해송 | 장세정 | 오케 | 31092 194203 |
| 애국반 | 가요곡 | 조명암 | 김해송 | 김정구 | 오케 | 31902 194203 |
| 목단강 편지 | 가요곡 | 조명암 | 박시춘 | 이화자 | 오케 | 31903 194203 |
| 총후의 자장가 | 가요곡 | 조명암 | 김해송 | 박향림 | 오케 | 31097 194204 |
| 위문편지 | 신가요 | 조명암 | 남방춘 | 백년설 | 오케 | 31126 194209 |
| 군사우편 | 신가요 | 이가실 | 이운정 | 이규남 | 콜롬비아 | 40900A 194212 |
| 아가씨위문 | 가요곡 | 조명암 | 이봉룡 | 장세정 | 오케 | 31145 194301 |
| 영동아가씨 | 신가요 | 이가실 | 손목인 | 이해연 | 콜롬비아 | 40908B 194304 |
| 보내는 위문대 | 신가요 | 함경진 | 손목인 | 이해연 | 콜롬비아 | 40911A 194305 |
| 봄날의 화신 | 신가요 | 이가실 | 손목인 | 옥잠화 | 콜롬비아 | 40912 194305 |

이 중 가사가 전하지 않는 〈반도의 아내〉와 〈애국반〉은 제목으로 보아 전사의 위문을 주된 내용으로 하지 않고, 전쟁을 후원하고 내조하는 총후부인상으로 그려졌을 뿐으로 보인다.

이는 공적 영역에 참여하려는 욕망보다는 전사를 이해하고, 이들을 격려하는 보조자로서의 역할을 강조한다는 점에서 여성 지식인의 논설과는 미묘한 차이를 보인다. 또한 군국가요의 창작에 개입한 남성 지식인의 가사는 총력전 체제 이전과 이후로 나누어서 살펴볼 때, 극심한 불연속성을 노출하는 반면, 여성 지식인의 논설에서는 생활 개선과 풍속 개량 촉구에서부터 시작된 여성 계몽운동이 여성의 전쟁 참여를 촉구하는 것으로 귀결되는 과정에서 비교적 일관된 흐름을 보여주고 있다.

## 2) 군국화된 모성의 신화 혹은 모성의 파괴

> 1. 나라에 바치자고 키운 아들을 / 빛나는 싸움터로 배웅을 할 제
> 눈물을 흘릴소냐 웃는 얼굴로 / 깃발을 흔들었다 새벽 정거장
> 2. 사나이 그 목숨이 꽃이라면은 / 저 山川 草木 알에 피를 흘리고
> 기운차게 떨어지는 붉은 사꾸라 / 이것이 半島男兒 本分일게다
> 3. 살아서 돌아오는 네 얼굴보다 / 죽어서 도라오는 너를 반기며
> 용감한 내 아들의 忠義忠誠을 / 지원병의 어머니는 자랑해주마
> — 조명암 작사, 古賀政男 작곡, 장세정 노래, 〈지원병의 어머니〉(오케, 1941.8)

이 노래는 도전경야(島田磬也)가 작사하고, 미찌노(美ち奴)가 부른 〈軍國の母(군국의 어머니)〉를 번안한 곡으로,[109] 군국의 모성을 비감하게 표현한 군국가요의 대표곡이라 할 수 있다. 앞서 이야기하였듯이 군국가요에는 모자관계를 설정하여 비감함을 자아내는 노래가 빈번히 등장한다. 이러한 현상은 가요뿐 아니라 문학과 영화 등 군국주의 이념을 설파하는 문화양식에 두루 나타나고 있다. 매체나 작품에 따라 약간의 차이는 있지만, 대개 군국의 어머니는 지원병을 낳고, 국가의 일원이 되도

---

109) 1절의 가사를 옮기면 다음과 같다. 'こころ置きなく 祖國のため / 名譽の戰死積む ぞと / 泪も見せず勵まして / 我が子を送る朝の驛'. 櫻本富雄, 『歌と戰爭』, アテネ書房, 2005에서 인용.

록 교육하고, 전쟁에 참여하도록 격려하고, 아들의 죽음에도 의연하고, 후방의 생계를 대신하는 강인한 여성으로 표상화된다.

어머니를 등장시키는 이유는 물론 혈연으로 끈끈하게 맺어진 모자를 등장시켜 정감적인 분위기를 자아내고, 나아가 대의를 위한 결단을 영웅시하려는 의도에서 비롯되었다고 할 수 있다. 이는 모자 관계라는 설정이 비단 군국가요 뿐 아니라 한국전쟁 내 군가, 군대 내 구전가요 나아가 전사의 이미지를 강조한 1980년대 민중가요에서 되풀이되는 이유이기도 하다.

그런데 총력전 체제하에서 집중적으로 나온 '군국의 어머니상'은 '어머니'라는 말이 주는 호소력 외에도 당시의 정황과 관련하여 따져 볼 필요가 있다. 이렇게 볼 때 군국의 어머니는 '제국주의자이되, (영·미 등 서양에 비해) 약한 제국주의자였던 일본의 딜레마110)를 함축하고 있다는 주장은 의미심장하다고 할 수 있다. 말하자면 현실적으로 열세에 처한 일본이 약자의 위치를 강조함으로써, 약자의 고통과 수난을 강조함으로써, 제국 내부의 통합을 꾀하려 한 것이 '강인한 모성'의 요체라는 것이다.111)

군국의 어머니에서 가장 자주 등장하는 '전사'의 모티프는 바로 헌신하는 모성의 위대함과 비감한 결의를 보여준다.

2. 벽오동 가랑잎에 밤새 우는 들창에 / 님께서 남기신 꽃 남겨 주신 그 혈속(血屬) / 군국의 대장부로 씩씩하게 키우오리 키우오리다
3. 승전고 울리시고 돌아오실 그 날엔 / 님께서 남기신 피 남겨 주신 그 뼈를 성상(聖上)께 받들어서 환고향(還故鄕)을 봉고(奉告)하리 봉고하리다
—이가실 작사, 손목인 작곡, 옥잠화 노래, 〈참사랑〉(콜롬비아, 1943.4) 3절

---

110) 김동노, 「일본 제국주의의 조선 지배의 독특성」, 『동방학지』 133집, 연세대 국학연구원, 2006. 일본은 남성적인 서양에 반해 여성으로 표상되었던 동양을 벗어나려는 의도를 보이고 제국주의 노선을 취하였지만, 서구 열강의 눈에는 여전히 '기모노를 입은 매력적인 여성'의 이미지로 표상화되고 있다고 해석하고 있다.
111) 권명아, 앞의 책, 185~186면.

1. 이것이 보내주신 사연입니까 / 이것이 그대 쓰신 필적입니까 / 죽어서 오신다던 그 옛 맹세가 / 아— 맹세가 보람있어 이렇게 오시었네

(…중략…)

3. 가슴에 어린 것이 편질(편지를) 깝니다 / 알거나 모르거나 같이 봅니다 / 당신의 아들이니 범연(凡然)하리오 / 아— 당신의 뒤를 이어 나라에 바치오리
　　— 조명암 작사, 이봉룡 작곡, 이화자 노래, 〈마지막 필적〉(오케레코드, 1942.9) 1.2절

　전사한 남편의 소식을 듣고, 남편의 뜻을 받들어 아들까지 나라에 바치겠다는 다짐에 이르면 군국의 모성의 지향하는 바가 혼돈스러워진다. 이는 남편의 뜻을 따르고, 남편의 사후에는 아들의 뜻을 따르는 유교적 '三從之道(삼종지도)'의 군국주의적 재현이라는 점에서 전통적 가족윤리와 화합하기도 하지만,[112] 아들을 훌륭하게 키워 가문의 대를 이어야 하는 가문 윤리, 자식에 대한 애정과 헌신을 강조하는 전통적인 모성과 충돌하기도 한다. 실제로 일본은 조선인 징병제도를 실시하면서 조선 여성의 남다른 자식 사랑을 경계했다고 한다. 실제로 지원병으로 아들을 보낸 어머니의 경우도 장렬한 전사보다는 무사 귀환을 희망하고 있었다. 따라서 조선의 어머니에게는 '군사를 낳는' 어머니의 역할보다는 징병이나 지원에 반대하지 않는 어머니상이 강조되었다.[113]

　강인한 군국의 어머니, 군국의 모성이라는 가치는 외견상 헌신과 복종의 논리를 잇고 있으면서도 그 안에 전통적으로 유지되어왔던 모성의 파괴라는 심각한 모순점을 안고 있다. 주목할 것은 '자식을 길러 나

---

112) 최정희의 연설에서 이 점이 잘 나타나고 있다. "나라에 받이겠다는 一念에서 사는 그들을 붓도주고 길러줘야한다는 말씀입니다. 이렇게 하는 것이 우리의 사랑하는 아들들의 뜻을 받드는 것이 될 뿐 아니라, 따라서 또 신의 뜻을 받든 것이라고 저는 믿습니다. 우리는 모든 것을 다 잊어버리고 귀하고도 높은 오직 우리의 아들들의 뜻을 받드는 어머니가 되십시다. 신의 뜻을 받드는 여자가 되십시다. 그래야만 우리도 남과 같은 여자구실을 할 것이요. 그래야만 우리도 남과 같은 어머니의 구실을 할 것입니다."(崔貞熙, 「軍國의 어머니」, 「半島指導層婦人의 決戰報國의 大獅子吼!!」, 『대동아』 14권 3호, 삼천리사, 1942.3, 118면)
113) 가와 가오루, 김미란 역, 「총력전 아래의 조선 여성」, 『실천문학』 2002년 가을호.

라에 헌신하는 모성'이라는 가치가 일본과 식민지 조선에 차별화되어
나타났다는 것이다. 즉, 모성을 동원하는 데 있어서 일본에서는 다산 장
려와 모성 보호에 집중이 되었지만, 조선에서는 다산이 장려된 바 없고,
모성의 강조도 자식을 희생하고 모성을 파괴하는 방향으로 이루어졌다
는 것이다.114)

　예로 든 세 편의 군국가요는 모성을 파괴하고, 군국의 모성이라는 새
로운 정체성을 부여받아야 하는 조선 여성의 딜레마가 반영되어 있다
고 할 수 있다. 세 곡은 모두 같은 작사가가 가사를 썼다.115) 그런데 일
본의 군국가요를 번안한 〈지원병의 어머니〉에서는 회의하지 않는 단호
한 어머니의 모습이 정감적으로 그려진 반면, 창작 가요인 〈참사랑〉과
〈마지막 필적〉에서는 '남편의 뜻을 받드는' 아내의 부덕이 나타나고 있
다. 이는 모성 파괴, 가족 윤리 파괴라는 조선 여성(내지 이를 설득력있게
그려내야 하는 작가)의 딜레마를 전통적 부덕과 결합함으로써 용이하게 전
달하려는 의도의 표현으로 보인다.


### 3) 젠더 정치의 외곽─이념과 통속의 사이

　군국가요가 기본적으로 문화선전물로 존재한 만큼, 군국가요의 제작
과 보급에는 일제 식민 당국의 의도가 깊게 개입되어 있다. 그렇지만
이는 어디까지나 조선 대중을 향한 것이었다. 또한 군국가요는 유행가
의 제작과 유통망을 따랐던 만큼 '선전물이자 상품'이라는 이질적인 속
성을 공유하고 있었다. 따라서 군국가요가 비록 일제의 의도가 깊숙이
개입된 문화정책의 산물이기는 하나, 전파와 수용의 방향이 일방적이

---

114) 가와 가오루, 김미란 역, 위의 책.
115) '이가실'은 작사가 조명암이 콜롬비아 음반사와 작업을 할 때 썼던 필명으로 조명암
　　과 이가실은 동일인이다.

고, 전일적으로 이루어지지는 않았다는 의미가 된다. 이는 군국가요를 만들어내는 생산자 입장에서도 마찬가지였던 것으로 보인다. 군국가요 내부에서도 우회적 거부,116) 소극적 순응, 적극적 동조 등 의미있는 편차가 존재하고, 그에 따라 전달방식에도 차이를 드러내기 때문이다.

가장 주목할 만한 것은 조선 대중의 반응이라 할 수 있다. 1930년대 후반 전성기를 맞았던 음반산업이 1940년대로 접어들며 급격하게 위축된 이유는 물론 총력전으로 치달으면서 물자가 부족하고 음반이 사치품으로 취급받았던 사정에서 찾아볼 수 있지만, 군국가요에 대한 조선 대중의 외면도 작용하였다고 할 수 있다. 군국가요가 대중의 외면을 받은 반면 조선 대중은 새로이 양악을 선호하기 시작하여 양악의 판매량이 급증하였다고 한다.117) 조선 대중의 양악 선호는 총력전 체제 이전까지의 상황이 '부루―스의 全盛時代(전성시대)'로 묘사되었던 것118)과 묘하게 조응하고 있다고 할 수 있다. 즉 조선의 대중은 군국가요를 외면할 뿐 아니라, 적성 국가의 음악이라 금기시되었던 블루스와 재즈의 대체제로 양악을 선택함으로써 거부의 뜻을 밝혔다.

그렇지만 '군국조로는 대중의 환심을 살 수 없고, 「에로」 기분이나 「센치한」 멜로디로도 회귀하기 환원할 수도 없는' 진퇴양난의 경지에 직면한 레코드 업계로서119)는 자구책을 모색할 수밖에 없었다.

그렇다면 자구책의 방향은 무엇일까? 중일전쟁 이후 시국가에 대한 반응을 알아보는 다음 좌담회에서 실마리를 살펴보자.

> 金來成 : 戰時盤에 대한 成績은 어떻습니까? 普通盤에 비하여 말씀입니다.
> 方熙宅 : 戰時盤이라고 있기는 있으나 成績이 그리 좋질못합니다.

---

116) 전장의 분위기를 감상적으로 묘사한 〈종군간호부의 노래〉와 전장에 나간 전사가 느끼는 이국적 분위기와 감상을 그린 〈남면의 달밤〉(조명암 작사, 박시춘 작곡, 남인수 노래)에서는 비애와 허무의 감성이 보이기도 한다.
117) 「戰時下의 레코―드界 현황」, 『조광』 5월호, 조선일보사, 1943, 113면.
118) 위의 글, 114면.
119) 위의 글, 113면.

王平 : 事變前後하야 폴리돌에서도 朝鮮語盤으로 愛國歌를 냈었는데 販賣 成績으로 보아서 그리 良好치는 못하였습니다. 結局 流行歌는 어디까지던지 流行歌이니까 거리에서도 부르기좋고 부르기쉬운 그러한 性質의 것이 아니 면 안될것이라고 생각합니다.

李勳求 : 銃後美談에 多少感傷的인 것을 섞어서 내보면 어떻습니까

王平 : 안됩니다. 時局歌는 徹頭徹尾 時局歌래야하지 거기에 무슨 感傷的 氣分을 섞으면 첫째로 檢閱이 通過가 안됩니다.[120)

이 좌담회는 군국가요가 본격적으로 쏟아져나오는 '태평양전쟁' 이 전 시절이고, 유행가나 '쟈—쓰'가 대중의 감수성을 장악하던 시절이기 때문에 목적성을 띄는 군국가요의 부진은 당연한 것인지도 모른다. 정 작 여기에서 눈여겨 보아야 할 것은 군국가요에 대한 대중의 외면을 해 소하기 위해 제시한 해법이다. 문인 이훈구가 제시한 해법은 '총후미담' 과 '감상적 정조' 두 가지로 요약된다. 비록 이 제안은 레코드 업계 실 무자에 의해 거부되었지만, 1940년대 들어 총력전 체제가 본격화되고, 군국가요가 유행가를 대신하는 대중가요의 주류로 부상하면서, 여성 젠 더의 목소리로 나타나게 되었다.

이렇게 본다면 군국가요에 나타난 젠더의 배치와 젠더 이미지는 남 성과 여성을 황민으로 호출하기 위한 젠더 정치의 일환인 동시에 군국 의 이념을 정감적으로 전달하여 대중적 호소력을 높이기 위한 장치라 할 수 있다. 따라서 군국화한 여성은 젠더 정치의 수행 뿐 아니라 '공감 과 위무'라는 대중가요 본래의 의도를 실현하고, 군국가요의 경직성을 완화하기 위한 장치의 하나로도 수용되었다고 해석해 볼 수 있다.

---

120) 「레코—드界의 內幕을 듣는 座談會」, 『조광』 3월호, 조선일보사, 1939, 314~315면.

## 4. 나오는 말 – 군국가요의 실체에 접근하기 위하여

군국가요는 군국주의 이념의 설파를 목적으로 하는 것인 만큼 '전시
동원체제 구축', '대동아공영권 확립', '내선일체' 등 일제 말기 식민정
책의 강화와 파시즘 체제의 전면화라는 측면에서 이해되어 왔다. 노래
가 문화선전 정책에 적극적으로 활용되었던 현상의 근저에는 '음악도
군수품'이라는 인식이 담겨 있다.[121] 그런데 전쟁 선전의 도구이자 상
업적 유행가로 존재했던 군국가요는 군수품인 동시에 상품으로서의 역
할도 담당해야만 한다. 군국가요의 특수성은 '군수품이면서 상품'이라
는 지점에 있다고 할 수 있다.

이 글에서는 군국가요가 상이한 집단의 사람에게 군국이념을 전파하
고자 도모하는 과정의 산물이라는 점에 착안하여, 군국가요가 젠더 정
치를 효과적으로 수행하는 장인 동시에 가요가 지닌 정서적 호소력에
편승하여 전시라는 특수 상황에서 지배 이념을 내면화하는 주요한 방
식이라는 점을 주목하여 보았다. 이는 '군국가요는 전시체제 총동원을
위한 선전물'이라는 환원론적 결론을 넘어, 군국가요의 다층적 면모에
접근하기 위한 시도에서 시작된 것이다.

이 글에서는 군국가요를 주로 젠더 정치라는 측면에 집중한 만큼, 통
제 체제 하에 군국가요가 등장하게 되는 배경, 군국가요의 존재양상, 전
파와 보급의 방식, 군국가요 수용을 둘러싼 대중심리 등에 대한 고찰은
일단 유보하였다. 군국가요의 실체에 보다 세밀하게 접근하기 위해서는
남는 문제를 포함하여 신체제 이후 문화정책의 변화, 문화정책이 전쟁
의 당사자인 일본과 식민지였던 조선에 차별적으로 주입되고 내면화하
는 메커니즘, 유행가의 효용과 전파를 둘러싼 당대 담론의 추이, 군국가

---

121) 楊薰, 「戰爭과 音樂－軍國調 歌謠 이야기」, 『조광』 11월호, 조선일보사, 1942, 164면.

요가 유포되었던 동아시아 지역 내의 비교 연구 등이 뒤따라야 할 듯하다. 남는 문제는 차후 연구로 돌릴 것을 다짐한다.